EDIÇÕES BESTBOLSO

Triângulo

O escritor inglês Ken Follett nasceu em 1949 e estreou na literatura em 1978 com o livro *O buraco da agulha*. Com formação em filosofia e jornalismo, Follett escrevia ficção como hobby, nos fins de semana. Especialista em suspense e espionagem, passou também a produzir romances históricos no início da década de 1990.

Ken Follett

TRIÂNGULO

Tradução de
A. B. PINHEIRO DE LEMOS

1ª edição

EDIÇÕES
BestBolso

RIO DE JANEIRO – 2012

CIP-BRASIL. CATALOGAÇÃO-NA-FONTE
SINDICATO NACIONAL DOS EDITORES DE LIVROS, RJ

Follett, Ken, 1949-
F724t Triângulo / Ken Follett; tradução de A. B. Pinheiro de Lemos. – Rio de Janeiro: BestBolso, 2012.

Tradução de: Triple
ISBN 978-85-7799-146-4

1. Ficção inglesa. I. Lemos, A. B. Pinheiro de (Alfredo Barcellos Pinheiro de), 1938-2008. II. Título.

CDD: 823
11-7460 CDU: 821.111-3

Triângulo, de autoria de Ken Follett.
Título número 293 das Edições BestBolso.
Primeira edição impressa em janeiro de 2012.
Texto revisado conforme o Acordo Ortográfico da Língua Portuguesa.

Título original inglês:
TRIPLE

www.edicoesbestbolso.com.br

Design de capa: Tita Nigrí.

Impresso no Brasil

ISBN 978-85-7799-146-4

Para Al Zuckerman

Deve-se levar em consideração que a única parte difícil na fabricação de uma bomba atômica de qualquer tipo é a preparação de um suprimento de material nuclear com a pureza necessária; o projeto da bomba propriamente dita é relativamente fácil...

– ENCICLOPÉDIA AMERICANA

Prólogo

Houve uma ocasião, apenas uma, em que todos estiveram juntos.

Encontraram-se há muitos anos, quando eram jovens, antes que tudo *isso* acontecesse; mas o encontro projetou sombras que se estenderam por décadas.

Foi no primeiro domingo de novembro de 1947, para ser mais exato; e cada um se encontrou com todos os outros. Mais do que isso: por alguns minutos, estiveram todos na mesma sala. Alguns esqueceram imediatamente os rostos que viram e os nomes que ouviram, em apresentações formais. Outros chegaram até a esquecer o dia inteiro. E quando se tornou tão importante, 21 anos depois, tiveram de fingir que recordavam, olhando para fotografias desbotadas e murmurando: "Ora, é isso mesmo", como se a recordação fosse nítida.

Esse primeiro encontro foi uma coincidência, mas não das mais surpreendentes. Eram jovens e capazes, estavam fadados a ter poder, tomar decisões, promover mudanças, cada um à sua maneira, em seus diferentes países. E pessoas assim frequentemente se encontram na juventude em lugares como a Universidade de Oxford. E quando tudo isso aconteceu, os que não estavam inicialmente envolvidos acabaram sendo tragados, simplesmente *porque* encontraram os outros em Oxford.

Mas não pareceu um encontro histórico na ocasião. Era apenas outra *sherry party* (uma festa de xerez) num lugar em que havia muitas *sherry parties* (e pouco xerez, como os estudantes sempre acrescentavam). Foi uma ocasião rotineira. Ou quase.

AL CORTONE BATEU à porta e ficou esperando no corredor que um homem morto a abrisse.

A suspeita de que o amigo estava morto transformara-se em convicção ao longo dos últimos três anos. Primeiro, Cortone soubera que Nat Dickstein caíra prisioneiro. No fim da guerra, começaram a circular histórias sobre o que estava acontecendo aos judeus nos campos de concentração nazistas. Depois, no final, a terrível verdade fora finalmente revelada.

No outro lado da porta, um fantasma arrastou uma cadeira no chão e atravessou o quarto.

Cortone sentiu-se subitamente nervoso. E se Dickstein estivesse inválido, deformado? E se estivesse desequilibrado? Cortone jamais soubera como lidar com aleijados e loucos. Ele e Dickstein haviam se tornado amigos íntimos durante uns poucos dias, em 1943. Mas como Dickstein estaria agora?

A porta se abriu e Cortone disse:

– Oi, Nat.

Dickstein fitou-o, aturdido, depois o rosto se desanuviou num sorriso e ele murmurou uma de suas absurdas e ridículas frases *cockneys*:

– Deus, será possível!

Cortone retribuiu o sorriso, aliviado. Apertaram-se as mãos e deram-se tapinhas nas costas, disseram algumas palavras de soldado, só por falar, depois entraram no quarto.

O lar de Dickstein era um quarto de teto alto, numa casa antiga, na parte mais arruinada da cidade. Tinha uma cama de solteiro, impecavelmente arrumada à maneira militar, um armário de madeira escura combinando com uma cômoda e uma mesa atulhada de livros, diante de uma janela pequena. Cortone achou que o quarto parecia despojado. Se tivesse de viver ali, trataria de espalhar algumas coisas pessoais, para transformá-lo em um lugar que parecesse seu: fotografias da família, suvenires de Niágara e Miami Beach, o troféu de futebol americano conquistado na escola secundária.

– Estou querendo saber uma coisa – disse Dickstein. – Como conseguiu me achar?

– Não foi fácil. – Cortone tirou a jaqueta do uniforme e estendeu-a sobre a cama estreita. – Precisei de quase todo o dia de ontem.

Ele olhou para a única poltrona que havia no quarto. Os dois braços estavam inclinados para os lados, em ângulos estranhos, uma mola emergia pelo crisântemo desbotado do tecido, um dos pés fora substituído por um exemplar do *Theaetetus* de Platão.

– Seres humanos podem sentar nessa coisa?

– Não acima do posto de sargento. Mas...

– De qualquer forma, eles não são humanos.

Os dois riram. Era uma piada antiga. Dickstein puxou uma cadeira da mesa e escarrapachou-se nela. Olhou para o amigo de alto a baixo por um momento, depois comentou:

– Está engordando.

Cortone apalpou a barriga ligeiramente volumosa.

– Passamos muito bem em Frankfurt. Não sabe o que está perdendo por ter sido desmobilizado.

Inclinou-se para a frente, e falou baixo, como se fosse acrescentar algo extremamente confidencial:

– Tenho feito uma *fortuna*. Joias, porcelanas, antiguidades... tudo comprado por cigarros e sabonetes. Os alemães estão famintos. E, o que é o melhor, as garotas alemãs estão dispostas a fazer qualquer coisa por meias de náilon.

Recostou na poltrona desmantelada, esperando por uma risada. Mas Dickstein simplesmente continuou a fitá-lo de modo inexpressivo. Desconcertado, Cortone apressou-se a mudar de assunto:

– Uma coisa que você não está é gordo.

A princípio, ele ficara tão contente por descobrir que Dickstein estava inteiro e sorrindo, o mesmo sorriso de antes, que não o examinara atentamente. Mas agora podia perceber que o amigo estava pior do que magro: parecia quase que totalmente consumido. Nat Dickstein sempre fora baixo e esguio, mas agora parecia ser apenas ossos. A pele, de um branco cadavérico, os olhos castanhos, grandes, por trás de óculos de aros de plástico, acentuavam o efeito. Entre o alto da meia e a bainha da calça, apareciam uns poucos centímetros de canela pálida, mais parecendo um graveto. Quatro anos antes, Dickstein era moreno, vigoroso, tão forte e resistente como as solas de couro de suas botas do Exército britânico. Quando Cortone falava a respeito de seu companheiro inglês, o que acontecia com frequência, sempre dizia:

– O soldado mais duro e resistente que me salvou a vida. E não estou brincando.

Dickstein disse:

– Gordo? Não, não estou, nem poderia estar. Este país ainda está vivendo à base de rações mínimas, companheiro. Mas damos um jeito de aguentar a situação.

– Já conheceu piores.

Dickstein sorriu.

– E comi pior.

– Caiu prisioneiro.

– Em La Molina.

– Como conseguiram agarrá-lo?

– Foi fácil. – Dickstein deu de ombros. – Uma bala quebrou a minha perna e desmaiei. Quando recuperei os sentidos, estava num vagão alemão.

Cortone olhou para as pernas de Dickstein.

– E a perna sarou bem?

– Tive sorte. Havia um médico no meu vagão do trem de prisioneiros de guerra. Ele pôs o osso no lugar e encanou a perna.

Cortone assentiu.

– E depois o campo...

Ele achava que não deveria perguntar, mas queria saber. Dickstein desviou os olhos.

– Estava tudo bem, até que descobriram que sou judeu. Quer uma xícara de chá? Não tenho condições de comprar uísque.

– Não, obrigado. – Cortone desejou ter mantido a boca fechada. – De qualquer forma, não tomo mais uísque de manhã. A vida já não parece tão curta como antes.

Os olhos de Dickstein voltaram a se fixar em Cortone.

– Decidiram descobrir quantas vezes podiam quebrar uma perna no mesmo lugar e depois emendá-la.

– Deus do céu!

A voz de Cortone era um sussurro.

– Essa foi a melhor parte – disse Dickstein, sem qualquer inflexão, tornando a desviar os olhos.

– Desgraçados!

Cortone não podia pensar em mais nada para dizer. Havia uma expressão estranha no rosto de Dickstein, algo que Cortone nunca vira antes, algo que se assemelhava bastante com o medo, conforme ele compreendeu um momento depois. O que era muito estranho. Afinal, estava tudo acabado, não é mesmo?

– Mas pelo menos ganhamos, não é mesmo?

Ele deu um soco de leve no ombro de Dickstein, que tornou a sorrir.

– Ganhamos. E agora me diga: o que está fazendo na Inglaterra? E como me descobriu?

– Consegui fazer escala em Londres, de volta a Buffalo. Fui ao Gabinete de Guerra...

Cortone hesitou. Fora ao Gabinete de Guerra para descobrir como e quando Dickstein morrera.

– Deram-me um endereço em Stepney. Quando cheguei lá, descobri que só restava uma casa de pé em toda a rua. E nessa casa, sob uma camada grossa de poeira, encontrei um velho.

– Tommy Coster.

– Isso mesmo. Depois que tomei 19 xícaras de um chá fraco e escutei a história de sua vida, ele me despachou para outra casa, além da esquina, onde encontrei sua mãe, tomei mais chá fraco e ouvi a história da vida dela. Quando finalmente obtive seu endereço, já era tarde demais para pegar o último trem para Oxford. Esperei pela manhã e aqui estou. Só tenho umas poucas horas disponíveis. Meu navio parte amanhã.

– Teve baixa?

– Dentro de três semanas, dois dias e 94 minutos.

– O que vai fazer quando chegar em casa?

– Dirigir os negócios da família. Descobri, nos últimos dois anos, que sou um tremendo homem de negócios.

– E qual é o negócio da sua família? Nunca me contou.

– Transporte em caminhões. E você? Que diabo veio fazer na Universidade de Oxford? O que está estudando?

– Literatura hebraica.

– Está brincando...

– Nunca lhe contei que já sabia escrever em hebraico antes mesmo de ir para a escola? Meu avô era um sábio de verdade. Vivia num único aposento malcheiroso, em cima de uma pastelaria, na Mile End Road. Eu ia para lá todos os sábados e domingos, desde que posso me lembrar. Nunca me queixei. Adorava as visitas. E que outra coisa eu poderia estudar?

Cortone deu de ombros.

– Sei lá... Talvez física atômica ou administração de empresas. Além do mais, para que estudar?

– Para ser feliz, culto e rico.

Cortone sacudiu a cabeça.

– Você continua tão esquisito como sempre. Tem muitas garotas por aqui?

– Bem poucas. E ando ocupado demais para me dedicar a isso.

Cortone teve a impressão de que Dickstein corava.

– Mentiroso. Está apaixonado, seu idiota. Dá para perceber. Quem é ela?

– Para ser franco... – Dickstein estava constrangido. – Ela está fora do meu alcance. Esposa de um professor. Exótica, inteligente, a mulher mais linda que já vi.

Cortone assumiu uma expressão de dúvida.

– Não parece nada promissor, Nat.

– Sei disso. Mas mesmo assim... – Dickstein se levantou. – Poderá verificar pessoalmente.

– Vou conhecê-la?

– O professor Ashford está oferecendo uma *sherry party*. Fui convidado. E estava me preparando para sair quando você chegou.

Dickstein vestiu o paletó, enquanto Cortone murmurava:

– Uma *sherry party* em Oxford! Espere só até o pessoal de Buffalo saber disso!

Era uma manhã fria e clara. O sol pálido derramava-se sobre as pedras de cor creme dos velhos prédios da cidade. Caminharam num silêncio confortável, mãos nos bolsos, ombros encurvados contra o vento inclemente de novembro que assoviava pelas ruas. Cortone a todo instante murmurava:

– É demais, demais mesmo...

Havia poucas pessoas pelas ruas. Mas depois de caminharem por pouco mais de um quilômetro, Dickstein apontou para um homem alto no outro lado da rua, com o cachecol da universidade enrolado no pescoço.

– Lá está o russo. – E depois gritou: – Ei, Rostov!

O russo levantou a cabeça, acenou e atravessou a rua. Tinha os cabelos curtos, no estilo militar, era muito comprido e magro para o terno de produção em massa. Cortone começava a pensar que todos eram magros naquela terra.

– Rostov está em Balliol, assim como eu. – disse Dickstein. – David Rostov, Alan Cortone. Al e eu estivemos juntos na Itália por algum tempo. Vai à casa de Ashford, Rostov?

O russo assentiu solenemente.

– Qualquer coisa por um drinque grátis.

– Também está interessado em literatura hebraica? – perguntou Cortone.

– Não. Estou aqui para estudar economia burguesa.

Dickstein desatou a rir. Cortone não percebeu onde estava a graça e Dickstein explicou:

– Rostov é de Smolensk. E é membro do PCUS... o Partido Comunista da União Soviética.

Cortone continuava a não ver onde estava a piada e comentou:

– Pensei que ninguém tivesse permissão para sair da Rússia.

Rostov lançou-se a uma comprida e complicada explicação que tinha alguma relação com o fato de seu pai ser um diplomata no Japão quando a guerra começara. Exibia uma expressão fervorosa, que de vez em quando cedia lugar a um sorriso irônico. Embora seu inglês fosse imperfeito, conseguiu dar a Cortone a impressão de que era condescendente. Cortone desviou sua atenção e começou a pensar como se podia amar um homem como se fosse seu próprio irmão, lutando lado a lado, para depois ele ir estudar literatura hebraica, levando-o a compreender que realmente não o conhecia.

Rostov finalmente perguntou a Dickstein:

– Já decidiu sobre sua ida para a Palestina?

Cortone interveio:

– Palestina? Para quê?

Dickstein parecia nervoso.

– Ainda não decidi.

– Devia ir – comentou Rostov. – A pátria dos judeus vai ajudar a destruir os últimos remanescentes do Império Britânico no Oriente Médio.

– É essa a linha do partido? – indagou Dickstein, com um ligeiro sorriso.

– É sim – respondeu Rostov, muito sério. – Você é um socialista...

– De certa forma.

– ...e é importante que o novo Estado seja socialista.

Cortone estava incrédulo.

– Os árabes estão assassinando todos os judeus por lá! Puxa, Nat, você acabou de escapar dos alemães!

– Ainda não decidi – repetiu Dickstein, sacudindo a cabeça, num gesto de irritação. – Não sei o que fazer.

Era evidente que não queria conversar a respeito.

Caminhavam rapidamente. O rosto de Cortone estava congelado, mas ele suava bastante por dentro do uniforme de inverno. Os outros dois começaram a discutir um escândalo. Um homem chamado Mosley – o nome nada significava para Cortone – conseguira entrar em Oxford num furgão e fizera um discurso no Memorial do Mártir. Cortone percebeu um momento depois que Mosley era fascista. Rostov argumentava que o incidente provava que a social-democracia aproximava-se mais do fascismo que do comunismo. Dickstein alegava que os estudantes que haviam promovido o escândalo estavam apenas querendo *chocar*.

Cortone ficou escutando, observando-os. Formavam uma dupla estranha: o alto Rostov, o cachecol no pescoço como uma atadura listrada, dando passadas compridas, as calças muito curtas agitadas como bandeiras, e o pequeno Dickstein, com olhos grandes e óculos redondos, usando um traje de desmobilizado, mais parecendo um esqueleto apressado. Cortone não era nenhum acadêmico, mas achava que podia farejar merda em qualquer língua. Sabia que nenhum dos dois estava dizendo o que acreditava: Rostov repetia, como um papagaio, uma espécie de dogma oficial, enquanto a indiferença brusca de Dickstein encobria uma atitude diferente, mais profunda. Quando Dickstein riu de Mosley, parecia uma criança rindo depois de um pesadelo. Os dois discutiam com inteligência, mas sem emoção. Era como um duelo de esgrima, com as espadas embainhadas.

Dickstein finalmente pareceu perceber que Cortone estava sendo excluído da conversa e pôs-se a falar sobre o anfitrião que iria recebê-los:

– Stephen Ashford é um tanto excêntrico, mas um homem extraordinário. Passou a maior parte de sua vida no Oriente Médio. Ganhou uma pequena fortuna e perdeu-a, pelo que contam. Fez as coisas mais incríveis, como atravessar o deserto da Arábia em um camelo.

– Essa pode ser a maneira menos absurda de atravessá-lo – comentou Cortone.

– Ashford tem uma esposa libanesa – disse Rostov.

Cortone olhou para Dickstein.

– Ela é...

– Ela é mais moça que o marido – apressou-se Dickstein a dizer. – Ashford trouxe-a para a Inglaterra pouco antes da guerra e tornou-se professor de literatura semítica aqui. Se ele lhe der Marsala em vez de *sherry*, isso significa que ficou mais tempo do que deveria.

– E alguém conhece a diferença? – perguntou Cortone.

– Esta é a casa dele.

Cortone estava meio que esperando uma casa mourisca, mas a residência de Ashford imitava o estilo Tudor, pintada de branco, com portas e janelas verdes. O jardim na frente era uma selva de arbustos diversos. Os três jovens subiram por um caminho calçado até a casa. A porta da frente estava aberta. Entraram num vestíbulo pequeno e quadrado. Uma porta dupla abriu-se e a mulher mais linda do mundo apareceu.

Cortone ficou hipnotizado. Parou perplexo, contemplando-a fixamente, enquanto ela atravessava o tapete para cumprimentá-los. E ouviu Dickstein dizer:

– Este é meu amigo Alan Cortone.

E de repente ele estava apertando a mão morena e comprida, quente e seca, delicada, não querendo largá-la nunca mais.

Ela virou-se e levou-os para a sala. Dickstein tocou no braço de Cortone e sorriu. Sabia o que passava pela mente do amigo.

Cortone recuperou o controle o suficiente para murmurar:

– Puxa!

Pequenos copos de *sherry* estavam alinhados com precisão militar numa mesinha. Ela entregou um copo a Cortone e disse:

– Sou Eila Ashford.

Cortone captou detalhes enquanto a mulher distribuía os drinques. Não usava qualquer adorno, não havia maquiado seu impressionante rosto, os cabelos pretos eram lisos, usava um vestido branco e sandálias. O efeito era quase como o de nudez, e Cortone ficou constrangido pelos pensamentos animais que surgiram em sua mente ao contemplá-la.

Fez um esforço para desviar os olhos e examinou a sala. Possuía a elegância inacabada de um lugar em que as pessoas viviam ligeiramente abaixo dos seus recursos. O suntuoso tapete persa era margeado por uma faixa de linóleo cinzento já descascando. Alguém estivera consertando o rádio e suas peças espalhavam-se sobre uma mesa. Havia dois retângulos mais claros no papel de parede, onde antes estavam pendurados quadros. E alguns copos de *sherry* não faziam parte do jogo. Havia cerca de uma dúzia de pessoas na sala.

Um árabe, num elegante terno cinzento ocidental, estava parado junto à lareira, olhando para a madeira trabalhada da cornija. Eila Ashford chamou-o.

– Quero apresentá-los a Yasif Hassan, amigo da minha família. Ele está no Worcester College.

– Já conheço Dickstein – disse Hassan.

Ele apertou a mão de todos. Cortone achou que ele até era bonito, para um negro, além de altivo, como acontecia com os negros que conseguiam ganhar algum dinheiro e eram convidados às casas de brancos.

Rostov perguntou-lhe:

– Você é libanês?

– Palestino.

– Ah! – Rostov prontamente se animou. – E o que acha do plano de partilha das Nações Unidas?

– Irrelevante – disse o árabe, languidamente. – Os ingleses devem sair e meu país terá um governo democrático.

– Mas então os judeus estarão em minoria – argumentou Rostov.

– Eles constituem uma minoria na Inglaterra. E por isso devem receber o Surrey como pátria?

– O Surrey nunca foi deles, mas a Palestina já foi.

Hassan deu de ombros, elegantemente.

– Foi... quando os galeses tinham a Inglaterra; os ingleses, a Alemanha; e os normandos franceses viviam na Escandinávia. – Virou-se para Dickstein. – Você tem senso de justiça. Qual é sua opinião?

Dickstein tirou os óculos.

– A justiça não importa. Quero uma terra que possa chamar de minha.

– Mesmo que tenha de roubar a minha terra? – perguntou Hassan.

– Pode ter o resto do Oriente Médio.

– Não quero.

– Essa discussão prova a necessidade da partilha – comentou Rostov.

Eila Ashford ofereceu uma caixa de cigarros. Cortone pegou um, acendeu o dela. Enquanto os outros discutiam sobre a Palestina, Eila perguntou a Cortone:

– Conhece Dickstein há muito tempo?

– Desde 1943.

Ele observou os lábios castanhos se fecharem em torno do cigarro. Ela até fumava lindamente. Delicadamente, Eila tirou um pedacinho de tabaco da ponta da língua.

– Estou terrivelmente curiosa a respeito dele.

– Por quê?

– Todo mundo está. Ele é apenas um garoto, mas parece muito *velho*. E não é só isso, Dickstein é obviamente um *cockney*, mas nem por isso se sente intimidado por todos esses ingleses de classes superiores. Mas é capaz de falar sobre qualquer coisa, menos a respeito de si mesmo.

Cortone assentiu:

– Também estou descobrindo que realmente não o conheço.

– Meu marido diz que ele é um estudante brilhante.

– Ele salvou a minha vida.

– Santo Deus! – Eila fitou-o mais atentamente, como se imaginasse se Cortone não estava apenas sendo melodramático. E aparentemente decidiu a favor dele. – Gostaria de ouvir a história.

Um homem de meia-idade, numa calça de veludo de piquê folgada, tocou-a no ombro.

– Como tudo está, minha cara?

– Tudo bem. Sr. Cortone, esse é meu marido, professor Ashford.

– Muito prazer.

Ashford era um homem calvo em roupas desapropriadas. Cortone esperava um Lawrence da Arábia. E pensou: Talvez, no fim das contas, Nat tenha uma chance.

– O Sr. Cortone estava me dizendo como Nat Dickstein salvou-lhe a vida – disse Eila.

– É mesmo?

– Não é uma história comprida – disse Cortone.

Ele olhou para Dickstein, absorvido na conversa com Hassan e Rostov. Percebeu como os três homens exibiam suas atitudes pela maneira como se postavam: Rostov, com os pés separados, sacudindo o dedo como um professor, seguro em seu dogma; Hassan, encostado numa estante, uma das mãos no bolso, fumando, simulando que o debate internacional sobre o futuro de sua terra era meramente de interesse acadêmico; Dickstein, com os braços cruzados firmemente, ombros inclinados, cabeça abaixada em concentração, a postura denunciando a mentira da natureza imparcial de seus comentários. Cortone ouviu *Os ingleses prometeram a Palestina aos judeus*, e a resposta, *Cuidado com os presentes de ladrões.* Ele virou-se novamente para os Ashford e começou a contar-lhes a história:

– Foi na Sicília, perto de um lugar chamado Ragusa, uma cidadezinha nas montanhas. Eu estava comandando uma patrulha pelos arredores. Ao norte da cidade, deparamos com um tanque alemão, numa pequena depressão à beira de um bosque. O tanque parecia abandonado, mas joguei uma granada lá dentro assim mesmo, para não correr riscos. Ao passarmos, houve um tiro, um único tiro, e um alemão com uma metralhadora caiu de uma árvore. Ele estava escondido lá em cima, pronto para nos liquidar quando chegássemos um pouco mais perto. Foi Nat Dickstein quem o matou.

Os olhos de Eila faiscaram, com algo próximo do excitamento, mas o marido empalideceu. Evidentemente, o professor não tinha estômago para histórias de vida e morte. Cortone pensou: Se isso o deixa transtornado, meu velho, espero que Dickstein jamais lhe conte qualquer uma de *suas* histórias.

– Os ingleses tinham contornado a cidade pelo outro lado – continuou Cortone. – Nat vira o tanque, assim como eu, e farejara uma armadilha. Avistara o homem de tocaia e esperava para ver se havia outros quando aparecemos. Se ele não fosse tão certeiro, eu teria morrido.

Eila e o marido ficaram em silêncio por um momento. Ashford finalmente disse:

– Não faz tanto tempo, mas esquecemos muito depressa.

Eila lembrou que tinha de dar atenção aos outros convidados, mas disse a Cortone, antes de se afastar:

– Quero conversar mais um pouco com você, antes de ir embora.

Ela atravessou a sala até o lugar em que Hassan tentava abrir uma porta dupla que dava para o jardim. Ashford passou a mão nervosamente pelos cabelos ralos atrás da orelha.

– O público ouve falar de grandes batalhas, mas imagino que o soldado se recorda desses pequenos incidentes pessoais.

Cortone assentiu, pensando que evidentemente Ashford não tinha a menor ideia do que era a guerra, e imaginando se a juventude do professor fora realmente tão cheia de aventuras como Dickstein alegara.

– Mais tarde, apresentei-o a meus primos... minha família veio da Sicília. Comemos massas e tomamos vinho, transformamos Nat em herói. Só ficamos juntos alguns dias, mas fomos como verdadeiros irmãos.

– Posso imaginar.

– Quando soube que ele caíra prisioneiro, pensei que nunca mais tornaria a vê-lo.

– Sabe o que aconteceu com ele? – perguntou Ashford. – Ele não fala muito...

Cortone deu de ombros.

– Nat sobreviveu aos campos de concentração.

– Teve sorte.

– Será mesmo?

Ashford fitou Cortone por um momento, confuso, depois desviou os olhos, contemplando a sala. Um instante depois, voltou a falar:

– Esta não é uma típica reunião de Oxford. Dickstein, Rostov e Hassan são estudantes um tanto excepcionais. Deve conhecer Toby. Ele é o estereótipo do estudante.

Ele chamou um rapaz de rosto vermelho, num terno de tweed, uma gravata de lã.

– Toby, este é o Sr. Cortone, companheiro de Dickstein na guerra.

Toby apertou a mão de Cortone e perguntou-lhe abruptamente:

– Pode me dar alguma informação de cocheira? Dickstein vai ganhar?

– Ganhar o quê?

Ashford explicou:

– Dickstein e Rostov vão jogar uma partida de xadrez e ambos são ótimos. Toby acha que talvez tenha alguma informação sigilosa. Provavelmente quer apostar no resultado.

– Pensei que o xadrez fosse um jogo de velhos – comentou Cortone.

– Ah! – exclamou Toby, um tanto alto, esvaziando o copo em seguida.

Tanto ele como Ashford pareceram perplexos com o comentário de Cortone. Uma menina de 4 ou 5 anos veio do jardim, carregando um gato cinzento já velho. Ashford apresentou-a com o orgulho tímido de um homem que se tornara pai na meia-idade:

– Esta é Suza.

– E este é Ezequias – disse a menina.

Suza tinha a pele e os cabelos da mãe, e também seria bonita. Cortone perguntou-se se ela seria de fato filha de Ashford. Não havia nada dele na menina. Ela estendeu a pata do gato e Cortone solicitamente apertou-a, dizendo:

– Como vai, Ezequias?

Suza encaminhou-se para Dickstein.

– Bom dia, Nat. Quer fazer um carinho no Ezequias?

– Ela é muito bonita – disse Cortone para Ashford. – Preciso falar com Nat. Podem me dar licença?

Aproximou-se de Dickstein, que estava ajoelhado, afagando o gato. Nat e Suza pareciam ser amigos. Ele disse para a menina:

– Este é meu amigo Alan.

– Já nos conhecemos.

Ela piscou os olhos. Cortone pensou: aprendeu isso com a mãe. Dickstein acrescentou:

– Estivemos juntos na guerra.

Suza olhou para Cortone.

– Você matou gente?

Ele hesitou por um instante.

– Claro.

– E não se sente mal por causa disso?

– Não muito. Eram homens perversos.

– Nat se sente mal. É por isso que não gosta de falar sobre essas coisas.

A menina conseguira arrancar mais coisas de Dickstein que todos os adultos juntos. O gato pulou dos braços de Suza com uma agilidade surpreendente. Ela saiu atrás dele. Dickstein levantou-se.

– Eu não diria que a Sra. Ashford está fora do seu alcance – comentou Cortone, baixinho.

– Acha mesmo?

– Ela não pode ter mais de 25 anos. O marido é pelo menos vinte anos mais velho. E sou capaz de apostar que não é nenhum garanhão. Casaram-se antes da guerra, ela devia ter uns 17 anos na ocasião. E não parecem muito apaixonados.

– Gostaria de poder acreditar em você, Al. – Dickstein não parecia tão interessado como deveria. – Vamos dar uma olhada no jardim.

Passaram pelas portas de vidro. O sol estava mais forte, o frio cortante desaparecera do ar. Numa imensidão de verde e marrom, o jardim estendia-se até o rio. Eles foram se afastando da casa.

– Não está gostando muito – comentou Dickstein.

– A guerra acabou, Nat. Vivemos agora em mundos diferentes. Tudo isso... professores, partidas de xadrez, *sherry*... é como se eu estivesse em Marte. Minha vida é fazer negócios, brigar com os concorrentes, ganhar algum dinheiro. Pensei em oferecer-lhe um emprego na firma, mas acho que estaria perdendo tempo.

– Alan...

– Mas que diabo, fique escutando! Provavelmente vamos perder contato agora, pois não sou muito de escrever cartas. Mas não esquecerei que lhe devo a vida. Um dia desses, pode querer cobrar a dívida. Sabe onde me encontrar.

Dickstein abriu a boca para falar, mas nesse momento ouviram vozes:

– Oh, não... aqui não... agora não...

Era uma mulher.

– Agora!

Um homem.

Dickstein e Cortone estavam parados atrás de uma sebe espessa, que isolava um canto do jardim. Alguém começara a plantar um labirinto de cerca viva e jamais concluíra o trabalho. Havia uma abertura a alguns passos do lugar em que os dois estavam, depois a sebe virava em ângulo reto e corria ao longo da margem do rio. As vozes vinham claramente do outro lado das folhagens.

A mulher tornou a falar, a voz baixa, gutural:

– Não faça isso ou eu grito!

Dickstein e Cortone passaram pela abertura na sebe.

Cortone jamais esqueceria o que viu lá. Olhou para as duas pessoas e depois, estarrecido, olhou para Dickstein. O amigo ficou pálido do choque, parecia doente. A boca estava entreaberta, enquanto ele olhava a cena com horror e desespero. Cortone voltou a olhar para o casal.

A mulher era Eila Ashford. A saia do vestido fora levantada na altura da cintura, o rosto estava corado de prazer e beijava Yasif Hassan.

1

O sistema de alto-falantes do aeroporto do Cairo emitiu um barulho como o de uma campainha de porta e depois anunciou a chegada do voo da Alitalia procedente de Milão: em árabe, italiano, francês e inglês. Towfik el-Masiri deixou a mesa no café e foi para o terraço de observação. Colocou os óculos escuros para olhar a pista de concreto tremeluzindo. O Caravelle já tinha pousado e taxiava.

Towfik estava ali por causa de um telegrama. Chegara naquela manhã, enviado por seu "tio" em Roma, em código. Qualquer empresa pode usar um código para telegramas internacionais, desde que forneça primeiro a chave ao departamento de correios. Tais códigos são usados cada vez mais para poupar dinheiro, reduzindo-se frases comuns a uma única palavra, do que para transmitir segredos. O telegrama do tio de Towfik, transmitido de acordo com o livro de código registrado, dava detalhes do testamento de sua falecida tia. Mas Towfik tinha outra chave para o código e a mensagem que leu era outra:

> OBSERVE E SIGA PROFESSOR FRIEDRICH SCHULZ CHEGANDO CAIRO DE MILÃO QUARTA-FEIRA 28 FEVEREIRO 1968 POR VÁRIOS DIAS. IDADE 51 ALTURA 1,80 METRO PESO 75 QUILOS CABELOS BRANCOS OLHOS AZUIS NACIONALIDADE AUSTRÍACA COMPANHEIROS ESPOSA APENAS.

Os passageiros começaram a desembarcar do avião e Towfik reconheceu o homem quase que imediatamente.

Havia, no voo, apenas um homem alto, magro, de cabelos brancos. Usava um terno azul-claro, camisa branca e gravata, carregava uma sacola de compras de plástico de uma loja de aeroporto, além de uma máquina fotográfica. A esposa era bem mais baixa, com uma minissaia da moda e uma peruca loura. Atravessando a pista, eles olharam ao redor, farejando o ar quente e seco do deserto, como a maioria das pessoas que desembarcava pela primeira vez no norte da África.

Os passageiros desapareceram no salão de chegada. Towfik esperou no terraço de observação, até que a bagagem deixou o avião. Foi então misturar-se com a pequena multidão que aguardava logo depois da barreira alfandegária.

E teve de esperar um bocado. Era algo que não ensinavam: como esperar. Aprendia-se a manejar armas, memorizar mapas, arrombar cofres e matar pessoas com as mãos, tudo nos seis primeiros meses do curso de treinamento. Não havia aulas sobre paciência, exercícios para pés doloridos, seminários sobre o tédio. E estava começando a parecer como *Há alguma coisa errada aqui*, começando a parecer *Cuidado, cuidado*, começando a...

Havia outro agente na multidão.

A mente de Towfik acionou o sinal de alarme quando pensava na paciência necessária. As pessoas na pequena multidão, esperando por parentes e amigos, relações profissionais que haviam desembarcado do avião procedente de Milão, estavam impacientes. Fumavam sem parar, trocavam o peso do corpo de um pé para o outro, esticavam a cabeça, visivelmente inquietos. Havia uma família de classe média com quatro crianças, dois homens nas tradicionais túnicas *galabiya*, de algodão listrado, um homem de negócios num terno escuro, um motorista com um cartaz anunciando FORD MOTOR COMPANY e...

E um homem paciente.

Como Towfik, ele tinha a pele escura, cabelos curtos e usava um terno no estilo europeu. À primeira vista, parecia estar com a família de classe média... assim como Towfik, ao observador superficial, daria a impressão de estar acompanhando o homem de negócios, de terno escuro. O outro agente estava parado displicentemente, com as mãos nas costas, olhando para a saída de bagagens. Havia uma risca mais clara na pele, ao lado do nariz, como uma cicatriz antiga. Ele tocou-a uma vez, no que poderia ser um gesto nervoso, tornou a pôr as mãos para trás.

O problema era só um: será que ele identificara Towfik?

Towfik virou-se para o homem de negócios ao seu lado e disse:

– Jamais consegui compreender por que essas coisas precisam demorar tanto.

Ele sorriu e falou baixinho, a fim de que o homem tivesse de se inclinar, retribuindo o sorriso. Os dois pareciam conhecidos, numa conversa cordial. E o homem comentou:

– As formalidades demoram mais que o voo.

Towfik lançou mais um olhar rápido para o outro agente. O homem continuava na mesma posição, observando a saída. Não tentara qualquer camuflagem. Será que isso significava que não identificara Towfik? Ou indicava que desconfiara de Towfik e chegara à conclusão de que uma tentativa de camuflagem iria denunciá-lo?

Os passageiros começaram a sair e Towfik compreendeu que nada poderia fazer. Torceu para que a pessoa que o agente esperava saísse antes do professor Schulz.

Mas isso não aconteceria. Schulz e a esposa estavam entre os primeiros passageiros que apareceram.

O outro agente adiantou-se e apertou-lhes as mãos.

Estava tudo claro agora.

O agente encontrava-se ali para receber Schulz.

Towfik ficou observando o agente convocar carregadores e depois afastar-se com o casal. Voltou para o seu carro, por uma saída diferente. Antes de entrar, tirou o paletó e a gravata, pôs óculos escuros e um boné branco de algodão. Agora, não poderia ser reconhecido facilmente como o homem que estivera esperando no aeroporto.

Calculou que o agente deixara o carro numa área de estacionamento proibido, perto da entrada principal, e por isso seguiu para lá. Estava certo. Avistou os carregadores guardarem a bagagem dos Schulz na mala de um Mercedes cinza, de cinco anos. Seguiu adiante.

Levou o seu Renault empoeirado para a estrada que ligava Heliópolis, onde ficava o aeroporto, ao Cairo. Foi guiando, a 60 quilômetros por hora, mantendo-se na faixa de tráfego mais lento. O Mercedes cinza passou por ele dois ou três minutos depois. Towfik acelerou para mantê-lo ao alcance de sua vista. Decorou a placa, pois sempre era útil reconhecer os carros da oposição.

O céu começou a ficar nublado. Enquanto avançava pela estrada reta e margeada de palmeiras, Towfik pensou no que descobrira até aquele momento. O telegrama nada lhe informara a respeito de Schulz, exceto sua aparência e o fato de que era um professor austríaco. Mas o encontro no aeroporto permitia diversas deduções. Houve uma espécie de tratamento VIP clandestino. Towfik calculava que o agente era local: tudo conduzia para isso: as roupas, o carro, o jeito de esperar. Isso significava que Schulz provavelmente estava ali a convite do governo, mas ele ou as pessoas que viera encontrar queriam que a visita fosse mantida em segredo.

Não era muita coisa. Schulz seria professor de *quê*? Podia ser um banqueiro, fabricante de armas, técnico em foguetes ou comprador de algodão. Podia até estar com Al Fatah, embora Towfik não o imaginasse como um nazista ressuscitado. Mesmo assim, qualquer coisa era possível.

Certamente Tel Aviv não pensava que Schulz era importante, caso contrário não usaria Towfik, jovem e inexperiente, para aquela vigilância. Era até possível que tudo não passasse de outro exercício de treinamento.

Entraram no Cairo por Shari Ramses e Towfik diminuiu a distância entre o Renault e o Mercedes, até que havia apenas um outro carro entre os dois. O Mercedes cinza virou à direita na Corniche al-Nil, depois atravessou o rio pela ponte 26 de Julho e entrou no bairro de Zamalek pela ilha de Gezira.

Havia menos tráfego naquele rico e triste subúrbio. Towfik ficou apreensivo com a possibilidade de ser reconhecido pelo agente ao volante do Mercedes. Mas dois minutos depois o carro entrou numa rua residencial, perto do Clube dos Oficiais, parando diante de um prédio de apartamentos com um jacarandá no jardim. Towfik imediatamente virou à direita, sumindo antes que as portas do Mercedes se abrissem. Parou o carro, saltou, voltou a pé até a esquina. Chegou a tempo de ver o agente e os Schulz entrarem no prédio, seguidos por um zelador de *galabiya*, carregando penosamente a bagagem.

Towfik olhou para um lado e outro da rua. Não havia qualquer lugar em que um homem pudesse ficar fazendo hora convincentemente. Towfik voltou a seu carro, virou a esquina de marcha à ré e estacionou entre dois outros carros, no mesmo lado da rua em que estava o Mercedes.

Meia hora depois, o agente saiu sozinho, entrou no Mercedes e foi embora.

Towfik acomodou-se para esperar.

A ROTINA SE PROLONGOU por dois dias, depois tudo começou a acontecer.

Até então, os Schulz comportaram-se como turistas e pareciam estar gostando. Na primeira noite, jantaram numa boate e assistiram a uma exibição de dançarinas do ventre. No dia seguinte, visitaram as pirâmides e a Esfinge, almoçaram no Groppi's e jantaram no Nilo Hilton. Na manhã do terceiro dia, levantaram-se cedo, pegaram um táxi e seguiram para a mesquita de Ibn Tulun.

Towfik deixou o Renault perto do museu Gayer-Anderson e seguiu-os. Os Schulz visitaram a mesquita rapidamente, dando uma olhada superficial, seguiram para o leste, pela Shari al-Salibah. Pareciam não ter qualquer pressa. Contemplavam fontes e prédios, examinavam as lojas pequenas e escuras, observavam as mulheres *baladi* comprarem cebola, pimenta e patas de camelo nas barracas armadas na rua.

Pararam num cruzamento e entraram numa casa de chá. Towfik atravessou a rua até a *sebeel*, uma fonte coberta, por trás de janelas de ferro trabalhado, contemplou os relevos barrocos nas paredes. Subiu a rua, ainda sem perder de vista a casa de chá, passou algum tempo comprando quatro tomates gigantes informes de um barraqueiro descalço e de boné branco.

Os Schulz saíram da casa de chá e seguiram, pela rua do mercado, para o norte, o lado em que Towfik estava. Ali era mais fácil para Towfik segui-los, às vezes se adiantando, outras ficando para trás. Frau Schulz comprou sandálias e uma pulseira de ouro, pagou demais por um raminho de menta a um garoto seminu. Towfik adiantou-se o bastante para tomar uma xícara de café turco, forte e sem açúcar, debaixo do toldo de um café chamado Nassif.

Os Schulz deixaram a rua do mercado e entraram num *souq* coberto, especializado em selaria. Schulz olhou para o relógio de pulso e falou para a esposa, dando a Towfik o primeiro ligeiro indício de ansiedade. Passaram a andar um pouco mais depressa, até saírem em Bab Zuweyla, o portão para a cidade murada original.

Por um momento, os Schulz ficaram fora das vistas de Towfik, ocultos por um burro puxando uma carroça carregada de jarros Ali-Babá, as bocas cheias de jornal amassado. Depois que a carroça passou, Towfik avistou Schulz despedindo-se da esposa e entrando num velho Mercedes cinza.

Towfik soltou uma imprecação baixinho.

A porta bateu e o carro afastou-se. Frau Schulz acenou. Towfik conferiu a placa: era o mesmo carro que seguira de Heliópolis ao Cairo. Observou-o seguir para oeste e depois virar à esquerda, para a Shari Port Said.

Esquecendo Frau Schulz, Towfik virou-se e saiu correndo.

Estavam andando há cerca de uma hora, mas haviam percorrido menos de dois quilômetros. Towfik atravessou correndo o *souq* de selaria e a rua do mercado, esquivando-se das barracas e esbarrando em homens e mulheres, largando o saco de tomates numa colisão com um varredor núbio, até que finalmente alcançou o museu e seu carro.

Sentou ao volante, a respiração ofegante, sentindo uma pontada de dor no lado. Ligou o motor e partiu em direção a Shari Port Said.

Não havia muito tráfego e por isso calculou que devia estar logo atrás do Mercedes quando chegou à estrada. Seguiu para sudoeste, passando pela ilha de Roda e atravessando a ponte Giza, entrando na estrada de Giza.

Towfik chegou à conclusão de que Schulz não tentava deliberadamente livrar-se de alguém que o seguia. Se o professor fosse um profissional, certamente teria despistado Towfik com a maior facilidade. Ele estava simplesmente fazendo um passeio matutino pelo mercado, antes de encontrar-se com alguém, num ponto combinado. Mas Towfik tinha certeza de que o ponto de encontro e o passeio anterior haviam sido sugeridos pelo agente.

Eles poderiam ter ido a qualquer lugar, mas parecia mais provável que estivessem deixando a cidade, caso contrário Schulz poderia simplesmente ter apanhado um táxi em Bab Zuweyla. E aquela era a principal estrada para oeste. Towfik acelerou o máximo possível. Não demorou muito para que nada houvesse à sua frente, além da faixa cinzenta da estrada, reta como uma flecha, nada dos lados, além da areia amarelada e do céu azul.

Towfik chegou às pirâmides sem ter alcançado o Mercedes. A estrada se bifurcava ali, seguindo para o norte, até Alexandria, e para o sul, até Faiyum. Pelo lugar em que o Mercedes apanhara Schulz, aquele seria um caminho improvável para Alexandria, dando uma volta desnecessária. Assim, Towfik seguiu na direção de Faiyum.

Quando finalmente avistou o Mercedes, o carro estava atrás dele, aproximando-se velozmente. Antes de alcançá-lo, o Mercedes virou à direita, saindo da estrada principal. Towfik freou bruscamente, fez a volta com o Renault e entrou no desvio. O outro carro já estava a mais de um quilômetro à sua frente, na estrada secundária. Towfik seguiu-o.

Era uma situação perigosa. A estrada provavelmente se estendia pelo Deserto Ocidental, talvez até o campo petrolífero de Qattara. Parecia pouco usada e um vento forte poderia cobri-la com uma camada de areia. O agente no Mercedes não poderia deixar de perceber que estava sendo seguido. Se fosse um bom agente, a presença do Renault poderia até desencadear recordações da viagem de Heliópolis ao Cairo.

Era num lugar assim que todo o treinamento se mostrava perdido, toda a camuflagem, cuidadosa, e truques do ofício se tornavam inúteis. Era necessário continuar a seguir a pessoa, a qualquer custo, quer se fosse visto ou não, porque o importante era descobrir o destino do seguido. E se não conseguisse pelo menos isso, então um agente não prestava para nada.

E por isso Towfik lançou ao vento do deserto toda a cautela e foi atrás do Mercedes. Mas mesmo assim acabou perdendo de vista o carro cinza.

O Mercedes era um carro mais veloz e bem projetado para a estrada estreita e esburacada. Já tinha sumido poucos minutos depois. Towfik continuou pela estrada, na esperança de poder alcançá-lo quando parasse ou pelo menos passar por algo que pudesse ser seu destino.

Sessenta quilômetros adiante, em pleno deserto e começando a ficar preocupado com a possibilidade de que a gasolina acabasse, Towfik alcançou uma pequena aldeia num oásis, onde havia um entroncamento. Uns poucos animais esqueléticos pastavam na vegetação escassa, em torno de um poço lamacento. Um jarro de favas e três latas de Fanta, numa mesa improvisada diante de uma cabana, indicavam o café local. Towfik saltou do carro e falou com um velho que estava molhando um búfalo descarnado:

– Por acaso viu um Mercedes cinza passar por aqui?

O camponês fitou Towfik com uma expressão impassível, como se ele estivesse falando uma língua estrangeira.

– Viu um carro cinza?

O velho afastou uma imensa mosca preta de sua testa e assentiu, uma única vez.

– Quando?

– Hoje.

Era provavelmente a resposta mais precisa que se poderia esperar.

– Para que lado foi?

O velho apontou para oeste, na direção do deserto.

– Onde posso conseguir gasolina? – indagou Towfik.

O homem apontou para o leste, na direção do Cairo.

Towfik deu-lhe uma moeda e voltou ao carro. Ligou o motor e olhou novamente para o medidor de gasolina. Tinha combustível suficiente para voltar ao Cairo, mas nada mais além disso. Se continuasse indo a oeste, ficaria sem gasolina para a viagem de volta.

Decidiu que fizera tudo o que era possível. Desolado, fez a volta com o Renault e voltou ao Cairo.

TOWFIK NÃO GOSTAVA de seu trabalho. Quando era monótono, sentia-se entediado; quando era emocionante, sentia-se apavorado. Mas haviam dito para ele que o trabalho a ser feito no Cairo era importante e perigoso e que ele tinha as qualidades necessárias para ser um bom espião. Além disso, não havia judeus-egípcios em quantidade suficiente em Israel para que pudessem arrumar outro com todas as qualidades indispensáveis, se por acaso ele dissesse não. Por isso, é claro que Towfik concordara. Não era exclusivamente por idealismo que arriscava a vida por seu país. Era mais por interesse próprio. A destruição de Israel implicaria sua própria destruição; lutando por Israel, estava lutando por si mesmo; arriscava a vida para salvar a sua própria vida. Era a atitude lógica. Mesmo assim, ele aguardava o momento – dentro de cinco anos? Dez? Vinte? – em que estaria velho demais para o trabalho de campo e o mandariam voltar para casa, sentando-o atrás de uma escrivaninha. Ele poderia então arrumar uma boa moça judia, casar-se e acomodar-se para desfrutar a terra pela qual lutara.

Enquanto isso, tendo perdido o professor Schulz, Towfik decidiu seguir a esposa dele.

Ela continuou a visitar os pontos turísticos da cidade, escoltada agora por um jovem árabe, presumivelmente destacado pelos egípcios para tomar conta dela, enquanto o marido estava ausente. De noite, o árabe levou-a a um restaurante egípcio para jantar, acompanhou-a de volta ao prédio de apartamentos e beijou-a no rosto debaixo do jacarandá no jardim.

Na manhã seguinte, Towfik foi a uma agência dos correios e despachou um telegrama codificado para seu tio em Roma:

SCHULZ RECEBIDO AEROPORTO POR SUSPEITO AGENTE LOCAL. PASSOU DOIS DIAS VISITANDO CIDADE. APANHADO PELO AGENTE ANTES MENCIONADO E LEVADO DIREÇÃO QATTARA. VIGILÂNCIA MALOGRADA. AGORA VIGIANDO ESPOSA.

Towfik estava de volta a Zamalek às 9 horas. Às 11h30, avistou Frau Schulz numa varanda, tomando café. Calculou que ali fosse o apartamento dos Schulz.

Na hora do almoço, o interior do Renault estava terrivelmente quente. Towfik comeu uma maçã e tomou uma cerveja morna de garrafa.

O professor Schulz chegou no fim da tarde, no mesmo Mercedes cinza. Parecia cansado, um tanto amarfanhado, como um homem de meia-idade que viajara demais. Saltou do carro e entrou no prédio sem olhar para trás. Depois de deixá-lo, o agente passou pelo Renault e por um instante olhou diretamente para Towfik. Não havia nada que Towfik pudesse fazer para evitá-lo.

Onde Schulz estivera? Towfik calculava que passara quase um dia inteiro para chegar lá, permanecera em seu destino durante a noite, um dia inteiro e mais uma noite, gastando a maior parte do dia de hoje para voltar. Qattara era apenas uma entre várias possibilidades. A estrada do deserto estendia-se até Matruh, na costa mediterrânea; havia um desvio para Karkur Tohl, ao sul, e com uma mudança de carro e um guia do deserto, poderiam até ter ido a um encontro na fronteira com a Líbia.

Os Schulz tornaram a sair às 21 horas. O professor parecia revigorado. Estavam vestidos para o jantar. Andaram por uma curta distância e fizeram sinal para um táxi.

Towfik tomou uma decisão. Não os seguiu.

Saiu do carro e entrou no jardim do prédio. Avançou pelo gramado empoeirado e encontrou um bom ponto de observação, atrás de uma moita, de onde podia observar o saguão através da porta aberta. O zelador núbio estava sentado num banco de madeira baixo, limpando o nariz.

Towfik esperou.

Vinte minutos depois, o homem deixou o banco e desapareceu nos fundos do prédio.

Towfik entrou rapidamente, atravessou o saguão e subiu a escada, sem fazer barulho.

Tinha três chaves mestras do tipo Yale, mas nenhuma se ajustou na fechadura do apartamento 3. No fim, ele conseguiu abrir a porta com um pedaço de plástico.

Entrou no apartamento e fechou a porta.

Já estava bastante escuro lá fora. Um pouco de claridade de um lampião da rua entrava pela janela sem cortina. Towfik tirou uma lanterna pequena do bolso da calça, mas não a acendeu imediatamente.

O apartamento era grande e arejado, as paredes, brancas, os móveis, coloniais ingleses. Tinha a aparência fria de um lugar em que ninguém realmente morava. Havia uma sala de estar grande, uma sala de jantar, três quartos e uma cozinha. Depois de verificar rapidamente todos os aposentos, Towfik pôs-se a revistá-los mais meticulosamente.

Os dois quartos menores estavam vazios. No maior, Towfik vasculhou todas as gavetas e armários. O guarda-roupa continha uma coleção de vestidos um tanto espalhafatosos, de uma mulher que já passara pela melhor fase da vida, estampados de cores fortes, muito turquesa, laranja e rosa. As etiquetas eram americanas. O telegrama dissera que a nacionalidade de Schulz era austríaca, mas eles podiam viver nos Estados Unidos. Towfik nunca o ouvira falar.

Na mesinha de cabeceira, havia um guia do Cairo em inglês, um exemplar da *Vogue* e um impresso com um artigo sobre isótopos.

O que significava que Schulz era um cientista.

Towfik deu uma olhada no artigo. A maior parte estava além de sua compreensão. Calculou que Schulz devia ser químico ou físico. Se estivesse ali para trabalhar em armamentos, Tel Aviv ia querer saber.

Não havia documentos pessoais. Evidentemente, Schulz levava o passaporte e todos os documentos de identidade no bolso. As etiquetas da empresa aérea haviam sido removidas das malas.

Numa mesa baixa, na sala de estar, dois copos cheiravam a gim. Os Schulz deviam ter tomado um drinque antes de saírem.

No banheiro, Towfik encontrou as roupas que Schulz usara no deserto. Havia bastante areia nos sapatos. Nas bainhas da calça ele descobriu pequenas manchas cinzentas, empoeiradas, que poderiam ser de cimento. No bolsinho do paletó, amarrotado, havia um recipiente azul de plástico, com cerca de 10 centímetros quadrados, bastante delgado. Continha um envelope do tipo usado para proteger filme fotográfico.

Towfik embolsou-o.

As etiquetas da empresa aérea estavam numa cesta de papel no pequeno vestíbulo. O endereço dos Schulz era em Boston, Massachusetts, o que provavelmente significava que o professor lecionava em Harvard, no MIT ou em alguma das universidades menores da região. Towfik fez rapidamente algumas contas. Schulz devia estar na casa dos 20 anos durante a Segunda Guerra Mundial. Portanto, poderia perfeitamente ter sido um dos técnicos em foguetes alemães que foram para os Estados Unidos depois da guerra.

Ou não. Não era preciso ser um nazista para trabalhar para os árabes.

Nazista ou não, Schulz era do tipo econômico: o sabonete, a pasta de dentes e a loção após barba eram todos tirados de aviões e hotéis.

No chão da sala de estar, ao lado de uma cadeira de palhinha, havia um bloco de papel pautado, com a folha de cima em branco. Um lápis fora deixado em cima do bloco. Talvez Schulz estivesse escrevendo anotações sobre a viagem enquanto tomava o gim. Towfik revistou o apartamento à procura de folhas arrancadas do bloco.

Encontrou-as na varanda, queimadas até virarem cinzas, num cinzeiro grande.

A noite estava fria. No fim do ano, o ar ficaria mais quente, recendendo à fragrância do jacarandá no jardim lá embaixo. Ouvia-se o tráfego da cidade, a distância. Towfik lembrou-se do apartamento de seu pai em Jerusalém. E ele pensou quanto tempo se passaria antes que visse de novo a cidade.

Já fizera tudo o que podia ali. Tornaria a verificar o bloco pautado, para descobrir se o lápis de Schulz não fizera pressão suficiente para deixar marcas na folha seguinte. Virou-se e atravessou a varanda, até as portas francesas que davam para a sala de estar.

E estava com a mão na porta quando ouviu vozes.

Towfik ficou paralisado.

– Sinto muito, meu bem, mas simplesmente não podia suportar outro bife passado demais.

– Mas poderíamos ter comido alguma coisa, pelo amor de Deus.

Os Schulz estavam de volta.

Towfik reconstituiu rapidamente seu caminho pelos aposentos do apartamento: quartos, banheiro, sala de estar, cozinha... Repusera no lugar tudo em que mexera, exceto a caixinha de plástico. Que não poderia ter deixado de recolher. Schulz provavelmente presumiria que a perdera.

Se Towfik conseguisse agora escapar sem ser visto, talvez nunca soubessem que ele estivera ali.

Debruçou-se sobre o parapeito da varanda. Estava escuro demais para avistar o chão. Pendurou-se para fora, segurando-se com as pontas dos dedos, e largou. Caiu sem perder o equilíbrio e tratou de se afastar o mais depressa possível.

Fora o seu primeiro arrombamento e sentia-se satisfeito. Tudo transcorrera suavemente, como um exercício de treinamento, até mesmo o retorno prematuro dos ocupantes do apartamento e a súbita saída do espião por um caminho de emergência prefixado. Ele sorriu no escuro. Talvez ainda vivesse para se acomodar àquele trabalho burocrático.

Towfik entrou no carro, ligou o motor e acendeu as luzes. Dois homens saíram das sombras e postaram-se nos dois lados do Renault.

Quem...?

Ele não esperou para descobrir o que estava acontecendo. Engrenou a primeira e arrancou. Os dois homens recuaram imediatamente.

Não fizeram qualquer tentativa para detê-lo. Então por que estavam ali? Para ter certeza de que ele permanecia no carro...?

Towfik pisou no freio e olhou para o banco de trás. E foi então que descobriu, com uma tristeza insuportável, que nunca mais tornaria a ver Jerusalém.

Um árabe alto, de terno escuro, estava lhe sorrindo por cima do cano de uma pequena pistola.

– Siga em frente – disse o homem, em árabe. – Mas não muito depressa, por favor.

P: Qual é o seu nome?
R: Towfik el-Masiri.
P: Descreva-se.
R: Idade, 26 anos, 1,74 metro de altura, 80 quilos, olhos castanhos, cabelos pretos, feições semitas, pele castanho-clara.
P: Para quem trabalha?
R: Sou estudante.
P: Que dia é hoje?
R: Sábado.
P: Qual é a sua nacionalidade?
R: Sou egípcio.
P: Quanto é 20 menos 7?
R: Treze.

As perguntas acima visam a facilitar a regulagem do detector de mentiras.

P: Você trabalha para a CIA.
R: Não. (VERDADEIRO)
P: Para os alemães?
R: Não. (VERDADEIRO)

P: Para Israel?
R: Não. (FALSO)
P: É realmente um estudante?
R: Sou. (FALSO)
P: Fale-me dos seus estudos.
R: Estou estudando química na Universidade do Cairo. (VERDADEIRO) Estou interessado em polímeros. (VERDADEIRO) Quero ser engenheiro petroquímico. (FALSO)
P: O que são polímeros?
R: Complexos compostos orgânicos, com um grande aglomerado de moléculas. O mais comum é o polietileno. (VERDADEIRO)
P: Qual é o seu nome?
R: Já falei. Towfik el-Masiri. (FALSO)
P: Os terminais em sua cabeça e peito medem a pulsação, batida do coração, respiração e transpiração. Quando mente, seu metabolismo o trai, pois passa a respirar mais depressa, transpira mais e assim por diante. Essa máquina, um presente dos nossos amigos russos, revela quando você está mentindo. Além disso, acontece que sei que Towfik el-Masiri está morto. Quem é você?
R: (Não houve resposta)
P: O fio preso na ponta de seu pênis pertence a uma máquina diferente. Está ligado a este botão. E quando eu aperto o botão...
R: (Grito)
P: ...uma corrente elétrica passa pelo fio e lhe dá um choque. Pusemos seus pés num balde com água, a fim de aumentar a eficiência do aparelho. Qual é o seu nome?
R: Avram Ambache.

O aparelho elétrico interfere com o funcionamento do detector de mentiras.

P: Tome um cigarro.
R: Obrigado.

P: Acredite ou não, detesto este trabalho. O problema é que as pessoas que gostam dele jamais prestam para realizá-lo. É preciso ter sensibilidade. E sou uma pessoa sensível... detesto ver os outros sofrendo. Não é o que também acontece com você?
R: (Não houve resposta)
P: Está agora tentando pensar em meios de resistir. Por favor, não se dê esse trabalho. Não há defesa contra as técnicas modernas de... entrevistar. Qual é o seu nome?
R: Avram Ambache. (VERDADEIRO)
P: Quem é o seu controle?
R: Não sei o que está querendo dizer com isso. (FALSO)
P: É Bosch?
R: Não, Friedman. (REGISTRO INDETERMINADO)
P: É Bosch.
R: É sim. (FALSO)
P: Não, não é Bosch. É Krantz.
R: Está bem, é Krantz... qualquer coisa que quiser. (VERDADEIRO)
P: Como faz contato?
R: Tenho um rádio. (FALSO)
P: Não está me dizendo a verdade.
R: (Grito)
P: Como faz contato?
R: Uma caixa de correio fora de uso no *faubourg*.
P: Está pensando que, quando sente dor, o detector de mentiras não funcionará devidamente e por isso há alguma segurança na tortura. Está apenas parcialmente certo. Esta é uma máquina extremamente sofisticada e passei muitos meses aprendendo a usá-la da maneira apropriada. Depois que lhe dou um choque, só há necessidade de uns poucos momentos para reajustar a máquina ao seu metabolismo mais rápido. E posso então voltar a determinar quando você está mentindo. Como faz contato?

R: Uma caixa... (Grito)

P: Ali! Ele conseguiu desvencilhar os pés... Essas convulsões são muito fortes. Amarre-o novamente, antes de ele se recuperar. E pegue esse balde e ponha mais água.

(Pausa)

Está certo. Ele já está recuperando os sentidos. Saia agora.

Pode me ouvir, Towfik?

R: (Indistinta)

P: Qual é o seu nome?

R: (Não houve resposta)

Uma pequena pontada para ajudá-lo...

R: (Grito)

P: ...a pensar.

R: Avram Ambache.

P: Que dia é hoje?

R: Sábado.

P: O que lhe demos para comer de manhã?

R: Favas.

P: Quanto é 20 menos 7?

R: Treze.

P: Qual é a sua profissão?

R: Sou um estudante. Não, por favor, e um espião, também sou um espião, não toque o botão por favor, oh, meu Deus, oh, meu Deus...

P: Como faz contato?

R: Telegramas em código.

P: Tome um cigarro. Aqui está... Ao que parece, não é capaz de segurá-lo entre os lábios... deixe-me ajudá-lo... assim.

R: Obrigado.

P: Procure apenas permanecer calmo. Lembre-se de uma coisa: enquanto estiver dizendo a verdade, não haverá dor.

R: (Pausa)

P: Está se sentindo melhor?

R: Estou.

P: Eu também estou. E agora fale-me a respeito do professor Schulz. Por que o seguia?

R: Recebi ordens. (VERDADEIRO)

P: De quem em Tel Aviv?

R: Não sei. (REGISTRO INDETERMINADO)

P: Mas pode imaginar.

R: Bosch. (REGISTRO INDETERMINADO)

P: Ou Krantz?

R: É possível. (VERDADEIRO)

P: Krantz é uma boa pessoa. Merece toda confiança. Como vai a esposa dele?

R: Vai bem... (grito)

P: A esposa dele morreu em 1958. Por que me obriga a machucá-lo? O que Schulz fez?

R: Passou dois dias visitando os pontos turísticos da cidade, depois desapareceu no deserto num Mercedes cinza.

P: E arrombou o apartamento dele.

R: Isso mesmo. (VERDADEIRO)

P: O que descobriu?

R: Ele é um cientista. (VERDADEIRO)

P: E que mais?

R: Americano. (VERDADEIRO) Isso é tudo. (VERDADEIRO)

P: Quem foi seu instrutor no treinamento?

R: Ertl. (REGISTRO INDETERMINADO)

P: Mas esse não era o verdadeiro nome dele.

R: Não sei. (FALSO) Não! Não aperte o botão de novo, deixe-me pensar um minuto, acho que alguém disse que o nome verdadeiro dele era Manner. (VERDADEIRO)

P: Ah, sim, Manner... É uma pena. Ele é do tipo antiquado. Ainda acredita que se pode treinar agentes para resistir a interrogatório. A culpa é dele se você está sofrendo tanto agora. E o que me diz dos seus companheiros? Quem foi treinado junto com você?

R: Nunca soube os nomes verdadeiros deles. (FALSO)

P: Não soube?
R: (Grito)
P: Os nomes verdadeiros.
R: Não de todos...
P: Diga-me os que conhece.
R: (Não houve resposta)
(Grito)

O prisioneiro desmaiou.

(Pausa)
P: Qual é o seu nome?
R: Anh... Towfik. (Grito)
P: O que comeu de manhã?
R: Não sei.
P: Quanto é 20 menos 7?
R: Vinte e sete.
P: O que disse a Krantz sobre o professor Schulz?
R: Visita a pontos turísticos... Deserto Ocidental... vigilância malograda...
P: Quem treinou com você?
R: (Não houve resposta)
P: Quem treinou com você?
R: (Grito)
P: Quem treinou com você?
R: Mesmo que eu ande pelo vale das sombras da morte...
P: Quem treinou com você?
R: (Grito)

O prisioneiro morreu.

QUANDO KAWASH pediu um encontro, Pierre Borg compareceu. Não houve qualquer discussão sobre horários e lugares: Kawash enviava uma mensagem comunicando o ponto de encontro e a hora, e Borg dava um jeito de comparecer. Kawash era o melhor agente duplo que Borg já tivera e ponto final.

O chefe do Mossad ficou parado no lado norte da plataforma da linha Bakerloo, na estação do metrô em Oxford Circus, lendo um anúncio de um curso de conferências sobre teosofia, esperando por Kawash. Não tinha a menor ideia do motivo pelo qual o árabe escolhera Londres para o encontro; não tinha a menor ideia do que ele dissera a seus superiores estar fazendo na capital inglesa; não tinha a menor ideia sequer do motivo de Kawash para ser um traidor. Mas aquele homem ajudara Israel a vencer duas guerras e evitar uma terceira. Borg precisava dele.

Borg correu os olhos pela plataforma, procurando uma testa larga, a pele trigueira, o nariz grande e fino. Tinha a impressão de que sabia sobre o que Kawash queria falar. E esperava estar certo.

Borg estava extremamente preocupado com o caso de Schulz. Começara simplesmente como uma providência de vigilância rotineira, justamente o tipo certo de missão para o seu agente mais novo e mais inexperiente no Cairo: um físico americano importante em férias na Europa decide fazer uma visita ao Cairo. O primeiro sinal de alerta surgira quando Towfik perdera a pista de Schulz. Nesse momento, Borg acelerara a atividade na missão. Um jornalista independente de Milão, que ocasionalmente fazia investigações para o serviço secreto alemão, descobrira que a passagem de avião de Schulz para o Cairo fora paga pela esposa de um diplomata egípcio em Roma. Depois, a CIA rotineiramente entregara ao Mossad uma série de fotografias de satélite da área em torno de Qattara, que parecia apresentar sinais de construções. Borg prontamente lembrara-se que Schulz seguia na direção de Qattara quando Towfik o perdera.

Alguma coisa estava acontecendo e ele não sabia o que era. Isso o deixava preocupado.

Ele sempre estava preocupado. Se não eram os egípcios, eram os sírios; se não eram os sírios, eram os *fedayin*; se não eram os inimigos, eram os amigos e a questão de por quanto tempo mais continuariam amigos. Um trabalho que o deixava permanentemente preocupado. Mas a mãe comentara certa ocasião:

– Trabalho *coisa nenhuma*. Já *nasceu* preocupado. Nisso, é igualzinho a seu pai. Se fosse um *jardineiro*, também estaria constantemente preocupado com seu trabalho.

Ela podia estar certa, mas isso não impedia que a paranoia fosse a única atitude mental racional para um chefe de espiões.

E agora Towfik rompera o contato, o que talvez fosse o sinal que mais o preocupava.

Talvez Kawash tivesse algumas respostas.

Um trem aproximou-se ruidosamente. Borg não esperava por um trem. Começou a ler os créditos num cartaz de filme. Metade dos nomes era de judeus. Talvez eu devesse me tornar produtor de cinema, pensou.

O trem se afastou e uma sombra projetou-se sobre Borg. Ele levantou os olhos para deparar com o rosto tranquilo de Kawash.

– Obrigado por ter vindo – disse o árabe.

Era o que ele sempre dizia. Borg ignorou o comentário; nunca sabia como responder a agradecimentos.

– Quais são as novidades?

– Tive de pegar um dos seus rapazes no Cairo na sexta-feira.

– *Teve?*

– O serviço secreto militar estava protegendo um VIP e avistou o garoto seguindo-o. Os militares não dispõem de pessoal operacional na cidade, e por isso pediram ao meu departamento que o agarrasse. Foi uma solicitação oficial.

– Oh, Deus! – balbuciou Borg, sinceramente angustiado. – O que aconteceu com ele?

– Tive de agir de acordo com o figurino. – Kawash parecia profundamente triste. – O garoto foi interrogado e morto. O nome dele era Avram Ambache, mas operava como Towfik el-Masiri.

Borg franziu o rosto.

– Ele disse o seu verdadeiro nome?

– Ele está morto, Pierre.

Borg sacudiu a cabeça, irritado. Kawash sempre insistia nos aspectos pessoais.

– Por que ele revelou o nome?

– Estamos usando o equipamento russo... o choque elétrico e o detector de mentiras conjugado. Não está treinando seus agentes para enfrentar isso.

Borg soltou uma risada brusca.

– Se falássemos sobre isso, jamais conseguiríamos arrumar qualquer recruta. O que mais ele revelou?

– Nada que não soubéssemos. Ia falar, mas tratei de matá-lo antes.

– *Você* o matou?

– Conduzi pessoalmente o interrogatório, a fim de impedir que ele dissesse alguma coisa importante. Todas essas entrevistas são agora gravadas e são feitas transcrições. Estamos aprendendo com os russos. – A tristeza pareceu se aprofundar nos olhos castanhos de Kawash. – Por que pergunta? Preferia que eu providenciasse alguém mais para matar os seus rapazes?

Borg fitou-o fixamente por um instante, depois desviou os olhos. Mais uma vez, tinha de afastar a conversa do aspecto sentimental.

– O que o garoto descobriu a respeito de Schulz?

– Um agente levou o professor ao Deserto Ocidental.

– Para quê?

– Não sei.

– Mas deve saber. Afinal, está no serviço secreto egípcio!

Borg tratou de controlar a irritação. Deixe o homem fazer as coisas em seu próprio ritmo, disse a si mesmo; qualquer que seja a informação que ele tiver, acabará revelando.

– Não sei o que estão fazendo por lá, porque organizaram um grupo especial para cuidar do assunto – disse Kawash. – Meu departamento não está informado.

– Tem alguma ideia do motivo para isso?

O árabe deu de ombros.

– Eu diria que não estão querendo que os russos saibam. Atualmente, Moscou toma conhecimento de tudo que passa por nossas mãos.

Borg deixou transparecer seu desapontamento:

– Isso é tudo o que Towfik conseguiu descobrir?

Subitamente, havia raiva na fala macia do árabe:

– O garoto morreu por isso.

– Vou agradecer-lhe no céu. Ele morreu em vão?

– Ele tirou isso do apartamento de Schulz.

Kawash tirou a mão de dentro do paletó e estendeu para Borg uma caixinha de plástico azul.

– Como sabe onde ele conseguiu isso? – indagou Borg, pegando a caixinha.

– Tem as impressões de Schulz. E prendemos Towfik logo depois que ele arrombou o apartamento.

Borg abriu a caixa e examinou o envelope à prova de luz. Não estava lacrado. Ele tirou o negativo fotográfico.

– Abrimos o envelope e revelamos o filme – disse o árabe. – Não tem nada.

Com uma profunda sensação de satisfação, Borg tornou a guardar o negativo e meteu a caixinha no bolso. Agora tudo fazia sentido; agora ele compreendia; agora sabia o que tinha de fazer. Um trem se aproximou e ele perguntou:

– Quer pegar esse trem?

Kawash franziu o rosto ligeiramente, assentiu e encaminhou-se para a beira da plataforma, enquanto o trem parava e as portas se abriam. Ele embarcou e virou-se, dizendo:

– Não tenho a menor ideia do que seja essa caixa.

Borg pensou: Você não gosta de mim, mas eu o acho sensacional. Ele sorriu debilmente para o árabe, enquanto as portas do trem do metrô começavam a fechar. E disse:

– Pois eu sei o que é.

2

A moça americana sentia-se atraída por Nat Dickstein.

Trabalhavam lado a lado num vinhedo empoeirado, arrancando ervas daninhas, capinando, uma brisa amena soprando do mar da Galileia. Dickstein tirara a camisa e trabalhava de short e sandálias, com um desprezo pelo sol somente demonstrado pelos que nascem na cidade.

Era um homem magro, de ossos pequenos, ombros estreitos, peito raso, cotovelos e joelhos nodosos. Karen observava-o quando parava para descansar, o que acontecia com frequência. Ao contrário de Dickstein, que parecia jamais precisar de um descanso. Os músculos vigorosos moviam-se como corda trançada sob a pele morena e cheia de cicatrizes. Era uma mulher sensual e sentia vontade de afagar aquelas cicatrizes, perguntar como ele as conseguira.

Havia ocasiões em que Dickstein levantava os olhos e a surpreendia a contemplá-lo. Ele sorria então, sem qualquer constrangimento, continuando a trabalhar. Seu rosto era regular e anônimo em repouso. Tinha olhos escuros por trás de óculos redondos baratos, da espécie que a geração de Karen apreciava porque John Lennon os usava. Os cabelos dele eram também escuros e curtos. Karen gostaria que ele os deixasse crescer. Quando sorria, de lado, Dickstein parecia mais jovem, embora fosse difícil em qualquer tempo determinar sua idade exata. Ele possuía a força e a energia de um jovem, mas Karen já vira a tatuagem de campo de concentração por baixo do relógio de pulso. Portanto, pensava ela, Dickstein não podia ter muito menos de 40 anos.

Ele chegara ao *kibutz* pouco depois de Karen, no verão de 1967. Ela viera com seus desodorantes e suas pílulas anticoncepcionais, à procura de um lugar em que pudesse viver seus ideais de hippie sem que fosse atacada 24 horas por dia. Dickstein fora trazido numa ambulância. Karen presumira que ele fora ferido na Guerra dos Seis Dias, e os outros moradores do *kibutz* concordaram vagamente que era algo assim.

A recepção de Dickstein fora muito diferente da acolhida de Karen. Ela fora recebida cordialmente, mas com cautela. Na filosofia dela, era natural que eles pensassem primeiro nos seus, vendo o perigo em qualquer acréscimo. Nat Dickstein voltara como o filho há muito perdido. Todos se agruparam ao seu redor, deram-lhe sopa, cuidaram de seus ferimentos com lágrimas nos olhos.

Se Dickstein era o filho deles, Esther era a mãe. Era a moradora mais idosa do *kibutz*.

– Ela parece a mãe de Golda Meir – comentara Karen um dia.

– Acho que ela é o *pai* de Golda – dissera alguém.

E todos riram afetuosamente. Esther usava uma bengala, andando pelo *kibutz* a dar conselhos sem ser solicitada, quase todos procedentes e sensatos. Ficara de guarda diante do quarto de doente de Dickstein, afastando as crianças barulhentas e ameaçando surras, que até as crianças sabiam que jamais seriam aplicadas.

Dickstein se recuperara rapidamente. Em poucos dias já se sentava ao sol, descascando legumes para a cozinha e contando piadas vulgares para as crianças mais velhas. Duas semanas depois, trabalhava nos campos. E não demorara muito para que estivesse trabalhando mais vigorosamente que todos, à exceção dos homens mais jovens.

O passado dele era vago, mas Esther contara a Karen a história de sua chegada em Israel, em 1948, durante a Guerra da Independência.

O ano de 1948 era parte do passado recente para Esther. Ela fora uma jovem em Londres nas duas primeiras décadas do século, sendo ativista de meia dúzia de causas radicais de extrema-esquerda, do sufragismo ao pacifismo, antes de emigrar para a Palestina. Mas a memória dela ia mais longe, aos *pogroms* na Rússia, que recordava vagamente, em monstruosas imagens de pesadelo. Sentada sob uma figueira, no auge do calor do dia, envernizando uma cadeira que fizera com as próprias mãos encarquilhadas, Esther falara sobre Dickstein, como uma colegial inteligente, mas travessa:

– Eram oito ou nove, alguns da universidade, outros, operários do East End. Se algum dia tiveram dinheiro, gastaram tudo antes de chegarem à França. Pegaram carona num caminhão até Paris, depois embarcaram num trem de carga para Marselha. De lá, ao que tudo indica, andaram pela maior parte do caminho, até a Itália. Depois, roubaram um carro imenso, um carro do Estado-Maior do Exército alemão, um Mercedes, e seguiram até o dedão da Itália.

O rosto de Esther desmanchara-se em sorrisos, e Karen pensara: Ela adoraria tê-los acompanhado.

– Dickstein estivera na Sicília durante a guerra e parece que conhecia a Máfia por lá. Eles dispunham de todas as armas que haviam ficado da guerra. Dickstein queria armas para Israel, mas não tinha dinheiro. Persuadiu os sicilianos a venderem uma carga de submetralhadoras para um comprador árabe, informando em seguida aos judeus onde seria efetuada a entrega. Os sicilianos sabiam o que Dickstein estava pensando e adoraram a ideia. O negócio foi fechado, os sicilianos receberam seu dinheiro. Depois, Dickstein e seus amigos roubaram o barco com as armas e partiram para Israel!

Karen rira alto, debaixo da figueira, e uma cabra que pastava perto a olhara de modo estranho.

– Espere um pouco, que ainda não ouviu tudo – dissera Esther. – Alguns dos rapazes da universidade tinham remado um pouco e um membro do grupo fora estivador. Era toda a experiência de mar que possuíam. Conseguiram calcular alguma coisa de navegação, através dos princípios básicos. E o barco tinha cartas e uma bússola. Dickstein descobriu no manual como acionar o navio, mas diz que não havia qualquer instrução de como pará-lo. E assim eles entraram em Haifa a todo vapor, berrando, acenando e jogando os chapéus para o ar, como um bando de universitários... e arremeteram para cima do cais.

Esther fizera uma pausa, antes de arrematar:

– É claro que foram todos perdoados imediatamente. As armas eram mais preciosas que ouro, literalmente. E foi nessa ocasião que começaram a chamar Dickstein de "Pirata".

Ele não se parecia muito com um pirata, trabalhando no vinhedo de short folgado e óculos, pensou Karen. Mesmo assim, era atraente. Ela queria seduzi-lo, mas não imaginava como poderia consegui-lo. Obviamente, Dickstein simpatizava com ela e Karen se empenhara em indicar que estava disponível. Mas ele ainda não tomara qualquer atitude. Talvez achasse que ela era muito jovem e inocente. Ou talvez não se interessasse por mulheres.

A voz de Dickstein interrompeu-lhe o devaneio:

– Acho que já acabamos.

Karen olhou para o sol. Já estava mesmo na hora de voltarem.

– Fez duas vezes mais do que eu.

– Estou acostumado ao trabalho. Estou aqui, partindo e voltando, há vinte anos. O corpo acaba adquirindo o hábito.

Voltaram para a aldeia, enquanto o céu ia se tornando púrpura e amarelo.

– O que mais faz... quando não está aqui? – indagou Karen.

– Hum... enveneno poços e sequestro criancinhas cristãs.

Karen riu, e Dickstein acrescentou:

– O que acha da vida aqui, em comparação com a Califórnia?

– Este é um lugar maravilhoso. E acho que ainda há muito trabalho por fazer antes que as mulheres sejam realmente iguais.

– Parece que esse é o grande tópico do momento.

– E você nunca tem nada para dizer a respeito.

– Acho que você tem toda razão. Mas acho também que é melhor as pessoas conquistarem a liberdade do que a receberem sem qualquer esforço.

– É uma boa desculpa para não fazer nada.

Dickstein riu.

Ao entrarem na aldeia, passaram por um rapaz montado num pônei, armado com um rifle, indo patrulhar as fronteiras do povoado. Dickstein gritou-lhe:

– Tome cuidado, Yisrael!

O bombardeio das colinas de Golan cessara e as crianças não mais precisavam dormir em abrigos subterrâneos, mas o *kibutz* ainda mantinha patrulhas. Dickstein fora um dos que defenderam a manutenção da vigilância.

– Vou ler para Mottie – comentou Dickstein.

– Posso ir também?

– Por que não? – Dickstein consultou o relógio. – Mal temos tempo para nos lavar. Apareça em meu quarto dentro de cinco minutos.

Os dois se separaram e Karen seguiu para os banheiros. Um *kibutz* é o melhor lugar para ser um órfão, pensou ela, enquanto tirava as roupas. Os pais de Mottie estavam mortos. O pai morrera no ataque às colinas de Golan na última guerra, a mãe fora morta um ano antes, num tiroteio com os *fedayin*. Os dois tinham sido amigos íntimos de Dickstein. É claro que era uma tragédia para o menino, mas ele ainda dormia na mesma cama, comia no mesmo refeitório e tinha quase cem outros adultos para amá-lo e cuidar dele. Não fora impingido a tias contrariadas ou avós idosos. Nem sequer a um orfanato, o que seria o pior de tudo. E tinha Dickstein.

Depois de tirar a poeira do corpo, Karen vestiu roupas limpas e foi para o quarto de Dickstein. Mottie já estava lá, sentado no colo de Dickstein, chupando o polegar e escutando *A ilha do tesouro*, em hebraico. Dickstein era a única pessoa que Karen já conhecera que falava hebraico com um sotaque *cockney*. A fala dele era ainda mais estranha agora, porque estava fazendo vozes diferentes para os diversos personagens da história: uma voz estridente de menino para Jim, um rosnar profundo para Long John Silver, um meio-sussurro para o louco Ben Gunn. Karen sentou-se e ficou a observá-los à luz elétrica amarelada, pensando como Dickstein parecia infantil e como o menino era adulto.

Quando o capítulo acabou, levaram Mottie para o dormitório, deram-lhe um beijo de boa-noite e depois foram para o refeitório. Karen pensou: Se continuarmos a andar juntos desse jeito, todos pensarão que já somos amantes.

Sentaram-se com Esther. Depois do jantar, ela contou-lhes uma história, com um brilho juvenil nos olhos.

– Na época em que cheguei a Jerusalém, costumavam dizer que a pessoa que dispunha de um travesseiro de plumas podia comprar uma casa.

De bom grado, Dickstein mordeu a isca:

– Por quê?

– Podia-se vender um travesseiro de plumas por uma libra. Com essa libra, podia-se entrar para uma sociedade de poupança e empréstimo, o que dava direito a tomar 10 libras emprestadas. Arrumava-se então um pedaço de terra. O dono aceitava as 10 libras como entrada e o restante em promissórias. A pessoa se tornava então proprietária. Procurava-se um construtor e se dizia: "Construa uma casa para você na minha propriedade. Tudo o que quero é um cantinho para mim e minha família."

Todos riram. Dickstein olhou para a porta. Karen acompanhou-lhe o olhar e avistou um homem estranho, corpulento, na casa dos 40 anos, o rosto rude e rechonchudo. Dickstein se levantou e foi ao encontro dele.

– Não desespere o seu coração, menina – disse Esther para Karen. – Aquele homem não foi feito para ser marido.

Karen olhou para Esther e depois novamente para a porta. Dickstein já saíra. Poucos momentos depois, ela ouviu o barulho de um carro sendo ligado e afastando-se.

Esther pôs a mão sobre a de Karen e apertou-a.

Karen nunca mais tornou a ver Dickstein.

NAT DICKSTEIN E PIERRE BORG sentaram-se no banco traseiro de um Citroën preto. O guarda-costas de Borg estava ao volante, com a pistola-metralhadora no assento ao seu lado. Avançaram pela escuridão, sem nada pela frente, além dos cones de luz dos faróis. Nat Dickstein estava com medo.

Jamais vira a si mesmo da mesma forma que os outros, como um agente competente, até mesmo excepcional, que demonstrara sua capacidade de sobreviver praticamente a qualquer coisa. Mais tarde, quando a ação tivesse começado e dependesse de suas reações instantâneas, cuidando da estratégia, enfrentando problemas e personalidades, não haveria tempo nem espaço em sua mente para o medo. Mas agora, antes de Borg transmitir-lhe as informações e instruções, ainda não tinha planos para fazer, previsões para refinar, personalidades para avaliar. Sabia apenas que devia virar as costas à paz e ao trabalho simples e árduo, à terra e ao sol, cuidando de fazer as coisas crescerem. E o que tinha pela frente eram riscos terríveis e um perigo incalculável, mentiras, dor e sangue, talvez mesmo a sua própria morte. Ficou sentado no canto do banco, os braços e as pernas cruzados de forma tensa, observando o rosto difusamente iluminado de Borg, enquanto o medo do desconhecido lhe embrulhava o estômago, provocava náuseas.

À luz débil e instável, Borg parecia o gigante de uma história infantil. Tinha feições rudes, lábios grossos, faces largas, olhos esbugalhados, sombreados por sobrancelhas espessas. Em criança, haviam lhe dito que era feio, e por isso ele crescera para se tornar um homem feio. Quando estava inquieto, como naquele momento, as mãos subiam continuamente ao rosto, cobrindo a boca, coçando o nariz e a testa, numa tentativa subconsciente de ocultar a feiúra. Certa ocasião, num momento de relaxamento, Dickstein perguntara-lhe:

– Por que grita com todo mundo?

Ao que Borg respondera:

– Porque são todos terrivelmente bonitos.

Jamais sabiam direito que língua falar quando conversavam. Borg era originalmente franco-canadense e tinha dificuldades com o hebraico. O hebraico de Dickstein era bom e o francês, apenas passável. Geralmente se fixavam no inglês.

Dickstein trabalhava sob as ordens de Borg há dez anos e continuava a não gostar dele. Podia compreender a natureza conturbada e infeliz de Borg, respeitava o seu profissionalismo e a sua devoção obcecada ao serviço secreto israelense, mas, para Dickstein, isso não era suficiente para fazê-lo gostar de uma pessoa. Quando Borg lhe mentia, sempre tinha razões objetivas e procedentes. Mas nem por isso Dickstein ficava menos ressentido com as mentiras.

Retaliava aplicando também as táticas de Borg. Recusava-se a dizer para onde ia ou mentia a respeito. Jamais fazia contato de acordo com o programado quando estava em ação, limitando-se a ligar ou enviar mensagens com exigências categóricas. E às vezes ocultava de Borg parte ou todo o seu plano de ação. Isso impedia Borg de interferir com seus próprios planos e também era mais seguro. Afinal, Borg poderia ser forçado a revelar o que sabia a políticos, e o que os políticos sabiam podia chegar aos ouvidos da oposição. Dickstein conhecia a força de sua posição. Assim, era responsável por muitos dos triunfos que haviam assinalado a carreira de Borg. E procurava tirar o maior proveito disso.

O Citroën passou pela cidadezinha árabe de Nazaré, agora deserta, presumivelmente sob toque de recolher, seguindo para Tel Aviv. Borg acendeu um charuto fino e começou a falar:

– Depois da Guerra dos Seis Dias, um dos meninos brilhantes do Ministério da Defesa escreveu um estudo intitulado "A inevitável destruição de Israel". Vou explicar o argumento dele. Durante a Guerra da Independência, compramos armas da Tchecoslováquia. Quando o bloco soviético começou a passar para o lado dos árabes, passamos a comprar armas da França e posteriormente da Alemanha Ocidental. A Alemanha suspendeu todas as transações assim que os árabes descobriram. A França impôs um embargo depois da Guerra dos Seis Dias. Tanto a Inglaterra quanto os Estados Unidos têm sistematicamente se recusado a nos fornecer as armas que precisamos. Estamos perdendo as nossas fontes, uma a uma.

"Vamos supor que consigamos compensar essas perdas, descobrindo continuamente novos fornecedores e expandindo a nossa própria indústria bélica. Mesmo assim, Israel sairia perdendo numa corrida armamentista no Oriente Médio. Os países produtores de petróleo serão mais ricos do que nós, por todo o futuro previsível. Nosso orçamento da Defesa já é um fardo terrível para a economia nacional, enquanto nossos inimigos não têm nada melhor em que gastarem seus bilhões. Quando eles tiverem 10 mil tanques, precisaremos de 6 mil; quando eles tiverem 20 mil tanques, precisaremos de 12 mil; e assim por diante. Basta eles dobrarem os seus gastos com armas a cada ano e poderão desmantelar a nossa economia nacional, sem o disparo de um tiro sequer.

"Finalmente, a história recente do Oriente Médio indica a incidência de guerras limitadas na média de uma por década. A lógica desse padrão está contra nós. Os árabes podem se dar ao luxo de perderem uma guerra de tempos em tempos. Nós não podemos. Nossa primeira derrota será nossa última guerra.

"Conclusão: a sobrevivência de Israel depende de rompermos o círculo vicioso que nossos inimigos nos prescreveram."

Dickstein assentiu.

– Não é uma linha de pensamento nova. É o argumento habitual para "paz a qualquer preço". Imagino que o garoto brilhante foi demitido do Ministério da Defesa por causa desse estudo.

– Errou nas duas suposições. Ele acrescentou ao argumento: "Devemos infligir ou ter capacidade de infligir um dano permanente e implacável ao próximo exército árabe que cruzar nossas fronteiras. Devemos ter armas nucleares."

Dickstein ficou completamente imóvel por um momento, depois deixou escapar o ar dos pulmões num longo assovio. Era uma daquelas ideias devastadoras, que parecem completamente óbvias a partir do momento em que são enunciadas. Ficou calado por algum tempo, digerindo as implicações. A mente fervilhava de perguntas. Era tecnicamente exequível? Os americanos ajudariam? O gabinete israelense aprovaria? Os árabes não iriam retaliar com a sua própria bomba? Mas disse apenas:

– Garoto brilhante do Ministério da Defesa uma ova. Esse era o estudo de Moshe Dayan.

– Sem comentários.

– O gabinete o adotou?

– Houve um longo debate. Determinados estadistas mais velhos alegaram que não haviam lutado por tanto tempo para ver o Oriente Médio destruído num holocausto nuclear. Mas a facção da oposição baseou-se basicamente no argumento de que, se tivermos uma bomba, os árabes também providenciarão a sua. E estaremos de volta ao ponto de partida. Tendo em vista os acontecimentos subsequentes, foi o grande erro que cometeram.

Borg meteu a mão no bolso e tirou uma pequena caixa de plástico. Entregou-a a Dickstein.

Dickstein acendeu a luz do interior do carro e examinou a caixa. Tinha cerca de 10 centímetros quadrados e era de cor azul. Ele abriu a caixa e viu um envelope pequeno, de papel grosso, à prova de luz.

– O que é isso?

– Um físico chamado Friedrich Schulz visitou o Cairo em fevereiro. Ele é austríaco, mas trabalha nos Estados Unidos. Estava aparentemente de férias na Europa. Sua passagem de avião para o Cairo foi paga pelo governo egípcio.

"Mandei segui-lo, mas ele despistou nosso agente e desapareceu no Deserto Ocidental por 48 horas. Sabemos, pelas fotografias de satélite da CIA, que está sendo realizado um grande projeto de construção naquela parte do deserto. Ao voltar, Schulz tinha isso no bolso. É um dosímetro pessoal. O envelope, que é à prova de luz, contém um pedaço de filme comum. Leva-se a caixa no bolso, presa na lapela ou no cinto. Se a pessoa fica exposta à radiação, o filme estará enevoado quando revelado. Os dosímetros são levados, como uma questão de rotina, por qualquer pessoa que visita ou trabalha numa usina de energia nuclear.

Dickstein apagou a luz e devolveu a caixa a Borg. E disse, suavemente:

– Está querendo me informar que os árabes já estão fabricando bombas atômicas.

– Exatamente.

Borg falou desnecessariamente alto:

– E o gabinete resolveu então conceder autorização a Dayan para fabricar a nossa própria bomba.

– A princípio, sim.

– Como assim?

– Há algumas dificuldades de ordem prática. A mecânica da fabricação é simples... a parte automática, por assim dizer. Quem pode fabricar uma bomba convencional pode também fazer uma bomba nuclear. O problema é obter o material explosivo, o plutônio. Obtém-se o plutônio de um reator atômico. É um subproduto. Temos um reator, em Dimona, no deserto de Negev. Sabia disso?

– Sabia.

– É o nosso segredo mantido da pior maneira. Mas não temos o equipamento para extrair o plutônio do combustível usado. Podemos construir uma usina de reprocessamento, mas o problema é que não dispomos do *nosso próprio* urânio para passar pelo reator.

– Espere um instante. – Dickstein franziu o rosto. – Devemos ter urânio, a fim de abastecer o reator para uso normal.

– Correto. Recebemos da França e nos é fornecido com a condição de devolvermos o combustível gasto para reprocessamento, a fim de que eles fiquem com o plutônio.

– Outros fornecedores?

– Todos iriam impor a mesma condição. Faz parte de todos os tratados de não proliferação nuclear.

– Mas o pessoal de Dimona pode desviar uma parte do combustível gasto sem que ninguém perceba – disse Dickstein.

– Não há jeito. Tendo-se a quantidade de urânio originalmente fornecida, é possível calcular precisamente quanto plutônio sai do outro lado. E eles pesam tudo cuidadosamente. É um material extremamente caro.

– Então o problema é obter algum urânio.

– Isso mesmo.

– E a solução?

– A solução é só uma: você vai roubá-lo.

Dickstein olhou pela janela. A lua surgira no céu, revelando algumas ovelhas no canto de uma pastagem, vigiadas por um pastor árabe com um cajado. Então aquela era a ação: roubar urânio para a terra do leite e do mel. Na última vez, fora o assassinato de um líder terrorista em Damasco; na vez anterior, fora chantagear um árabe rico em Monte Carlo, para obrigá-lo a parar de financiar os *fedayin*.

Os sentimentos de Dickstein haviam sido empurrados para o segundo plano, enquanto Borg falava de política, Schulz e reatores nucleares. Agora, ele se lembrava de que tudo isso *o* envolvia pessoalmente. O medo voltou, trazendo uma recordação. Depois que seu pai morrera, a família ficara desesperadamente pobre. Sempre que os credores apareciam, Nat era enviado à porta para dizer que a mãe tinha saído. Aos 13 anos, achava tal situação insuportavelmente humilhante, porque os credores sabiam que ele estava mentindo. E Nat sabia que eles sabiam. Os credores fitavam-no com uma mistura de desprezo e compaixão que lhe atingia fundo no coração. Jamais esqueceria tal sentimento... que lhe voltava, como um lembrete do inconsciente, quando alguém como Borg dizia algo no gênero:

– Pequeno Nathaniel, vá roubar um pouco de urânio para sua pátria.

Para a mãe, Nat sempre dissera:

– Tenho mesmo de fazer isso?

E agora ele disse para Pierre Borg:

– Se vamos chegar a ponto de roubar, por que não compramos e simplesmente recusamos devolver depois de usado para reprocessamento?

– Porque assim todos saberiam o que estamos querendo fazer.

– E daí?

– O reprocessamento é demorado, leva muitos meses. Durante esse tempo, duas coisas podem acontecer: os egípcios podem acelerar seu programa e os americanos nos pressionariam a não construir a bomba.

– Hum... – Era de fato pior. – Está querendo então que eu roube o urânio sem que ninguém saiba que fomos nós.

– Mais do que isso. – A voz de Borg era áspera, gutural. – Ninguém deve sequer saber que foi roubado. Deve parecer que o urânio simplesmente se perdeu. Quero que os donos e os organismos internacionais fiquem tão constrangidos com o desaparecimento do material que tratem de abafar o assunto. Depois, quando descobrirem que foi roubado, já estarão comprometidos por seu próprio silêncio.

– A coisa vai acabar vazando, mais cedo ou mais tarde.

– Não antes de termos a nossa bomba.

Chegaram à estrada litorânea entre Haifa e Tel Aviv. Enquanto o carro avançava pela noite, Dickstein podia ocasionalmente vislumbrar à direita trechos do Mediterrâneo, faiscando como joias ao luar. Quando falou, ficou surpreso com o tom de resignação em sua voz cansada:

– Quanto urânio precisamos?

– Eles querem 12 bombas. Em minério de urânio, isso representa cerca de 100 toneladas.

– Então não caberá em meu bolso. – Dickstein franziu o rosto. – Quanto custaria se comprássemos?

– Mais de um milhão de dólares americanos.

– E acha que os prejudicados vão abafar o assunto?

– Se for feito da maneira certa.

– Como?

– Isso é problema seu, Pirata.

– Não tenho certeza se pode ser feito.

– Tem de ser feito, de qualquer maneira. Comuniquei ao primeiro-ministro que daríamos um jeito. Estou jogando a minha carreira nessa possibilidade, Nat.

– Não me fale sobre a sua maldita carreira.

Borg acendeu outro charuto, uma reação nervosa ao desdém de Dickstein. Dickstein abriu a sua janela um dedo, para deixar a fumaça sair. Sua súbita hostilidade nada tinha a ver com o desajeitado apelo pessoal de Borg. Aquela manifestação era típica da incapacidade do homem de compreender como as pessoas se sentiam em relação a ele. O que deixava Dickstein nervoso era a repentina visão de nuvens de cogumelo sobre Jerusalém e o Cairo, dos campos de algodão à beira do Nilo e vinhedos junto ao mar da Galileia destruídos pela precipitação radioativa, o Oriente Médio consumido pelo fogo, seus filhos deformados por gerações.

– Ainda acho que a paz é uma alternativa.

Borg deu de ombros.

– Nada posso dizer a respeito. Não me envolvo em política.

– Não diga besteira.

Borg suspirou.

– Se eles tiverem uma bomba, também teremos de ter a nossa, não é mesmo?

– Se esse é todo o problema, podemos convocar a imprensa internacional e anunciar que os egípcios estão fabricando uma bomba, deixando ao resto do mundo o encargo de detê-los. Creio que o nosso pessoal está querendo a bomba de qualquer maneira. E por isso ficou contente com o pretexto.

– E talvez eles estejam certos. Não podemos continuar a lutar uma guerra a cada poucos anos... pois inevitavelmente acabaríamos perdendo uma guerra.

– Podemos promover a paz.

Borg soltou uma risada.

– Você é tremendamente ingênuo.

– Se cedermos em algumas coisas... como os territórios ocupados, a lei da retaliação, direitos iguais para os árabes em Israel...

– Os árabes têm direitos iguais.

Dickstein sorriu friamente.

– Você é tremendamente ingênuo.

– Pense um pouco!

Borg fez um esforço para se controlar. Dickstein podia compreender a raiva dele. Era uma reação que Borg partilhava com muitos israelenses. Achavam que, se tais ideias liberais predominassem, ficariam numa situação difícil e concessão seguiria a concessão, até que a terra fosse devolvida aos árabes numa bandeja... uma perspectiva que abalava as próprias raízes de sua identidade.

– Pense um pouco! – disse Borg novamente. – Talvez devêssemos vender nosso direito de nascimento por um prato de sopa. Mas temos de viver num medo real e os habitantes deste país jamais aceitarão a paz-a-qualquer-preço. E, no fundo, você sabe que os árabes também não estão com pressa em fazer a paz. Assim, neste mundo real, ainda teremos de enfrentá-los na guerra. E se teremos de combatê-los, é melhor vencermos. E se quisermos ter certeza de vencer, é melhor você roubar para nós algum urânio.

– A coisa que mais detesto em você é o fato de geralmente estar certo – murmurou Dickstein.

Borg abaixou sua janela e jogou fora a guimba de charuto. Deixou uma trilha de fagulhas na estrada, como fogos de artifício. As luzes de Tel Aviv surgiram à frente. Já estavam quase chegando.

– Quer saber de uma coisa, Nat? Com a maioria do meu pessoal, não me sinto obrigado a discutir política cada vez que distribuo uma missão. Eles simplesmente aceitam as ordens, como os agentes devem fazer.

– Não acredito. Esta é uma nação de idealistas ou não é nada.

– É possível.

– Conheci outrora um homem chamado Wolfgang. Ele costumava dizer: "Simplesmente cumpro ordens." E depois me quebrava a perna.

– Já tinha me contado essa história – falou Borg.

QUANDO UMA COMPANHIA contrata um contador para cuidar dos livros, a primeira coisa que ele faz é anunciar que tem tanto trabalho a realizar na orientação global da política financeira da empresa que precisa de um contador assistente para tomar conta do serviço. Algo parecido acontece com os espiões. Um país organiza um serviço secreto de informações para descobrir quantos tanques o vizinho tem e onde estão guardados. E antes que se possa dizer MI5, o serviço secreto anuncia que está tão ocupado espionando os elementos subversivos em ação interna que é necessário um serviço separado para cuidar das informações de caráter militar.

Foi o que aconteceu com o Egito em 1955. O inexperiente serviço de informações do país estava dividido em dois setores: o serviço secreto militar, que tinha o encargo de contar os tanques israelenses, e o Departamento de Investigações Gerais, que ficava com todo o prestígio.

O homem no comando dos dois serviços era chamado de diretor-geral de Informações, apenas para aumentar a confusão. Em teoria, pelo menos, estava subordinado ao ministro do Interior. Mas outra coisa que sempre acontece com os departamentos de espionagem é que o chefe de Estado sempre tenta assumir o controle direto deles. Há dois motivos para isso: o primeiro é que os espiões estão sempre imaginando planos lunáticos de assassinato, chantagem e invasão, que podem ser terrivelmente embaraçosos, se algum dia postos em prática. Por isso, presidentes e primeiros-ministros gostam de ficar de olho pessoalmente em tais departamentos. O outro motivo é que os serviços de informações representam uma fonte de poder, especialmente em países instáveis. E o chefe de Estado quer esse poder para si mesmo.

Assim, o diretor-geral de Informações no Cairo ficava sempre subordinado diretamente, na prática, ao presidente ou ao ministro de Estado na presidência.

Kawash, o árabe alto que interrogou e matou Towfik, e posteriormente entregou o dosímetro pessoal a Pierre Borg, trabalhava no Departamento de Investigações Gerais, a metade civil atraente do serviço de informações. Era um homem inteligente e digno, de grande integridade. Mas era também profundamente religioso, beirando o misticismo. Seu misticismo era do tipo sólido e poderoso, capaz de sustentar as convicções mais improváveis – para não dizer bizarras – em relação ao mundo objetivo. Era adepto de uma ramificação do cristianismo que sustentava que a volta dos judeus à Terra Prometida era determinada pela Bíblia e um presságio do fim do mundo. Trabalhar contra esse retorno era, portanto, um pecado; trabalhar a favor era uma missão sagrada. Era por isso que Kawash se tornara um agente duplo.

O trabalho era tudo o que ele tinha. A fé levara-o a uma vida secreta, em que fora gradativamente se isolando dos amigos, vizinhos e, com raras exceções, da família. Não tinha ambições pessoais, exceto a de ir para o paraíso. Vivia asceticamente e seu único prazer neste mundo era marcar pontos no jogo da espionagem. Era bastante parecido com Pierre Borg, embora houvesse uma diferença essencial: Kawash sentia-se feliz.

No momento, porém, ele estava perturbado. Até agora, perdia pontos no caso que começara com o professor Schulz, o que o deixava deprimido. O problema era que o projeto de Qattara não ficara sob o controle do Departamento de Investigações Gerais, mas sim da outra metade do trabalho de informações, o setor militar. Mas Kawash jejuara e meditara, e nas longas vigílias noturnas desenvolvera um plano para penetrar no projeto secreto.

Tinha um primo em segundo grau, Assam, que trabalhava no gabinete do diretor-geral de Informações, na coordenação das ações dos dois setores, o militar e o civil. Assam era mais experiente que Kawash, mas Kawash era mais esperto.

Os dois primos sentaram-se na sala dos fundos de um café pequeno e sujo, perto do Sherif Pasha, sob o calor do dia, tomando suco de limão morno e soprando fumaça de tabaco nas moscas. Eram parecidos em seus ternos claros e leves, nos bigodes ao estilo de Nasser. Kawash queria usar Assam para descobrir o que fosse possível a respeito de Qattara. Imaginara um meio plausível de levantar o assunto e achava que Assam aceitaria. Mas sabia que precisava avançar com extremo cuidado, se queria contar com o apoio do primo. E Kawash parecia imperturbável como sempre, apesar da ansiedade que sentia interiormente.

Começou sendo aparentemente objetivo:

– Sabe o que está acontecendo em Qattara, primo?

Uma expressão um tanto furtiva se insinuou no rosto atraente de Assam.

– Se você não sabe, nada posso lhe dizer.

Kawash sacudiu a cabeça, como se Assam não o tivesse compreendido.

– Não quero que me revele segredos. Além do mais, posso imaginar o que está acontecendo. – O que era uma mentira. – O que me preocupa é o fato de Maraji estar no comando.

– Por quê?

– Por sua causa. Estou pensando em sua carreira.

– Não estou preocupado...

– Pois deveria estar. Não pode deixar de saber que Maraji quer o seu lugar.

O proprietário do café trouxe um prato de azeitonas e dois pães. Kawash ficou calado, até que ele se afastou. Ficou observando Assam, enquanto a insegurança natural do primo o dominava, em decorrência da mentira a respeito de Maraji.

– Imagino que Maraji está se reportando diretamente ao ministro – acrescentou Kawash.

– Mas eu vejo todos os documentos – disse Assam, defensivamente.

– Não sabe o que ele diz em particular ao ministro. Maraji está numa situação muito boa.

Assam franziu o rosto.

– Como descobriu a existência do projeto?

Kawash recostou-se na parede fria de concreto.

– Um dos homens de Maraji estava fazendo um trabalho de guarda-costas no Cairo e percebeu que alguém o seguia. Era um agente israelense chamado Towfik. Maraji não tem homens de campo aqui na cidade, e por isso a missão veio parar nas minhas mãos. E capturei Towfik.

Assam bufou desdenhosamente.

– Já foi terrível para o homem de Maraji deixar que alguém o seguisse. E pior ainda foi pedir ao departamento errado. Isso é terrível.

– Talvez possamos dar um jeito no problema, primo.

Assam coçou o nariz com a mão cheia de anéis.

– Continue.

– Fale ao diretor sobre Towfik. Diga que Maraji, apesar de todo o talento, comete erros ao escolher os homens dele, porque ainda é jovem e inexperiente, em comparação com alguém como você. Insista que deve ser encarregado do comando do pessoal atuando no projeto de Qattara. E depois ponha um homem que lhe seja leal no trabalho.

Assam assentiu, lentamente:

– Estou entendendo.

Kawash já sentia na boca o sabor do sucesso. Inclinou-se para a frente.

– O diretor ficará grato a você por ter descoberto essa área de incúria num projeto altamente secreto. E você poderá, assim, ficar a par de tudo o que Maraji fizer.

– É um plano muito bom. Falarei com o diretor hoje mesmo. E lhe agradeço a sugestão, primo.

Kawash tinha mais uma coisa a dizer, a mais importante. Queria dizê-la no melhor momento possível. Decidiu que era melhor esperar mais alguns minutos. Levantou-se e disse:

– Não temos sido sempre amigos?

Os dois saíram, de braços dados, pelo calor da cidade.

– Vou encontrar logo o homem indicado para o trabalho – disse Assam.

– Ah, sim... – falou Kawash como se só então se lembrasse de um detalhe sem maior importância. – Tenho um homem que seria o ideal. É inteligente, hábil e extremamente discreto... e filho do irmão da minha falecida esposa.

Os olhos de Assam se estreitaram.

– O que significa que ele também transmitiria as informações a você.

Kawash assumiu uma expressão magoada.

– Se isso é pedir demais...

Ele abriu os braços, num gesto de resignação.

– Não, primo, não é pedir demais. Sempre nos ajudamos mutuamente.

Chegaram à esquina em que deveriam se separar. Kawash fez um esforço para impedir que o sentimento de triunfo transparecesse em seu rosto.

– Vou mandar o homem procurá-lo. Vai verificar que ele é de toda confiança.

– Está certo, primo.

PIERRE BORG CONHECIA Nat Dickstein havia vinte anos. Em 1948, Borg não tivera a menor dúvida de que o garoto não dava para agente, apesar do golpe bem-sucedido com o barco carregado de armas. Era magro, pálido, desajeitado, nada tinha de simpático. Mas a decisão não coubera a Borg e haviam feito uma experiência com Dickstein. Borg rapidamente reconhecera que o garoto podia não parecer grande coisa, mas era tremendamente esperto. E possuía também um charme que Borg jamais compreendera. Algumas das mulheres do Mossad eram loucas por Dickstein. Borg e outros não podiam entender essa atração. E Dickstein não demonstrava interesse por um lado ou outro. Sua ficha dizia: "Vida sexual: nenhuma."

Ao longo dos anos, Dickstein desenvolvera sua eficiência, passando a merecer uma confiança cada vez maior. Agora, Borg confiava nele mais que em qualquer outro agente. Na verdade, se Dickstein fosse pessoalmente mais ambicioso, poderia ter agora o cargo que Borg ocupava.

De qualquer forma, Borg não podia imaginar como Dickstein seria capaz de cumprir a missão. O resultado do debate político sobre armas nucleares fora um daqueles compromissos políticos imbecis que infernizam a vida dos servidores civis. Ficara acertado que o urânio só seria roubado se fosse possível fazê-lo de tal forma que ninguém soubesse, pelo menos por vários anos, que Israel era o responsável. Borg combatera tal decisão, defendendo uma ação súbita e rápida e ao diabo com as consequências. Uma posição mais comedida prevalecera no gabinete. Mas agora competia a Borg e seus homens converterem a decisão em ação.

Havia outros homens no Mossad que podiam executar um plano dessas proporções, além de Dickstein. Um deles era Mike, o chefe das Operações Especiais. Outro era o próprio Borg. Mas não havia mais ninguém a quem Borg pudesse dizer, como fizera com Dickstein: "O problema é seu, trate de resolvê-lo."

Os dois homens passaram um dia na casa do Mossad na cidadezinha de Ramat Gan, perto de Tel Aviv. Funcionários do Mossad fizeram café, serviram as refeições e patrulharam o jardim, com revólveres escondidos sob os paletós. Pela manhã, Dickstein conversou com um jovem professor de física do Instituto Weizmann, em Rehovot. O cientista tinha cabelos compridos e uma gravata florida. Explicou a química do urânio, a natureza da radioatividade e o funcionamento de uma pilha atômica com extrema objetividade e interminável paciência. Depois do almoço, Dickstein conversou com um administrador de Dimona sobre minas de urânio, usinas de enriquecimento, fabricação, estocagem e transporte de combustível. Falou também sobre medidas de segurança e regulamentos internacionais, sobre a Agência Internacional de Energia Atômica, a Comissão de Energia Atômica dos Estados Unidos, o Departamento de Energia Atômica do Reino Unido e a Euratom.

De noite, Borg e Dickstein jantaram juntos. Como sempre, Borg estava em dieta, das mais brandas. Não comeu pão com o espeto de cordeiro e a salada, mas tomou quase toda a garrafa de vinho tinto israelense. Sua desculpa foi a de que acalmava os nervos, a fim de não revelar sua ansiedade a Dickstein.

Depois do jantar, ele entregou três chaves a Dickstein.

– Há identidades de reserva para você em cofres em Londres, Bruxelas e Zurique. Passaportes, carteiras de motorista, dinheiro e uma arma em cada cofre. Se tiver de trocar de identidade, deixe os documentos anteriores no cofre.

Dickstein assentiu.

– Devo me comunicar diretamente com você ou com Mike?

Borg pensou: "Você nunca se reporta a ninguém, seu filho da mãe." Mas disse:

– A mim, por favor. Sempre que possível, entre em contato comigo diretamente e use o jargão. Se não puder me alcançar, entre em contato com qualquer embaixada nossa e use o código para convocar uma reunião. Tentarei alcançá-lo, onde quer que esteja. Como último recurso, envie cartas codificadas, através das malas diplomáticas.

Dickstein tornou a assentir, impassivelmente. Tudo aquilo era rotina. Borg fitou-o atentamente, tentando ler seus pensamentos. Como será que Dickstein se sentia? Achava que poderia consegui-lo? Teria já alguma ideia? Planejava encenar uma tentativa e depois comunicaria que era impossível? Estaria convencido de que a bomba era realmente a coisa certa para Israel?

Borg poderia perguntar, mas sabia que não obteria respostas. Dickstein disse:

– Provavelmente há um prazo.

– Há, sim, mas não sabemos qual é. – Borg começou a espetar pedaços de cebola do que restara da salada. – Devemos ter a bomba antes dos egípcios. Isso significa que seu urânio deve ser fornecido ao nosso reator antes que o reator dos egípcios entre em funcionamento. Depois disso, tudo é uma questão de química: não há nada que qualquer lado possa fazer para apressar as partículas subatômicas. O primeiro que começar será o primeiro a terminar.

– Vamos precisar de um agente em Qattara – disse Dickstein.

– Estou cuidando disso.

Dickstein assentiu.

– Devemos ter um homem muito bom no Cairo.

Não era sobre isso que Borg estava querendo falar.

– O que está tentando fazer, Nat? Arrancar informações de mim?

– Estou apenas pensando em voz alta.

Houve silêncio por um momento. Borg mastigou mais algumas cebolas e finalmente disse:

– Já lhe disse o que quero, mas vou deixar a seu critério todas as decisões sobre como realizá-lo.

– Sei disso. – Dickstein levantou-se. – Acho que vou me deitar.

– Tem alguma ideia do ponto por onde vai começar?

– Tenho, sim – disse Dickstein. – Boa noite.

3

Nat Dickstein jamais se acostumara a ser um agente secreto. Era a impostura permanente que o perturbava. Estava sempre mentindo para as pessoas, escondendo-se, fingindo ser alguém que não era, seguindo as pessoas sub-repticiamente e exibindo documentos falsos às autoridades nos aeroportos. Jamais cessava de se preocupar com a possibilidade de ser descoberto. Acordado, tinha um pesadelo, em que era cercado subitamente por policiais que gritavam:

– Você é um espião! Você é um espião!

E levavam-no para a prisão, onde lhe quebravam a perna.

Estava inquieto agora. Encontrava-se no prédio Jean-Monnet, em Luxemburgo, no platô Kirchberg, na encosta de um vale de um rio estreito, no outro lado da cidade. Estava sentado à entrada do escritório do Departamento de Salvaguardas da Euratom, memorizando os rostos dos empregados que chegavam para o trabalho. Esperava para um encontro com um assessor de imprensa chamado Pfaffer, mas deliberadamente chegara cedo demais. E procurava por algum ponto fraco. A desvantagem daquele esquema era a de que todos os empregados poderiam também ver seu rosto. Mas não dispunha de tempo para precauções sutis.

Pfaffer finalmente apareceu, um jovem desmazelado, com uma expressão de desaprovação e uma pasta marrom velha e surrada. Dickstein seguiu-o até uma sala igualmente desmazelada e aceitou a oferta de um café. Falaram em francês. Dickstein tinha a credencial do escritório parisiense de uma publicação obscura chamada *Science International.* Disse a Pfaffer que sua ambição era conseguir um emprego na *Scientific American.*

Pfaffer perguntou:

– Sobre o que exatamente está escrevendo neste momento?

– O artigo é intitulado "MUF". – Dickstein explicou em inglês: – *Material Unaccounted For* [Material para o qual não há explicação]. Nos Estados Unidos, há uma perda contínua de combustível radioativo. Aqui na Europa, pelo que fui informado, há um sistema internacional para controle desse material.

– Exatamente. Os países-membros entregam o controle das substâncias radioativas à Euratom. Antes de mais nada, temos uma relação completa de todas as instituições civis onde existem estoques, das minas às usinas de preparo e fabricação, depósitos e reatores, até às usinas de reprocessamento.

– Falou em instituições civis.

– Isso mesmo. As instituições militares estão fora da nossa esfera.

– Continue, por favor.

Dickstein ficou aliviado por ter feito Pfaffer começar a falar antes de ter uma chance de compreender como era limitado o conhecimento dele de tais assuntos.

– Vamos tomar como exemplo uma usina que prepara elementos combustíveis a partir do minério de urânio comum. A matéria-prima que chega à usina é pesada e analisada por inspetores da Euratom. Os registros são programados no computador da Euratom e conferidos com as informações dos inspetores nas instalações remetentes. Nesse caso, provavelmente uma mina de urânio. Se houver alguma discrepância entre a quantidade que deixou a instalação remetente e a quantidade que chegou à usina, o computador prontamente indicará. Providências similares são tomadas com o material que deixa a usina, verificando-se a quantidade e a qualidade. Tais dados são também conferidos com as informações fornecidas pelos inspetores nas instalações em que o combustível será usado, provavelmente uma usina nuclear. Além disso, toda perda na usina é pesada e analisada. – Pfaffer fez uma pausa, antes de acrescentar: – Esse processo de inspeção e verificação prossegue até o final, incluindo a disposição final do refugo radioativo.

– Entendo.

Dickstein parecia impressionado, ao mesmo tempo que se sentia desesperadamente desanimado. Não podia haver a menor dúvida de que Pfaffer estava exagerando a eficiência do sistema. Mas mesmo que fizessem apenas a metade das verificações anunciadas, como alguém poderia desviar 100 toneladas de minério de urânio sem que o computador o indicasse? Para fazer Pfaffer continuar a falar, ele disse:

– Ou seja, a qualquer momento, seu computador sabe a localização de cada fragmento de urânio na Europa.

– Pelo menos em cada país-membro... França, Alemanha, Itália, Bélgica, Holanda e Luxemburgo. E não apenas do urânio, mas de qualquer material radioativo.

– E os detalhes de transporte?

– São sempre aprovados por nós.

Dickstein fechou seu caderninho de anotações.

– Parece um sistema extremamente eficiente. Posso vê-lo em operação?

– É uma decisão que não nos compete. Teria de entrar em contato com a autoridade de energia atômica do país-membro e pedir autorização para visitar uma instalação. Eles promovem visitas com guias a algumas instalações.

– Poderia me fornecer uma relação dos números de telefone das autoridades a quem devo procurar?

– Claro.

Pfaffer levantou-se e abriu um arquivo.

Dickstein resolvera um problema apenas para encontrar outro. Queria saber onde poderia encontrar uma relação da localização das reservas de material radioativo e agora tinha a resposta: no computador da Euratom. Mas todo o urânio registrado no computador estava sujeito a um rigoroso sistema de controle. Assim, seria extremamente difícil roubar qualquer quantidade. Sentado na pequena sala desarrumada, observando o enfatuado Herr Pfaffer a vasculhar seu arquivo,

Dickstein pensou: Se soubesse quais são as minhas intenções, seu burocrata insensível, tenho certeza de que teria um ataque. Ele reprimiu um sorriso e sentiu-se um pouco mais animado.

Pfaffer deu-lhe uma folha de papel impressa. Dickstein pegou-a e colocou-a no bolso.

– Obrigado pela ajuda.

– Onde está hospedado?

– No Alfa, em frente à estação ferroviária.

Pfaffer acompanhou-o até a porta.

– Espero que goste de Luxemburgo.

– Tenho certeza de que gostarei – disse Dickstein, apertando-lhe a mão.

O TRUQUE DE MEMORIZAÇÃO era antigo. Dickstein desenvolvera-o quando ainda era garoto, sentado com o avô no cômodo malcheiroso por cima da pastelaria, na Mile End Road, esforçando-se em reconhecer os estranhos caracteres do alfabeto hebraico. A ideia era isolar uma característica singular da forma a ser lembrada e ignorar tudo o mais. Dickstein fizera isso com os rostos dos funcionários da Euratom.

Ele ficou esperando do lado de fora do prédio Jean-Monnet, no fim da tarde, observando as pessoas deixarem o trabalho. Algumas interessavam-no mais do que outras. Secretárias, contínuos e copeiros de nada lhe adiantavam. Nem sequer os altos funcionários. Queria o pessoal do escalão intermediário: programadores de computador, chefes de seção e de pequenos departamentos, assessores. Dera nomes às pessoas mais promissoras, nomes que lhe recordavam a característica memorizada: Diamante, Colarinho Duro, Tony Curtis, Sem Nariz, Cabeça de Neve, Zapata, Gordo.

Diamante era uma mulher gorda, sem aliança de casamento. O nome provinha do faiscar dos aros dos óculos. Dickstein seguiu-a até o estacionamento, onde ela se espremeu ao volante de um Fiat 500, branco. O Peugeot alugado de Dickstein estava estacionado ali perto.

A mulher atravessou a ponte Adolphe, guiando muito mal, mas devagar. Seguiu por cerca de 15 quilômetros para sudeste, até uma pequena aldeia chamada Mondorf-les-Bains. Parou o carro no pátio calçado de uma casa ao estilo luxemburguês, com a porta cheia de tachas. Tirou uma chave da bolsa, abriu a porta e entrou em casa.

A aldeia era uma atração turística, com fontes termais. Dickstein pendurou uma máquina fotográfica no pescoço e pôs-se a vaguear pela aldeia, passando diversas vezes pela casa de Diamante. Numa dessas ocasiões, avistou pela janela Diamante servindo uma refeição a uma mulher idosa.

O pequeno Fiat continuava estacionado diante da casa até depois de meia-noite, quando Dickstein finalmente foi embora.

Diamante não era uma boa escolha. Era uma solteirona, vivendo com a mãe idosa, nem rica nem pobre – a casa provavelmente era da mãe – e aparentemente sem vícios. Se Dickstein fosse um homem de tipo diferente, poderia seduzi-la. Afora isso, no entanto, não havia como alcançá-la.

Ele voltou ao hotel, desapontado e frustrado. Não havia razão para isso, pois seu palpite fora o melhor possível, com base nas informações de que dispunha. Mesmo assim, sentia que passara um dia inteiro contornando o problema e estava impaciente em atacá-lo de frente. Era a única maneira de parar de se preocupar vagamente e passar a se preocupar especificamente.

Passou mais três dias sem obter resultados concretos. Não chegou a ponto algum com Zapata, Gordo e Tony Curtis.

Mas Colarinho Duro era perfeito.

Tinha aproximadamente a idade de Dickstein, um homem esguio, elegante, de terno azul-escuro, gravata azul lisa, camisa branca e colarinho engomado. Os cabelos pretos, um pouco mais compridos do que se poderia esperar num homem da sua idade, começavam a ficar grisalhos nas têmporas. Os sapatos eram obviamente sob medida.

Ele deixou o escritório a pé, atravessou o rio Alzette, subiu a ladeira para a parte velha da cidade. Desceu por uma rua estreita de paralelepípedos e entrou numa casa velha. Dois minutos depois, uma luz se acendeu numa janela do sótão.

Dickstein ficou esperando por cerca de duas horas.

Ao sair, Colarinho Duro usava uma calça clara bem justa, com um lenço laranja no pescoço. Os cabelos estavam penteados para a frente, fazendo-o parecer ainda mais jovem. E andava confiante.

Dickstein seguiu-o até a rua Dicks, onde ele passou por um portal às escuras e desapareceu. Dickstein parou na calçada. A porta estava aberta, mas nada havia para indicar o que poderia encontrar lá dentro. Uma escada descia para um porão. Depois de um momento, Dickstein ouviu uma música ao longe.

Dois jovens, ambos com calças amarelas, passaram por ele e entraram. Na passagem, um deles sorriu para Dickstein e disse:

– É aqui mesmo.

Dickstein seguiu-os escada abaixo. Era uma boate aparentemente comum, com mesas e cadeiras, uns poucos reservados, uma pequena pista de dança e um trio de jazz num canto. Dickstein pagou a taxa de ingresso e sentou-se num reservado, de onde podia observar Colarinho Duro. Pediu uma cerveja.

Já tinha imaginado por que o lugar tinha um clima tão discreto. E agora, olhando ao redor, sua teoria era confirmada. Tratava-se de um clube de homossexuais. Era o primeiro em que ele entrava e ficou ligeiramente surpreso ao constatar que nada tinha de excepcional. Uns poucos homens usavam maquiagem, não muito exagerada, duas bichas espalhafatosas exibiam-se no bar, uma jovem muito bonita estava de mãos dadas com uma mulher mais velha, que vestia calça. Mas a maioria dos fregueses vestia-se normalmente; pelos padrões um tanto espalhafatosos da Europa, não havia nenhum travesti.

Colarinho Duro estava sentado ao lado de um homem louro, de casaco marrom. Dickstein não tinha preconceitos contra os homossexuais apenas pelo que eram. Não se ofendia quando as pessoas imaginavam, erroneamente, que ele podia ser homossexual, só porque chegara à casa dos 40 anos e continuava solteiro. Para ele, Colarinho Duro era simplesmente um homem que trabalhava na Euratom e tinha um segredo culpável.

Dickstein ficou escutando a música e tomando a cerveja. Um garçom se aproximou e perguntou:

– Está sozinho, meu caro?

Dickstein sacudiu a cabeça.

– Estou esperando por meu amigo.

Um guitarrista substituiu o trio de jazz e começou a cantar músicas folclóricas vulgares, em alemão. Dickstein não entendeu a maioria das piadas, mas a plateia riu estrondosamente por diversas vezes. Depois, diversos casais dançaram.

Dickstein viu Colarinho Duro pôr a mão no joelho do companheiro. Levantou-se e foi até o reservado deles.

– Olá – disse ele, jovialmente. – Não o vi outro dia no escritório da Euratom?

Colarinho Duro ficou extremamente pálido.

– Não sei...

Dickstein estendeu a mão.

– Ed Rodgers – disse ele, anunciando o mesmo nome que usara para Pfaffer. – Sou jornalista.

Colarinho Duro murmurou:

– Muito prazer...

Ele estava abalado, mas ainda teve a presença de espírito de não revelar seu nome.

– Tenho de ir agora – disse Dickstein. – Foi um prazer conhecê-lo.

– Adeus.

Dickstein virou-se e saiu do clube. Já fizera tudo o que era necessário, por enquanto. Colarinho Duro sabia que seu segredo vazara e ficara assustado.

Dickstein voltou para o hotel, sentindo-se repulsivo e envergonhado.

ELE FOI SEGUIDO ao deixar a rua Dicks.

E quem o estava seguindo não era um profissional, não fez qualquer tentativa de ocultar sua presença. Permaneceu 15 a 20 passos atrás, os sapatos de couro fazendo um barulho regular na calçada. Dickstein fingiu nada ter percebido. Atravessando a rua, aproveitou para olhar discretamente quem o seguia: era um rapaz grandalhão, de cabelos compridos, com um paletó de couro surrado.

Momentos depois, outro rapaz emergiu das sombras e parou diante de Dickstein, bloqueando a passagem pela calçada. Dickstein parou e esperou, pensando: Que diabo estão querendo? Não podia imaginar quem já o estava seguindo nem por que iria usar amadores tão desajeitados, garotos que perambulavam pelas ruas.

A lâmina de uma faca faiscou à luz do lampião. O rapaz que estava atrás se aproximou, enquanto o da frente dizia:

– Muito bem, bichinha, trate de nos entregar a sua carteira.

Dickstein sentiu-se profundamente aliviado. Eram apenas ladrões, presumindo que qualquer pessoa que saísse do clube de homossexuais seria uma presa fácil.

– Não batam em mim – disse ele. – Vou dar todo o meu dinheiro.

Ele tirou a carteira do bolso. O rapaz que estava na frente insistiu:

– Dê-me a carteira.

Dickstein não queria brigar com os rapazes. Poderia arrumar mais dinheiro, mas seria uma grande inconveniência se perdesse todos os documentos e cartões de crédito. Tirou as notas da carteira e ofereceu-as.

– Preciso dos meus documentos. Levem apenas o dinheiro e não direi nada à polícia.

O rapaz que estava na frente pegou o dinheiro.

O que estava atrás disse:

– Pegue os cartões de crédito.

O que estava na frente era o mais fraco. Dickstein fitou-o nos olhos e disse:

– Por que não se contenta com o que já conseguiu, filho?

Ele se adiantou, passando o rapaz mais jovem pela beira da calçada. Sapatos de couro tamborilaram sobre a calçada, enquanto o outro rapaz corria na direção de Dickstein. Só restava agora uma maneira de encerrar o incidente.

Dickstein virou-se rapidamente, agarrou o pé do rapaz em pleno chute, puxou e torceu, quebrando o tornozelo. O garoto gritou de dor e caiu no chão.

O que estava com a faca atacou-o nesse momento. Dickstein deu um pulo, chutou a canela do rapaz, pulou novamente, tornou a chutar. O rapaz arremeteu com a faca. Dickstein esquivou-se e chutou-o pela terceira vez, exatamente no mesmo lugar. Houve um barulho de osso estalando e o rapaz caiu também.

Dickstein ficou parado por um momento, contemplando os dois assaltantes feridos. Sentia-se como um pai cujos filhos haviam-no provocado exageradamente, até que fora obrigado a dar-lhes uma surra. E pensou: Por que tinham de fazer isso comigo? Eram apenas crianças, deviam ter seus 17 anos. Eram também depravados, gostavam de atacar homossexuais. Mas fora exatamente isso o que Dickstein fizera naquela noite.

Afastou-se. Era uma noite para ser esquecida. Decidiu deixar a cidade na manhã seguinte

Quando trabalhava, Dickstein ficava no quarto do hotel o máximo de tempo possível, a fim de evitar que o vissem. Poderia beber demais, se não fosse uma insensatez total beber durante uma operação, já que o álcool lhe embotava os sentidos, reduzia a capacidade de vigilância. Havia também ocasiões em que não sentia a menor necessidade de beber. Passava a maior parte do tempo olhando pelas janelas ou sentado diante da televisão. Não andava pelas ruas, não frequentava os bares do hotel, não comia nos restaurantes do hotel, preferindo usar sempre o serviço de quarto. Mas havia limites para as precauções que um homem podia adotar. Não havia a menor possibilidade de se tornar invisível. No saguão do hotel Alfa, em Luxemburgo, Dickstein encontrou alguém que o conhecia.

Estava parado na recepção, deixando o hotel. Verificara a conta e apresentara um cartão de crédito em nome de Ed Rodgers. Esperava para assinar o talão da American Express quando uma voz às suas costas disse, em inglês:

– Ei, mas é Nat Dickstein!

Era o momento que ele temia. Como todo agente que usava falsas identidades, Dickstein vivia sob o temor constante de encontrar por acaso alguém que o conhecia do passado distante e que poderia desmascará-lo. Era o pesadelo do guarda que gritava "Você é um espião!", era o cobrador dizendo:

– Mas sua mãe *está* em casa. Acabo de vê-la, pela janela, escondida debaixo da mesa da cozinha.

Como qualquer agente, ele fora treinado para aquele momento. A regra era simples: *Quem quer que seja, você não o conhece*. Era algo que sempre praticavam. Diziam:

– Hoje você é Chaim Meyerson, estudante de engenharia.

E assim por diante, criando-se toda uma identidade nova. Era preciso andar, e trabalhar como Chaim Meyerson. Depois, no fim da tarde, promoviam um encontro aparentemente acidental com um primo, um antigo professor ou um rabino que conhecia a família inteira. Na primeira vez, o agente sempre sorria, cumprimentava, passava algum tempo conversando sobre os velhos tempos. Depois, o instrutor lhe dizia que estava morto. Mais cedo ou mais tarde, o agente aprendia a fitar nos olhos os velhos amigos e dizer:

– Mas quem é você?

O treinamento de Dickstein prevaleceu naquele momento. Ele olhou primeiro para o recepcionista, que estava providenciando a saída do hotel de um certo Ed Rodgers. O recepcionista não deixou transparecer qualquer reação. Podia-se presumir que não entendera, não ouvira ou não se importava.

Uma mão bateu no ombro de Dickstein. Ele ensaiou um sorriso de desculpas e virou-se, dizendo em francês:

– Lamento, mas está enganado...

A saia estava levantada até a cintura, o rosto estava corado de prazer e ela beijava Yasif Hassan.

– Mas *é* você mesmo! – exclamou Yasif Hassan.

E depois, por causa do terrível impacto da recordação daquela manhã em Oxford, vinte anos antes, Dickstein perdeu o controle por um instante, esqueceu todo o treinamento e cometeu o maior erro de sua carreira. Ficou olhando para o árabe, completamente aturdido, e balbuciou:

– Hassan...

Hassan sorriu e estendeu a mão.

– Há quanto tempo... já deve ter passado... mais de vinte anos!

Dickstein apertou a mão estendida mecanicamente, sabendo que cometera um erro e fazendo um esforço para se recuperar.

– Deve ser isso mesmo – balbuciou ele. – O que está fazendo aqui?

– Moro aqui. E você?

– Estou de partida.

Dickstein chegara à conclusão de que a única coisa a fazer era sair dali, o mais depressa possível, antes que o mal se tornasse ainda maior. O recepcionista entregou-lhe a nota do cartão de crédito e ele assinou rapidamente "Ed Rodgers". Olhou para o relógio.

– Tenho de pegar o avião.

– Meu carro está lá fora. Vou levá-lo ao aeroporto. *Temos* de conversar.

– Já pedi um táxi...

– Cancele o táxi... – disse Hassan ao recepcionista. – E dê isso ao motorista pelo incômodo.

Ele largou algumas moedas no balcão. Dickstein disse:

– Estou com pressa.

– Pois então vamos indo!

Hassan pegou a valise de Dickstein e encaminhou-se para a porta. Sentindo-se impotente, tolo e incompetente, Dickstein seguiu-o.

Embarcaram num carro esporte inglês de dois lugares, todo amassado. Dickstein examinou Hassan, enquanto o árabe guiava o carro para fora da área de estacionamento proibido, entrando no fluxo de tráfego. Hassan mudara e não era apenas pela idade. Os fios brancos no bigode, a cintura mais volumosa, a voz mais profunda... eram coisas que se podia esperar. Mas algo mais estava diferente. Hassan sempre parecera a Dickstein o arquétipo do aristocrata. Era lerdo, indiferente e ligeiramente entediado, quando os outros eram jovens e excitados. Agora, parecia que sua altivez desaparecera. Era como o carro, desgastado pelo uso, com uma aparência um tanto apressada. Dickstein sempre se perguntara o quanto da aparência de classe superior do árabe era cuidadosamente cultivada.

Resignando-se às consequências de seu erro, Dickstein tentou descobrir a extensão do dano. E perguntou a Hassan:

– Vive aqui agora?

– A sede europeia do meu banco é em Luxemburgo.

Então talvez ele ainda seja rico, pensou Dickstein.

– E qual é o banco?

– O Cedar Bank, do Líbano.

– E por que a sede europeia em Luxemburgo?

– É um centro financeiro da maior importância. O Banco Europeu de Investimento está sediado aqui. E a Bolsa de Valores é internacional. E você, o que está fazendo aqui?

– Vivo em Israel. Meu *kibutz* fabrica vinho... e estou sondando as possibilidades de distribuição na Europa.

– É a mesma coisa que levar carvão para Newcastle, o maior centro produtor da Europa.

– É o que estou começando a descobrir.

– Talvez eu possa ajudá-lo, se por acaso voltar a Luxemburgo. Tenho muitos contatos por aqui. Posso promover alguns encontros importantes para você.

– Obrigado. E pode estar certo de que vou lhe cobrar essa oferta.

Se o pior acontecesse, pensou Dickstein, sempre poderia comparecer aos encontros e vender algum vinho.

– Então a sua casa é agora na Palestina e a minha, na Europa – comentou Hassan.

Dickstein teve a impressão de que sorria forçado.

– E como vai o banco? – indagou Dickstein, imaginando se a expressão "meu banco" significava "o banco que eu possuo", "o banco que eu dirijo" ou "o banco para o qual trabalho".

– Está indo muito bem.

Eles pareciam não ter mais nada a dizer um para o outro. Dickstein tinha vontade de perguntar o que acontecera à família de Hassan na Palestina, como terminara o caso dele com Eila Ashford e por que estava guiando um carro esporte. Mas receava que as respostas pudessem ser penosas, para Hassan ou para ele próprio.

– Está casado? – perguntou Hassan.

– Não. E você?

– Também não.

– Muito estranho.

Hassan sorriu.

– Nós não somos do tipo de assumir responsabilidades.

– Mas eu tenho as minhas responsabilidades – disse Dickstein, pensando no órfão Mottie, para quem ainda não acabara de ler *A ilha do tesouro*.

– Ou seja, não perde uma oportunidade, hein? – disse Hassan, piscando um olho, maliciosamente.

– Ao que eu me lembre, você é que era o galante – murmurou Dickstein, constrangido.

– Mas isso era antigamente.

Dickstein fez um esforço para não pensar em Eila. Chegaram ao aeroporto e Hassan parou o carro.

– Obrigado pela carona – disse Dickstein.

Hassan virou-se no assento e fitou Dickstein.

– É impressionante, mas você realmente parece mais moço do que em 1947.

Dickstein apertou-lhe a mão.

– Lamento estar com tanta pressa.

Ele saiu do carro, enquanto Hassan dizia:

– Não se esqueça de me procurar na próxima vez em que vier a Luxemburgo.

– Até a vista.

Dickstein fechou a porta e entrou no aeroporto.

E somente então, finalmente, permitiu-se recordar.

AS QUATRO PESSOAS no jardim frio ficaram imóveis por um instante que pareceu interminável. Depois, as mãos de Hassan deslocaram-se pelo corpo de Eila. Imediatamente, Dickstein e Cortone afastaram-se, passando novamente pela abertura na sebe e sumindo de vista. Os amantes não chegaram a vê-los.

Encaminharam-se para a casa. Quando chegaram a um ponto em que não podiam mais ser ouvidos, Cortone disse:

– O negócio estava mesmo quente...

– Não vamos falar sobre isso, por favor – pediu Dickstein.

Ele sentia-se como um homem que, olhando para trás, acabara esbarrando num poste. Sentia dor e raiva e não havia ninguém para culpar, além de si mesmo.

Felizmente, a festa chegara ao fim. Fora embora sem falar com o marido enganado, o professor Ashford, que estava num canto, absorvido numa conversa com um estudante de pós-graduação. Foram almoçar. Dickstein comeu muito pouco, mas tomou alguma cerveja.

Cortone disse:

– Não sei por que ficou tão abalado e deprimido, Nat. Apenas significa que ela está disponível, não é mesmo?

– É, sim... – murmurou Dickstein, mas sem pensar realmente assim.

A conta foi de mais de 10 xelins. Cortone pagou. Dickstein acompanhou-o até a estação ferroviária. Apertaram-se as mãos solenemente e Cortone embarcou.

Dickstein ficou andando pelo parque por várias horas, mal sentindo o frio, tentando definir seus sentimentos. Mas não conseguiu. Sabia que não estava com inveja de Hassan nem desiludido de Eila. Também não estava desapontado em suas esperanças, pois jamais estivera esperançoso de qualquer coisa. Mas sentia-se deprimido e não havia palavras para explicar por quê. Desejava ter alguém para conversar a respeito.

Pouco depois disso, ele foi para a Palestina, embora não apenas por causa de Eila.

Nos 21 anos subsequentes, ele jamais tivera uma mulher. Mas isso também não fora inteiramente por causa de Eila.

YASIF HASSAN AFASTOU-SE do aeroporto de Luxemburgo dominado por uma raiva intensa. Podia recordar, tão nitidamente como se fora no dia anterior, o jovem Dickstein: um judeu pálido, num terno ordinário, magro como uma garota, a postura ligeiramente encurvada como se esperasse ser vergastado, contemplando com anseio adolescente o corpo maduro de Eila Ashford, argumentando obstinadamente que seu povo ficaria com a Palestina, quer os árabes consentissem ou não. Hassan achara-o ridículo, uma criança. Agora, Dickstein vivia em Israel, cultivava uvas para fazer vinho. Ele encontrara um lar, enquanto Hassan perdera o seu.

Hassan não era mais rico. Nunca chegara a ser fabulosamente rico, mesmo pelos padrões levantinos. Mas sempre tivera boa comida, roupas elegantes e a melhor educação possível. Conscientemente, adotara os hábitos da aristocracia árabe. O avô fora um médico bem-sucedido que levara o filho mais velho para a medicina e iniciara o mais moço no mundo dos negócios. O mais moço, pai de Hassan, comprava e vendia tecidos na Palestina, Líbano e Transjordânia. O negócio prosperara sob o domínio britânico e a imigração sionista servira para ampliar o mercado. Por volta de 1947, a família possuía lojas em todo o Levante e era a dona de sua aldeia natal, perto de Nazaré.

A guerra de 1948 arruinara-os.

Quando o Estado de Israel fora proclamado e os exércitos árabes atacaram, a família de Hassan cometera o erro fatal de fazer as malas e fugir para a Síria. Nunca mais voltaram. O armazém em Jerusalém desapareceu num incêndio. As lojas foram destruídas ou tomadas por judeus. As terras da família passaram a ser "administradas" pelo governo israelense. Hassan soubera que a aldeia era agora um *kibutz*.

O pai de Hassan vivia desde então num campo de refugiados das Nações Unidas. A última coisa positiva que ele fizera fora escrever uma carta de apresentação de Yasif para seus banqueiros libaneses. Yasif tinha um diploma universitário e falava um inglês excelente. O banco dera-lhe um emprego.

Ele pedira uma indenização ao governo israelense, nos termos da Lei de Aquisição de Terras, de 1953. O pedido fora rejeitado.

Hassan só visitara a família no campo de refugiados uma vez. Mas o que vira ali ficou nele pelo resto da vida. Todos moravam numa cabana de tábuas e partilhavam os banheiros comunitários. Não recebiam qualquer tratamento especial. Era apenas uma entre as milhares de famílias sem lar, sem propósito e sem esperança. Vendo o pai, que fora um homem inteligente e decidido, dirigindo um empreendimento grande com mão firme, reduzido agora a entrar numa fila para receber comida e desperdiçando a vida a jogar gamão, Yasif sentira vontade de jogar bombas em ônibus escolares judeus.

As mulheres buscavam água, limpavam a casa, como sempre tinham feito. Mas os homens perambulavam a esmo, em roupas de segunda mão, sem nada esperar, os corpos se tornando flácidos à medida que as mentes se embotavam. Os adolescentes se pavoneavam, discutiam e brigavam com facas, pois nada tinham pela frente além da perspectiva de suas vidas minguando e murchando, sob o calor escaldante do deserto.

O campo de refugiados cheirava a esgoto e desespero. Hassan jamais tornara a visitá-lo, embora continuasse a escrever constantemente para a mãe. Escapara à armadilha. E se estava abandonando o pai... ora, o pai o ajudara a conseguir isso e portanto devia ser a vontade dele.

Hassan alcançara algum sucesso como bancário. Possuía inteligência e integridade, embora toda a sua criação não o ajustasse ao trabalho meticuloso, envolvendo o despacho de memorandos e a manutenção de registros em triplicata. Além do mais, seu coração estava longe dali.

Nunca deixara de se ressentir amargamente do que lhe fora arrancado. Levava o ódio pela vida como um fardo secreto. O que quer que a mente lógica pudesse dizer-lhe, a alma murmurava que abandonara o pai em um momento de necessidade. O sentimento de culpa alimentava ainda mais o ódio contra Israel. A cada ano, ficava esperando que os exércitos árabes destruíssem os invasores sionistas. E a cada fracasso, Hassan ficava mais angustiado e mais furioso.

Em 1957, ele começou a trabalhar para o serviço secreto egípcio.

Não era um agente muito importante. Mas à medida que o banco foi expandindo as suas operações europeias, Hassan passou a ouvir informações ocasionais, tanto no escritório como fora dele. De vez em quando, o Cairo pedia-lhe informações específicas sobre a situação financeira de um fabricante de armas, um filantropo judeu ou um milionário árabe. Se Hassan não encontrava os detalhes nos arquivos do banco, frequentemente obtinha-os através de amigos e contatos profissionais. Tinha também a instrução geral para vigiar homens de negócios israelenses na Europa, pois poderiam ser agentes. E foi por isso que abordara Nat Dickstein amistosamente.

Hassan achava que a história de Dickstein provavelmente era verídica. Em seu terno surrado, com os mesmos óculos redondos e a mesma aparência insignificante, Dickstein parecia exatamente com um vendedor malremunerado, que não tinha a menor possibilidade de promover o produto que oferecia. Contudo, havia que pensar no estranho incidente na rua Dicks na noite anterior: dois rapazes, conhecidos da polícia como ladrões menores, encontrados na sarjeta, brutalmente inutilizados. Era evidente que haviam escolhido a vítima errada. Os ferimentos eram profissionais. O homem que os infligira só podia ser um soldado, um policial, um guarda-costas... ou um agente. Depois de um incidente assim, qualquer israelense que deixasse a cidade às pressas na manhã seguinte merecia ser verificado.

Hassan voltou para o hotel Alfa e falou com o recepcionista:

– Estive aqui há uma hora, quando um dos seus hóspedes estava de partida. Lembra-se?

– Creio que sim, senhor.

Hassan entregou-lhe 200 francos luxemburgueses.

– Poderia me informar o nome com que ele estava registrado?

– Claro, senhor. – O recepcionista consultou um arquivo. – Edward Rodgers, da revista *Science International*.

– Não era Nathaniel Dickstein?

O recepcionista sacudiu a cabeça pacientemente.

– Poderia verificar se houve algum Nathaniel Dickstein, de Israel, registrado aqui no hotel?

– Pois não, senhor.

O recepcionista levou alguns minutos para verificar um maço de papéis. O excitamento de Hassan foi aumentando. Se Dickstein se registrara sob um nome falso, então não era um vendedor. Nesse caso, o que mais podia ser além de um agente israelense? O recepcionista finalmente largou os papéis e anunciou:

– Não tivemos nenhum hóspede com esse nome, senhor.

– Obrigado.

Hassan foi embora. Estava exultante ao voltar para o escritório. Usara toda a sua astúcia e descobrira algo importante. Assim que chegou à sua mesa, escreveu uma mensagem:

SUSPEITO DE SER AGENTE ISRAELENSE VISTO AQUI. NAT DICKSTEIN REGISTRADO HOTEL COMO ED RODGERS. 1,67 METRO ALTURA, MAGRO, CABELOS PRETOS, OLHOS CASTANHOS, IDADE EM TORNO DE 40 ANOS.

Codificou a mensagem, acrescentou uma palavra extra de código ao início e enviou-a pelo telex para a sede do banco no Egito. Jamais chegaria lá. A palavra em código extra instruiria a agência dos correios no Cairo a desviar o telex para o Departamento de Investigações Gerais.

O envio da mensagem foi o anticlímax, como era natural. Não haveria qualquer reação, não haveria agradecimentos do outro lado. Hassan não tinha outra coisa a fazer a não ser continuar em seu trabalho no banco, esforçando-se em não se deixar dominar pelos devaneios.

E, inesperadamente, o Cairo procurou-o pelo telefone.

Jamais acontecera antes. Às vezes, enviavam-lhe telegramas, mensagens de telex, até mesmo cartas. E tudo codificado, é claro. Umas poucas vezes, encontrara-se com membros de embaixadas árabes, que haviam transmitido instruções verbais. Mas nunca telefonavam. A informação dele devia ter causado uma repercussão maior do que previra.

A pessoa que telefonou queria mais informações a respeito de Dickstein:

– Quero que confirme a identidade do cliente que citou em sua mensagem. Ele usava óculos redondos?

– Usava.

– Falava inglês com um sotaque *cockney*? Poderia reconhecer tal sotaque?

– A resposta para as duas perguntas é sim.

– Ele tinha um número tatuado no antebraço?

– Não pude ver hoje, mas sei que tem... Estudei com ele na Universidade de Oxford, há muitos anos. Tenho certeza absoluta de que é ele mesmo.

– Quer dizer que o *conhece*? – Havia um tom de espanto na voz do Cairo. – Essa informação está em sua ficha?

– Não. Nunca pensei...

– Pois deveria estar – disse o homem do Cairo, furioso. – Há quanto tempo está conosco?

– Desde 1957.

– Isso explica tudo. Entrou nos velhos tempos. Pois agora preste muita atenção. Esse homem é um... cliente muito importante. Queremos que fique com ele 24 horas por dia. Entendido?

– É impossível – disse Hassan, desesperado. – Ele deixou a cidade.

– E para onde foi?

– Deixei-o no aeroporto. Não sei para onde ele foi.

– Pois trate de descobrir. Telefone para as empresas aéreas, descubra em que voo embarcou e torne a me ligar dentro de 15 minutos.

– Farei o melhor possível...

– Não estou interessado no seu melhor possível. Quero saber o destino do cliente e quero saber antes de ele chegar lá. Trate de me telefonar daqui a 15 minutos. Agora que fizemos contato com ele, *não podemos perdê-lo novamente.*

– Vou cuidar disso imediatamente – disse Hassan.

Mas a linha já estava muda muito antes de ele terminar a frase. Hassan repôs o fone no gancho. É verdade que não recebia agradecimentos do Cairo, mas aquilo era muito melhor. Subitamente, ele era importante, seu trabalho era urgente, dependiam dele. Tinha a oportunidade de fazer alguma coisa pela causa árabe, uma chance de revidar, finalmente.

Ele tornou a pegar o fone e começou a ligar para as empresas aéreas.

4

Nat Dickstein decidiu visitar uma usina nuclear na França simplesmente porque o francês era a única língua europeia que falava relativamente bem, à exceção do inglês. Só que a Inglaterra não pertencia à Euratom. Viajou para a usina de ônibus, com um grupo variado de estudantes e turistas. Os campos que desfilavam pela janela do ônibus eram de um verde empoeirado, mais parecidos com a Galileia do que com Essex, que fora "a terra" de Dickstein quando garoto. Viajara pelo mundo inteiro desde então, embarcando em aviões com a maior naturalidade. Mas ainda podia se recordar perfeitamente da época em que seus horizontes eram Park Lane, a oeste, e Southend-on-Sea, a leste. Podia também recordar como subitamente esses horizontes haviam encolhido, quando começou a pensar em si mesmo como um homem, depois de seu *bar mitzvah* e da morte do pai. Outros rapazes de sua idade imaginavam-se a arrumar empregos nas docas ou em alguma gráfica, casando com moças locais, encontrando casas a menos de um quilômetro da casa dos pais e acomodando-se. As ambições deles eram de criar um galgo campeão, ver o West Ham ganhar a Copa da Inglaterra e comprar um carro. O jovem Nat pensava em ir para a Califórnia, Rodésia ou Hong Kong, tornar-se um neurocirurgião, arqueólogo ou milionário. Isso acontecia em parte porque era mais inteligente do que a maioria dos seus contemporâneos, em parte porque eles encaravam as línguas estrangeiras mais como uma matéria escolar, como a álgebra, em vez de uma maneira de falar. Mas a diferença principal era o fato de ele ser judeu. Harry Chieseman, o parceiro de xadrez da infância de Dickstein, era inteligente, determinado e sagaz, mas considerava-se um londrino da classe proletária e estava convencido de que sempre o seria. Dickstein sabia, embora não pudesse se recordar de alguém lhe dizer isso objetivamente, que os judeus, onde quer que nascessem, eram capazes de dar um jeito de ingressar nas maiores universidades, iniciar novas indústrias, como a cinematográfica, tornar-se banqueiros, advogados e industriais bem-sucedidos. E se não conseguiam realizar o que sonhavam no país onde haviam nascido, seguiam para outro lugar, a fim de tentarem novamente. Era curioso, pensou Dickstein, ao recordar sua infância, como um povo que fora perseguido por vários séculos estivesse tão convencido de sua capacidade de realizar tudo com que sonhasse. Por exemplo: quando precisavam de bombas nucleares, eles tratavam de entrar em ação para consegui-las.

A tradição era um consolo, mas não lhe servia de ajuda sobre o modo de alcançar seus objetivos.

A usina nuclear apareceu a distância. À medida que o ônibus se aproximava, Dickstein compreendeu que o reator era maior do que imaginara. Ocupava um prédio com uma altura de dez andares. De alguma forma, ele pensara que o reator coubesse numa sala pequena.

A segurança externa era mais de um nível industrial que militar. As instalações estavam cercadas por uma cerca alta, não eletrificada. Dickstein olhou pelo portão, enquanto o guia cuidava das formalidades. Os guardas dispunham apenas de duas telas de televisão de circuito fechado. Dickstein pensou: Posso introduzir cinquenta homens nas instalações em plena luz do dia sem que os guardas percebam qualquer coisa. Era um mau sinal, concluiu ele sombriamente. Significava que a segurança tinha outros motivos para estar confiante.

Deixou o ônibus com o resto do grupo e atravessou o estacionamento pavimentado até o prédio de recepção. As instalações haviam sido projetadas com a preocupação da imagem pública da energia nuclear. Havia gramados bem-cuidados, canteiros de flores, diversas árvores recentemente plantadas. Tudo era limpo e natural, pintado de branco, não havia fumaça. Olhando para trás, na direção do portão, Dickstein avistou um Opel cinzento parar na entrada. Um dos homens que estavam no carro saltou e falou com os guardas, que pareceram lhe dar orientações. Dentro do carro, algo rebrilhou por um instante ao sol.

Dickstein seguiu o grupo de visitantes para o interior do prédio. No saguão, dentro de uma caixa de vidro, havia um troféu de rúgbi conquistado pela equipe da usina. Uma fotografia aérea das instalações estava pendurada na parede. Dickstein parou diante dela, gravando mentalmente os detalhes, imaginando ociosamente como poderia fazer uma incursão à usina, ao mesmo tempo que se preocupava, no fundo da mente, com o Opel cinzento.

Quatro recepcionistas, em uniformes elegantes, levaram o grupo numa excursão pela usina. Dickstein não estava interessado nas gigantescas turbinas, na sala de controle da era espacial com seus incontáveis painéis de mostradores e botões, ou no sistema de abastecimento de água, projetado para salvar os peixes e devolvê-los ao rio. Imaginava se os homens no Opel o estariam seguindo; e se assim fosse, por quê.

Mostrou-se bastante interessado pela seção de recebimento do material e perguntou à recepcionista:

– Como o combustível chega à usina?

– De caminhão – respondeu ela, brejeiramente.

Alguns visitantes riram nervosamente ao pensar em urânio correndo pelos campos em caminhões. Assim que as risadas já esperadas se desvaneceram, a recepcionista acrescentou:

– Não é perigoso. O material não é radioativo, até ser alimentado a pilha atômica. É tirado do caminhão e levado diretamente para o elevador, seguindo para o depósito de combustível no sétimo andar. A partir de lá, todo o resto do processo é automático.

– E não há qualquer verificação da quantidade e qualidade da remessa? – indagou Dickstein.

– Isso é feito na usina de fabricação do combustível. A remessa é lacrada lá e aqui só verificamos se os lacres estão intactos.

– Obrigado.

Dickstein assentiu, satisfeito. O sistema não era tão rígido como afirmara o Sr. Pfaffer, da Euratom. Um ou dois planos possíveis começaram a se delinear vagamente na mente de Dickstein.

Viram a máquina de abastecimento do reator em funcionamento. Operada inteiramente por controle remoto, levava o elemento combustível do depósito para o reator, abria a tampa de concreto de um canal de abastecimento, removia o elemento consumido, inseria o novo, fechava a tampa e largava o elemento usado num tubo cheio de água, que levava aos tanques de esfriamento.

A recepcionista, falando um francês parisiense perfeito, disse numa voz estranhamente sedutora:

– O reator possui três mil canais de abastecimento, cada canal contendo oito bastões de combustível. Os bastões duram de quatro a sete anos. A máquina que os recarrega renova cinco canais em cada operação.

Foram ver os tanques de esfriamento. Sob seis metros de água, os elementos combustíveis usados depois de esfriados, mas ainda altamente radioativos, eram metidos em recipientes de chumbo de 50 toneladas, duzentos elementos em cada um, para transporte de caminhão e trem até a usina de reprocessamento.

Enquanto as recepcionistas serviam café e bolo na recepção, Dickstein procurou analisar o que descobrira. Ocorrera-lhe que podia roubar combustível já usado, pois o que estava querendo, em última análise, era mesmo o plutônio. Mas sabia agora por que ninguém fizera tal sugestão. Seria fácil sequestrar o caminhão – ele poderia fazê-lo até sozinho –, mas como poderia tirar um recipiente de chumbo de 50 toneladas do país e levar para Israel, sem que ninguém percebesse?

Roubar urânio do interior da usina também não era uma ideia promissora. É verdade que a segurança era um tanto relaxada, o que ficava provado pelo próprio fato de lhe permitirem fazer aquele reconhecimento, até mesmo providenciando um guia para mostrar-lhe tudo. Mas o combustível no interior da usina estava encerrado num sistema automático, de controle remoto. A única maneira pela qual poderia sair de lá era através do processo nuclear, que terminava nos tanques de esfriamento. E havia também o problema de passar furtivamente um imenso recipiente de material radioativo por algum porto da Europa.

Dickstein calculava que devia haver um meio de entrar no depósito de combustível. Poder-se-ia então meter o material num elevador, descer e levar para um caminhão, indo embora. Mas isso envolveria render uma parte ou todo o pessoal da usina sob a mira de armas por algum tempo. E as instruções dele eram para fazer tudo sem que ninguém descobrisse coisa alguma.

Uma recepcionista ofereceu-se para encher novamente sua xícara e Dickstein aceitou. Podia-se confiar nos franceses para fazerem um bom café. Um jovem engenheiro começou a falar sobre segurança nuclear. A calça estava toda amarrotada e o suéter era folgado. Dickstein já observara que todos os cientistas e técnicos possuíam uma característica comum: as roupas eram velhas, desproporcionais e confortáveis; se muitos exibiam barba, era geralmente um indício de indiferença e não de vaidade. Calculava que assim era, porque, no trabalho deles, a força da personalidade geralmente não tinha a menor importância, só a inteligência importando. Assim, de nada adiantava causar uma boa impressão visual. Mas talvez fosse uma visão romântica da ciência.

Dickstein não prestou a menor atenção à preleção. O físico do Instituto Weizmann fora bastante sucinto, dizendo:

– Não existe o que se costuma chamar de nível seguro de radiação. Isso leva a pensar na radiação como em água num poço: se tem um metro de altura, você está seguro; se tem 2 metros, você morre afogado. Na verdade, os níveis de radiação se assemelham muito mais aos limites de velocidade numa estrada: a 60 quilômetros por hora, se está mais seguro do que a 120, mas não tão seguro quanto a 40. E a única maneira de se estar completamente seguro é jamais entrar no carro.

Dickstein voltou a se concentrar no problema de roubar o urânio. Era a exigência de *sigilo* que frustrava todos os planos que imaginava. Talvez todo o projeto estivesse fadado ao fracasso. Afinal, o impossível é impossível, pensou ele. Não, ainda era muito cedo para dizer isso. E tratou de voltar aos princípios que já fixara.

Teria de apreender uma carga em trânsito. Isso se tornava ainda mais evidente pelo que vira hoje. Os elementos combustíveis não eram checados ao chegarem à usina nuclear, sendo alimentados diretamente no sistema. Poderia sequestrar um caminhão, retirar o urânio dos elementos combustíveis, tornar a fechá-los, lacrar novamente a carga e subornar ou intimidar o motorista do caminhão para fazê-lo entregar os recipientes vazios. Os elementos imprestáveis seriam gradativamente alimentados no reator, cinco de cada vez, ao longo de um período de meses. A produção do reator acabaria caindo. Haveria uma investigação. Seriam efetuados testes. Talvez não se chegasse a qualquer conclusão antes de se esgotarem os elementos vazios e novos, genuínos elementos combustíveis chegassem à usina e fossem alimentados no reator, fazendo a produção subir novamente. Talvez ninguém compreendesse o que acontecera até que os elementos falsos fossem reprocessados e o plutônico recuperado fosse muito pouco. A essa altura, quatro a sete anos depois, a trilha para Tel Aviv já teria desaparecido completamente.

Mas podiam descobrir antes disso. E ainda restava o problema de retirar o material do país.

De qualquer forma, já tinha o esboço de um plano possível e por isso sentiu-se um pouco mais animado.

A preleção terminou. Houve algumas perguntas sem a menor importância e depois o grupo voltou para o ônibus. Dickstein sentou-se na parte traseira do ônibus. Uma mulher de meia-idade disse-lhe:

– Esse era o meu lugar.

Ele fitou-a impassivelmente, até que a mulher se afastou.

Voltando da usina nuclear, Dickstein a todo instante olhava pela janela traseira. Cerca de 2 quilômetros depois, o Opel cinzento emergiu de um desvio e começou a seguir o ônibus. A animação de Dickstein se dissipou prontamente.

FORA DESCOBERTO. Aconteceria ali ou em Luxemburgo. Provavelmente em Luxemburgo. E a pessoa que o descobrira podia ter sido Yasif Hassan – não havia razão para que ele não fosse um agente – ou alguém mais. Deviam estar seguindo-o por uma curiosidade de natureza geral, já que não havia possibilidade – ou haveria? – de poderem saber qual era a sua missão. Tudo o que tinha a fazer era despistá-los.

Dickstein passou um dia inteiro vagueando pela cidade próxima da usina nuclear, viajando de ônibus e de táxi, guiando um carro alugado, andando a pé. No fim do dia, já identificara os três veículos – o Opel cinzento, um pequeno caminhão bastante sujo e um Ford alemão – e cinco dos homens empenhados em segui-lo. Os homens pareciam vagamente árabes, mas naquela parte da França muitos dos criminosos eram norte-africanos. Alguém poderia ter recrutado ajuda local. O tamanho da equipe indicava por que ele não percebera antes que o seguiam. Haviam trocado continuamente de veículos e de pessoal. A viagem até a usina nuclear, uma jornada comprida por uma estrada rural, sem muito tráfego, explicava por que a equipe tivera finalmente de se expor.

No dia seguinte, Dickstein deixou a cidade e seguiu pela autoestrada no carro alugado. O Ford seguiu-o por alguns quilômetros e depois foi substituído pelo Opel cinzento. Havia dois homens em cada carro. Devia haver mais dois no pequeno caminhão e outro em seu hotel.

O Opel ainda o seguia quando Dickstein avistou uma passarela de pedestres sobre a estrada, num ponto em que não havia saídas da autoestrada, por sete ou oito quilômetros, nas duas direções. Dickstein passou para o acostamento e parou o carro. Saltou e levantou o capô. Olhou para dentro por alguns minutos. O Opel cinzento desapareceu à frente e o Ford passou um minuto depois. O Ford ficaria esperando na próxima saída e o Opel voltaria pela pista oposta da estrada, a fim de verificar o que ele estava fazendo. Era o que os manuais determinavam para tal situação.

Dickstein esperava que os homens reagissem de acordo com os manuais, caso contrário seu plano não daria certo.

Ele pegou um triângulo de emergência na mala do carro e armou-o atrás da roda traseira externa.

O Opel passou pela outra pista da estrada.

Eles seguiam o manual.

Dickstein começou a andar.

Ao sair da estrada, pegou o primeiro ônibus que passou e viajou até chegar a uma pequena cidade. No caminho, avistou os três veículos da vigilância, em diferentes ocasiões. Permitiu-se experimentar uma pequena sensação prematura de triunfo. Os homens estavam caindo em sua armadilha.

Ele pegou um táxi na cidade e saltou perto do lugar em que deixara o carro alugado, mas no outro lado da estrada. O Opel passou, depois o Ford saiu da estrada, cerca de 200 metros atrás dele.

Dickstein começou a correr.

Estava em bom estado físico, depois dos meses de trabalho ao ar livre no *kibutz*. Correu até a passarela de pedestres, atravessou-a e continuou a correr pelo acostamento no outro lado da estrada. A respiração ofegante, suando, chegou a seu carro abandonado em menos de três minutos.

Um dos homens do Ford saltara e começara a segui-lo. O homem compreendera então que fora enganado. O Ford arrancou. O homem correu de volta e embarcou, enquanto o carro aumentava a velocidade e entrava na faixa de tráfego lento.

Dickstein entrou no carro. Os veículos da vigilância estavam agora no lado errado da estrada e teriam de avançar até o próximo retorno para poderem segui-lo. A 100 quilômetros por hora, o retorno exigiria pelo menos dez minutos. O que significava que ele tinha uma dianteira de pelo menos cinco minutos. Não iriam alcançá-lo.

Dickstein partiu em direção a Paris, cantarolando uma cantiga que aprendera havia muitos anos, da torcida do West Ham:

– É canja, é canja, é canja...

Houve um tremendo pânico em Moscou quando se tomou conhecimento da bomba atômica árabe.

O Ministério do Exterior entrou em pânico porque não soubera de nada antes. A KGB entrou em pânico por não ter sido a primeira a saber. O gabinete do secretário-geral do partido entrou em pânico porque a última coisa que queria era outra briga de quem-é-o-culpado entre o Ministério do Exterior e a KGB, pois a anterior tornara a vida no Kremlin, durante 11 meses, um verdadeiro inferno.

Felizmente, a maneira como os egípcios decidiram fazer a revelação permitiu que todos salvassem as aparências. Os egípcios quiseram deixar bem claro que não se sentiam diplomaticamente obrigados a comunicar seu projeto secreto aos aliados e que a ajuda técnica solicitada não era essencial para o sucesso. Era como se dissessem:

– De passagem, gostaríamos de avisá-los que estamos construindo um reator nuclear, a fim de obtermos algum plutônio para fazer bombas atômicas e eliminar Israel da face da Terra. E queremos saber uma coisa: vão ou não nos ajudar?

A mensagem, enfeitada e decorada com todas as amenidades diplomáticas, foi apresentada no fim de uma reunião de rotina entre o embaixador egípcio em Moscou e o chefe do Departamento do Oriente Médio do Ministério do Exterior.

O chefe do departamento, depois de receber a mensagem, pensou cuidadosamente no que deveria fazer com a informação. Sua primeira obrigação, naturalmente, era encaminhar a informação ao ministro, que então a transmitiria ao secretário do partido. Mas assim todo o crédito pela notícia seria de seu superior, que também não perderia a oportunidade de marcar pontos contra a KGB. Haveria alguma possibilidade de o chefe do departamento tirar algum proveito pessoal da situação?

Ele sabia que o melhor caminho para ter acesso ao Kremlin era fazer com que a KGB lhe devesse alguma coisa. E estava agora em condições de prestar um grande favor à KGB. Se os avisasse do comunicado do embaixador egípcio, eles teriam algum tempo para encenar que já sabiam da bomba atômica árabe e estavam prestes a revelar a notícia.

Vestiu o paletó, pensando em sair e telefonar de uma cabine pública para seu conhecido na KGB, já que o seu próprio telefone poderia estar sendo grampeado. Mas depois compreendeu que isso era uma tolice. Afinal, ia ligar para a KGB, a organização que costumava ficar na escuta dos telefones. Assim, tornou a tirar o paletó e usou o telefone do escritório.

O burocrata da KGB com quem ele falou era igualmente hábil em explorar o sistema em proveito próprio. Tratou de armar a maior confusão no novo prédio da KGB, nos arredores de Moscou. Primeiro, ligou para a secretária de seu chefe e pediu uma reunião de urgência, dentro de 15 minutos. Evitou cuidadosamente falar pessoalmente com o chefe. Deu mais meia dúzia de telefonemas ruidosos, despachou secretárias e mensageiros por todo o prédio, levando memorandos e recolhendo pastas de arquivo. Mas seu golpe de mestre foi a agenda. A agenda para a próxima reunião do Comitê Político do Oriente Médio fora datilografada no dia anterior e estava naquele momento numa copiadora. Recolheu a agenda e acrescentou um novo item no alto da lista: "Recentes Desenvolvimentos nos Armamentos Egípcios – Relatório Especial", seguido por seu nome, entre parênteses. Determinou em seguida que a nova agenda fosse copiada, ainda com a data do dia anterior, para ser distribuída entre todos os departamentos interessados naquela tarde.

Depois de certificar-se de que metade de Moscou associaria o seu nome e o de mais ninguém à notícia, ele foi finalmente procurar seu chefe.

No mesmo dia, uma informação de menor ou nenhuma repercussão chegou a Moscou. Como parte da troca rotineira de informações entre o serviço secreto egípcio e a KGB, o Cairo comunicou que um agente israelense chamado Nat Dickstein fora visto em Luxemburgo e estava agora sob vigilância. Por causa das circunstâncias, a informação recebeu menos atenção do que merecia. Houve apenas um homem em toda a KGB que acalentou a ligeira desconfiança de que as duas coisas podiam estar relacionadas.

Seu nome era David Rostov.

O PAI DE DAVID ROSTOV fora um diplomata de importância secundária, com uma carreira prejudicada por carência de ligações, especialmente com o serviço secreto. Sabendo disso, David Rostov, com a lógica implacável que iria caracterizar suas decisões por toda a vida, ingressou no que era então chamado de NKVD e que mais tarde iria se tornar a KGB.

Já era um agente quando foi para Oxford. Naqueles tempos idealistas, quando a Rússia acabara de vencer a guerra e a extensão dos expurgos de Stalin ainda não era plenamente conhecida, as grandes universidades inglesas constituíam um centro de recrutamento promissor para o serviço secreto soviético. Rostov recrutou dois espiões da maior utilidade, um dos quais continuava a enviar segredos de Londres em 1968. Nat Dickstein foi um dos seus fracassos.

Rostov recordava-se que o jovem Dickstein tinha tendências socialistas e que sua personalidade se ajustava à espionagem. Era retraído, concentrado e desconfiado. E era também inteligente. Rostov se recordava de ter discutido o Oriente

Médio com ele, o professor Ashford e Yasif Rassan, na casa verde e branca, à beira do rio. E a partida de xadrez Rostov-Dickstein havia sido arduamente disputada.

Mas Dickstein não possuía a luz do idealismo nos olhos. Não tinha um espírito evangélico. A maioria dos veteranos da guerra era assim. Rostov lançava a isca:

– Se quer *realmente* participar da luta pelo socialismo mundial, tem de trabalhar para a União Soviética.

Os veteranos prontamente reagiam:

– Não diga besteira.

Depois de Oxford, Rostov trabalhara nas embaixadas russas em diversas capitais europeias: Roma, Amsterdã, Paris. Jamais saíra da KGB para ingressar no serviço diplomático. Ao longo dos anos, compreendera que não possuía a amplitude de visão política para se tornar o estadista que o pai desejara que fosse. A ansiedade da juventude desaparecera. Em termos vagos, ainda pensava que o socialismo era provavelmente o sistema político do futuro. Mas seu credo não mais o queimava por dentro como uma paixão. Acreditava no comunismo como a maioria das pessoas acredita em Deus: não ficaria muito surpreso nem desapontado se descobrisse que estava enganado. Enquanto isso, não fazia muita diferença a maneira como vivia.

Na maturidade, visava a ambições mais limitadas, embora com maior energia. Tornou-se um técnico excepcional, um mestre dos talentos tortuosos e cruéis do jogo do serviço secreto. E, o que era muito importante tanto na União Soviética como no Ocidente, aprendera a manipular a burocracia, a fim de obter o maior proveito e louvor de seus triunfos.

A Primeira Diretoria da KGB era uma espécie de matriz, responsável pela coleta e análise de informações. A maioria dos agentes de campo estava vinculada à Segunda Diretoria, o maior departamento da KGB, envolvida em subversão, sabotagem, traição, espionagem econômica e qualquer trabalho de polícia interna que fosse considerado de natureza política. A Terceira Diretoria, que fora chamada de Smersh, até que esse nome obteve muita publicidade constrangedora no Ocidente, encarregava-se da contraespionagem e das operações especiais, utilizando alguns dos agentes mais destemidos, inteligentes e impiedosos do mundo.

Rostov trabalhava na Terceira Diretoria e era um dos seus astros.

Tinha o posto de coronel. Ganhara uma medalha por libertar um agente condenado de uma prisão britânica. Ao longo dos anos, adquirira também uma esposa, dois filhos e uma amante. A amante era Olga, vinte anos mais moça, uma deusa viking loura, de Murmansk, e a mais excitante mulher que ele já conhecera. Rostov sabia que ela não seria sua amante sem os privilégios da KGB de que desfrutava; mesmo assim, tinha a impressão de que ela o amava. Eram parecidos, e cada um conhecia as ambições do outro, o que tornava a paixão entre os dois ainda mais frenética. Não havia mais paixão em seu casamento, mas havia outras coisas: afeição, companheirismo, estabilidade e o fato de que Mariya ainda era a única pessoa no mundo que podia fazê-lo rir incontrolavelmente, convulsivamente, até não aguentar mais. E havia também os filhos: Yuri Davidovitch, que estudava na Universidade Estadual de Moscou e gostava de escutar discos contrabandeados dos Beatles, e Vladimir Davidovitch, o jovem gênio, já considerado um potencial campeão mundial de xadrez. Vladimir candidatara-se a uma vaga na prestigiosa Escola de Física e Matemática Nº 2. Rostov tinha certeza de que ele conseguiria a vaga. Merecia o lugar, por mérito próprio. Além disso, um coronel da KGB sempre tinha alguma influência.

Rostov subira bem alto na meritocracia soviética, mas achava que ainda podia subir mais um pouco. A esposa não precisava mais entrar em filas nos mercados, pois fazia compras nas lojas Beryozka, privativas das elites. Moravam num apartamento grande em Moscou e possuíam uma pequena *dacha* no Báltico. Mas Rostov queria uma limusine Volga com motorista, uma segunda *dacha* num balneário do Mar Negro onde pudesse manter Olga, convites para as sessões particulares dos decadentes filmes ocidentais e tratamento na clínica do Kremlin, quando a velhice começasse a dominá-lo.

Sua carreira chegara a um impasse. Completara 50 anos. Passava a metade do seu tempo atrás de uma escrivaninha em Moscou, a outra metade em ação de campo, com a sua pequena equipe de agentes. Era mais velho que qualquer outro agente que ainda operava no exterior. Dali por diante, só poderia caminhar em duas direções. Se reduzisse o ritmo e permitisse que suas vitórias passadas fossem esquecidas, encerraria a carreira fazendo preleções para agentes em potencial na Escola nº 311 da KGB, em Novosibirsk, Sibéria. Se continuasse a conquistar triunfos espetaculares no jogo do serviço secreto, seria promovido a um cargo totalmente administrativo e designado para um ou dois comitês, iniciando uma carreira difícil, mas segura na organização do serviço de informações da União Soviética. E teria *então* a limusine Volga e a *dacha* no Mar Negro.

Em algum momento, nos dois ou três anos seguintes, teria de efetuar outro golpe espetacular. E quando chegou a notícia a respeito de Nat Dickstein, ele pensou por um momento se aquela não seria a sua grande oportunidade.

Observara a carreira de Dickstein com o fascínio nostálgico de um professor de matemática cujo aluno mais brilhante decidiu ingressar numa escola de arte. Ainda em Oxford, ouvira a história sobre o sequestro do barco carregado de armas. Em decorrência, iniciara pessoalmente a ficha de Dickstein na KGB. Ao longo dos anos, diversos acréscimos foram feitos à ficha, por ele próprio e por outros, baseados em observações, rumores, conjeturas e espionagem ao melhor estilo do passado. A ficha mostrava claramente que Dickstein era agora um dos mais eficientes agentes do Mossad. Se Rostov pudesse trazer sua cabeça numa bandeja, estaria com o futuro garantido.

Mas Rostov era um operador cuidadoso. Quando era capaz de escolher seus alvos, sempre optava pelos mais fáceis. Não era um homem de glória ou morte, mas justamente o inverso. Um dos seus talentos mais importantes era a capacidade de passar despercebido quando distribuíam missões arriscadas. Uma disputa entre ele e Dickstein seria incomodamente igual.

Leria com interesse quaisquer informações adicionais do Cairo sobre o que Nat Dickstein fazia em Luxemburgo, mas tomaria a precaução de não se envolver.

Não chegara onde estava expondo-se sem necessidade.

O FÓRUM PARA A DISCUSSÃO da bomba árabe era o Comitê Político do Oriente Médio. Poderia ser qualquer um dos 11 ou 12 comitês do Kremlin, pois as mesmas facções estavam representadas em todos os comitês interessados e diriam inevitavelmente as mesmas coisas. O resultado seria também o mesmo, pois a questão era importante demais para se sobrepor a considerações de facções.

O comitê possuía 19 membros, mas dois estavam no exterior, um adoecera e outro fora atropelado por um caminhão no dia da reunião. Não fazia a menor diferença. Somente três pessoas contavam: o representante do Ministério do Exterior, o representante da KGB e o homem que representava o secretário do partido. Entre os supérfluos, estavam o chefe de David Rostov, que se encaixava em todos os comitês que pudesse por uma questão de princípio, e o próprio Rostov, na qualidade de assessor. (Era por indícios assim que Rostov sabia que estava sendo cogitado para a próxima promoção.)

A KGB era contra a bomba árabe, porque o poder da KGB era clandestino e a bomba deslocaria as decisões para uma esfera aberta, além do alcance das atividades da KGB. Por esse mesmo motivo, o Ministério do Exterior era a favor: a bomba lhes daria mais trabalho e mais influência. A secretaria do partido era contra: se os árabes alcançassem uma vitória decisiva no Oriente Médio, como a União Soviética poderia manter a sua presença ativa por lá?

A reunião foi iniciada com a leitura do relatório da KGB "Desenvolvimentos Recentes dos Armamentos Egípcios". Rostov podia perceber exatamente como o único fato do relatório fora ampliado com informações adicionais obtidas através de um telefonema para o Cairo, muitas conjeturas e ainda mais frases sonoras, formando uma lenga-lenga que exigiu cerca de vinte minutos para ser lida. O próprio Rostov já fizera aquele tipo de trabalho mais de uma vez.

Um subalterno do Ministério do Exterior expôs a seguir, demoradamente, a sua interpretação da política soviética no Oriente Médio. Quaisquer que fossem os motivos dos colonizadores sionistas, disse ele, era evidente que Israel só sobrevivera por causa do apoio que recebia do capitalismo ocidental; e o objetivo do capitalismo era criar um posto avançado no Oriente Médio, que pudesse ficar de olho em seus interesses petrolíferos. Quaisquer dúvidas sobre essa análise foram afastadas pelo ataque anglo-franco-israelense ao Egito em 1956. A política soviética era apoiar os árabes em sua hostilidade natural contra esse remanescente de colonialismo. Embora pudesse ser imprudente para a União Soviética, em termos de política global, *iniciar* o armamento nuclear árabe, era uma extensão lógica da política soviética *apoiá-lo*, a partir do momento em que começasse a se efetuar sem a sua participação. O homem falou interminavelmente.

Todos ficaram tão entediados com aquela infindável declaração do óbvio que a partir daí a discussão tornou-se bastante informal, a tal ponto que o chefe de Rostov chegou a dizer:

– Mas que merda! Não podemos entregar a bomba àqueles lunáticos filhos da puta!

– Concordo plenamente – disse o homem da secretaria do partido, que era também o presidente do comitê. – Se eles tiverem a bomba, certamente irão usá-la. Isso obrigará os Estados Unidos a atacarem os árabes, com ou sem bombas... e na minha opinião seria com. Se isso acontecesse, a União Soviética só teria duas opções: abandonar seus aliados ou iniciar a Terceira Guerra Mundial.

– Outra Cuba – murmurou alguém.

O homem do Ministério do Exterior disse:

– A solução para esse problema pode ser um tratado com os americanos, pelo qual os dois lados concordam que, sejam quais forem as circunstâncias, não usarão armas nucleares no Oriente Médio.

Se ele pudesse iniciar um projeto desses, seu trabalho estaria seguro por 25 anos.

O homem da KGB indagou:

– Se os árabes lançassem a bomba, isso seria considerado uma violação nossa do tratado?

Uma mulher de avental branco entrou na sala, empurrando um carrinho com chá. O comitê fez uma pausa. Durante o intervalo, o representante da secretaria do partido, de pé junto ao carrinho, com uma xícara de chá na mão e a boca cheia de bolo, contou uma piada:

– Um capitão da KGB tinha um filho muito burro, que encontrava a maior dificuldade em compreender os conceitos de partido, pátria, sindicatos e povo. O capitão disse ao garoto para pensar no pai como o partido, a mãe como a pátria, a avó como os sindicatos e ele próprio como o povo. Mesmo assim, o garoto continuou a não entender. Num acesso de raiva, o capitão trancou o garoto no armário do quarto do casal. Naquela noite, o garoto ainda estava no armário quando o pai começou a fazer amor com a mãe. O garoto, observando pelo buraco da fechadura, disse então: "Agora estou entendendo! O partido fode a pátria, enquanto os sindicatos dormem e o povo tem de suportar tudo e sofrer!"

Todos desataram a rir. A mulher que servia o chá sacudiu a cabeça num gesto zombeteiro de repulsa. Rostov já tinha ouvido a piada.

Quando o comitê voltou relutantemente à sessão, o homem da secretaria do partido formulou a pergunta crucial:

– Se recusarmos aos egípcios a assistência técnica que estão pedindo, mesmo assim eles ainda serão capazes de construir a bomba?

O homem da KGB que apresentara o relatório disse:

– Não dispomos de informações suficientes para dar uma resposta definitiva, senhor. Pedi informações a um dos nossos cientistas e a conclusão a que se pode chegar é de que a fabricação de uma bomba nuclear tosca não é mais difícil, tecnicamente, que a construção de uma bomba convencional.

O homem do Ministério do Exterior interveio:

– Acho que podemos presumir que eles poderão construir a bomba sem a nossa ajuda, embora um pouco mais lentamente.

– Posso tirar as minhas próprias conclusões – disse rispidamente o presidente do comitê.

– Claro, claro... – balbuciou o homem do Ministério do Exterior, contrafeito.

O homem da KGB continuou:

– O único problema mais sério dos egípcios seria a obtenção de um suprimento de plutônio. Se eles já dispõem ou não, simplesmente não sabemos.

David Rostov acompanhava a discussão com o maior interesse. Na sua opinião, o comitê só poderia adotar uma decisão. E o presidente do comitê logo confirmou sua opinião, ao dizer:

– Vou dar a minha interpretação da situação. Se ajudarmos os egípcios a construírem sua bomba, manteremos e reforçaremos nossa política atual no Oriente Médio, melhoraremos nossa influência sobre o Cairo e ficaremos em condições de exercer algum controle sobre a bomba. Se recusarmos qualquer ajuda, vamos nos afastar dos árabes e possivelmente criar uma situação em que eles terão a bomba de qualquer maneira, mas sem que tenhamos qualquer controle.

O homem do Ministério do Exterior disse:

– Em outras palavras, se eles terão a bomba de qualquer maneira, então é melhor que haja um dedo russo no gatilho.

O presidente do comitê lançou-lhe um olhar irritado antes de continuar:

– Podemos recomendar o seguinte à secretaria: os egípcios devem receber assistência técnica em seu projeto nuclear, mas tal ajuda será estruturada de forma que o pessoal soviético acabe adquirindo o controle das armas.

Rostov permitiu-se o esboço de um sorriso de satisfação. Era a conclusão que esperava.

O homem do Ministério do Exterior disse:

– Vamos votar.

O homem da KGB apressou-se em anunciar:

– Apoiado.

– Todos a favor?

Estavam todos a favor.

O comitê passou a discutir o item seguinte da agenda.

Foi só depois da reunião que um pensamento ocorreu subitamente a Rostov: se os egípcios *não* fossem capazes de construir a bomba sem ajuda – por falta de urânio, por exemplo –, então haviam feito um excelente trabalho, conseguindo blefar, e levando os russos a oferecerem a assistência de que precisavam.

ROSTOV GOSTAVA de sua família, em pequenas doses. A vantagem de seu trabalho era que, quando se cansava da família – e conviver com crianças era de fato cansativo –, já estava de partida para outra viagem ao exterior. E quando finalmente voltava, estava sentindo muitas saudades, o que lhe permitiria aturar tudo por mais alguns meses. Gostava de Yuri, o filho mais velho, apesar da predileção dele pela música vulgar e das discussões sobre os poetas dissidentes. Mas a sua paixão era Vladimir, o mais moço. Quando bebê, Vladimir fora tão bonito que as pessoas pensavam que se tratava de uma menina. Desde cedo, Rostov ensinara ao garoto as regras da lógica, falando-lhe em frases complexas, discutindo a geografia de países distantes, a mecânica de motores e o funcionamento de rádios, flores, bicas de água e partidos políticos. Vladimir sempre fora o primeiro em todas as turmas em que estudara, embora Rostov achasse que agora o filho encontraria colegas do mesmo nível na Escola de Física e Matemática.

Rostov sabia que estava tentando incutir no filho algumas das ambições que ele próprio deixara de realizar. Felizmente, isso estava de acordo com as próprias inclinações de Vladimir. O garoto sabia que era inteligente, gostava de ser inteligente e queria se tornar um Grande Homem. A única coisa que frustrava Vladimir era o trabalho que tinha de fazer para a Liga da Juventude Comunista, pois achava que era pura perda de tempo. Rostov muitas vezes dissera:

– Talvez seja perda de tempo, mas você jamais chegará a qualquer lugar, em qualquer campo, a menos que também progrida no partido. Se quiser mudar o sistema, terá de fazê-lo de cima e por dentro.

Vladimir aceitara essa posição e sempre comparecia às reuniões da Liga da Juventude Comunista. Herdara a lógica inflexível do pai.

Voltando para casa, na hora do rush, Rostov ia ao encontro de uma noite insossa e agradável. Os quatro jantariam juntos e depois assistiriam a um seriado de televisão sobre heroicos espiões russos que sempre venciam a CIA. E tomaria um copo de vodca antes de deitar.

Rostov deixou o carro na rua. O prédio em que morava era ocupado por burocratas em altas posições, a metade possuía pequenos carros russos como o dele, mas não tinha garagem.

Os apartamentos eram amplos, pelos padrões moscovitas: Yuri e Vladimir tinham seu próprio quarto e ninguém precisava dormir na sala.

Uma briga estava ocorrendo quando ele entrou em casa. Ouviu a voz de Mariya alteada, irritada, o barulho de alguma coisa se quebrando e depois um grito. Yuri xingou a mãe com um nome feio. Rostov abriu bruscamente a porta da cozinha e ficou parado ali, com a pasta ainda na mão, o rosto tão ameaçador quanto trovoada.

Mariya e Yuri confrontavam-se por cima da mesa da cozinha. Ela estava dominada por um raro acesso de raiva, à beira das lágrimas histéricas, enquanto o rapaz explodia com o típico ressentimento adolescente. Entre os dois estava a guitarra de Yuri, quebrada. Mariya quebrou-a, pensou Rostov imediatamente. E um instante depois: Mas não é esse o motivo da briga.

Os dois apelaram imediatamente para ele:

– Ela quebrou minha guitarra! – disse Yuri.

Mariya disse:

– Ele traz a desgraça para a família com essa música decadente.

E foi nesse momento que Yuri tornou a xingar a mãe.

Rostov largou a pasta, deu um passo para a frente e desferiu uma bofetada no rosto do rapaz.

Yuri cambaleou para trás com a força do golpe, o rosto ficou imediatamente vermelho, de dor e humilhação. O filho era tão alto quanto o pai, e mais forte. Rostov não batia nele assim desde que se transformara num homem. Yuri revidou imediatamente, disparando o punho. Se o golpe o acertasse, certamente deixaria Rostov sem sentidos. Mas Rostov desviou-se rapidamente para o lado, com os instintos de muitos anos de treinamento, e jogou Yuri no chão.

– Saia desta casa – disse ele, baixinho. – E só volte quando estiver pronto para pedir desculpas à sua mãe.

Yuri levantou-se, gritando:

– Nunca!

Ele saiu, batendo a porta.

Rostov tirou o paletó e o chapéu, sentou-se à mesa da cozinha. Pegou cuidadosamente a guitarra quebrada e largou-a no chão. Mariya pegou o chá e serviu-o. A mão de Rostov tremia quando segurou a xícara. E finalmente ele perguntou:

– O que aconteceu?

– Vladimir não passou no exame.

– Vladimir? E o que tem isso a ver com a guitarra de Yuri? E qual foi o exame?

– Para a Escola de Física e Matemática. Ele foi recusado.

Rostov a olhou em silêncio, completamente aturdido. Mariya acrescentou:

– Fiquei completamente transtornada. Yuri riu... sempre sentiu ciúme do irmão mais novo. E depois Yuri começou a tocar sua guitarra. E pensei que o problema talvez não fosse o fato de Vladimir não ser inteligente o bastante, mas sim porque sua família não tinha influência suficiente. Pensei que talvez não fôssemos considerados dignos de confiança por causa de Yuri, suas opiniões e sua música. Sei que isso é uma tolice. Mas acabei quebrando a guitarra, no calor da discussão.

Rostov não estava mais escutando. Vladimir rejeitado? Impossível. O garoto era mais inteligente que os professores, inteligente demais para as escolas comuns, que não tinham condições de educá-lo. A escola para as crianças excepcionalmente dotadas era a de Física e Matemática. Além do mais, o garoto dissera que o exame não fora difícil, achava que acertara todas as questões. E Vladimir *sempre* sabia como se saíra nos exames.

– Onde está Vladimir? – perguntou Rostov à esposa.

– No quarto.

Rostov foi para o corredor e bateu na porta do quarto. Não houve resposta. Ele entrou. Vladimir estava sentado na cama, olhando para a parede, o rosto vermelho e riscado de lágrimas.

– Quantos pontos fez no exame? – perguntou Rostov.

Vladimir olhou para o pai, o rosto uma máscara de incompreensão infantil.

– Acertei todas as questões. – Ele entregou um maço de papéis ao pai. – Lembro-me de todas as perguntas. E me lembro das minhas respostas. Já conferi duas vezes. Não há qualquer possibilidade de erros. E deixei a sala de exames cinco minutos antes de terminar o tempo.

Rostov virou-se para sair.

– Não *acredita* em mim?

– Claro que acredito, Vladimir.

Rostov foi para a sala, onde estava o telefone. Ligou para a escola. O diretor ainda trabalhava.

– Vladimir acertou todas as questões no exame – disse Rostov.

O diretor falou apaziguadoramente:

– Lamento muito, camarada coronel. Muitos jovens de talento se candidatam a vagas aqui...

– E todos acertam todas as questões no exame?

– Infelizmente, não posso divulgar...

– Sabe quem eu sou – disse Rostov, bruscamente. – E sabe que eu posso descobrir.

– Camarada coronel, aprecio a sua pessoa e quero seu filho em minha escola. Por favor, não crie problemas para si mesmo, provocando uma tempestade por causa disso. Se seu filho se candidatar novamente dentro de um ano, terá uma chance excelente de conquistar uma vaga.

As pessoas não advertiam os oficiais da KGB a não criarem problemas para si mesmos. Rostov começou a compreender.

– Mas ele acertou todas as questões.

– Diversos candidatos acertaram todas as questões na prova escrita...

– Obrigado.

Rostov desligou.

A sala estava às escuras, mas ele não acendeu a luz. Ficou sentado na poltrona, pensando. O diretor poderia facilmente tê-lo informado de que todos os candidatos haviam acertado todas as questões. Mas as mentiras não ocorrem facilmente às pessoas no impulso do momento. As evasivas eram mais fáceis. Contudo, contestar os resultados criaria problemas para Rostov.

Ou seja, houvera manobras nos bastidores. Jovens menos talentosos haviam conquistado vagas porque seus pais tinham mais influência. Rostov recusou-se a ficar furioso. Não fique furioso com o sistema, disse a si mesmo. Em vez disso, trate de usá-lo.

Ele também podia exercer alguma influência.

Pegou o telefone e ligou para seu chefe, Feliks Vorontsov, em casa. Feliks parecia um tanto esquisito, mas Rostov ignorou o fato.

– Feliks, meu filho foi rejeitado pela Escola de Física e Matemática.

– Lamento saber disso. Mas o fato é que nem todos conseguem ingressar na escola.

Não era a resposta esperada. Rostov passou a prestar atenção ao tom de voz de Vorontsov.

– O que o leva a dizer isso?

– Meu filho foi aceito.

Rostov ficou em silêncio por um momento. Nem mesmo sabia que o filho de Feliks se candidatara. O garoto era inteligente, mas não tanto quanto Vladimir. Rostov fez um esforço para se controlar.

– Pois quero ser o primeiro a lhe dar os parabéns.

– Obrigado – murmurou Feliks, constrangido. – Para que me telefonou?

– Ahn... não era nada importante. E não quero interromper a sua comemoração. Posso esperar até amanhã.

– Está certo. Até amanhã.

Rostov desligou e pôs o telefone no chão. Se o filho de algum burocrata ou político fora aceito na escola através do jogo de influências, Rostov poderia dar um jeito. Afinal, sempre havia algo prejudicial na ficha de qualquer pessoa. Só não podia lutar contra um oficial da KGB que lhe fosse superior. Não havia a menor possibilidade de alterar a distribuição das vagas na escola naquele ano.

Portanto, Vladimir teria de esperar até o ano seguinte. Mas a mesma coisa poderia acontecer novamente. De alguma forma, até a mesma época no ano seguinte, ele tinha de estar numa posição em que os Vorontsov deste mundo não mais pudessem preteri-lo. No ano seguinte, cuidaria do problema de maneira diferente. Para começar, pediria a ficha do diretor na KGB. Obteria uma relação completa de candidatos e trabalharia em qualquer um que pudesse se constituir numa ameaça. Providenciaria a escuta dos telefones e a abertura da correspondência, para descobrir quem estava sofrendo pressão.

Mas, primeiro, tinha de se colocar numa posição forte. E agora compreendia que sua complacência em relação à carreira fora um erro. Se podiam fazer aquilo com ele, então sua estrela devia estar perdendo o brilho rapidamente.

O golpe que calmamente programava para os próximos dois ou três anos teria de ser antecipado.

Rostov se continuou sentado na sala às escuras, planejando suas primeiras providências.

Mariya entrou na sala depois de algum tempo e sentou-se ao seu lado, sem dizer nada. Depois, foi buscar comida numa bandeja e perguntou se queria assistir televisão. Rostov sacudiu a cabeça e afastou a comida para o lado. Pouco depois, Mariya foi para a cama.

Yuri chegou por volta de meia-noite, um pouco embriagado. Entrou na sala e acendeu a luz. Ficou surpreso ao deparar com o pai sentado ali. E deu um passo para trás, assustado.

Rostov se levantou e olhou para o filho mais velho, recordando a angústia e confusão de sua própria adolescência, a raiva mal-orientada, a visão limitada e intransigente do que era certo e errado, as humilhações rápidas e a lenta aquisição de conhecimento.

– Yuri, quero pedir desculpas por ter batido em você.

Yuri desatou a chorar.

Rostov passou o braço pelos ombros largos do filho e levou-o para o quarto.

– Estamos ambos enganados, você e eu. Sua mãe também. Vou viajar novamente em breve e tentarei trazer-lhe uma guitarra nova, quando voltar...

Rostov sentiu vontade de beijar o filho, mas haviam se tornado, como os ocidentais, temerosos de se beijarem. Gentilmente, empurrou o filho para dentro do quarto e depois fechou a porta.

Voltando para a sala, compreendeu que nos últimos minutos seus planos haviam assumido contornos mais definidos. Tornou a se sentar na poltrona, dessa vez com um lápis e papel, e começou a elaborar um memorando.

PARA: Presidente do Comitê para a Segurança do Estado
DE: Chefe Interino da Seção Europeia
CÓPIA: Chefe da Seção Europeia
DATA: 24 de maio de 1968

Camarada Andropov:

Meu chefe de departamento, Feliks Vorontsov, está ausente hoje e achei que as questões que exponho a seguir são urgentes demais para aguardar seu retorno.

Um agente em Luxemburgo comunicou-me a presença, por lá, do agente israelense Nathaniel ("Nat") David Jonathan Dickstein, sob o nome de Edward ("Ed") Rodgers, conhecido como Pirata.

Dickstein nasceu em Stepney, East London, em 1925, filho de um pequeno comerciante. O pai morreu em 1938, a mãe, em 1951. Dickstein ingressou no Exército britânico em 1943, lutou na Itália, foi promovido a sargento e caiu prisioneiro em La Molina. Depois da guerra, entrou para a Universidade de Oxford, a fim de estudar línguas semíticas. Deixou Oxford em 1948, sem se formar, emigrando para a Palestina, onde começou quase que imediatamente a trabalhar para o Mossad.

A princípio, esteve envolvido no roubo e compra secreta de armas para o Estado sionista. Nos anos 1950, organizou uma operação contra o grupo de combatentes palestinos da liberdade, baseados na Faixa de Gaza e apoiados pelos egípcios. Foi pessoalmente responsável pela bomba que matou o comandante Aly. No fim dos anos 1950 e início dos anos 1960, era um membro destacado da equipe de assassinos que caçava os nazistas fugitivos. Comandou o esforço terrorista contra os projetistas de foguetes alemães que trabalharam para o Egito em 1963 e 1964.

Em sua ficha, sob o registro "Fraquezas", consta apenas: "Nenhuma conhecida." Ao que parece, ele não tem família, nem na Palestina nem em qualquer outro lugar. Não se interessa por álcool, drogas ou jogo. Não tem qualquer ligação romântica conhecida. Em sua ficha, há a especulação de que pode ser sexualmente inepto, em consequência de experiências médicas a que foi submetido por cientistas nazistas.

Conheci pessoalmente Dickstein, intimamente, nos anos de 1947 e 1948, quando ambos estudávamos na Universidade de Oxford. Joguei xadrez com ele. Fui eu que iniciei sua ficha. Tenho acompanhado sua carreira desde então com especial interesse. E tudo indica que ele está agora operando no território que tem sido a minha especialidade há vinte anos. Duvido que haja alguém, entre os 110 mil funcionários do seu comitê, que esteja tão qualificado quanto eu para se opor a esse formidável agente sionista.

Portanto, recomendo que me designe para descobrir qual é a missão de Dickstein e, se for necessário, detê-lo.

(Assinado)
David Rostov

PARA: Chefe Interino da Seção Europeia
DE: Presidente do Comitê para a Segurança do Estado
CÓPIA: Chefe da Seção Europeia
DATA: 24 de maio de 1968

Camarada Rostov:
Sua recomendação está aprovada.

(Assinado)
Yuri Andropov

PARA: Presidente do Comitê para a Segurança do Estado
DE: Chefe da Seção Europeia
CÓPIA: Subchefe da Seção Europeia
DATA: 26 de maio de 1968

Camarada Andropov:

Estou me reportando à troca de memorandos que ocorreu entre a sua presidência e o meu subchefe, David Rostov, durante a minha recente curta ausência, a serviço do Estado, em Novosibirsk.

É claro que concordo plenamente com a preocupação do camarada Rostov e, portanto, com a sua aprovação, embora ache que não há motivo para a participação dele.

Como um agente de campo, é claro que Rostov não pode ver as coisas com a mesma perspectiva ampla de seus superiores. Há um aspecto da situação que ele deixou de encaminhar à sua consideração.

A atual investigação sobre Dickstein foi iniciada por nossos aliados egípcios e nesse momento permanece exclusivamente como um empreendimento deles. Por questões políticas, eu não recomendaria que os ignorássemos sem pensar duas vezes, como Rostov parece pensar que podemos fazer. Na melhor das hipóteses, deveríamos oferecer nossa cooperação.

É desnecessário dizer que essa última opção, envolvendo o relacionamento internacional entre serviços secretos, deveria ser tratada em nível de chefe de seção e não em nível de subchefe.

(Assinado)
Feliks Vorontsov

PARA: Chefe da Seção Europeia
DE: Gabinete do Presidente do Comitê para a Segurança do Estado
CÓPIA: Subchefe da Seção Europeia
DATA: 28 de maio de 1968

Camarada Vorontsov:

O camarada Andropov pediu-me que respondesse ao seu memorando de 26 de maio.

Ele concorda que as implicações políticas do plano de Rostov devem ser levadas em consideração, mas não está disposto a deixar a iniciativa nas mãos dos egípcios, enquanto nós meramente "cooperamos". Já falei com os nossos aliados no Cairo e eles concordaram que Rostov deve comandar a equipe investigando Dickstein, com a condição de que um dos seus agentes seja um membro da equipe.

(Assinado)
Maksim Bykov,
assistente pessoal do Presidente.

(adendo escrito a mão)

Feliks: Não volte a me incomodar com esse problema até que obtenha algum resultado. Fique de olho em Rostov... ele quer o seu lugar e vou dar, a menos que você assuma tudo.

Yuri

PARA: Subchefe da Seção Europeia
DE: Gabinete do Presidente do Comitê para a Segurança do Estado
CÓPIA: Chefe da Seção Europeia
DATA: 29 de maio de 1968

Camarada Rostov:

O Cairo já indicou o agente que servirá em sua equipe na investigação Dickstein. Trata-se do agente que primeiro reconheceu Dickstein em Luxemburgo. O nome dele é Yasif Hassan.

(Assinado)
Maksim Bykov,
assistente pessoal do presidente

QUANDO FAZIA PRELEÇÕES na escola de treinamento de agentes, Pierre Borg dizia:

– Entrem em contato. Sempre entrem em contato. Não apenas quando precisarem de alguma coisa, mas todos os dias, se possível. Precisamos saber o que cada um está fazendo... e podemos ter informações vitais para transmitir.

Depois, os novos agentes em treinamento iam para o bar e ouviam dizer que o lema de Nat Dickstein era simples: "Jamais entre em contato por menos de 100 mil dólares."

Borg estava furioso com Dickstein. A raiva dominava-o facilmente, ainda mais quando não sabia o que se passava. Para sua felicidade, isso raramente interferia em seu julgamento. E estava furioso também com Kawash. Podia compreender por que Kawash quisera encontrá-lo em Roma. Afinal, os egípcios tinham uma grande equipe ali, e por isso era mais fácil Kawash encontrar um pretexto para uma visita. Mas não havia motivo para que tivessem de se encontrar numa maldita casa de banhos.

Borg ficava furioso de se sentar em seu escritório em Tel Aviv, pensando e se preocupando com Dickstein, Kawash e os outros, até que começava a imaginar que não entravam em contato porque não gostavam dele. E ficava ainda mais furioso, quebrava lápis, despedia a secretária.

Uma casa de banhos em Roma, pelo amor de Deus! O lugar devia inevitavelmente estar cheio de bichas. Além do mais, Borg não gostava de seu corpo. Dormia de pijamas, jamais nadava, nunca experimentava roupas em lojas, jamais ficava nu, exceto para tomar um rápido banho de chuveiro pela manhã. Agora, de pé na sauna a vapor, tendo enrolada na cintura a maior toalha que conseguira encontrar, consciente de que era inteiramente branco, excetuando o rosto e as mãos, a pele flácida, uma camada de cabelos grisalhos nos ombros, Borg esperava.

Finalmente avistou Kawash. O corpo do árabe era esguio e moreno, com poucos cabelos. Os olhos se encontraram através da sala. Como amantes secretos, os dois foram se postar lado a lado, sem se olharem, seguindo para uma sala particular, com uma cama.

Borg ficou aliviado em se retirar das vistas do público. Estava impaciente em ouvir as notícias de Kawash. O árabe ligou a máquina que fazia a cama vibrar; o zumbido abafaria um microfone, se por acaso houvesse algum por ali. Os dois homens ficaram de pé bem juntos, falando em voz baixa. Embaraçado, Borg virou o corpo, olhando para a frente e tendo de virar a cabeça para falar.

– Já tenho um homem em Qattara – informou Kawash.

– *Formidable* – disse Borg, pronunciando a palavra em francês, com o maior alívio. – Seu departamento nem mesmo está envolvido no projeto.

– Tenho um primo no serviço secreto militar.

– Bom trabalho. Quem é o homem em Qattara?

– Saman Hussein, um dos seus.

– Ótimo, ótimo, *ótimo*! O que ele descobriu?

– O trabalho de construção já está concluído. Já acabaram o prédio para alojar o reator, mais um prédio de administração, alojamentos para os funcionários e uma pista de pouso. Estão mais adiantados do que se podia imaginar.

– E como está o reator propriamente dito? É isso o que conta.

– Estão trabalhando no reator agora. É difícil determinar quanto tempo vai demorar. Há um trabalho de precisão que é imprevisível.

– E será que vão conseguir? – indagou Borg. – Afinal, todos esses complexos sistemas de controle...

– Pelo que pude descobrir, os controles não precisam ser sofisticados. Reduz-se a velocidade da reação nuclear pelo expediente simples de empurrar bastões de metal na pilha atômica. Seja como for, há outra novidade. Saman descobriu que as instalações estão fervilhando de russos.

– Mas que merda!

– Por isso, imagino que eles terão agora todos os equipamentos eletrônicos que precisarem.

Borg se sentou na cadeira, esquecendo inteiramente a casa de banhos, a cama que vibrava e seu próprio corpo, branco e flácido. E murmurou:

– Isso é uma péssima notícia...

– Há outra pior. Dickstein já foi exposto.

Borg olhou para Kawash, atordoado.

– Exposto? – balbuciou ele, como se não soubesse o que significava a palavra. – Exposto?

– Isso mesmo.

Borg sentiu-se furioso e desesperado, alternadamente. Depois de um momento, ele disse:

– Como ele conseguiu?

– Foi reconhecido por um agente nosso em Luxemburgo.

– E o que ele estava fazendo lá?

– *Você* é que deve saber.

– Esqueça.

– Aparentemente, o encontro foi acidental. O agente chama-se Yasif Hassan. É arraia-miúda. Trabalha para um banco libanês e fica de olho em israelenses visitantes. É claro que nossa gente reconheceu imediatamente o nome Dickstein...

– Ele estava usando o seu nome verdadeiro?

Borg estava incrédulo. A situação se tornava pior a cada momento que passava.

– Creio que não. O tal de Hassan já o conhecia antes.

Borg sacudiu a cabeça lentamente.

– Não se pode dizer que somos o Povo Escolhido, com a sorte que temos.

– Passamos a vigiar Dickstein e informamos a Moscou – continuou Kawash. – É claro que ele despistou rapidamente a equipe de vigilância. Mas Moscou está desenvolvendo um grande esforço para tornar a encontrá-lo.

Borg pôs a mão no queixo e ficou olhando, sem ver, para o friso erótico na parede ladrilhada. Era como se houvesse uma conspiração em escala internacional para frustrar a política israelense, em geral, e os seus planos, em particular. Sentiu vontade de desistir de tudo e voltar a Quebec, sentiu vontade de bater na cabeça de Dickstein com um cano de ferro, sentiu vontade de acabar com aquela expressão imperturbável no rosto bonito de Kawash.

Ele fez um gesto de quem arremessava algo para longe.

– Ótimo! – disse ele. – Os egípcios estão bastante adiantados em seu reator. Os russos os estão ajudando. Dickstein foi exposto. E a KGB pôs uma equipe em cima dele. Será que compreende que podemos perder essa corrida? Se isso acontecer, eles terão uma bomba nuclear e nós não. E acha que irão usá-la?

Borg agora segurava Kawash pelos ombros e o sacudia.

– Também é egípcio e por isso tem de me dizer! Eles vão soltar a bomba em Israel? Pode apostar que sim!

– Pare de gritar – disse Kawash, calmamente. Ele afastou as mãos de Borg de seus ombros. – Há um longo caminho pela frente antes que qualquer lado saia vencedor.

– Tem razão.

Borg virou-se.

– Terá de entrar em contato com Dickstein e avisá-lo, Pierre. Onde ele está agora?

– Não tenho a menor ideia.

5

A única pessoa completamente inocente cuja vida foi arruinada pelos espiões durante o caso do roubo do urânio foi o funcionário da Euratom a quem Dickstein deu o nome de Colarinho Duro.

Depois de despistar a aquipe de vigilância na França, Dickstein voltou a Luxemburgo de carro, prevendo que ficariam à sua espera 24 horas por dia no aeroporto local. E como tinham a placa do seu carro alugado, ele o entregou em Paris e alugou outro, de uma empresa diferente.

Em sua primeira noite de volta a Luxemburgo, Dickstein foi à boate discreta da rua Dicks e se sentou sozinho, tomando cerveja, esperando a chegada de Colarinho Duro. Mas foi o amigo louro dele quem chegou primeiro. Era um homem mais jovem, talvez com 25 ou 30 anos, de ombros largos, em evidente boa forma física, por baixo do casaco marrom. Foi até o reservado que os dois haviam ocupado na última vez em que Dickstein os vira. Era gracioso como um bailarino. O reservado estava vazio. Se os dois se encontravam ali todas as noites, provavelmente era guardado para eles.

O homem louro pediu um drinque e olhou para o relógio. Não percebeu que Dickstein o observava. Colarinho Duro entrou alguns minutos depois. Usava um suéter vermelho e uma camisa branca. Como na vez anterior, foi direto para a mesa que seu amigo ocupava. Cumprimentaram-se com um duplo aperto de mãos. Pareciam felizes. Dickstein preparou-se para destruir o mundo deles.

Chamou um garçom.

– Por favor, leve uma garrafa de champanhe para aquele homem de suéter vermelho. E me traga outra cerveja.

O garçom serviu a cerveja primeiro e depois levou o champanhe, num balde de gelo, para a mesa de Colarinho Duro. Dickstein viu o garçom apontá-lo ao casal, como a pessoa que estava oferecendo o champanhe. Quando os dois olharam em sua direção, ele levantou o copo de cerveja num brinde e sorriu. Colarinho Duro reconheceu-o e assumiu uma expressão preocupada.

Dickstein deixou a mesa e foi até o banheiro. Lavou o rosto, fazendo hora. Depois de dois ou três minutos, o amigo de Colarinho Duro apareceu. Ficou penteando os cabelos, esperando que um terceiro homem saísse do banheiro, só depois dizendo a Dickstein:

– Meu amigo quer que o deixe em paz.

Dickstein exibiu-lhe um sorriso impertinente.

– Deixe que ele me diga isso pessoalmente.

– Você não é jornalista? E se seu editor souber que frequenta lugares como este?

– Sou freelance.

O homem chegou mais perto. Era pelo menos 10 centímetros mais alto que Dickstein e pesava uns 15 quilos mais.

– Vai nos deixar em paz!

– Não.

– Por que está fazendo isso? O que quer, afinal?

– Não estou interessado em você, garoto bonito. É melhor ir para casa, enquanto converso com seu amigo.

– Vá para o diabo!

E agarrou a lapela do paletó de Dickstein com uma das mãos. Recuou o outro braço, armando o punho. Mas não chegou a desferir o soco.

Dickstein espetou os olhos do louro com os dedos. Ele sacudiu a cabeça para trás e para o lado, por reflexo. Dickstein deu um passo para a frente e acertou-o na barriga, com força. O homem perdeu o fôlego e dobrou o corpo, desviando-se. Dickstein acertou-o novamente, com extrema precisão, no nariz. Algo estalou e o sangue esguichou. O homem desabou no chão de ladrilhos.

Era suficiente.

Dickstein saiu do banheiro rapidamente, ajeitando a gravata e alisando os cabelos. O ato de cabaré começara e o guitarrista alemão cantava uma música sobre um policial bicha. Dickstein pagou a conta e foi embora. Na passagem, olhou para Colarinho Duro, que seguia para o banheiro, parecendo preocupado.

Era uma noite amena de verão lá fora, mas Dickstein tremia. Andou um pouco, depois entrou num bar e pediu um conhaque. Era um bar barulhento, enfumaçado, com um aparelho de televisão em cima do balcão. Dickstein levou seu drinque para uma mesa de canto e se sentou de frente para a parede.

A briga no banheiro não seria denunciada à polícia. Pareceria uma briga por causa de um amante e nem Colarinho Duro nem a direção da boate gostariam que a polícia tomasse conhecimento. Colarinho Duro levaria o amigo para um médico, explicando que ele batera de cara numa porta.

Dickstein tomou o conhaque e parou de tremer. Não havia a menor possibilidade de ser um espião sem fazer coisas assim, pensou. E não havia a menor possibilidade de Israel ser uma nação, neste mundo, sem ter espiões. E sem uma nação, Nat Dickstein não poderia sentir-se seguro.

Não parecia possível viver honradamente. Mesmo que ele renunciasse à profissão, outros se tornariam espiões e fariam o mal por sua conta. O que era quase tão ruim. Era preciso ser mau para viver. Dickstein recordou-se de que um médico nazista de campo de concentração chamado Wolfgang dissera a mesma coisa.

Havia muito que Dickstein chegara à conclusão de que opção de vida não era entre o certo e o errado, mas sim entre vencer e perder. Mesmo assim, havia ocasiões em que tal filosofia não lhe servia de consolo.

Ele deixou o bar e saiu para a rua, encaminhando-se para a casa de Colarinho Duro. Tinha de aproveitar a vantagem, enquanto o homem sentia-se desmoralizado. Chegou à rua estreita de paralelepípedos alguns minutos depois e ficou de guarda no outro lado da casa antiga. Não havia qualquer luz na janela do sótão.

A noite foi esfriando, enquanto ele esperava. Dickstein começou a andar de um lado para o outro. O clima europeu era desolador. Naquela época do ano, Israel estaria glorioso, com dias ensolarados compridos e noites quentes, um trabalho físico árduo durante o dia e companheirismo e risos à noite. Dickstein desejou poder voltar para casa.

Colarinho Duro e seu amigo finalmente apareceram. A cabeça do amigo estava envolta por ataduras e era óbvio que tinha dificuldade em ver, pois caminhava com a mão no braço de Colarinho Duro, como um cego. Pararam diante da casa e Colarinho Duro rebuscou os bolsos, à procura da chave. Dickstein atravessou a rua e aproximou-se. Estavam de costas e os sapatos dele não faziam barulho.

Colarinho Duro abriu a porta, virou-se para ajudar o amigo e avistou Dickstein. Estremeceu com o choque.

– Santo Deus!

O amigo disse:

– O que foi? O que aconteceu?

Dickstein falou:

– Preciso conversar com você.

– Chame a polícia – disse o louro.

Colarinho Duro pegou o braço do amigo e começou a levá-lo pela porta. Dickstein estendeu a mão e deteve-os.

– Terá de me deixar entrar. Caso contrário, farei um escândalo aqui na rua.

– Ele vai nos fazer sofrer até conseguir o que está querendo – murmurou Colarinho Duro.

– Mas o que ele quer?

– Vou dizer daqui a pouco – declarou Dickstein.

Entrou na casa à frente dos dois e começou a subir a escada. Depois de um momento de hesitação, os dois subiram também.

Chegaram ao topo da escada. Colarinho Duro abriu a porta do apartamento do sótão e entraram. Dickstein olhou ao redor. Era maior do que ele imaginava, elegantemente decorado, com móveis antigos, papel de parede listrado, muitas plantas e quadros. Colarinho Duro ajeitou o amigo numa poltrona. Tirou um cigarro de uma caixa, acendeu-o com um isqueiro de mesa e entregou-o ao louro. Os dois ficaram sentados juntos, em silêncio, esperando que Dickstein falasse.

– Sou jornalista – começou Dickstein.

Colarinho Duro interrompeu-o:

– Os jornalistas entrevistam as pessoas, em vez de espancá-las.

– Não o espanquei. Apenas o acertei duas vezes.

– Por quê?

– Ele não contou que me atacou?

– Não acredito em você – declarou Colarinho Duro.

– Quanto tempo quer perder discutindo?

– Nenhum.

– Ótimo. Quero uma história sobre a Euratom. Uma boa história... Estou precisando disso para a minha carreira. E uma possibilidade é a existência de homossexuais em posições de responsabilidade na organização.

– Você não passa de um filho da puta nojento – disse o amigo de Colarinho Duro.

– Totalmente. Mas posso esquecer essa história, se arrumar outra melhor.

Colarinho Duro passou a mão pelas têmporas grisalhas. Dickstein percebeu que ele usava esmalte nas unhas.

– Acho que já estou entendendo – murmurou Colarinho Duro.

– Entendendo o quê? – perguntou o louro.

– Ele quer informações.

– Exatamente – confirmou Dickstein.

Colarinho Duro parecia aliviado.

Aquele era o momento de ser um pouco amistoso, apresentar-se como um ser humano, deixá-los pensar que, no fim das contas, as coisas não eram tão ruins como haviam imaginado. Dickstein levantou-se. Havia uísque numa garrafa de cristal em cima de uma mesinha envernizada. Despejou pequenas doses em três copos e disse:

– Você é vulnerável e por isso o escolhi. Espero que me odeie por isso. Mas não vou fingir que também o odeio. Sou um filho da mãe e o estou usando. E isso é tudo. Só que também estou tomando o seu uísque.

Houve uma pausa e depois Colarinho Duro perguntou:

– O que está querendo saber?

Dickstein tomou um gole mínimo de uísque. Detestava o gosto.

– A Euratom não mantém registro de todos os movimentos de material atômico entrando, saindo e dentro dos países-membros?

– Mantém.

– Para ser mais preciso: antes de qualquer um poder deslocar um grama de urânio de A para B, é preciso pedir permissão.

– Exatamente.

– Há registros completos de todas as permissões concedidas.

– Os registros estão num computador.

– Sei disso. Se for pedido, o computador pode fornecer uma relação de todas as remessas futuras de urânio a que já se concedeu autorização.

– É o que acontece regularmente. Uma lista circula no escritório uma vez por mês.

– Esplêndido! Tudo o que quero é essa lista.

Houve um longo silêncio. Colarinho Duro tomou um pouco mais de uísque. Dickstein não tocou no seu. As duas cervejas e o conhaque que já bebera naquela noite eram mais do que o normalmente tomado em duas semanas.

O amigo louro indagou:

– Para que está querendo a lista?

– Vou verificar todas as remessas num determinado mês. Espero poder provar que os movimentos reais têm pouca ou nenhuma relação com as informações fornecidas à Euratom.

– Não acredito em você – disse Colarinho Duro.

O homem não era nenhum idiota, pensou Dickstein. Ele deu de ombros.

– Para que pensa que estou querendo?

– Não sei. E você não é jornalista. Não disse até agora uma só verdade.

– Não faz a menor diferença, não é mesmo? Acredite no que bem quiser. Não tem alternativa, a não ser me entregar a lista.

– Claro que tenho. Vou pedir demissão do emprego.

– Se o fizer – disse Dickstein, falando bem devagar –, vou espancar o seu amigo até transformá-lo numa massa sangrenta e informe.

– Iremos à polícia! – gritou o amigo.

– Eu poderia simplesmente ir embora – disse Dickstein. – Talvez por um ano. Mas voltaria. E o encontraria. Posso deixá-lo quase morto. Seu rosto ficaria irreconhecível.

Colarinho Duro olhava aturdido para Dickstein.

– Quem *é* você?

– Não importa realmente quem eu sou, não é mesmo? Sabe que posso cumprir a ameaça.

– Sei, sim... – balbuciou Colarinho Duro, enterrando o rosto entre as mãos.

Dickstein deixou o silêncio se avolumar. Colarinho Duro estava encurralado, impotente. Havia apenas uma coisa que ele podia fazer e agora o compreendia. Dickstein deu-lhe todo o tempo que precisava. Vários momentos se passaram antes que Dickstein falasse.

– A lista será volumosa – disse ele, suavemente.

Colarinho Duro assentiu, sem levantar a cabeça.

– Sua pasta é verificada quando deixa o escritório?

Ele sacudiu a cabeça.

– As listas costumam ficar trancadas a chave?

– Não. – Colarinho Duro recuperou o controle, com um esforço visível. E acrescentou, em tom de cansaço: – Essa informação não é considerada secreta. É apenas confidencial, não pode ser divulgada para o público.

– Ótimo. Vai precisar pensar amanhã nos detalhes, que lista vai pegar, o que dirá exatamente à sua secretária e assim por diante. Depois de amanhã, trará o bilhete para casa. Vai encontrar um bilhete meu à sua espera. O bilhete explicará como deverá me entregar a lista. – Dickstein sorriu. – Depois disso, provavelmente nunca mais tornará a me ver.

– É o que espero – murmurou Colarinho Duro.

Dickstein levantou-se.

– É melhor não ser incomodado com telefonemas por algum tempo.

Ele encontrou o telefone e arrancou o fio da parede. Foi até a porta e abriu-a.

O louro olhou para o fio arrancado da parede. Seus olhos pareciam estar se recuperando. E disse:

– Está com medo de que ele mude de ideia?

Ao que Dickstein respondeu:

– Você é que deveria estar com medo de que isso aconteça.

E saiu, fechando a porta silenciosamente.

A VIDA NÃO É um concurso de popularidade, especialmente na KGB. David Rostov era agora bastante impopular com seu chefe e com todos os funcionários da seção que eram leais ao chefe. Feliks Vorontsov fervia de raiva pela maneira como fora desconsiderado; daqui por diante, faria tudo que pudesse para destruir Rostov.

Rostov previra isso. Não se arrependera de sua decisão de violar as regras para assumir o caso de Dickstein. Ao contrário, estava até contente. Já pensava até no elegante terno azul-marinho, de corte inglês, que compraria assim que recebesse seu passe para a Seção 100, no terceiro andar da loja de departamentos GUM, em Moscou.

Só lamentava ter deixado uma brecha para Vorontsov explorar. Deveria ter pensado nos egípcios e sua reação. Era esse o problema com os árabes. Eles eram tão desajeitados e inúteis que havia a tendência para ignorá-los como uma força no mundo do serviço secreto. Felizmente, Yuri Andropov, o diretor da KGB e confidente de Leonid Brejnev, percebera o que Feliks Vorontsov estava querendo fazer, que era recuperar o controle do projeto Dickstein. E não permitira.

Assim, a única consequência do erro de Rostov era a de que seria obrigado a trabalhar com os desprezíveis árabes.

O que era lamentável. Rostov dispunha de sua pequena equipe, integrada por Nik Bunin e Pyotr Tyrin. Juntos, trabalhavam muito bem. E o Cairo era tão furado quanto uma peneira: metade das informações que passavam por lá acabava em Tel Aviv.

O fato de o árabe em questão ser Yasif Hassan podia ou não ser uma ajuda.

Rostov recordava-se nitidamente de Hassan: um garoto rico, indolente e altivo, inteligente o bastante, mas sem muita determinação, primário em política e com roupas demais. Fora o pai rico que o levara a Oxford e não a sua inteligência. Rostov ressentia-se mais disso, agora, do que na ocasião. De qualquer forma, o fato de conhecê-lo tornaria mais fácil controlá-lo. Rostov planejava, para começar, deixar bem claro que Hassan era essencialmente supérfluo e que só estava na equipe por motivos puramente políticos. Precisaria ser bastante hábil no que diria a Hassan e no que manteria em segredo: se falasse de menos, o Cairo pressionaria Moscou; se falasse demais, Tel Aviv poderia frustrar todos os seus movimentos.

Era uma situação extremamente difícil e só podia culpar a si mesmo.

Rostov sentia-se bastante inquieto com toda a situação quando chegou a Luxemburgo. Viera de avião de Atenas, tendo mudado de identidade duas vezes e de avião três vezes, desde que partira de Moscou. Adotara essa pequena precaução porque, se viesse diretamente da Rússia, o serviço secreto local poderia registrar a sua chegada e vigiá-lo por algum tempo, o que seria um transtorno.

Não havia ninguém a esperá-lo no aeroporto, como tinha de ser. Ele pegou um táxi e seguiu para o hotel.

Dissera ao Cairo que usaria o nome de David Roberts. Quando se registrou no hotel com esse nome, o recepcionista entregou-lhe uma mensagem. Rostov abriu o envelope, enquanto subia no elevador com o carregador. A mensagem dizia simplesmente: "Quarto 179."

Ele deu uma gorjeta ao carregador, pegou o telefone do quarto e discou 179. Uma voz disse:

– Alô?

– Estou no 142. Dê-me dez minutos e depois venha até aqui para uma reunião.

– Ótimo. Quem está...

Rostov interrompeu-o bruscamente:

– Cale-se! Nada de nomes. Daqui a dez minutos.

– Está certo. Desculpe, mas eu...

Rostov desligou. Que espécie de idiotas o Cairo contratava agora? Obviamente o tipo que usava o nome verdadeiro num sistema telefônico de hotel. A coisa seria ainda pior do que receara.

Houve uma época em que ele teria de ser excessivamente profissional, apagando a luz e se sentando de frente para a porta, empunhando uma arma até a chegada do outro homem, pois poderia ser uma armadilha. Agora, porém, Rostov achava que esse tipo de comportamento era tão obsessivo que só continuava a ser assumido pelos atores em filmes de televisão. As precauções pessoais elaboradas não eram do seu estilo. Ou pelo menos não eram mais. Não levava sequer um revólver, pois sua bagagem poderia ser revistada por inspetores alfandegários nos aeroportos. Mas havia precauções e precauções, armas e armas. Rostov tinha alguns pequenos aparelhos da

KGB sutilmente escondidos, inclusive uma escova de dentes elétrica que emitia um zumbido que interferia com os artefatos de escuta, uma câmera Polaroid em miniatura e um garrote de cordão de sapato.

Rostov tirou rapidamente as coisas que estavam na sua pequena valise. Não havia muito: um aparelho de barba, a escova de dentes, duas camisas americanas que não precisavam ser passadas, um par de cuecas. Depois de arrumar tudo, serviu-se de um drinque do bar do quarto. Beber uísque escocês era uma das vantagens de quem trabalhava no exterior. Depois de exatamente dez minutos, houve uma batida na porta. Rostov a abriu e Yasif Hassan entrou.

Hassan sorriu cordialmente.

– Como vai?

– Muito bem. E você? – disse Rostov, apertando-lhe a mão.

– Já se passaram vinte anos... Como passou todo esse tempo?

– Muito ocupado.

– É espantoso voltarmos a nos encontrar depois de todo esse tempo e logo por causa de Dickstein!

– Tem razão. Mas sente-se. Vamos falar sobre Dickstein. Rostov sentou-se e Hassan acompanhou-o. – Conte-me tudo o que sabe. Reconheceu Dickstein aqui e depois o seu pessoal o pegou no aeroporto de Nice. O que aconteceu em seguida?

– Ele foi visitar uma usina nuclear com um grupo de turistas e conseguiu despistar os homens que o seguiam. Assim, não sabemos mais onde ele está.

Rostov deixou escapar um grunhido de contrariedade.

– Teremos de fazer melhor do que isso.

Hassan sorriu – um sorriso de vendedor, pensou Rostov – e disse:

– Se ele não fosse o tipo de agente que é, capaz de despistar quem o está seguindo, não estaríamos tão preocupados, não é mesmo?

Rostov ignorou o comentário.

– Ele dirigia um carro?

– Sim. Tinha alugado um Peugeot.

– O que sabe sobre os movimentos dele antes disso, quando ainda estava em Luxemburgo?

Hassan falou rapidamente, adotando o mesmo estilo profissional de Rostov:

– Ele permaneceu uma semana no hotel Alfa, sob o nome de Ed Rodgers. Deu como endereço o escritório de Paris de uma revista chamada *Science International*. Existe realmente uma revista com esse nome. E tem um endereço em Paris, mas serve apenas para entrega de correspondência. Usam um freelance chamado Ed Rodgers, mas não têm notícias dele há mais de um ano.

Rostov assentiu.

– Como já deve saber, essa é uma típica cobertura do Mossad. Mais alguma coisa?

– Há, sim. Na noite anterior à partida de Dickstein, houve um incidente na rua Dicks. Dois homens foram encontrados brutalmente espancados. Tinha toda a aparência de um tra balho profissional... como os ossos fraturados em pontos fundamentais. A polícia não está investigando. Os homens eram ladrões conhecidos e calcula-se que estavam à espreita de uma vítima nas proximidades de uma boate de homossexuais.

– Para assaltar as bichas quando saíssem?

– É o que se imagina. Seja como for, não há nada para ligar Dickstein com o incidente, exceto que ele é capaz de fazer tal coisa e estava aqui na ocasião.

– Já é o suficiente para uma pressuposição bem forte. Acha que Dickstein é homossexual?

– É possível. Mas o Cairo diz que não consta qualquer referência a esse respeito na sua ficha. Portanto, ele deve ter sido muito discreto durante todos esses anos.

– E seria também discreto o bastante para não frequentar boates de bichas durante uma missão. Não acha que seu argumento se contradiz?

Um vestígio de raiva se insinuou no rosto de Hassan.

– E qual é então *a sua* opinião? – indagou ele, na defensiva.

– Meu palpite é que ele tem um informante que é bicha.

Rostov levantou e começou a andar pelo quarto. Achava que fizera o começo certo com Hassan, mas não havia por que exagerar. De nada adiantaria deixar o homem irritado. Estava na hora de atenuar um pouco a pressão.

– Vamos especular por um momento. Por que ele viria visitar uma usina nuclear?

– Os israelenses não mantêm boas relações com a França desde a Guerra dos Seis Dias – disse Hassan. – De Gaulle suspendeu o fornecimento de armas. O Mossad não poderia estar planejando alguma retaliação... como explodir a usina?

Rostov sacudiu a cabeça.

– Nem mesmo os israelenses são tão irresponsáveis assim. Além do mais, o que Dickstein teria vindo fazer em Luxemburgo?

– Quem pode saber?

Rostov tornou a se sentar.

– O que existe aqui em Luxemburgo? Por que este lugar pode ser importante? Por que seu banco está aqui, por exemplo?

– É um importante centro financeiro. Meu banco está aqui porque Luxemburgo é a sede do Banco Europeu de Investimento. Mas aqui estão sediados também diversos organismos do Mercado Comum... inclusive o Centro Europeu fica aqui, em Kitchberg.

– Que organismos?

– A Secretaria do Parlamento Europeu, o Conselho de Ministros e a Corte de Justiça. Ah, sim... a Euratom também está aqui.

Rostov ficou olhando atentamente para Hassan.

– Euratom?

– É a Comunidade Europeia de Energia Atômica, mas todo mundo...

– Sei o que *é* – interrompeu-o Rostov. – Será que não percebe a ligação? Dickstein vem a Luxemburgo, onde está sediada a Euratom, depois vai visitar um reator nuclear.

Hassan deu de ombros.

– Uma hipótese interessante. O que está bebendo?

– Uísque. Pode se servir. Pelo que me lembro, os franceses ajudaram os israelenses a construírem seu reator nuclear. E agora provavelmente suspenderam a ajuda. Dickstein pode estar atrás de segredos científicos.

Hassan serviu-se de uma dose de uísque e tornou a se sentar.

– Como nós dois vamos operar? Minhas ordens são de ajudá-lo em tudo, cooperar sem restrições.

– Minha equipe chegará esta noite. – Rostov pensou: Cooperar uma ova! Você vai é cumprir as minhas ordens. – Sempre uso os mesmos dois homens, Nik Bunin e Pyotr Tyrin. Operamos muito bem juntos. Eles sabem como eu gosto que as coisas sejam feitas. Quero que trabalhe com eles, faça o que disserem. Vai aprender muito, pois eles são excelentes agentes.

– E o meu pessoal...

– Não vamos precisar deles por mais tempo – disse Rostov, incisivamente. – Uma pequena equipe é melhor. Nossa primeira tarefa é localizar Dickstein novamente, se e quando ele voltar a Luxemburgo.

– Tenho um homem no aeroporto 24 horas por dia.

– Ele deve ter previsto isso e não virá de avião. Devemos cobrir outros pontos, como o prédio da Euratom.

– Fica no edifício Jean-Monnet.

– Podemos também cobrir o hotel Alfa, subornando o recepcionista. Mas tenho certeza de que ele não voltará lá. E há ainda a boate de bichas da rua Dicks. Disse que ele alugou um carro, não é mesmo?

– Na França.

– A essa altura já deve tê-lo abandonado. Sabe que vocês conhecem a placa. Quero que ligue para a agência locadora e descubra onde o carro foi entregue. Isso talvez nos revele a direção que ele está seguindo.

– Está certo.

– Moscou distribuiu a fotografia dele, e assim o nosso pessoal o está procurando em todas as capitais do mundo. – Rostov terminou o uísque. – Vamos pegá-lo. De um jeito ou de outro.

– É o que realmente pensa?

– Já joguei xadrez com ele. Sei como a sua mente funciona. Os movimentos de abertura dele são rotineiros, previsíveis. Depois, de modo repentino, ele faz alguma coisa completamente inesperada e geralmente bastante arriscada. Só precisamos ficar esperando que ele estique o pescoço... e então cortar-lhe a cabeça.

– Pelo que me recordo, você perdeu aquela partida de xadrez.

Hassan exibiu um sorriso cruel.

– Tem razão... mas agora é a vida real.

HÁ DUAS CATEGORIAS de pessoas que se especializam em seguir os outros: os artistas da calçada e os buldogues. Os artistas da calçada encaram seguir as pessoas como uma arte de alta classe, comparável a representar, biofísica celular ou poesia. São perfeccionistas, capazes de ser quase invisíveis. Possuem amplos guarda-roupas de trajes discretos, treinam expressões impassíveis diante do espelho, conhecem dezenas de truques com entradas de lojas e filas de ônibus, guardas e crianças, óculos, sacolas de compras e sebes. Desprezam os buldogues, que pensam que seguir alguém é uma coisa simples, resumindo-se apenas a não perdê-lo de vista, cumprindo a tarefa da mesma forma que um cachorrinho acompanhando o dono.

Nik Bunin era um buldogue. Jovem turbulento, era o tipo de homem que sempre se torna um policial ou um criminoso, dependendo de sua sorte. Sorte foi o que levara Nik para a KGB. O irmão dele, na Geórgia, era um traficante de drogas, que levava haxixe de Tbilisi para a Universidade de Moscou (onde era consumido, entre outros, pelo filho de Rostov, Yuri). Nik era oficialmente um motorista e extraoficialmente um guarda-costas. Ainda mais extraoficialmente, era um celerado profissional em tempo integral.

E foi Nik quem localizou o Pirata.

Nik tinha cerca de 1,80 metro de altura e era bastante forte. Usava uma jaqueta de couro por cima dos ombros. Os cabelos louros eram curtos e tinha os olhos verdes. Sentia-se embaraçado pelo fato de, aos 25 anos, ainda não precisar fazer a barba todos os dias.

Na boate da rua Dicks, acharam-no terrivelmente atraente.

Nik chegou às 19h30, pouco depois que a boate abriu. Ficou sentado no mesmo canto a noite inteira, bebendo vodca com gelo, com um prazer lúgubre, apenas observando. Um homem o convidou para dançar e ele lhe disse para ir à merda num péssimo francês. Quando ele apareceu na segunda noite, todos se perguntaram se não seria um amante abandonado, esperando por uma confrontação com seu ex. Tinha um jeito que os homossexuais chamam de bruto, com aqueles ombros largos, a jaqueta de couro e a expressão sombria.

Nik nada sabia dessas reações que estava provocando. Fora-lhe mostrada a fotografia de um homem e dada a instrução para ir a uma determinada boate e procurá-lo. Assim, memorizara o rosto e depois fora à boate. Para ele, não fazia muita diferença se o lugar fosse um bordel ou uma catedral. Gostava de ter ocasionalmente a oportunidade de espancar pessoas. Afora isso, tudo o que desejava era o pagamento regular e dois dias de folga por semana, a fim de dedicar-se a suas paixões: vodca e livros para colorir.

Quando Nat Dickstein entrou na boate, Nik não experimentou a menor excitação. Quando ele se saía bem, Rostov presumia que isso acontecera porque cumprira rigorosamente as ordens recebidas. E geralmente acertava. Nik observou o homem se sentar sozinho, pedir uma cerveja, ser servido e tomá-la. Parecia que ele também estava esperando.

Nik foi ao telefone no vestíbulo e ligou para o hotel. Rostov atendeu.

– Aqui é Nik. O alvo acaba de chegar.

– Ótimo! – exclamou Rostov. – O que ele está fazendo?

– Esperando.

– Bom. Sozinho?

– Isso mesmo.

– Continue a vigiá-lo e me telefone se ele fizer alguma coisa.

– Está certo.

– Vou mandar Pyotr para aí. Ele ficará esperando do lado de fora. Se o alvo deixar a boate, você deverá segui-lo, revezando-se com Pyotr. O árabe o acompanhará num carro. É um... espere um instante... um Volkswagen verde.

– Certo.

– Volte agora a vigiar o alvo.

Nik desligou e voltou para sua mesa, sem olhar para Dickstein, enquanto atravessava a boate.

Alguns minutos depois, um homem bem-vestido, de boa aparência, em torno dos 40 anos, entrou na boate e olhou ao redor. Foi até o bar, passando pela mesa de Dickstein. Nik viu Dickstein pegar um pedaço de papel em cima da mesa e metê-lo no bolso. Foi tudo extremamente discreto. Somente alguém que estivesse observando Dickstein cuidadosamente perceberia que alguma coisa acontecera.

Nik foi novamente ao telefone.

– Um bicha entrou e entregou-lhe alguma coisa – informou ele a Rostov. – Parecia um tíquete.

– Seria um tíquete de teatro?

– Não sei.

– Eles se falaram?

– Não. O bicha simplesmente largou o tíquete em cima da mesa ao passar. Nem mesmo se olharam.

– Está certo. Continue a vigiá-lo. A essa altura, Pyotr já deve estar esperando do lado de fora.

– Espere um pouco! – disse Nik abruptamente. – O alvo acaba de aparecer no vestíbulo... está indo para a mesa... entregou o tíquete... era isso, um tíquete de vestiário.

– Continue na linha e conte-me tudo o que está acontecendo.

A voz de Rostov estava implacavelmente calma:

– O cara atrás da mesa está lhe entregando uma pasta. Ele dá uma gorjeta...

– É uma entrega. Ótimo.

– O alvo está deixando a boate.

– Siga-o.

– Devo pegar a pasta?

– Não. Não quero nos expor, até descobrirmos o que ele está fazendo. Apenas descubra para onde ele está indo. E agora vá!

Nik desligou. Entregou algumas notas ao homem que estava na mesa do vestiário, dizendo:

– Estou com pressa. Esse dinheiro dá para cobrir minhas despesas.

E ele subiu correndo a escada, atrás de Nat Dickstein.

Era uma noite clara de verão e havia muitas pessoas na rua, a caminho de cinemas e restaurantes, ou simplesmente passeando. Nik olhou para a esquerda e a direita e depois avistou o alvo, na calçada do outro lado, a cerca de 50 metros de distância. Atravessou a rua e pôs-se a segui-lo.

Dickstein caminhava rapidamente, olhando direto para a frente, carregando a pasta debaixo do braço. Nik foi atrás dele por dois quarteirões. Se Dickstein olhasse para trás durante esse tempo, veria a alguma distância um homem que também estava na boate e começaria a se perguntar se não estaria sendo seguido. Depois, Pyotr aproximou-se de Nik, tocou-lhe de leve no braço e seguiu em frente. Nik ficou para trás, numa posição em que podia avistar Pyotr, mas não a Dickstein. Se Dickstein olhasse para trás agora, não veria Nik e não reconheceria Pyotr. Era muito difícil para o alvo perceber esse tipo de vigilância. Quanto maior fosse a distância pela qual se precisasse seguir o alvo, é claro que maior seria a necessidade de homens para manter os revezamentos regulares.

Depois de outro quilômetro, o Volkswagen verde encostou no meio-fio, ao lado de Nik. Yasif Hassan inclinou-se pelo assento da frente e abriu a porta.

– Novas ordens – disse ele. – Entre.

Nik entrou no carro, e Hassan seguiu de volta à boate na rua Dicks.

– Saiu-se muito bem – disse Hassan.

Nik ignorou o elogio.

– Queremos que volte à boate, pegue o homem que fez a entrega e siga-o até a casa dele – acrescentou Hassan.

– O coronel Rostov disse isso?

– Exatamente.

– Está certo.

Hassan parou o carro perto da boate. Nik saltou e entrou. Parou na entrada do salão, olhando por toda parte, atentamente.

O homem que fizera a entrega desaparecera.

A LISTA DO COMPUTADOR tinha mais de cem páginas. Dickstein sentiu um aperto no coração ao folhear as páginas valiosas que se empenhara tanto em obter. Nada fazia sentido.

Ele voltou à primeira página e examinou-a novamente. Havia um amontoado confuso de letras e números. Poderia estar em código? Não, não era possível. Aquela lista era usada diariamente por funcionários comuns da Euratom e por isso devia ser facilmente compreensível.

Dickstein concentrou-se. Reconheceu algo: "U234." Sabia que se tratava de um isótopo de urânio. Outro grupo de letras e números era "180KG" – ou seja, 180 quilos. "17F68" deveria ser uma data, 17 de fevereiro daquele ano. Gradativamente, as linhas do alfabeto de computador, integrado por letras e números, começaram a revelar seu significado. Dickstein reconheceu os nomes de diversos lugares de países europeus, palavras como "TREM" e "CAMINHÃO", com distâncias ao lado, nomes com sufixos "SA" ou "INC", a indicar empresas. Finalmente toda a lista ficou clara. A primeira linha indicava a quantidade e o tipo de material, a segunda, o nome e o endereço do remetente, e assim por diante.

Dickstein sentiu-se prontamente reanimado. Leu a lista com crescente compreensão e uma sensação de realização. Cerca de sessenta remessas estavam relacionadas. Parecia haver três tipos principais: as grandes quantidades de urânio bruto, em forma de minério, provenientes das minas da África do Sul, Canadá e França, seguindo para diversas refinarias europeias; elementos combustíveis, como óxidos, metal de urânio ou ligas enriquecidas, deslocando-se das usinas de fabricação para os reatores; e combustível gasto de reatores a caminho do reprocessamento e disposição final. Havia umas poucas remessas fora desses padrões, especialmente de elementos de plutônio e transurânio, extraídos do combustível gasto e enviados para laboratórios de universidades e institutos de pesquisa.

A cabeça de Dickstein doía e os olhos estavam injetados quando finalmente descobriu o que procurava. A última página indicava uma remessa classificada de "NÃO NUCLEAR".

Ele fora devidamente informado, pelo físico de gravata florida de Rehovot, sobre os usos não nucleares do urânio e seus compostos, em fotografia, tintura, como corantes de vidro e cerâmica e como catalisadores industriais. É claro que o material sempre tinha algum potencial nuclear, não importando quão banal e inocente fosse o seu uso. Por isso os regulamentos da Euratom ainda se aplicavam. Contudo, Dickstein ficou convencido de que as medidas de segurança não seriam tão rigorosas na indústria química comum.

O registro da última página referia-se a 200 toneladas de minério de urânio. Estavam na Bélgica, numa usina metalúrgica no campo, perto da fronteira holandesa, num local licenciado para depósito de material nuclear. A usina era de propriedade da Société Générale de la Chimie, um conglomerado metalúrgico com sede em Bruxelas. A SGC vendera o minério a uma empresa alemã chamada F. A. Pedler, de Wiesbaden. A Pedler planejava usá-lo para "fabricar compostos de urânio, especialmente carboneto de urânio, em quantidades comerciais". Dickstein recordava que o carboneto era um catalisador para a produção de amônia sintética.

Contudo, parecia que a Pedler não manipularia o urânio diretamente. Ou pelo menos não inicialmente. O interesse de Dickstein aumentou ao verificar que a Pedler não solicitara o licenciamento de suas próprias instalações em Wiesbaden. Em vez disso, pedira permissão para remeter o urânio para Gênova, por mar. Na cidade italiana, o urânio seria submetido a um "processamento não nuclear" por uma companhia chamada Angeluzzi e Bianco.

Por mar! As implicações imediatamente se delinearam na mente de Dickstein. Alguém mais tomaria todas as providências para passar a carga por um porto europeu.

Ele continuou a ler. O transporte seria de trem, do depósito da SGC até o cais de Antuérpia. Ali, o urânio seria embarcado no navio *Coparelli*, a fim de ser transportado para Gênova. O curto percurso entre o porto italiano e as instalações da Angeluzzi e Bianco seria efetuado de caminhão.

Para a viagem, o urânio, na forma conhecida como *yellowcake*, parecendo areia, só que mais amarelada, seria acondicionado em 560 tambores de óleo de 200 litros, com as tampas lacradas. O trem exigiria 11 vagões, o navio não levaria qualquer outra carga naquela viagem e os italianos usariam seis caminhões para a última etapa da viagem.

Era o percurso por mar que atraía Dickstein: pelo Canal da Mancha, passando pela baía de Biscaia, descendo a costa atlântica da Espanha, através do estreito de Gibraltar e por mil milhas do Mediterrâneo.

Muita coisa poderia sair errada ao longo de todo esse percurso.

As viagens por terra eram simples, controladas: um trem partia ao meio-dia e chegava ao seu destino às 8h30 da manhã seguinte; um caminhão viajava por estradas em que sempre havia outros veículos, inclusive da polícia; um avião ficava permanentemente em contato com alguém no solo. Mas o mar era imprevisível, com suas próprias leis. Uma viagem por mar levaria de dez a vinte dias, podia haver tempestades e colisões, problemas com as máquinas, escalas não programadas em portos, súbitas mudanças de direção. Sequestrando-se um avião, o mundo inteiro assistia a tudo uma hora depois pela televisão; sequestrando-se um navio, era possível que ninguém soubesse de nada por dias, semanas, talvez mesmo para sempre.

O mar era a escolha inevitável do Pirata.

Dickstein continuou a analisar as possibilidades, com crescente entusiasmo e a impressão de que a solução para o seu problema estava ao alcance da mão. Sequestrar o *Coparelli*... e depois o quê? Transferir a carga para os porões do navio-pirata. O *Coparelli* provavelmente possuía os seus próprios guindastes. Mas transferir uma carga em pleno mar poderia ser arriscado. Dickstein tornou a olhar para a lista do computador, a fim de verificar a data prevista para o transporte: novembro. Isso não era nada bom. Poderia haver tempestades. Até mesmo o Mediterrâneo podia ser o palco de súbitas tempestades em novembro. O que fazer então? Capturar o *Coparelli* e levá-lo para Haifa? Seria difícil atracar secretamente um navio roubado, mesmo num país em que as medidas de segurança eram amplas, como Israel.

Dickstein consultou o relógio de pulso. Já passava de meia-noite. Começou a despir-se para deitar. Precisava de mais informações a respeito do *Coparelli*: sua tonelagem, número de tripulantes, paradeiro atual, quem era o proprietário e, se possível, a planta. Iria para Londres no dia seguinte. Podia-se descobrir qualquer coisa sobre navios no Lloyd's de Londres.

Havia algo mais que ele precisava descobrir: quem o seguia pela Europa? Havia uma equipe grande em ação na França. Naquela noite, quando deixara a boate da rua Dicks, um homem com cara de bandido estava atrás dele. Desconfiara que fora seguido, mas o homem desaparecera pouco depois. Seria uma coincidência ou outra equipe entrara em ação? Tudo dependia de saber se Hassan tinha alguma participação. Também poderia fazer indagações a esse respeito na Inglaterra.

Ficou pensando como deveria viajar. Se alguém pegara a sua pista naquela noite, teria de tomar algumas precauções no dia seguinte. Mesmo que o cara de bandido não fosse ninguém, Dickstein tinha de evitar que o localizassem no aeroporto de Luxemburgo.

Pegou o telefone, ligou para a recepção e pediu:

– Acorde-me às 6h30, por favor.

– Perfeitamente, senhor.

Dickstein desligou e deitou-se. Finalmente tinha um objetivo definido: o *Coparelli*. Ainda não fizera um planejamento específico, mas sabia, em linhas gerais, o que devia fazer. Quaisquer que fossem as outras complicações que pudessem surgir, a combinação de uma remessa não nuclear e uma viagem pelo mar era simplesmente irresistível.

Ele apagou a luz e fechou os olhos, pensando: Foi um excelente dia.

DAVID ROSTOV SEMPRE fora um filho da mãe condescendente e não melhorara com a idade, pensou Yasif Hassan.

– O que você talvez não compreenda... – dizia ele, com um sorriso indulgente.

Ou então declarava:

– Não precisamos mais do seu pessoal... pois uma pequena equipe é muito melhor.

Ou determinava:

– Você pode seguir no carro, mas fique longe do campo de visão dele.

E agora decidira:

– Fique cuidando do telefone, enquanto dou um pulo na embaixada.

Hassan estava preparado para trabalhar sob as ordens de Rostov como membro da equipe, mas parecia que sua posição era inferior a isso. E para dizer o mínimo, achava um insulto ser considerado inferior a um homem como Nik Bunin.

O problema era que Rostov tinha alguma justificativa. Não era o fato de os russos serem mais inteligentes que os árabes, mas indubitavelmente a KGB era uma organização maior, mais rica, mais poderosa e mais profissional que o serviço secreto egípcio.

Hassan não via alternativa a não ser suportar a atitude de Rostov, justificada ou não. O Cairo estava deliciado em ter a KGB caçando um dos maiores inimigos do mundo árabe. Se Hassan fosse se queixar, ele é que seria tirado do caso e não Rostov.

Rostov podia pelo menos se lembrar, pensou Hassan, que os árabes é que haviam inicialmente localizado Dickstein; não haveria qualquer investigação se não fosse pela minha descoberta original.

Ao mesmo tempo, queria conquistar o respeito de Rostov, fazer com que o russo o tomasse como confidente, discutisse os desenvolvimentos, pedisse a sua opinião. Teria de provar a Rostov que era um agente competente e profissional, facilmente igual a Nik Bunin e Pyotr Tyrin.

O telefone tocou. Hassan prontamente atendeu:

– Alô?

– O outro está?

Era a voz de Tyrin.

– Ele saiu. O que está acontecendo?

Tyrin hesitou.

– Quando ele voltará?

– Não sei – mentiu Hassan. – Pode me dar seu relatório.

– Está certo. O cliente desembarcou do trem em Zurique.

– Zurique? Continue.

– Tomou um táxi até um banco, entrou e desceu para a sala dos cofres particulares. Saiu carregando uma pasta.

– E depois?

– Foi a um revendedor de carros nos arredores da cidade e comprou um Jaguar de segunda mão, pagando com o dinheiro que tinha na pasta.

– Continue.

Hassan achava que já sabia o que acontecera em seguida.

– Ele saiu de Zurique no carro, entrou na autoestrada E17 e aumentou a velocidade até 220 quilômetros por hora.

– E você o perdeu – disse Hassan, sentindo satisfação e ansiedade em partes iguais.

– Tínhamos um táxi e um Mercedes da embaixada.

Hassan visualizava o mapa rodoviário da Europa.

– Ele pode ter seguido para qualquer lugar da França, Espanha, Alemanha, Escandinávia... a menos que tenha voltado, podendo ir então para a Itália, Áustria... Ou seja, desapareceu. Muito bem, volte para a base.

E desligou antes que Tyrin pudesse contestar sua autoridade.

No fim das contas, a grande KGB não é invencível, pensou Hassan. Por mais que sentisse satisfação pelo fracasso coletivo dos russos, no entanto, o prazer de Hassan era ofuscado pelo temor de que tivessem perdido Dickstein permanentemente.

Ele ainda pensava no que deveriam fazer em seguida quando Rostov voltou.

– Alguma novidade? – perguntou o russo.

– Seus homens perderam Dickstein – disse Hassan, reprimindo um sorriso.

O rosto de Rostov assumiu imediatamente uma expressão sombria.

– Como?

Hassan contou tudo. No fim, Rostov perguntou:

– E o que eles estão fazendo agora?

– Sugeri que voltassem para cá. Creio que já devem estar a caminho.

Rostov soltou um grunhido. Hassan acrescentou:

– Estive pensando no que devemos fazer em seguida.

– Temos de descobrir Dickstein novamente.

Rostov estava mexendo em algo na valise e suas respostas eram distraídas:

– Além disso.

Rostov virou-se.

– Diga logo o que está pensando.

– Acho que devemos pegar o homem que fez a entrega e perguntar-lhe o que passou para Dickstein.

Rostov ficou imóvel, pensando na proposta por um momento, antes de murmurar:

– Isso mesmo...

Hassan ficou deliciado.

– Teremos de descobri-lo...

– Isso não deve ser impossível – disse Rostov. – Se ficarmos vigiando a boate, o hotel Alfa, o aeroporto e o prédio Jean-Monnet por alguns dias...

Hassan observou Rostov, estudando o corpo alto e magro, o rosto impassível e indecifrável, a testa larga, os cabelos curtos e começando a ficar grisalhos. Eu estou certo e ele vai admitir, pensou Hassan.

– Você está certo – disse Rostov finalmente. – Eu deveria ter pensado nisso antes.

Hassan sentiu um orgulho intenso e pensou: No fim das contas, talvez ele não seja um filho da mãe.

6

A cidade de Oxford não mudara tanto quanto seus habitantes. A cidade estava visivelmente diferente: tornara-se maior, os carros e as lojas eram mais numerosos e mais vistosos, as ruas estavam mais apinhadas de pessoas. Mas a característica predominante do lugar ainda era o conjunto de prédios de pedra de cor creme da universidade, com o vislumbre ocasional, através de uma arcada, da relva surpreendentemente verde de um pátio quadrangular. Dickstein notou também a claridade curiosamente pálida da Inglaterra, em contraste com a claridade intensa de Israel. É lógico que sempre fora assim, mas ele jamais reparara enquanto vivera na Inglaterra. Os estudantes, no entanto, pareciam inteiramente diferentes. No Oriente Médio e por toda a Europa, Dickstein vira homens com os cabelos crescendo por cima das orelhas, lenços vermelhos, laranja e rosa no pescoço, calças de boca larga e sapatos de saltos altos. Não esperava que as pessoas se vestissem como em 1948, em paletós de tweed e calças de veludo piquê, camisas lisas e gravatas de tricô. Mas não esperava o que encontrou. Muitos jovens andavam descalços pelas ruas ou usavam sandálias abertas, sem meias. Homens e mulheres estavam metidos em calças que lhe pareceram vulgarmente apertadas. Depois de observar diversas mulheres com os seios balançando livremente por dentro de blusas coloridas e folgadas, chegou à conclusão de que os sutiãs estavam inteiramente fora de moda. Havia muitos trajes de sarja azul, não apenas calças, mas também blusas, casacos, saias. E os cabelos! Foi o que mais o chocou. Os homens deixavam os cabelos crescerem não apenas por cima das orelhas, mas muitas vezes até o meio das costas. Ele viu dois homens de rabo de cavalo. Havia outros, tanto homens como mulheres, que armavam os cabelos para cima e para fora, em imensas massas de cachos, de tal forma que pareciam espiar através de um buraco numa sebe. Como isso aparentemente não era bastante extravagante para alguns, haviam acrescentado barbas, bigodes mexicanos ou imensas costeletas. Podiam ser homens de Marte.

Dickstein perambulou pelo centro da cidade e depois seguiu para os arredores. Fazia vinte anos que não seguia aquele percurso, mas recordava-se perfeitamente do caminho. Lembrou-se de pequenas coisas dos tempos da universidade: a descoberta do pistom espantoso de Louis Armstrong; a maneira como se sentia secretamente envergonhado de seu sotaque *cockney*; imaginar por que todos gostavam tanto de se embriagar, menos ele; pegar livros emprestados mais depressa do que podia lê-los, de tal forma que a pilha na mesa de seu quarto sempre se tornava mais alta.

Especulou se os anos o haviam mudado. Não muito, concluiu. Naquele tempo, era um homem assustado, procurando por uma fortaleza. Agora, tinha Israel como fortaleza, só que em vez de ficar lá refugiado, tinha de sair e lutar para defendê-la. Naquela ocasião, como agora, era um socialista sem muito empenho, sabendo como a sociedade era injusta e sem ter qualquer certeza de como poderia ser mudada para melhor. Ficando mais velho, ganhara em habilidades, mas não em sabedoria. Na verdade, tinha a impressão de que sabia mais e compreendia menos.

Mas concluiu que era um pouco mais feliz agora. Sabia quem era e o que tinha de fazer. Imaginara o que era a vida e descobrira que podia enfrentá-la. Embora suas atitudes fossem agora praticamente as mesmas que em 1948, tornara-se mais seguro. Contudo, o jovem Dickstein acalentara a esperança de outros tipos de felicidade, que jamais havia alcançado. Na verdade, a possibilidade de isso acontecer fora se reduzindo com o passar dos anos. E Oxford fazia pensar em tudo isso, constrangedoramente. Especialmente aquela casa.

Dickstein ficou parado diante da casa, contemplando-a. Não mudara em nada. Ainda estava pintada de verde e branco, o jardim da frente ainda era uma verdadeira selva. Ele abriu o portão, subiu pelo caminho até a porta e bateu.

Não era a maneira mais eficiente de fazê-lo. Ashford poderia ter mudado, morrido ou simplesmente se ausentado em férias. Dickstein deveria ter telefonado para a universidade a fim de verificar. Contudo, se queria que a indagação parecesse acidental e fosse discreta, era necessário se arriscar a perder algum tempo. Além do mais, ele até que apreciava a possibilidade de ver novamente a velha casa, depois de tantos anos.

A porta se abriu e a mulher perguntou:

– Pois não?

Dickstein sentiu um calafrio de choque. Entreabriu a boca. Cambaleou ligeiramente, pôs a mão na parede para se firmar. O rosto contraiu-se numa expressão de espanto.

Era ela e continuava a ter 25 anos de idade.

Em voz dominada pela incredulidade, Dickstein balbuciou:

– Eila?...

ELA FICOU OLHANDO aturdida para o estranho homenzinho na porta. Parecia um professor, com os óculos redondos, o velho terno cinzento e os cabelos curtos eriçados. Não havia nada de errado com o homem quando abrira a porta. Mas assim que a fitara, ele ficara completamente branco.

Esse tipo de incidente já acontecera antes com ela, quando passava pela High Street. Um cavalheiro idoso e simpático a fitara, tirara o chapéu, deteve-a e disse:

– Sei que não fomos apresentados, mas...

Obviamente, era o mesmo fenômeno. Por isso, ela apressou-se em dizer:

– Não sou Eila. Sou Suza.

– Suza!

– Todos dizem que sou igualzinha à minha mãe quando ela tinha a minha idade. Evidentemente, conheceu-a naquele tempo. Não quer entrar?

O homem permaneceu onde estava. Parecia estar se recuperando da surpresa, embora continuasse pálido.

– Sou Nat Dickstein – disse ele, com um sorriso incipiente.

– Muito prazer – disse Suza. – Não quer...

Só então ela compreendeu o que o homem dissera. Foi a sua vez de ficar surpresa:

– Sr. Dickstein!

A voz de Suza alteou-se, estridentemente. Enlaçou-o pelo pescoço e beijou-o.

– Estou vendo que se lembra – disse Dickstein, assim que Suza o largou.

Ele parecia satisfeito e constrangido ao mesmo tempo.

– Mas claro que me lembro! Costumava brincar com Ezequias Era o único que podia entender o que ele dizia.

Dickstein sorriu novamente.

– Ezequias, o gato... eu já tinha esquecido.

– Mas entre logo!

Dickstein passou por ela e entrou na casa. Suza fechou a porta. Pegando-o pelo braço, levou-o pelo vestíbulo, dizendo:

– Isso é maravilhoso! Vamos para a cozinha. Eu estava tentando fazer um bolo.

Indicou-lhe um banco. Dickstein se sentou e olhou lentamente ao redor, reconhecendo vagamente a velha mesa da cozinha, o fogão, a vista da janela.

– Vamos tomar um café – disse Suza. – Ou prefere chá?

– Café, por favor.

– Imagino que está querendo ver papai. Ele está dando aula esta manhã, mas estará em casa para o almoço.

Ela despejou grãos de café num moedor manual.

– E sua mãe?

– Morreu há 14 anos. De câncer.

Suza fitou-o, esperando o automático "Sinto muito". As palavras não vieram, mas o pensamento transpareceu no rosto dele. E ela gostou mais dele por isso. Tratou de moer o café. O barulho preencheu o silêncio. Quando ela terminou, Dickstein disse:

– O professor Ashford ainda dá aulas... Estava tentando calcular a idade dele.

– Papai está com 65 anos.

A idade de 65 anos pode parecer muita coisa, mas papai não é um velho, pensou Suza, afetuosamente. A mente dele ainda continua aguçada. Ela se perguntou o que Dickstein faria para ganhar a vida.

– Não emigrou para a Palestina?

– Israel. Vivo num *kibutz*. Cultivo uvas e fabrico vinho.

Israel. Naquela casa, sempre se dizia Palestina. Como o pai reagiria àquele velho amigo que agora representava tudo aquilo que ele era contra? Suza sabia a resposta: não faria a menor diferença, pois a política do pai era teórica e não prática. Ela procurou imaginar o que Dickstein estaria fazendo na Inglaterra.

– Está de férias?

– Vim a negócios. Achamos que o nosso vinho já é bom o bastante para ser exportado para a Europa.

– Isso é ótimo. Está vendendo?

– Sondando as possibilidades. Fale-me a seu respeito. Aposto que não é uma professora universitária.

O comentário deixou-a um pouco irritada. Sabia que corava ligeiramente. Não queria que aquele homem pensasse que não era inteligente o bastante para ser professora. E perguntou, friamente:

– O que o leva a dizer isso?

– É tão... ardente. – Dickstein desviou os olhos, como se estivesse imediatamente arrependido da escolha da palavra. – E é muito jovem.

Suza julgara-o mal. Ele não estava sendo condescendente.

– Tenho o ouvido de papai para línguas, mas não tenho a sua mente acadêmica. Por isso, sou aeromoça.

Ela se perguntou se era verdade que não possuía realmente uma mente acadêmica, se de fato não seria inteligente o bastante para ser professora universitária. Despejou água fervente no coador e o cheiro de café espalhou-se pela cozinha. Suza não sabia o que dizer em seguida. Olhou para Dickstein e descobriu que ele a examinava abertamente, imerso em seus pensamentos. Os olhos dele eram grandes, de um castanho escuro. Subitamente, ela sentiu-se tímida... o que raramente acontecia. E foi o que disse.

– Tímida? – disse ele. – É porque eu a estava contemplando como se fosse um quadro ou algo assim. Estou tentando me acostumar ao fato de que não é Eila, mas a garotinha com o velho gato cinza.

– Ezequias morreu. E deve ter sido logo depois que você foi embora.

– Muita coisa mudou.

– Era muito amigo de meus pais?

– Era um dos alunos de seu pai. Admirava sua mãe a distância. Eila... – Dickstein desviou novamente os olhos, como a simular que era alguém mais que falava. – Ela não era apenas bonita... era *extraordinária*.

Suza fitou-o atentamente. E pensou: Você a amava. O pensamento ocorreu espontaneamente. Era intuitivo. E Suza imediatamente desconfiou que podia estar enganada. Mas isso explicaria a reação dele na porta, quando a vira.

– Mamãe era a hippie original. Sabia disso?

– Não estou entendendo.

– Ela queria ser livre. Rebelou-se contra as restrições impostas às mulheres árabes, embora fosse de uma família próspera e liberal. Casou com papai para sair do Oriente Médio. É claro que descobriu que a sociedade ocidental possui seus meios próprios de reprimir as mulheres... e por isso tratou de violar a maioria das regras.

Enquanto falava, Suza como que compreendera, que ao se tornar mulher e começar a descobrir a paixão, a mãe fora promíscua. Tinha certeza de que ficara chocada, mas de alguma forma não conseguia recordar o sentimento.

– E isso a transformou numa hippie?

– Os hippies acreditam no amor livre.

– Entendo...

E pela reação dele agora, Suza compreendeu que a mãe não amara Nat Dickstein. Sem qualquer motivo aparente, isso deixou-a triste. E pediu:

– Fale-me sobre seus pais.

Ela estava conversando como se fossem da mesma idade.

– Só se servir o café.

Suza riu.

– Ia esquecendo.

– Meu pai era sapateiro – começou Dickstein. – Era bom no trabalho de consertar botas, mas jamais foi um bom negociante. De qualquer forma, os anos 1930 foram muito bons para os sapateiros no East End de Londres. As pessoas não tinham condições de comprar botas novas e por isso mandavam remendar as velhas, ano após ano. Nunca fomos ricos, mas tínhamos um pouco mais de dinheiro do que a maioria das pessoas ao nosso redor. E é claro que havia alguma pressão da família sobre meu pai para expandir o negócio, abrir outra loja, empregar outros homens.

Suza entregou-lhe o café.

– Leite, açúcar?

– Açúcar, sim; leite, não. Obrigado.

– Continue.

Era um mundo diferente, do qual Suza nada sabia. Nunca lhe ocorrera que um sapateiro podia se dar bem numa época de depressão.

– Os negociantes de couro achavam que meu pai era um homem difícil. Jamais conseguiam lhe vender qualquer coisa que não a melhor. Se havia um couro de segunda classe, eles diziam: "Não vamos nos dar ao trabalho de mandar isso para Dickstein, pois ele devolveria imediatamente." Ou pelo menos foi o que me contaram.

Dickstein tornou a exibir o seu pequeno sorriso.

– Ainda está vivo? – perguntou Suza.

– Morreu antes da guerra.

– O que aconteceu?

– A década de 1930 foi dos anos fascistas em Londres. Costumavam promover comícios em praças todas as noites. Os oradores diziam como os judeus do mundo sugavam o sangue das classes trabalhadoras. Os oradores, os líderes, eram todos homens respeitáveis de classe média. Mas as multidões eram constituídas por desordeiros desempregados. Depois dos comícios, eles marchavam pelas ruas, quebrando janelas e provocando os que passavam, muitas vezes espancando-os. Nossa casa era um alvo perfeito. Éramos judeus. Meu pai era um negociante, embora pequeno, e por isso era um sanguessuga. E de acordo com a propaganda deles, estávamos em situação um pouco melhor do que os outros.

Dickstein parou de falar, olhando para o espaço. Suza esperou que ele continuasse. Enquanto contava a história, ele parecia se encolher, cruzando as pernas tensamente, envolvendo o corpo com os braços, arqueando as costas. Sentado ali, no banco da cozinha, no terno cinza de burocrata que não se ajustava direito a seu corpo, cotovelos, joelhos e ombros apontando para todos os ângulos, Dickstein mais parecia um monte de gravetos num saco.

– Morávamos no andar de cima da loja. Todas as noites, eu costumava ficar acordado, esperando que eles passassem. Sentia-me aterrorizado, principalmente porque sabia que papai também tinha medo. Havia ocasiões em que eles não faziam nada, apenas passavam. Geralmente gritavam alguma frase feita. E muitas vezes, até demais, quebravam as janelas. Por duas vezes, entraram na loja e quebraram tudo. Pensei que iam subir. Meti a cabeça debaixo do travesseiro, chorando, amaldiçoei a Deus por me fazer judeu.

– A polícia não fazia nada?

– O que podia fazer? Se os guardas estivessem por perto, eles não faziam nada. E a polícia tinha muito o que fazer naquele tempo. Os comunistas eram os únicos que queriam nos ajudar a revidar, mas papai não queria a ajuda deles. É claro que todos os partidos políticos estavam contra os fascistas, mas eram os vermelhos que empunhavam cabos de enxada e barras de ferro, erguiam barricadas. Tentei ingressar no Partido Comunista, mas não me deixaram, alegando que eu era jovem demais.

– E seu pai?

– Ele acabou perdendo inteiramente o ânimo. Depois que a loja foi depredada pela segunda vez, não tinha mais dinheiro para consertar tudo. E parecia que papai não possuía mais a energia necessária para começar tudo de novo em outro lugar. Passou a viver da ajuda do governo, até morrer, em 1938.

– E você?

– Cresci depressa. Entrei para o Exército assim que pareci velho o bastante. Caí prisioneiro bem cedo. Vim para Oxford depois da guerra, posteriormente larguei os estudos e fui para Israel.

– Tem família lá?

– Todo o *kibutz* é minha família... mas jamais me casei.

– Por causa de minha mãe?

– Talvez. Ou pelo menos em parte. Você é muito direta.

Suza tornou a sentir que corava. Era uma pergunta muito íntima para fazer a alguém praticamente desconhecido. Contudo, a pergunta saíra naturalmente. E ela disse:

– Desculpe.

– Não precisa pedir desculpa. Raramente falo assim. Para dizer a verdade, toda esta viagem é... não sei direito... dominada pelo passado. Há uma palavra para isso. Redolente.

– Significando que cheira a morte.

Dickstein deu de ombros.

Houve silêncio. Gosto um bocado desse homem, pensou Suza. Gosto de sua conversa e de seus silêncios, dos olhos grandes, do terno velho e de suas recordações. Espero que fique aqui por algum tempo.

Ela pegou as xícaras de café e abriu a máquina de lavar louça. Uma colher escorregou do pires, bateu no chão e resvalou para debaixo do velho freezer.

– Mas que diabo! – exclamou Suza.

Dickstein ficou de joelhos e olhou por baixo do freezer.

– Agora vai ficar aí embaixo para sempre – comentou Suza. – Esse negócio é pesado demais para se mexer.

Dickstein levantou um lado do freezer com a mão direita e meteu a mão esquerda por baixo. Depois, baixou o freezer, levantou-se e entregou a colher a Suza.

Ela fitou-o, aturdida.

– Mas o que você é... o Capitão América? Esse negócio é *pesado* de verdade!

– Trabalho nos campos. E como conhece o Capitão América? Ele era o grande sucesso na minha infância.

– E voltou a ser agora. A arte dessas histórias em quadrinhos é fantástica.

– Essa não! Tínhamos de ler em segredo, porque eram consideradas lixo. E agora viraram arte. As coisas mudam.

Suza sorriu.

– Trabalha mesmo nos campos?

Ele parecia mais com um burocrata do que com um homem que trabalhava nos campos.

– Claro.

– Um vendedor de vinho que revira a terra no vinhedo. Isso é fora do comum.

– Não em Israel. Somos um pouco... obcecados, acho que é a descrição certa... com o solo.

Suza olhou para o relógio e ficou surpresa ao constatar como já era tarde.

– Papai deve chegar a qualquer momento. Comerá conosco, não é mesmo? E infelizmente terá de se contentar com um sanduíche.

– Tenho certeza de que vou adorar.

Suza cortou as fatias do pão francês e começou a preparar a salada. Depois de algum tempo, surpreendeu Dickstein a observá-la novamente, sorrindo.

– O que está pensando?

– Estava me lembrando de algo que iria deixá-la embaraçada.

– Pois conte assim mesmo.

– Apareci aqui uma tarde, por volta de 18 horas. Sua mãe tinha saído. Eu viera pedir um livro emprestado a seu pai. Você estava no banho. Seu pai recebeu um telefonema da França. Enquanto ele falava, você começou a chorar. Subi, tirei-a do banho, enxuguei-a, vesti-lhe a camisola. Devia ter 4 ou 5 anos na ocasião.

Suza riu. Teve uma súbita visão de Dickstein num banheiro cheio de vapor, abaixando-se e levantando-a sem o menor esforço de uma banheira cheia de bolhas de sabão. Na visão, ela não era uma criança, mas sim uma mulher, os seios úmidos, espuma entre as coxas. As mãos dele eram fortes e firmes ao apertá-la contra seu peito. E foi nesse momento que a porta da cozinha se abriu e o pai entrou. O sonho desvaneceu-se, deixando apenas uma sensação de intriga e um vestígio de culpa.

NAT DICKSTEIN ACHOU que o professor Ashford envelhecera bem. Agora estava calvo, exceto por uma orla de cabelos brancos, como um monge. Engordara um pouco e os movimentos eram mais lentos. Mas ainda tinha nos olhos o brilho da curiosidade intelectual.

Suza disse:

– Um convidado surpresa, papai.

Ashford fitou-o e disse, sem a menor hesitação:

– O jovem Dickstein! Mas que prazer, meu caro amigo!

Dickstein apertou-lhe a mão. O aperto era firme.

– Como vai, professor?

– Muito bem, meu rapaz, especialmente quando minha filha está aqui para cuidar de mim. Lembra-se de Suza?

– Passamos a manhã inteira entregues a reminiscências – comentou Dickstein.

– Estou vendo que ela já começou a envolvê-lo, pondo-lhe até um avental. É bem rápido, até para Suza. Já lhe disse que nunca conseguirá um marido desse jeito. Tire esse avental, meu caro rapaz, e vamos tomar um drinque.

Com um sorriso de pesar para Suza, Dickstein acatou a sugestão e seguiu Ashford para a sala de estar.

– *Sherry*? – perguntou o professor.

– Bem pouco. Obrigado.

Dickstein recordou-se subitamente que estava ali com um objetivo. Tinha de arrancar informações de Ashford, sem que o velho professor o percebesse. Passara cerca de duas horas de folga, mas agora tinha de voltar a concentrar-se no trabalho. Mas gentilmente, bem gentilmente, pensou ele.

Ashford entregou-lhe um copo pequeno de *sherry*.

– E agora me conte o que fez durante todos esses anos.

Dickstein tomou um gole do *sherry*. Era muito seco, como gostavam em Oxford. Contou ao professor a mesma história que já apresentara a Hassan e a Suza, sobre a procura de mercados de exportação para o vinho israelense. Ashford fez perguntas de quem estava a par das coisas. Os jovens estavam deixando os *kibutzim* e indo para as cidades? O tempo e a prosperidade haviam desgastado as ideias comunitárias dos habitantes dos *kibutzim*? Os judeus europeus misturavam-se e casavam-se com os judeus africanos e levantinos? As respostas de Dickstein foram sim, não e não muito. Ashford evitou cortesmente a questão de suas opiniões contrárias à moralidade política de Israel. Mesmo assim, podia-se perceber, em suas perguntas imparciais sobre os problemas israelenses, um vestígio de ansiedade por más notícias.

Suza, da cozinha, chamou-os para almoçar, antes que Dickstein tivesse tempo de formular suas próprias perguntas. Os sanduíches preparados por Suza eram grandes e deliciosos. Ela abrira uma garrafa de vinho tinto para acompanhá-los. Dickstein podia compreender por que Ashford engordara.

Ao café, Dickstein disse:

– Há cerca de duas semanas, encontrei um contemporâneo meu aqui na universidade... em Luxemburgo, por mais estranho que possa parecer.

– Yasif Hassan? – perguntou Ashford.

– Como soube?

– Mantivemos contato e sei que ele vive em Luxemburgo.

– E o tem visto com frequência? – perguntou Dickstein, enquanto pensava: Devagar, bem devagar.

– Várias vezes, ao longo dos anos. – Ashford fez uma pausa. – É preciso reconhecer, Dickstein, que as guerras que lhe deram tudo também lhe tiraram tudo. A família dele perdeu todo o dinheiro e foi para um campo de refugiados. Compreensivelmente, ele sente a maior amargura contra Israel.

Dickstein assentiu. Tinha agora quase certeza de que Hassan estava no jogo.

– Fiquei bem pouco tempo com ele... estava de partida, com pressa de pegar um avião. Afora isso, como ele está?

Ashford franziu o rosto.

– Acho-o um tanto... *distrait* – disse ele, incapaz de encontrar a palavra inglesa apropriada. – Tem de partir para missões súbitas, cancela encontros no último instante, recebe de vez em quando telefonemas estranhos, tem ausências misteriosas. Talvez seja o comportamento do aristocrata privado de todos os seus bens.

– É possível.

Na verdade, pensou Dickstein, é o comportamento típico de um agente. Agora, ele tinha certeza absoluta de que fora Hassan quem o expusera.

– Tem visto mais alguém da minha época?

– Apenas o velho Toby. Ele está agora na liderança dos conservadores no Parlamento.

– Perfeito! – exclamou Dickstein, deliciado. – Ele sempre falou como um porta-voz da oposição... pomposo e defensivo, ao mesmo tempo. Fico contente que ele tenha encontrado o seu lugar.

Suza perguntou:

– Mais café, Nat?

– Não, obrigado. – Ele levantou-se. – Vou ajudá-la a arrumar tudo e depois voltarei para Londres. E devo dizer que tive o maior prazer por encontrá-la em casa.

– Pode deixar que papai arrumará tudo. – Suza sorriu. – Temos um acordo.

– Infelizmente é a verdade – confessou Ashford. – Suza não é criada de ninguém, muito menos minha.

O comentário surpreendeu Dickstein, porque era obviamente inverídico. Talvez Suza não lhe servisse como uma escrava devotada, mas parecia cuidar dele como faria uma esposa ativa.

– Vou acompanhá-lo até a cidade – disse Suza a Dickstein. – Espere um instante enquanto pego meu casaco.

Ashford apertou a mão de Dickstein.

– Foi um prazer tornar a vê-lo, meu rapaz. Um prazer muito grande.

Suza voltou, vestindo um casaco verde. Ashford levou-os até a porta e acenou, sorrindo.

Enquanto seguiam pela rua, Dickstein pôs-se a falar, só para ter um pretexto para continuar a contemplá-la. O casaco combinava com a calça preta de veludo e com a blusa creme folgada, que parecia de seda. Como a mãe, Suza sabia vestir-se para realçar os lustrosos cabelos pretos e a perfeita pele morena. Dickstein deu-lhe o braço, sentindo-se um tanto antiquado, só para que houvesse um contato físico entre os dois. Não havia qualquer dúvida de que a moça possuía o mesmo magnetismo físico da mãe. Havia algo nela que despertava nos homens o desejo de possuí-la, não tanto por luxúria, mas por cobiça. Era mais uma necessidade de *possuir* um objeto bonito, a fim de que ninguém pudesse mais arrebatá-lo. Dickstein já tinha agora idade suficiente para compreender como tais desejos eram falsos e para saber que Eila Ashford jamais o faria feliz.

Mas a filha parecia ter algo de que a mãe carecia: calor humano. Dickstein lamentava o fato de que nunca mais tornaria a ver Suza. Se tivesse tempo, poderia...

Mas não era possível.

Ao chegarem a Londres, Dickstein perguntou:

– Vem muito a Londres?

– Claro. E virei inclusive amanhã.

– Para quê?

– Para jantar com você.

QUANDO A MÃE MORREU, seu pai fora maravilhoso.

Suza tinha 11 anos na ocasião, idade suficiente para compreender a morte, mas ainda jovem demais para enfrentá-la. O pai mostrara-se calmo e confortador. Soubera quando se afastar para deixá-la chorar sozinha, quando fazê-la se vestir e sair para almoçar. Sem qualquer constrangimento, conversara com a filha sobre menstruação, levara-a jovialmente para comprar sutiãs. Dera-lhe um novo papel na vida: Suza tornara-se a mulher da casa, dando instruções à faxineira, escrevendo a lista de roupas da lavanderia, servindo *sherry* nas manhãs de domingo. Aos 14 anos, Suza já comandava as finanças da casa. Cuidava do pai melhor do que Eila jamais o fizera. Jogava fora as camisas puídas e as substituía por outras novas e iguais, sem que o pai nem sequer percebesse. Aprendera que era possível estar viva, segura e amada, mesmo sem ter mãe.

O pai lhe dera um papel, assim como fizera com a mãe; e como a mãe, Suza se rebelara contra o papel, embora continuasse a representá-lo.

Ele queria que Suza permanecesse em Oxford, primeiro como universitária, depois num curso de pós-graduação e finalmente como professora. Assim, estaria sempre presente para cuidar dele. Suza dissera que não era inteligente o bastante para tanto e arrumara um emprego que a obrigava a ausentar-se e às vezes passar semanas seguidas sem ver o pai. Em pleno ar, e a milhares de quilômetros de Oxford, servia drinques e refeições para homens de meia-idade, imaginando se alguma coisa mudara realmente.

Voltando para casa, depois de deixar Dickstein na estação ferroviária, ela pensou na prisão em que se encontrava e se algum dia conseguiria escapar.

Estava no fim de uma ligação amorosa que, como o resto de sua vida, seguira um padrão familiar. Julian estava com quase 40 anos, era professor de filosofia, especializado nos gregos pré-socráticos, brilhante, dedicado e desamparado. Tomava drogas para tudo: maconha para fazer amor, anfetaminas para trabalhar, Mogadon para dormir. Era divorciado, sem filhos. A princípio, Suza achara-o interessante, encantador e sensual. Quando estavam na cama, Julian gostava de senti-la por cima. Levava-a a teatros marginais de Londres e a bizarras festas de estudantes. Mas tudo se desgastava. Suza compreendia agora que Julian não estava realmente muito interessado por sexo, só a aceitava porque ela parecia ótima em seu braço, gostava de sua companhia só porque ela se impressionava com sua inteligência e cultura. Um dia, descobrira-se a passar a ferro as roupas dele, enquanto Julian preparava uma aula. E nesse dia tudo acabara.

Às vezes, ia para a cama com homens de sua idade ou mais jovens, geralmente porque sentia-se consumida de desejo pelo corpo deles. Quase sempre ficava desapontada e todos acabavam por entediá-la.

Já começava a se arrepender do impulso que a levara a marcar um encontro com Nat Dickstein. Era desalentadoramente um tipo definido: uma geração mais velha, visivelmente precisando de cuidados e atenção. E o que era pior: estivera apaixonado pela mãe dela. À primeira vista, era uma representação de pai, como os outros.

Mas Nat era diferente sob alguns aspectos, disse a si mesma. Era um lavrador, não um acadêmico. Provavelmente seria o homem menos culto com o qual já saíra. Ele fora para a Palestina, em vez de ficar sentado interminavelmente nos cafés de Oxford a falar sobre as suas intenções. Podia levantar um freezer com a mão direita. No pouco tempo que haviam passado juntos, ele a surpreendera mais de uma vez, não se conformando ao que ela esperava.

Talvez Nat Dickstein rompesse o padrão, pensou Suza. E talvez eu esteja novamente enganando a mim mesma.

NAT DICKSTEIN LIGOU para a embaixada israelense de uma cabine telefônica na estação de Paddington. Pediu para falar com o escritório de Crédito Comercial. Não existia tal departamento. Era um código para o centro de mensagens do Mossad. Foi atendido por um jovem com sotaque hebraico. O que deixou Dickstein satisfeito, pois era ótimo saber que havia pessoas para quem o hebraico era a língua nativa e não uma língua morta. Ele sabia que a mensagem seria gravada e por isso comunicou logo o que queria:

– Avise a Bill. Venda em risco pela presença de equipe da oposição. Henry.

Ele desligou sem esperar por qualquer resposta.

Seguiu a pé para o hotel, pensando em Suza Ashford. Iria encontrá-la em Paddington no início da noite seguinte. Ela passaria a noite no apartamento de uma amiga. Dickstein não sabia realmente por onde começar. Nunca levara uma mulher para jantar apenas por prazer. Como adolescente, era pobre demais; depois da guerra, era por demais nervoso e desajeitado; ao ficar mais velho, jamais conseguira adquirir o hábito. É claro que houve jantares com colegas e com moradoras do *kibutz*, depois de expedições de compras a Nazaré. Mas jantar com uma mulher, apenas os dois, por nada mais que o prazer da companhia mútua...

O que se devia fazer? Devia-se pegá-la em seu carro, vestido a rigor, dar de presente uma caixa grande de bombons, com uma fita imensa. Dickstein ia se encontrar com Suza na estação ferroviária e não tinha carro nem traje a rigor. Onde iria levá-la? Não conhecia qualquer restaurante elegante em Israel, muito menos na Inglaterra.

Caminhando sozinho pelo Hyde Park, Dickstein não pôde deixar de sorrir. Aquela era uma situação cômica para um homem de 43 anos. Suza sabia que ele não era sofisticado e obviamente não se importava, pois se convidara para jantar. Devia também conhecer os restaurantes e saber o que pedir. Não se podia considerar uma questão de vida ou morte. E o que quer que acontecesse, ele certamente iria gostar.

Havia agora um hiato em seu trabalho. Tendo descoberto que fora exposto, nada podia fazer até conversar com Pierre Borg, o qual decidiria se devia ou não retirar-se da missão. Naquela noite, Dickstein foi assistir a um filme francês, *Un Homme et Une Femme*. Era uma história de amor simples, muito bem contada, com uma insistente música latino-americana na trilha sonora. Deixou o cinema na metade do filme, pois a história deixava-o com vontade de chorar. Mas a música ficou martelando em sua mente durante a noite inteira.

Pela manhã, foi a uma cabine telefônica numa esquina perto do hotel e tornou a ligar para a embaixada. Assim que foi ligado com o centro de mensagens, disse simplesmente:

– Aqui é Henry. Alguma resposta?

– Vá a 93 mil. Conferência amanhã.

Dickstein disse:

– Resposta: agenda da conferência no balcão de informações do aeroporto.

Pierre Borg estaria chegando de avião às 9h30 do dia seguinte.

OS QUATRO HOMENS ficaram sentados no carro, com a paciência de espiões, silenciosos e vigilantes, enquanto o dia escurecia

Pyotr Tyrin estava ao volante, um homem corpulento, de meia-idade, numa capa impermeável, tamborilando com as unhas sobre o painel, o ruído como o de pombos num telhado. Yasif Hassan sentava-se a seu lado, com David Rostov e Nik Bunin nos bancos de trás.

Nik encontrara o homem que fizera a entrega, no terceiro dia, o dia que passara observando o prédio Jean-Monnet, em Kirchberg. Comunicara uma identificação positiva:

– Não parece tanto uma bicha quando veste terno, mas tenho certeza de que é ele. Acho que trabalha aqui.

– Eu deveria ter imaginado – dissera Rostov. – Se Dickstein está atrás de informações secretas, seus informantes não seriam encontrados no aeroporto ou no hotel Alfa. Deveria ter mandado Nik para a Euratom logo de saída.

Ele estava se dirigindo a Pyotr Tyrin, mas Hassan ouvira e comentara:

– Não pode pensar em tudo.

– Claro que posso.

Instruíra Hassan a providenciar um carro escuro grande. O Buick americano em que aguardavam agora chamava um pouco a atenção, mas era preto e espaçoso. Nik seguira o homem da Euratom até a casa dele. E agora os quatro espiões esperavam na rua de paralelepípedos, perto da casa antiga.

Rostov detestava aquelas atividades de capa e espada. Era algo antiquado demais. Pertencia aos anos 1920 e 1930, a lugares como Viena, Istambul e Beirute, não à Europa Ocidental, em 1968. Era simplesmente *perigoso* arrancar um civil da rua, metê-lo num carro e espancá-lo até que desse uma informação. Podia-se ser visto por transeuntes sem medo de irem à polícia e contarem tudo. Rostov gostava que as coisas fossem objetivas, definidas e previsíveis. Preferia usar o cérebro ao invés dos punhos. Mas aquele homem da entrega adquiria uma importância maior a cada dia que Dickstein continuava desaparecido. Rostov precisava saber o que ele entregara a Dickstein. E tinha de saber hoje, de qualquer maneira.

– Gostaria que ele saísse logo, de uma vez – disse Pyotr Tyrin.

– Não temos pressa – disse Rostov.

Não era verdade, mas ele não queria que a equipe ficasse nervosa e impaciente, o que aumentaria a possibilidade de cometer erros. Para aliviar a tensão, continuou a falar:

– Dickstein fez isso, é claro. Fez o que já fizemos e o que estamos fazendo. Observou o prédio Jean-Monnet, seguiu o homem até a casa, ficou esperando na rua. O homem saiu e foi para a boate de homossexuais. Dickstein descobriu então a fraqueza do homem e usou-a para convertê-lo em informante.

– Ele não apareceu na boate nas duas últimas noites – disse Nik.

– É que descobriu que tudo tem seu preço, especialmente o amor – comentou Rostov.

– Amor? – repetiu Nik, com um tom desdenhoso.

Rostov não respondeu.

A escuridão foi aumentando e os lampiões da rua acenderam-se. O ar que entrava pela janela aberta do carro estava impregnado de umidade. Rostov divisou um turbilhão de neblina em torno dos lampiões. O vapor vinha do rio. Mas seria demais esperar por um nevoeiro em junho.

– O que é isso? – indagou Tyrin de repente.

Um homem louro, de casaco marrom, aproximava-se rapidamente pela calçada.

– Fiquem quietos agora – ordenou Rostov.

O homem parou diante da casa que observavam. E tocou uma campainha.

Hassan pôs a mão na maçaneta da porta.

– Ainda não! – sibilou Rostov.

Uma cortina de filó foi rapidamente afastada para o lado na janela do sótão.

O homem louro ficou esperando, batendo com o pé na calçada.

– Será o amante? – murmurou Hassan.

– Cale-se, pelo amor de Deus! – sussurrou Rostov.

Depois de um minuto, a porta da rua se abriu e o louro entrou. Rostov pôde vislumbrar rapidamente o homem que abrira a porta: era o mesmo que fizera a entrega a Dickstein. A porta se fechou e eles perderam a oportunidade.

– Depressa demais! – murmurou Rostov. – Merda!

Tyrin recomeçou a tamborilar com os dedos sobre o painel, enquanto Nik se coçava. Hassan deixou escapar um suspiro exasperado, como se já soubesse desde o início que era uma tolice esperar. Rostov decidiu que estava na hora de fazê-lo baixar a crista.

Nada aconteceu durante uma hora.

– Eles vão passar a noite no apartamento – disse Tyrin.

– Se tiveram um encontro com Dickstein, provavelmente estão com medo de sair à noite – comentou Rostov.

– Vamos entrar? – indagou Nik.

– Há um problema – respondeu Rostov. – Da janela, eles podem ver quem está na porta. Acho que não vão abrir para estranhos.

– O amante pode passar a noite – disse Tyrin.

– É possível.

– Então vamos ter de arrombar – disse Nik.

Rostov ignorou-o. Nik sempre queria cuidar dos problemas com a força bruta, mas jamais iniciaria qualquer coisa, a menos que lhe ordenassem. Rostov pensava que agora, provavelmente, teriam de sequestrar duas pessoas, o que era ainda mais complicado e perigoso.

– Temos alguma arma de fogo? – perguntou ele.

Tyrin abriu o porta-luvas e tirou uma pistola.

– Ótimo – disse Rostov. – O mais importante agora é não dispará-la.

– Não está carregada – informou Tyrin.

Ele colocou a arma no bolso da capa. Hassan disse:

– Se o amante passar a noite, vamos agarrá-los pela manhã?

– Claro que não – disse Rostov. – Não podemos fazer uma coisa assim à luz do dia.

– E o que faremos então?

– Ainda não decidi.

Rostov ficou pensando nisso até meia-noite, e depois o problema resolveu-se por si mesmo.

Rostov observava a porta da casa pelos olhos semicerrados. Percebeu o primeiro movimento da porta, no instante em que começou a se abrir. E disse:

– Agora.

Nik foi o primeiro a sair do carro, seguido por Tyrin. Hassan levou um momento para compreender o que estava acontecendo e depois foi atrás.

Os dois homens estavam se despedindo, o mais moço na calçada, o mais velho no lado de dentro da porta, vestindo um robe. O mais velho, o homem da entrega, estendeu a mão e deu um aperto de despedida no braço do amante.

– Não se mexam, não façam barulho – disse Tyrin baixinho, em francês, mostrando a arma.

Rostov notou que o instinto tático de Nik levara-o a se postar ao lado e ligeiramente atrás do homem mais moço.

O mais velho balbuciou:

– Oh, Deus, não! Por favor, não mais!

– Entrem no carro – ordenou Tyrin.

– Por que vocês não podem nos deixar em paz? – disse o homem mais moço.

Observando e escutando, do banco traseiro do carro, Rostov pensou: Este é o momento em que eles decidem se vão obedecer sem qualquer resistência ou vão criar problemas. Ele olhou rapidamente para um lado e outro da rua escura. Estava deserta.

Sentindo que o homem mais moço estava pensando em desobediência, Nik agarrou-lhe os braços, logo abaixo dos ombros, apertando com força e imobilizando-os.

– Não o machuque; eu vou com vocês – disse o homem mais velho, saindo da casa.

O amigo gritou:

– Vai coisa nenhuma!

Rostov pensou: *Oh, diabo!*

O homem mais moço debateu-se nos braços de Nik, depois tentou pisar-lhe o pé. Nik recuou um passo e depois acertou o rim do rapaz com o punho direito.

– Não, Pierre! – disse o homem mais velho, alto demais.

Tyrin avançou rapidamente e tapou a boca do homem com a mão. Ele debateu-se, conseguiu desvencilhar a cabeça e gritou:

– Socorro!

Tyrin conseguiu tapar-lhe a boca novamente. Pierre caíra sobre um joelho e estava gemendo.

Rostov inclinou-se pelo banco traseiro e chamou através da janela aberta:

– *Vamos* embora!

Tyrin levantou o homem mais velho e carregou-o pela calçada até o carro. Pierre recuperou-se subitamente do soco de Nik e saiu correndo. Hassan estendeu a perna rapidamente e ele tropeçou, esborrachando-se na rua de paralelepípedos.

Rostov viu uma luz se acender numa janela do segundo andar da casa vizinha. Se o tumulto continuasse por mais tempo, todos acabariam sendo presos.

Tyrin empurrou o homem da entrega para o banco traseiro do carro. Rostov prontamente agarrou-o e disse a Tyrin:

– Já o peguei. Ligue o carro. Depressa!

Nik pegara o mais moço e o estava levando para o carro. Tyrin sentou ao volante e Hassan abriu a outra porta. Rostov disse:

– Hassan, seu idiota, feche a porta da casa!

Nik empurrou o homem mais moço para o lado do amigo e entrou atrás, no banco traseiro. Os dois cativos ficaram entre Rostov e Nik. Hassan fechou a porta da casa e veio sentar no banco da frente, ao lado de Tyrin, que prontamente deu a partida no carro.

Rostov disse em inglês:

– Deus Todo-Poderoso, mas que tremenda confusão!

Pierre ainda estava gemendo. O prisioneiro mais velho disse:

– Não fizemos mal nenhum a vocês.

– Tem certeza? – disse Rostov. – Há três noites, na boate da rua Dicks, entregou uma pasta a um inglês.

– Ed Rodgers?

– Esse não é o nome dele.

– Vocês são da polícia?

– Não exatamente. – Rostov deixaria o homem acreditar no que desejasse. – Não estou interessado em obter provas e levá-lo a um julgamento. Estou interessado apenas no que havia na pasta.

Houve um momento de silêncio. Depois, Tyrin perguntou:

– Quer que eu saia da cidade e procure algum lugar sossegado?

– Espere um instante – disse Rostov.

O homem mais velho disse:

– Vou contar tudo.

– Apenas fique andando pela cidade – disse Rostov a Tyrin. Ele olhou para o homem da Euratom. – Comece a falar.

– Era uma lista de computador.

– E qual a informação que continha?

– Detalhes sobre as remessas autorizadas de materiais fissionáveis.

– Fissionáveis? Está falando de substâncias nucleares?

– *Yellowcake*, metal de urânio, refugo nuclear, plutônio...

Rostov recostou-se no assento e olhou pela janela, para as luzes da cidade que passavam rapidamente. Sentia o sangue correr mais depressa, de excitação. A operação de Dickstein começava a se tornar evidente. Remessas autorizadas de materiais fissionáveis... Os israelenses precisavam de combustível nuclear. Dickstein só podia estar procurando uma de duas coisas naquela lista: um proprietário de urânio que pudesse ser persuadido a vender no mercado negro ou uma remessa de urânio que pudesse ser roubada.

Quanto ao que fariam com o material depois que conseguissem obtê-lo...

O homem da Euratom interrompeu-lhe os pensamentos:

– Vai nos deixar voltar para casa agora?

– Vou precisar de uma cópia da lista – disse Rostov.

– Não posso pegar outra! O desaparecimento da primeira já foi bastante suspeito!

– Infelizmente, terá de pegá-la de qualquer maneira. Mas, se preferir, poderá levá-la de volta ao escritório depois que a fotografarmos.

– Oh, Deus! – gemeu o homem.

– Não tem alternativa.

– Está certo.

– Volte para casa – ordenou Rostov a Tyrin. Virando-se para o homem da Euratom, acrescentou:

– Leve a lista para casa amanhã de noite. Alguém irá até lá para fotografá-la.

O grande carro avançava pelas ruas da cidade. Rostov achava que, no fim das contas, o sequestro não fora um desastre. Nik Bunin disse a Pierre:

– Pare de me olhar.

Chegaram à rua de paralelepípedos. Tyrin parou o carro.

– O homem mais velho pode sair – disse Rostov. – Mas seu amigo ficará conosco.

O homem da Euratom gritou como se tivesse sido ferido.

– Por quê?

– Para que você não se sinta tentado a mudar de ideia e confessar tudo a seus superiores amanhã. O jovem Pierre será nosso refém. E agora trate de sair.

Nik abriu a porta e deixou o homem sair. Ele ficou parado na calçada por um momento. Nik voltou ao carro, e Tyrin deu a partida.

Hassan indagou:

– Não haverá problemas? Ele fará o que estamos querendo?

– Ele trabalhará para nós até devolvermos seu amigo – disse Rostov.

– E depois?

Rostov não disse nada. Estava pensando se provavelmente não seria mais prudente matar os dois.

SUZA TEVE um pesadelo.

É noite na casa verde e branca à beira do rio. Ela está sozinha. Toma um banho, ficando deitada por um longo tempo na água quente e perfumada. Depois, vai para o quarto principal da casa, senta-se diante do espelho de três faces, passa pó de arroz, de uma caixa de ônix que pertenceu à mãe.

Abre o armário, esperando encontrar as roupas da mãe consumidas pelas traças, caindo dos cabides em trapos, transparentes com a idade. Mas não é o que acontece. As roupas estão limpas, novas e perfeitas, exceto por um ligeiro odor de naftalina. Ela escolhe uma camisola, branca como uma mortalha, vestindo-a rapidamente. E deita-se na cama.

Fica imóvel por um longo tempo, esperando que Nat Dickstein venha para a sua Eila. O fim de tarde transforma-se em noite. O rio sussurra. A porta se abre. O homem para ao pé da cama. Tira as roupas. Deita-se em cima dela. E o pânico de Suza começa, como a pequena faísca de um grande incêndio, ao compreender que não é Nat Dickstein, mas seu pai, e que ela, é claro, há muito que já está morta: e enquanto a camisola se desfaz em pó, a carne murcha, os cabelos caem, a pele do rosto seca, encolhe, deixando os dentes à mostra, assim como o crânio; e ela transforma-se, mesmo enquanto o homem continua a penetrá-la, agora num esqueleto; e por isso ela grita e grita e grita e acaba acordando; e fica deitada, suando, tremendo, apavorada, imaginando por que ninguém vem correndo para perguntar qual é o problema, até que compreende, com alívio, que até mesmo os gritos são sonhados; e consolada, ela se indaga vagamente sobre o significado do sonho, enquanto torna a cair no sono.

Pela manhã, está novamente jovial, como sempre, exceto por uma pequena e imprecisa sombra, como um farrapo de nuvem, escura no céu de seu ânimo, sem recordar absolutamente o sonho, apenas consciente de que houve alguma coisa que a perturbou, mas sem se preocupar mais. Afinal, sonhar toma o lugar de se preocupar.

7

— Nat Dickstein vai roubar algum urânio – disse Yasif Hassan.

David Rostov assentiu em concordância. Seus pensamentos estavam longe. Tentava imaginar um meio de se livrar de Yasif Hassan.

Caminhavam pelo vale ao pé do penhasco que abrigava a velha cidade de Luxemburgo. Ali, à margem do rio Petrusse, havia gramados, árvores ornamentais e trilhas. Hassan dizia:

– Eles possuem um reator nuclear num lugar chamado Dimona, no deserto de Negev. Os franceses ajudaram a construí-lo e presumivelmente forneceram o combustível. Desde a Guerra dos Seis Dias, no entanto, De Gaulle suspendeu os fornecimentos de armas. É possível que tenha cancelado também o fornecimento de urânio.

Tudo isso era mais do que óbvio, pensou Rostov. O melhor, agora, era dissipar as suspeitas de Hassan, concordando veementemente:

– Seria típico do Mossad entrar em ação para roubar o urânio de que eles precisam. É exatamente como essas pessoas pensam. Possuem a mentalidade de acuados, o que lhes permite ignorar os formalismos da diplomacia internacional.

Rostov era capaz de adivinhar o que acontecia um pouco além de Hassan... e era justamente por isso que se sentia ao mesmo tempo tão exultante e ansioso em se livrar da presença do árabe por algum tempo. Rostov estava a par do projeto nuclear egípcio em Qattara, que Hassan quase que certamente ignorava. Por que iriam contar segredos assim a um agente em Luxemburgo?

Contudo, porque tudo acabava vazando no Cairo, era provável que os israelenses também soubessem da bomba egípcia. E que providência tomariam? A de construir a sua própria bomba... para o que precisavam, usando a expressão do homem da Euratom, de "material fissionável". Rostov estava convencido de que Dickstein tentaria roubar algum urânio para uma bomba atômica israelense. Mas Hassan não seria capaz de chegar a essa conclusão, pelo menos por enquanto. E Rostov não queria ajudá-lo, pois não queria que Tel Aviv descobrisse como ele estava próximo.

Quando a lista de remessas chegasse naquela noite, estaria ainda mais perto. Pois era a lista na qual, provavelmente, Dickstein escolheria seu objetivo. Rostov também não queria que Hassan tivesse essa informação.

O sangue de David Rostov corria mais depressa pelas veias. Sentia-se como numa partida de xadrez, no momento em que três ou quatro movimentos do oponente começavam a formar um padrão e ele podia perceber de onde viria o ataque e como poderia transformá-lo numa retirada desordenada. Não esquecera os motivos pelos quais entrara na batalha com Dickstein, o conflito interno na KGB entre ele próprio e Feliks Vorontsov, com Yuri Andropov como árbitro e uma vaga na Escola de Física e Matemática como prêmio. Mas esse aspecto recuara para o fundo de sua mente. O que o acionava agora, o que o mantinha tenso, alerta e implacavelmente aguçado era a emoção da caça e o cheiro da presa nas narinas.

Hassan se interpunha em seu caminho. O ansioso, amador, melindroso e confuso Hassan, tudo comunicando ao Cairo, era naquele momento um inimigo mais perigoso que o próprio Dickstein. Pois não era estúpido, apesar de todos os seus defeitos. Na verdade, pensou Rostov, ele possui uma inteligência astuciosa, tipicamente levantina e sem dúvida herdada do pai capitalista. Perceberia que Rostov queria afastá-lo do caminho. Portanto, Rostov tinha de arrumar-lhe um trabalho autêntico para ele fazer.

Passaram por baixo da ponte Adolphe e Rostov parou para contemplá-la, admirando a vista através da arcada. Fazia-o recordar de Oxford. E foi nesse momento, subitamente, que compreendeu o que devia fazer com Hassan.

– Dickstein sabe que alguém o está seguindo e provavelmente relacionou o fato com o encontro que tiveram aqui em Luxemburgo – disse Rostov.

– É o que realmente pensa?

– Procure se colocar no lugar dele. Dickstein parte numa missão, esbarra com um árabe que conhece o seu nome verdadeiro e logo depois passa a ser seguido.

– É claro que ele vai especular, mas não poderá ter *certeza*.

– Tem razão.

Olhando para o rosto de Hassan, Rostov compreendeu que o árabe adorava ouvi-lo dizer *tem razão*. Rostov pensou: Ele não gosta de mim, mas quer a minha aprovação... e a quer desesperadamente. É um homem orgulhoso... e posso tirar proveito disso.

– Dickstein tem de verificar – continuou Rostov. – Você está fichado em Tel Aviv?

Hassan deu de ombros, com um vestígio de sua velha indiferença aristocrática.

– Quem sabe?

– Quantas vezes teve contatos cara a cara com outros agentes... americanos, ingleses ou israelenses?

– Nunca. Sou muito cuidadoso.

Rostov quase soltou uma gargalhada. A verdade era que Hassan era insignificante demais como agente para atrair a atenção dos principais serviços secretos e jamais fizera qualquer coisa importante para se encontrar com outros espiões.

– Se não está fichado – acrescentou Rostov –, então Dickstein precisa falar com seus amigos. Vocês têm conhecidos comuns?

– Não. Não o via desde os tempos da universidade. De qualquer forma, ele nada poderia descobrir por meio dos meus amigos. Eles nada sabem da minha vida secreta. Não saio por aí contando às pessoas...

– Não, não – disse Rostov, contendo sua impaciência. – Mas tudo o que Dickstein precisa fazer é formular perguntas sobre o seu comportamento geral, a fim de verificar se está de acordo com o padrão de trabalho clandestino. Por exemplo: você recebe telefonemas misteriosos, tem ausências súbitas, amigos que não apresenta... Ainda há alguém de Oxford com quem tenha mantido contato?

– Nenhum dos estudantes. – O tom de Hassan se tornara defensivo e Rostov compreendeu que estava prestes a conseguir o que queria. – Mas mantive contato com alguns dos professores, de uma maneira um tanto irregular, especialmente com o professor Ashford. Houve umas poucas ocasiões em que me encaminhou a pessoas que estão dispostas a dar dinheiro para a nossa causa.

– Dickstein conhecia Ashford, se bem me lembro.

– Claro que conhecia. Ashford era o titular da cadeira de línguas semíticas, que tanto Dickstein como eu cursávamos.

– É isso! Tudo o que Dickstein precisa fazer é procurar Ashford e mencionar seu nome de passagem. Ashford lhe dirá o que você está fazendo e como se comporta. E Dickstein terá então certeza de que você é um agente.

– Seria uma conclusão um tanto imprecisa – comentou Hassan, desconfiado.

– Absolutamente – disse Rostov jovialmente, embora Hassan estivesse certo. – É uma técnica padronizada. Eu próprio já a usei antes. E sempre dá certo.

– E se ele entrou em contato com Ashford...

– Temos uma possibilidade de encontrar novamente sua trilha. Por isso, quero que você vá para Oxford.

– Mas... – Hassan não percebera para onde a conversa levava e agora estava acuado. – Dickstein pode simplesmente ter telefonado...

– É possível. Mas esse tipo de investigação é mais fácil de efetuar pessoalmente. E você poderá dizer que está de passagem pela cidade e resolveu fazer uma visita para recordar os velhos tempos... Não se pode ser fortuito através de um telefonema internacional. Pelos mesmos motivos, você deve ir até lá, pessoalmente, em vez de apenas telefonar.

– Acho que tem razão – disse Hassan, relutantemente. – Eu estava planejando preparar um relatório para o Cairo assim que recebêssemos a lista do computador...

Era exatamente o que Rostov tentava evitar.

– Boa ideia. Mas o relatório será muito melhor se puder também comunicar que encontrou novamente a trilha de Dickstein.

Hassan ficou olhando através da arcada, contemplando a distância como se tentasse divisar Oxford.

– Vamos voltar – disse ele abruptamente. – Já andei demais.

Era o momento de ser sociável. Rostov passou o braço pelos ombros de Hassan.

– Vocês, europeus, estão amolecidos.

– Não venha me dizer que a KGB leva uma vida muito dura em Moscou.

– Quer ouvir uma piada russa? – disse Rostov, enquanto subiam pela encosta do vale, voltando para a rua. – Brejnev estava dizendo à sua velha mãe como subira na vida. Mostrou o seu apartamento, imenso, com móveis ocidentais, máquinas de lavar louça, freezer, criados, tudo, enfim. Ela não disse uma só palavra. Brejnev levou-a para sua *dacha* no Mar Negro, imensa, com piscina, praia particular, mais criados. Ainda assim, a mãe não se impressionou. Brejnev levou-a para a sua cabana de caça, em sua limusine Zil, mostrou os deslumbrantes campos de caça, as armas, os cães. E finalmente disse: "Mãe, mãe, por que não fala nada? Não está orgulhosa do seu filho?" Ao que ela disse: "Tudo isso é maravilhoso, Leonid. Mas o que você fará se os comunistas voltarem?"

Rostov desatou a rir da própria piada, mas Hassan limitou-se a sorrir.

– Não acha engraçado? – indagou Rostov.

– Não muito. É o sentimento de culpa que o leva a rir dessa piada. Não me sinto culpado e por isso não a acho tão engraçada.

Rostov deu de ombros, pensando: Obrigado, Yasif Hassan, a resposta do Islã a Sigmund Freud. Chegaram à rua e ficaram parados ali por algum tempo, observando os carros que passavam, enquanto Hassan recuperava o fôlego. Rostov disse:

– Há uma coisa que eu sempre quis lhe perguntar. Comeu realmente a mulher de Ashford?

– Apenas quatro ou cinco vezes por semana – respondeu Hassan, rindo sonoramente.

E Rostov arrematou:

– Quem está se sentindo culpado agora?

DICKSTEIN CHEGOU cedo na estação e o trem estava atrasado. Assim, ele teve de esperar durante uma hora inteira. Foi a única ocasião em toda a sua vida em que leu a *Newsweek* de cabo a rabo. Suza passou pela roleta quase correndo e sorrindo jovialmente. Como no dia anterior, abraçou-o e beijou-o, só que dessa vez o beijo foi mais demorado. Dickstein esperara vagamente vê-la num vestido comprido e casaco de pele, como a esposa de um banqueiro numa excursão noturna ao Clube 61, em Tel Aviv. Mas é claro que Suza pertencia a outro país e a outra geração. Estava de botas de cano alto, que desapareciam sob a bainha da saia logo abaixo dos joelhos, a blusa de seda sob um colete bordado, lembrando o de um toureiro. Não tinha qualquer pintura no rosto. As mãos estavam vazias: não trazia casaco, bolsa ou valise. Ficaram parados por um momento, sorrindo um para o outro. Dickstein não sabia direito o que fazer. Deu-lhe o braço, como no dia anterior, o que pareceu deixá-la satisfeita. Encaminharam-se para o ponto de táxi.

Ao entrarem no táxi, Dickstein perguntou:

– Para onde quer ir?

– Não fez nenhuma reserva?

Eu deveria mesmo ter reservado uma mesa, pensou ele.

– Não conheço os restaurantes de Londres.

– Vamos para a Kings Road – disse Suza ao motorista.

Enquanto o táxi partia, olhou para Dickstein e acrescentou:

– Olá, Nathaniel.

Ninguém jamais o chamara de Nathaniel. E ele gostou.

O restaurante de Chelsea que Suza escolheu era pequeno, mal iluminado e estava na moda. Ao seguirem para uma mesa, Dickstein teve a impressão de reconhecer uns poucos rostos familiares. Sentiu o estômago contrair-se, enquanto se empenhava em localizá-los. Depois compreendeu que eram cantores pop que vira em revistas e tornou a relaxar. Ficou contente por constatar que seus reflexos funcionavam daquele jeito, apesar da maneira atípica como passar aquela noite. Ficou também satisfeito ao observar que havia fregueses de todas as idades no restaurante, pois receara por um momento que seria o homem mais velho ali dentro.

Sentaram-se, e Dickstein perguntou:

– Sempre traz os seus jovens para cá?

Suza reagiu com um sorriso frio.

– É a primeira coisa estúpida que diz.

– Aceito a reprimenda.

Dickstein sentiu vontade de chutar-se. Suza perguntou:

– O que quer comer?

E o momento passou.

– Em casa, como sempre os alimentos comunitários, simples, orgânicos. Quando estou viajando, fico em hotéis, onde só encontro as porcarias requintadas da alta cozinha. Portanto, o que eu gostaria de comer agora são as coisas que não se encontram em nenhum desses dois lugares: assado de carneiro, torta de rim, um bom cozido do Lancashire.

Suza sorriu.

– O que aprecio em você é que não tem a menor ideia do que está em moda ou não. E, além do mais, não dá a menor importância.

Dickstein tocou na lapela.

– Não gosta do meu terno?

– Adoro. Já devia estar fora de moda quando o comprou.

Dickstein decidiu-se pelo rosbife que veio no carrinho e Suza pediu fígado *sauté*, que comeu com a maior satisfação. Ele pediu uma garrafa de Borgonha, pois um vinho mais delicado não ficaria bem com o fígado. O conhecimento de vinhos era a única habilidade refinada que Dickstein possuía. E deixou-a tomar a maior parte da garrafa. Não tinha muito apetite.

Suza relatou-lhe a ocasião em que tomara LSD:

– Foi inesquecível. Podia sentir todo o meu corpo, por dentro e por fora. Podia ouvir meu coração. Minha pele tinha uma sensação maravilhosa quando a tocava. E as cores de tudo... Mas a questão persiste: a droga me mostrou coisas espantosas ou simplesmente me deixou espantada? É uma nova maneira de ver o mundo ou simplesmente sintetiza as sensações que se experimentaria se realmente víssemos o mundo de uma nova maneira?

– Não sentiu necessidade de tomar mais depois?

Suza sacudiu a cabeça.

– Não me agrada perder o controle de mim mesma a tal ponto. Mas estou contente de saber como é.

– É o que mais detesto na embriaguez: a perda do autocontrole. Mas tenho certeza de que não é a mesma coisa. Nas poucas vezes em que fiquei embriagado, não senti que havia encontrado a chave para o universo.

Ela fez um gesto com a mão, como a dar o assunto por encerrado. A mão era comprida e esguia, como a de Eila. E subitamente Dickstein recordou Eila a fazer exatamente o mesmo gesto gracioso. Suza disse:

– Não acredito em drogas como a solução para os problemas do mundo.

– Em que acredita, Suza?

Ela hesitou por um instante, fitando-o atentamente e sorrindo ligeiramente.

– Acredito que tudo o que se precisa é amor.

O tom era um pouco defensivo, como se esperasse o desdém de Dickstein.

– Essa filosofia tem mais condições de atrair uma londrina exuberante do que um israelense em permanente combate.

– Acho que não adianta tentar convertê-lo.

– Eu seria um homem de sorte se tentasse.

Suza fitou-o nos olhos.

– Jamais pode conhecer a sua sorte.

Dickstein baixou os olhos para o cardápio e disse:

– Vamos pedir morangos.

Abruptamente, Suza disse:

– Diga-me quem você ama, Nathaniel.

– Uma velha, uma criança e um fantasma – respondeu ele imediatamente, pois estivera se fazendo a mesma pergunta. – A velha chama-se Esther e ainda lembra os *pogroms* na Rússia czarista. A criança é um menino chamado Mottie. Ele gosta de *A ilha do tesouro*. O pai morreu na Guerra dos Seis Dias.

– E o fantasma?

– Vai querer morangos também?

– Quero sim, por favor.

– Com creme?

– Não, obrigada. Não me falará a respeito do fantasma, não é mesmo?

– Assim que souber, eu lhe direi.

Era junho e os morangos estavam perfeitos. Dickstein disse:

– E agora me diga quem você ama.

– Bom... – Suza pensou por um minuto. – Mas que merda, Nathaniel! Acho que amo você!

O PRIMEIRO PENSAMENTO dela foi: Que diabo deu em mim? Por que falei isso?

E depois ela pensou: Não importa, porque é verdade.

E finalmente: Mas *por que* o amo?

Não sabia por que, mas sabia quando. Houvera duas ocasiões em que pudera olhar dentro dele e ver o verdadeiro Dickstein: quando ele falara sobre os fascistas em Londres nos anos 1930 e quando mencionara o garoto cujo pai morrera na Guerra dos Seis Dias. Nas duas ocasiões, Dickstein baixara a máscara. Ela esperara avistar um homem pequeno e assustado, encolhendo-se num canto. Mas ele parecera forte, confiante e determinado. Nesses momentos, Suza pudera sentir a força dele, como se fosse um odor poderoso. E que a deixara um pouco tonta.

O homem era estranho, intrigante, forte. Queria chegar perto dele, compreender sua mente, conhecer seus pensamentos secretos. Queria tocar o corpo magro, sentir as mãos fortes a segurá-la, contemplar aqueles olhos castanhos tristes quando ele gritasse de paixão. Queria o amor daquele homem.

Nunca antes se sentira assim.

NAT DICKSTEIN SABIA que estava tudo errado.

Suza desenvolvera uma afeição por ele quando tinha 5 anos de idade, relacionando-se com um adulto que sabia como tratar crianças e gatos. Agora, ele explorava essa afeição infantil.

Amara Eila, que estava morta. Havia algo espúrio em seu relacionamento com uma filha que era igualzinha.

Ele não era apenas um judeu, mas israelense; não era apenas um israelense, mas um agente do Mossad. Entre todas as pessoas do mundo, não podia amar uma garota que era metade árabe.

Sempre que uma mulher bonita se apaixona por um espião, o espião é obrigado a perguntar a si mesmo para que serviço secreto inimigo ela pode estar trabalhando.

Ao longo dos anos, cada vez que uma mulher se afeiçoara a Dickstein, ele encontrara motivos assim para se manter a distância. Mais cedo ou mais tarde, a mulher compreendia e se afastava, desapontada. O fato de Suza ter superado o subconsciente dele, sendo rápida demais para suas defesas, era mais um motivo para ficar desconfiado.

Estava tudo errado.

Mas Dickstein não se importava.

PEGARAM UM TÁXI para o apartamento em que ela planejava passar a noite. Suza convidou-o a entrar. Os amigos, os donos do apartamento, estavam viajando, em férias. Foram juntos para a cama. E foi o momento em que os problemas deles começaram.

A princípio, Suza pensou que ele ia se mostrar ansiosamente apaixonado, quando abraçou-a no pequeno vestíbulo e beijou-a bruscamente. E quando ele gemeu, no momento em que ela pegou-lhe as mãos e colocou-as em seus seios. Na mente cética de Suza surgiu subitamente um pensamento: Já vi esse ato antes. Ele vai ficar tão extasiado com minha beleza que vai praticamente me estuprar. E cinco minutos depois de ir para a cama, estará profundamente adormecido, roncando. Depois, ela desvencilhou-se do beijo, fitou-o nos olhos grandes e castanhos, pensou: O que quer que aconteça, não será comum.

Levou-o para o quarto pequeno nos fundos do apartamento, que dava para o pátio. Hospedara-se ali tantas vezes que já o considerava seu quarto. Tinha até algumas roupas no armário e na cômoda. Sentou-se na beira da cama de solteiro e tirou os sapatos. Dickstein ficou parado na porta, observando-a. Ela fitou-o e sorriu, murmurando:

– Tire a roupa.

Ele apagou a luz.

Suza ficou intrigada. Foi percorrida por um estranho tremor, como na primeira experiência com maconha. O que aquele homem era realmente? Era um *cockney*, mas era também israelense. Era um colegial de meia-idade. Um homem magro, mas forte como um cavalo. Um pouco desajeitado e nervoso superficialmente, mas confiante e estranhamente poderoso por dentro. Como um homem *assim* seria na cama?

Meteu-se debaixo do lençol, curiosamente comovida pelo fato de ele querer fazer amor no escuro. Dickstein deitou a seu lado e beijou-a, dessa vez gentilmente. Ela correu as mãos pelo corpo magro e vigoroso, entreabriu a boca para receber seus beijos. Depois de uma hesitação momentânea, ele reagiu. E Suza calculou que ele jamais beijara assim antes. Ou não beijava havia muito tempo.

Ele tocou-a ternamente agora, com as pontas dos dedos, explorando, soltando uma exclamação de espanto ao encontrar o mamilo teso. As carícias não possuíam a habilidade tranquila tão familiar das ligações anteriores de Suza. Ele era como... ora, era como um homem ainda virgem. O pensamento a fez sorrir, na escuridão.

– Seus seios são maravilhosos...

– O seu peito também – murmurou Suza, tocando-o.

A magia começou a funcionar e ela mergulhou num mar de sensações: a aspereza da pele dele, os cabelos nas pernas, o débil cheiro masculino que irradiava. Depois, subitamente, sentiu uma mudança nele. Não havia motivo aparente para isso e por um momento Suza se perguntou se não estaria imaginando coisas, pois ele continuava a acariciá-la. Mas ela sabia que agora era mecânico, que ele estava pensando em outras coisas, que ela o perdera.

Ela já ia falar quando Dickstein retirou as mãos e disse:

– Não está dando certo. Não consigo.

Suza sentiu pânico e tratou de reprimi-lo. Estava assustada, não por si mesma – *já conheceu muitos desgraçados duros, menina, para não falar de outros que eram mais para o mole* –, mas por ele, por sua reação, no caso de sentir-se derrotado ou envergonhado ou...

Ela enlaçou-o, apertando-o com força e murmurando:

– O que quer que faça, não vá embora, por favor.

– Não irei.

Suza queria acender a luz, para poder ver seu rosto. Mas parecia a coisa errada a fazer naquele momento. Ela comprimiu o rosto contra o peito de Dickstein.

– Tem uma esposa em algum lugar?

– Não.

Ela estendeu a língua e sentiu o sabor de sua pele.

– Apenas acho que você pode estar se sentindo culpado por alguma coisa. Não seria o fato de eu ser metade árabe?

– Não creio.

– Ou o fato de eu ser a filha de Eila Ashford? Você a amava, não é mesmo?

– Como soube?

– Pela maneira como falou a respeito dela.

– Acho que também não me sinto culpado em relação a isso. Mas posso estar enganado, doutora.

– Hummm... – Ele estava começando a sair da carapaça. Suza beijou-lhe o peito. – Pode me dizer uma coisa?

– Espero que sim.

– Quando fez sexo pela última vez?

– Em 1944.

– Está brincando! – exclamou Suza, genuinamente atônita.

– É a primeira coisa estúpida que diz.

– Eu... eu... Tem razão. Desculpe. – Ela hesitou. – Mas por quê?

Dickstein suspirou.

– Eu não posso... não sou capaz de falar a respeito.

– Mas *deve*!

Ela estendeu a mão para a mesinha de cabeceira e acendeu a luz. Dickstein fechou os olhos, protegendo-se da claridade. Suza soergueu o corpo, apoiada num cotovelo.

– Escute, não há regras. Somos adultos, estamos nus na cama. E estamos no ano de 1968. Nada está errado. Portanto, pode falar tudo o que quiser.

– Não há nada.

Ele continuava de olhos fechados.

– E não há segredos. Se está assustado, enojado ou com algum problema, pode falar abertamente. E deve falar. Eu nunca disse "eu te amo" para alguém antes dessa noite, Nat. Fale para mim, por favor.

Houve um longo silêncio. Dickstein permaneceu imóvel, impassível, de olhos fechados. Até que finalmente começou a falar:

– Não sabia onde era... ainda não sei. Fui levado para lá num vagão de gado. Naquele tempo, não podia distinguir um lugar de outro pela paisagem. Era um campo de concentração especial, um centro de pesquisas médicas. Os prisioneiros foram selecionados de outros campos. Éramos todos jovens, saudáveis e judeus.

"As condições eram melhores do que no primeiro campo de concentração em que estive. Tínhamos comida, cobertores, cigarros. A princípio, pensei que tivera sorte. Fui submetido a uma porção de exames, de sangue, de urina; sopre neste tubo, aperte esta bola, leia as letras naquele cartaz, ficavam me dizendo. Era como estar num hospital. E depois as experiências começaram. Até hoje, não sei se havia alguma curiosidade científica concreta por trás de tudo. Se alguém fizesse aquelas coisas com animais, eu poderia até compreender, seriam interessantes, poderiam revelar algo. Por outro lado, ao fazerem tudo aquilo com seres humanos, os médicos só podiam estar loucos. Mas não sei.

Dickstein parou de falar e engoliu em seco. Era cada vez mais difícil para ele falar calmamente. Suza sussurrou:

– Deve me contar o que aconteceu... tudo.

Ele estava pálido, a voz extremamente baixa. E continuava de olhos fechados.

– Levaram-me para o laboratório. Os guardas que me escoltaram a todo instante me piscavam o olho e cutucavam, dizendo que eu era *glücklich*... um sortudo. Era uma sala grande, de teto baixo, luzes fortes. Havia seis ou sete deles lá dentro, com uma máquina de filmar. No meio da sala havia uma cama baixa, com um colchão, mas sem lençóis. E havia uma mulher no colchão. Disseram-me para fazer sexo com ela. A mulher estava nua e tremendo. Era também uma prisioneira. E me sussurrou: "Você salva a minha vida e eu salvarei a sua." E depois nós fizemos sexo. Mas isso foi apenas o começo.

Suza estendeu a mão entre as coxas dele e encontrou o pênis ereto. Podia agora compreender. Afagou-o, gentilmente a princípio, e esperou que ele continuasse... pois sabia agora que Dickstein iria contar-lhe toda a história.

– Depois disso, fizeram variações da experiência. A cada dia, durante meses, havia alguma coisa. Drogas, às vezes. Uma velha. Um homem, certa ocasião. Relações em diferentes posições, de pé, sentados, tudo. Sexo oral, sexo anal, masturbação, sexo em grupo. Se a pessoa não consentia no desempenho, era açoitada ou fuzilada. Foi por isso que a história nunca transpirou depois da guerra, entende? Porque todos os sobreviventes se sentiam culpados.

Suza afagou-o com mais vigor. Tinha certeza, sem saber por que, que era a coisa certa a fazer.

– Continue. Conte tudo.

A respiração de Dickstein ficara, agora, acelerada. Os olhos abriram-se e ele olhou para o teto branco, contemplando outro lugar e outro tempo.

– Ao final... o mais vergonhoso de tudo... ela era uma freira. Pensei inicialmente que estavam mentindo, que apenas a haviam vestido como uma freira. Mas depois ela começou a rezar em francês. Não tinha pernas... haviam amputado as duas, só para observar o efeito em mim... foi horrível e eu... e eu...

Dickstein teve um sobressalto. Suza inclinou-se rapidamente, fechou a boca em torno do pênis, enquanto ele balbuciava:

– Oh, não, não, não...

E depois tudo acabou e ele chorou.

Suza beijou-lhe as lágrimas e disse que estava tudo bem, vezes sem conta. Lentamente, Dickstein foi se acalmando, até que finalmente pareceu adormecer por uns poucos minutos.

Ela ficou observando o rosto dele, enquanto a tensão se desvanecia e ele ficava sereno. Depois, ele abriu os olhos e perguntou:

– Por que fez isso?

Na ocasião, Suza não compreendera exatamente por quê. Mas agora achava que sabia.

– Eu poderia ter feito uma preleção, Nat. Poderia dizer que não há nada de que se envergonhar. Todo mundo tem fantasias macabras, as mulheres sonham em ser açoitadas, os homens sonham em açoitá-las. Pode-se comprar aqui em Londres livros pornográficos sobre sexo com pessoas amputadas, inclusive com fotografias em cores. Poderia dizer que muitos homens seriam capazes de demonstrar bestialidade suficiente para se exibirem voluntariamente naquele laboratório nazista. Poderia ter argumentado para você de mil maneiras diferentes, mas isso não faria qualquer diferença. Tinha de mostrar. Além do mais...

Ela fez uma pausa, sorrindo tristemente.

– Além do mais, também tenho o meu lado tenebroso. – Dickstein tocou-lhe o rosto, depois inclinou-se e beijou-lhe os lábios.

– Onde arrumou toda essa sabedoria, menina?

– Não é sabedoria, é amor.

E depois eles se abraçaram e se beijaram, chamaram-se por nomes ternos, fizeram amor, com toda simplicidade, mal falando, sem confissões nem fantasias escusas ou desejos bizarros, dando e recebendo prazer com a familiaridade de um casal antigo que se conhece mutuamente muito bem. Finalmente adormeceram, inundados de paz e alegria.

David Rostov ficou amargamente desapontado com a lista de remessas de material nuclear fornecida pelo computador da Euratom. Depois que ele e Pyotr Tyrin passaram horas decifrando-a, ficou patente que a lista de remessas era muito extensa. Não teriam a menor possibilidade de cobrir todos os possíveis alvos. A única maneira pela qual poderiam descobrir o alvo escolhido seria tornar a encontrar a pista de Dickstein.

Sendo assim, a missão de Yasif Hassan a Oxford assumia uma importância ainda maior.

Ficaram esperando que o árabe chamasse. Às 22 horas, Nik Bunin, que gostava de dormir da maneira como outras pessoas apreciam tomar banho de sol, foi para a cama. Tyrin aguentou até meia-noite, depois também foi se deitar. O telefone de Rostov finalmente tocou, à 1 hora da madrugada. Ele pulou, como que assustado, agarrou o telefone e esperou por um instante antes de falar, a fim de recuperar o controle:

– Alô?

A voz de Hassan chegou de 500 quilômetros de distância, pelos cabos telefônicos internacionais:

– Consegui. O homem esteve aqui. Há dois dias.

Rostov cerrou o punho, reprimindo seu excitamento.

– Mas que sorte!

– E agora?

Rostov pensou por um momento.

– Agora ele sabe que sabemos.

– Isso mesmo. Devo voltar para a base?

– Acho que não. O professor por acaso disse quanto tempo o homem planejava ficar na Inglaterra?

– Não. Fiz a pergunta diretamente. O professor não sabia. O homem nada lhe disse a respeito.

– Jamais diria. – Rostov franziu o rosto, pensando rapidamente. – A primeira coisa que o homem tem de fazer agora é comunicar que foi exposto. Isso significa que precisa fazer contato com seu escritório em Londres.

– Talvez já tenha feito.

– É possível. Mas ele pode querer um encontro pessoal. O homem sempre adota precauções, e precauções levam tempo. Está bem, deixe isso comigo. Estarei em Londres ainda hoje. Onde você se encontra neste momento?

– Ainda estou em Oxford. Vim direto para cá, assim que desembarquei do avião. Não posso voltar a Londres até amanhã de manhã.

– Está certo. Hospede-se no Hilton e entrarei em contato com você lá na hora do almoço.

– Certo. *À bientôt.*

– Espere um instante.

– Pode falar.

– Não faça nada por sua própria iniciativa agora. Espere a minha chegada. Trabalhou muito bem, não vá estragar tudo agora.

Hassan desligou.

Rostov continuou sentado, imóvel, por um momento, imaginando se Hassan planejava fazer alguma besteira ou simplesmente ressentia-se porque lhe dissera que fora um bom rapaz. Era a última coisa, concluiu Rostov. De qualquer forma, Hassan não poderia causar muitos danos no decorrer das próximas horas, até sua chegada a Londres.

Rostov concentrou-se em Dickstein. O homem não lhes daria uma segunda chance de reencontrarem sua pista. Rostov tinha de agir depressa, agir imediatamente. Ele vestiu o paletó, deixou o hotel e pegou um táxi para a embaixada russa.

Teve de esperar algum tempo e identificar-se para quatro pessoas diferentes, antes de deixarem-no entrar, em plena madrugada. O telefonista de plantão ficou em posição de sentido quando Rostov entrou na sala de comunicações.

– Sente-se – disse Rostov. – Há trabalho para fazer. Ponha-me em contato primeiro com o escritório de Londres.

O telefonista pegou o telefone especial, que não permitia escuta, começou a chamar a embaixada russa em Londres. Rostov tirou o paletó e enrolou as mangas da camisa.

O telefonista disse:

– O camarada coronel David Rostov vai falar com o oficial de segurança mais graduado que estiver aí.

Ele fez um gesto para que Rostov pegasse a extensão.

– Coronel Petrov falando.

Era a voz de um soldado de meia-idade.

– Preciso de ajuda, Petrov – disse Rostov, sem qualquer preâmbulo. – Um agente israelense chamado Nat Dickstein está supostamente na Inglaterra neste momento.

– Recebemos a fotografia dele pela mala diplomática... mas não fomos avisados de que poderia estar aqui.

– Ele pode entrar em contato com a embaixada dele. Quero que ponha todos os agentes israelenses conhecidos, em Londres, sob vigilância a partir do amanhecer de hoje.

– Espere um pouco, Rostov – disse Petrov, com uma meia-risada. – Isso exige um bocado de mão de obra.

– Não diga besteira. Você dispõe de centenas de homens, os israelenses contam apenas com uma ou duas dúzias.

– Desculpe, Rostov, mas não posso montar uma operação dessas proporções só porque você está me pedindo.

Rostov sentia vontade de apertar a garganta do homem até sufocá-lo.

– Isso é urgente!

– Providencie a documentação necessária e estarei inteiramente a sua disposição.

– Mas até lá ele pode ter sumido!

– A culpa não é minha, camarada.

Rostov bateu com o telefone, furioso, e disse:

– Malditos russos! Jamais fazem qualquer coisa sem uma autorização em seis vias! Ligue-me para Moscou, diga-lhes para localizarem Feliks Vorontsov e me colocarem em contato, onde quer que ele esteja.

O telefonista entrou em ação prontamente. Rostov ficou tamborilando com os dedos sobre a mesa, impacientemente. Petrov era provavelmente um velho soldado, próximo da aposentadoria, sem qualquer outra ambição que não receber sua pensão. Havia homens demais assim na KGB.

Alguns minutos depois, a voz sonolenta do chefe de Rostov, Feliks Vorontsov, entrou na linha:

– Quem está falando?

– David Rostov. Estou em Luxemburgo. Preciso de algum apoio. Acho que o Pirata está prestes a entrar em contato com a embaixada israelense em Londres e quero que todos os agentes israelenses conhecidos de lá sejam vigiados.

– Entre em contato com Londres.

– Já entrei. Eles querem autorização.

– Pois então solicite-a.

– Pelo amor de Deus, Feliks, é o que estou fazendo agora!

– Não há nada que eu possa fazer a esta hora da madrugada. Ligue-me depois que amanhecer.

– Mas o que está havendo? Claro que pode... – Subitamente, Rostov compreendeu o que estava acontecendo. E se controlou com um tremendo esforço. – Está certo, Feliks. Pela manhã.

– Até lá.

– Feliks...

– O que é?

– Não vou esquecer.

O telefone ficou mudo.

– E agora? – perguntou o telefonista.

Rostov franziu o rosto.

– Mantenha a linha para Moscou aberta e dê-me um minuto para pensar.

Ele poderia ter imaginado que não conseguiria qualquer ajuda de Feliks. O velho idiota queria que ele fracassasse naquela missão. Era o meio de provar que ele, Feliks, deveria ter assumido o comando desde o início. Era até possível que Feliks estivesse de conluio com Petrov, em Londres, e lhe dissera extraoficialmente para não cooperar.

Só havia uma coisa que Rostov podia fazer agora. Era um curso de ação perigoso e poderia perfeitamente afastá-lo do caso... podia até ser o fator pelo qual Feliks estava esperando.

Mas ele não podia se queixar se as apostas eram altas, pois fora o primeiro a aumentá-las.

Pensou por mais um minuto ou dois sobre como exatamente deveria agir e depois disse:

– Peça a Moscou para me ligar com o apartamento de Yuri Andropov, no número 26 da Kutuzov Prospekt.

O telefonista franziu as sobrancelhas. Era provavelmente a primeira e a última vez que recebia a instrução de ligar diretamente para o chefe da KGB. Mas não disse nada. Rostov ficou esperando, remexendo-se nervosamente.

– Aposto que é muito diferente trabalhar para a CIA – murmurou ele.

O telefonista fez-lhe um sinal e ele atendeu o telefone. Uma voz disse:

– Pois não?

Rostov alteou a voz, dizendo rispidamente:

– Seu nome e posto!

– Major Pyotr Eduardovitch Scherbitsky.

– Aqui é o coronel Rostov. Quero falar com Andropov. É uma emergência. Se ele não estiver no telefone dentro de 120 segundos, você vai passar o resto de sua vida construindo represas em Bratsk. Fui bem claro?

– Pois não, coronel. Fique na linha, por favor.

Um momento depois, Rostov ouviu a voz profunda e confiante de Yuri Andropov, um dos homens mais poderosos do mundo:

– Você certamente conseguiu deixar o jovem Eduardovitch em pânico, David.

– Não tive alternativa, senhor.

– Está certo. Fale logo o que quer. E é bom que seja algo importante.

– O Mossad está atrás de urânio.

– Essa não!

– Acho que o Pirata está na Inglaterra. Ele pode fazer contato com sua embaixada. Quero uma vigilância sobre todos os israelenses ali, mas um velho idiota chamado Petrov, baseado em Londres, está me cozinhando.

– Falarei com ele agora, antes de voltar para a cama.

– Obrigado, senhor.

– Mais uma coisa, David...

– Pois não?

– Valeu a pena me acordar... mas foi por pouco.

Houve um estalido na linha quando Andropov desligou. Rostov riu, enquanto a tensão se desvanecia. E pensou: Que todos eles, Dickstein, Hassan, Feliks, façam o pior possível, mas mesmo assim poderei dominá-los.

– Sucesso? – indagou o telefonista, com um sorriso.

– Tive, sim. Nosso sistema é ineficiente, atravancado e corrupto, mas no fim sempre conseguimos o que queremos.

8

Foi um terrível suplício para Dickstein deixar Suza pela manhã e voltar ao trabalho.

Ele ainda estava... atordoado, era a melhor palavra... às 11 horas da manhã, sentado junto à janela de um restaurante na Fulham Road, esperando que Pierre Borg aparecesse. Deixara um recado no balcão de informações do aeroporto em Heathrow, dizendo a Borg para ir ao café do outro lado da rua. Pensou que ficaria atordoado assim por um longo tempo, talvez permanentemente.

Acordara às 6 horas da manhã e tivera um momento de pânico, sem saber exatamente onde estava. E depois vira a mão comprida e morena de Suza no travesseiro, ao lado de sua cabeça. Ela estava toda enroscada, como um animalzinho dormindo. Ele recordara prontamente a noite, mal podendo acreditar em sua sorte. Pensara que não devia acordá-la, mas subitamente fora incapaz de manter as mãos longe de seu corpo. Suza abrira os olhos ao contato e haviam se amado alegremente, sorrindo um para o outro, rindo às vezes, fitando-se nos olhos no momento do clímax. E depois foram para a cozinha, seminus, fazendo um café fraco demais e queimando as torradas.

Dickstein sentira vontade de ficar ali para sempre.

Suza pegara a camiseta dele com um grito de horror.

– Mas o que é isso?

– Minha camiseta.

– Camiseta? Pois eu o proíbo de usar camisetas! São antiquadas, anti-higiênicas e vão se interpor no caminho quando eu quiser sentir seus mamilos.

Sua expressão era tão libidinosa que Dickstein desatara a rir.

– Está certo. Não vou mais usá-las.

– Ótimo.

Ela abrira a janela e jogara a camiseta na rua. Dickstein tornara a rir e dissera:

– Mas você também não deve usar calça comprida.

– Por que não?

Fora a vez de Dickstein assumir uma expressão libidinosa.

– Mas todas as minhas calças têm fecho na frente.

– Não adianta. Não há espaço para manobrar – disse ele.

E assim continuaram.

Os dois se comportaram como se tivessem acabado de inventar o sexo. O único momento ligeiramente infeliz ocorrera quando Suza olhara para as cicatrizes e perguntara como as conseguira.

– Tivemos três guerras desde que fui para Israel.

Era a verdade, mas não toda a verdade.

– O que o levou a ir para Israel?

– Segurança.

– Mas lá é justamente o *oposto* de seguro.

– É uma espécie diferente de segurança.

Dickstein falara em um tom de quem dava o assunto por encerrado, de quem não queria explicar. E depois mudara de ideia, pois queria que Suza o conhecesse por completo.

– Tinha de haver um lugar em que ninguém pudesse dizer: "Você é diferente; não é um ser humano, mas sim um judeu." Tinha de haver um lugar onde ninguém pudesse quebrar minhas janelas ou fazer experiências em meu corpo só porque sou judeu. Está entendendo?

Suza fitava-o com aquela expressão franca. Ele tivera de fazer um esforço para reprimir o impulso de contar-lhe toda a verdade, sem evasivas, sem tentar fazê-la parecer melhor do que era.

– Não importava para mim que escolhêssemos a Palestina, Uganda ou Manhattan. Onde quer que fosse, eu poderia dizer: "Este lugar é *meu*." E teria lutado com unhas e dentes para mantê-lo. É por isso que jamais procuro discutir os erros e acertos morais da instituição de Israel. Justiça é algo que não entra na história. Depois da guerra... a simples sugestão de que o conceito de justiça pode ter algum papel na política internacional virou uma piada macabra para mim. Não estou dizendo que isso é uma atitude admirável, mas apenas esclarecendo como encaro o problema. Em qualquer outro lugar que os judeus possam viver, em Nova York, Paris ou Toronto, não importa quão bom seja, o quanto estejam assimilados, eles nunca sabem quanto tempo vai durar, quando virá a próxima crise que poderá ser convenientemente atribuída a eles. Em Israel, tenho certeza de que, aconteça o que acontecer, jamais serei vítima *disso*. E com esse problema afastado, podemos seguir em frente e cuidar das realidades que são parte da vida cotidiana: plantar e colher, comprar e vender, lutar e morrer. Acho que foi por isso que fui para Israel... Talvez não tenha percebido o problema tão claramente na ocasião... para dizer a verdade, acho que nunca coloquei a coisa em palavras dessa maneira... mas é assim que sempre me senti.

Depois de um momento, Suza dissera:

– Meu pai está convencido de que Israel é agora uma sociedade racista.

– É o que dizem os mais jovens lá em Israel. E têm motivos para isso. Se....

Dickstein fizera uma pausa e Suza continuara a fitá-lo, esperando.

– Se você e eu tivéssemos um filho, eles se recusariam a considerá-lo um judeu. Ele seria um cidadão de segunda categoria. Mas não creio que esse tipo de coisa vá durar para sempre. No momento, os fanáticos religiosos são poderosos. O que é inevitável, pois o sionismo é um movimento religioso. Na medida em que a nação amadurecer, tudo isso vai acabar. As leis raciais já estão sendo contestadas. Estamos a combatê-las e não tenho a menor dúvida de que acabaremos vencendo.

Suza aproximara-se e pusera a mão em seu ombro. Ficaram abraçados, em silêncio. Dickstein compreendera que Suza não se importava com a política israelense; fora a menção de um filho que a comovera.

Sentado agora junto à janela do restaurante, lembrando, Dickstein tinha certeza de que queria Suza em sua vida para sempre. Imaginou o que faria se ela se recusasse a ir para seu país. Ele renunciaria a quê? Israel ou Suza? Não sabia.

Dickstein observou a rua. O tempo era típico de junho, chovendo incessantemente e bastante frio. Os ônibus vermelhos familiares e os táxis pretos passavam de um lado para o outro, cortando a chuva, espirrando a água das poças. Um país seu, uma mulher sua; talvez ele pudesse ter as duas coisas.

Devo ter essa sorte.

Um táxi diminuiu a velocidade diante do café, do outro lado da rua, e Dickstein ficou tenso, inclinando-se para a janela, espiando mais atentamente através da chuva. Reconheceu o vulto volumoso de Pierre Borg, numa capa escura curta e chapéu, saltando do carro. Não reconheceu o segundo homem, que saltou e pagou o motorista. Os dois homens entraram no café. Dickstein olhou para um lado e outro da rua.

Um Jaguar Mark II cinzento parara em fila dupla a 50 metros do café. Arrancara e agora voltava por uma rua secundária, indo parar na esquina, à vista do café. O homem que estava ao lado do motorista saltou e seguiu na direção do café.

Dickstein deixou a mesa e foi para a cabine telefônica na entrada do café. Ainda podia vê-lo no outro lado. Discou o número de lá.

– Alô?

– Quero falar com Bill, por favor.

– Bill? Não o conheço.

– Poderia chamar, por favor?

– Claro. Ei, tem alguém aqui chamado Bill? – Uma pausa. – Ele já vem atender.

Depois de um momento, Dickstein ouviu a voz de Borg:

– Pois não?

– Quem está com você?

– O chefe do posto de Londres. Acha que podemos confiar nele?

– Um de vocês arrumou um sombra. Dois homens num Jaguar cinzento.

– Já os vimos.

– Pois trate de se livrar deles.

– Está certo. Você que conhece esta cidade, pode dizer qual a melhor maneira?

– Mande o chefe do posto de volta à embaixada num táxi. Isso deve ser o bastante para afastar o Jaguar. Espere dez minutos e depois tome um táxi para... – Dickstein hesitou, tentando recordar uma rua sossegada, não muito longe: – Para a Redcliffe Street. Irei encontrá-lo lá.

– Certo.

Dickstein olhou para o outro lado da rua e acrescentou, antes de desligar:

– O homem está entrando no café.

Voltou para a mesa junto à janela e ficou observando. O chefe do posto londrino saiu do café, abriu um guarda-chuva e parou no meio-fio, à procura de um táxi. O sombra reconhecera Borg no aeroporto ou estava seguindo o chefe do posto por algum outro motivo. Não fazia a menor diferença. Um táxi parou. Quando partiu, o Jaguar cinzento deixou a esquina e foi atrás. Dickstein saiu do restaurante e fez sinal para um táxi.

Disse ao motorista que fosse para a Redcliffe Street e ficasse esperando. Depois de 11 minutos, outro táxi entrou na rua e Borg saltou.

– Acenda os faróis – disse Dickstein ao motorista. – É o homem que estou esperando.

Borg avistou os faróis e acenou em reconhecimento. Quando estava pagando, um terceiro táxi entrou na rua e parou. Borg avistou-o.

O sombra no terceiro táxi ficou esperando para ver o que acontecia. Borg percebeu-o e começou a andar para longe de seu táxi. Dickstein disse ao motorista que não tornasse a acender os faróis.

Borg passou por eles. O sombra saltou do táxi, pagou o motorista e saiu atrás de Borg. Assim que o táxi do sombra se afastou, Borg virou-se, voltou para o táxi de Dickstein e entrou. Dickstein disse ao motorista:

– Vamos embora.

Afastaram-se, deixando o sombra na calçada, à procura de outro táxi. Era uma rua sossegada, de pouco movimento, ele não encontraria outro táxi por cinco ou dez minutos.

– Muito hábil – comentou Borg.

– Fácil – disse Dickstein.

O motorista do táxi perguntou:

– Que diabo aconteceu?

– Não precisa se preocupar – disse Dickstein. – Somos agentes secretos.

O motorista riu.

– Para onde vamos agora? Para o MI5?

– Para o Museu da Ciência.

Dickstein recostou-se no assento e sorriu para Borg.

– E então, Bill, como vão as coisas?

Borg franziu o rosto.

– O que você tem para estar se sentindo tão efusivo?

Não tornaram a falar no táxi. Dickstein compreendeu que não se preparara convenientemente para o encontro. Deveria ter definido antes o que queria de Borg e como iria arrancá-lo.

Ele pensou: O que *eu quero*? A resposta surgiu do fundo de sua mente e atingiu-o como uma bofetada. Quero dar a bomba a Israel... e depois ir para casa.

Dickstein desviou os olhos de Borg. A chuva escorria pela janela do táxi como lágrimas. Ele sentiu-se subitamente contente de não poderem falar por causa do motorista. Na calçada, três hippies sem casacos, completamente encharcados, estavam com as mãos e os rostos virados para cima, desfrutando a chuva. *Se eu pudesse fazer isso, se eu pudesse concluir essa missão, então poderia descansar.*

O pensamento deixou-o inexplicavelmente feliz. Ele olhou para Borg e sorriu. Borg virou o rosto para a janela.

Chegaram ao museu e entraram. Pararam diante de um dinossauro reconstituído. Borg disse:

– Estou pensando em tirá-lo da missão.

Dickstein assentiu, reprimindo o alarme e pensando depressa.

Hassan devia ter comunicado ao Cairo e o homem de Borg no Cairo certamente transmitira a informação a Tel Aviv.

– Descobri que estou exposto – disse ele a Borg.

– Há semanas que sei disso. Se tivesse mantido contato, estaria a par dessas coisas.

– Se eu mantivesse contato, ficaria exposto mais frequentemente.

Borg soltou um grunhido e seguiu em frente. Tirou um charuto do bolso e Dickstein avisou-o:

– É proibido fumar aqui.

Borg guardou o charuto, e Dickstein acrescentou:

– Ser exposto nada significa. Já me aconteceu meia dúzia de vezes. O que importa é quanto eles sabem.

– Foi exposto pelo tal de Hassan, que o conhece de muitos anos atrás. Ele está agora trabalhando com os russos.

– Mas o que eles *sabem*?

– Que você esteve na França e em Luxemburgo.

– Não é muita coisa.

– Tem razão. Também sei que esteve em Luxemburgo e na França, mas *eu* não tenho a menor ideia do que andou fazendo.

– Então me deixará na missão – disse Dickstein, olhando fixamente para Borg.

– Isso depende. O que você *andou* fazendo?

Dickstein continuou a olhar fixamente para Borg. O homem se tornara irrequieto, sem saber o que fazer com as mãos, agora que não podia fumar. As luzes fortes iluminavam a sua pele ruim. O rosto conturbado era como um estacionamento de cascalho. Dickstein precisava calcular meticulosamente o quanto diria a Borg. Tinha de ser o suficiente para dar a impressão de que muito já fora realizado, mas não demais, para evitar que Borg pensasse que outro homem poderia executar o plano de Dickstein.

– Já escolhi uma remessa de urânio para roubarmos. Será transportada de Antuérpia para Gênova, de navio, em novembro. Vou sequestrar o navio.

– Merda! – Borg parecia ao mesmo tempo satisfeito e temeroso com a audácia do plano. – Como vai manter o segredo?

– Estou cuidando disso. – Dickstein decidiu contar um pouco mais a Borg, a fim de prendê-lo de vez: – Preciso visitar o Lloyd's, aqui em Londres. Espero que o navio pertença a uma série de embarcações idênticas. Estou informado de que a maioria dos navios é construída assim. Se eu conseguir comprar um navio idêntico, posso trocar os dois em algum ponto do Mediterrâneo.

Borg passou a mão duas vezes pelos cabelos curtos, depois coçou a orelha.

– Não estou entendendo...

– Ainda não defini os detalhes, mas tenho certeza de que é o único meio de fazer a coisa clandestinamente.

– Pois então trate de imaginar os detalhes.

– Mas está pensando em me tirar da missão.

– Isso mesmo... – Borg inclinou a cabeça de um lado para o outro, num gesto de indecisão. – Se eu puser um homem para substituí-lo, ele também pode ser reconhecido.

– E se puser um desconhecido, ele não será experiente.

– Além do mais, não tenho certeza se há alguém, experiente ou não, que possa executar essa missão, além de você. E há mais uma coisa que você não sabe.

Os dois pararam diante de um modelo de reator nuclear.

– O que é? – perguntou Dickstein.

– Recebemos informações de Qattara. Os russos estão agora ajudando os egípcios. Temos pressa, Dickstein. Não posso me permitir qualquer atraso e uma mudança de planos inevitavelmente acarreta atrasos.

– Novembro ainda dá?

Borg pensou por um momento.

– Ficará bem apertado, mas ainda dá. – Ele pareceu chegar a uma conclusão: – Está certo, vou deixá-lo na missão. Mas terá de executar uma ação evasiva.

Dickstein sorriu e deu um tapinha nas costas de Borg.

– Você é um bom sujeito, Pierre. E não precisa se preocupar. Vou deixá-los andando em círculos, às tontas.

Borg franziu o rosto.

– Mas o que há com você hoje? Não consegue parar de sorrir.

– É a sua presença que me deixa assim. Seu rosto é como um tônico. Sua disposição esfuziante é contagiosa. Quando você sorri, Pierre, o mundo inteiro também sorri.

– Ficou completamente doido... – disse Borg.

Pierre Borg era vulgar, insensível, maldoso e maçante, mas não era estúpido. As pessoas diziam:

– Ele pode ser um filho da mãe, mas é um filho da mãe inteligente.

Ao se separarem, tinha certeza absoluta de que algo importante mudara na vida de Nat Dickstein.

E pensava a esse respeito enquanto voltava a pé para a embaixada israelense, em Palace Green, 2, em Kensington. Nos vinte anos que haviam transcorrido desde que se conheceram, Dickstein praticamente não mudara. Só raramente é que toda a força do homem ficava patente. Ele sempre fora quieto e retraído, continuava a parecer um bancário desempregado. E a não ser por relances ocasionais de uma espirituosidade um tanto cínica, ainda era um amargurado.

Até aquele dia.

A princípio, Dickstein mostrara-se como de hábito, objetivo e brusco, até demais. Mas, no fim do encontro, ele parecia o *cockney* jovial estereotipado de um filme de Hollywood.

Borg tinha de saber por quê.

Era capaz de tolerar muitas coisas de seus agentes. Contanto que fossem eficientes, podiam ser neuróticos, agressivos, sádicos ou insubordinados... mas era fundamental que ele soubesse de tudo. Podia dar os descontos devidos para os defeitos de cada um, mas não podia admitir fatores desconhecidos. Ficaria inseguro de sua capacidade de controlar Dickstein, até descobrir qual era a causa da mudança. E isso era tudo. Não tinha qualquer objeção, a princípio, a que um de seus agentes adquirisse uma disposição jovial.

Aproximou-se da embaixada. Decidiu que mandaria vigiar Dickstein. Exigiria três carros e três equipes de homens, trabalhando em turnos de oito horas. O chefe do posto de Londres certamente se queixaria, mas *ele* que fosse para o diabo.

A necessidade de saber por que a disposição de Dickstein mudara era apenas uma razão pela qual Borg decidira não tirá-lo da missão. A outra era mais importante. Dickstein já tinha a metade de um plano e outro homem poderia não ser capaz de concluí-lo. Dickstein possuía uma mente excepcional para tais coisas. A partir do momento em que ele definisse inteiramente o plano, alguém mais poderia assumir o comando. Borg iria afastá-lo da missão na primeira oportunidade. Dickstein ficaria furioso, pensaria que fora traído.

Mas *ele* também que fosse para o diabo!

O MAJOR PYOTR ALEKSEIVITCH TYRIN não gostava realmente de Rostov. Não gostava de nenhum de seus superiores. Na opinião dele, era preciso ser um rato para ser promovido acima do posto de major na KGB. Mesmo assim, sentia uma afeição atemorizada por seu chefe inteligente e prestimoso. Tyrin possuía muitos talentos, especialmente em eletrônica. Mas não era capaz de manipular as pessoas. Era um major apenas porque estava na equipe excepcionalmente bem-sucedida de Rostov.

Abba Allon. Saída da Hight Street. Cinquenta e dois ou 59? Onde você está, 52?

Cinquenta e dois. Estamos perto. Vamos pegá-lo. Qual a aparência dele?

Capa de chuva plástica, chapéu verde, bigode.

Como amigo, Rostov não era grande coisa. Mas era muito pior como inimigo. O tal coronel Petrov, de Londres, descobrira isso. Tentara ignorar Rostov e fora surpreendido com um telefonema em plena madrugada do próprio chefe da KGB, Yuri Andropov. O pessoal da embaixada em Londres comentara que Petrov parecia um fantasma ao desligar. Desde então, Rostov podia ter tudo o que desejasse; se ele espirrasse, cinco agentes sairiam correndo para comprar lenços.

Muito bem, aqui está Ruth Davisson e ela está seguindo... para o norte...

Dezenove. Podemos acompanhá-la...

Relaxe, Dezenove. Alarme falso. É apenas uma secretária que se parece com ela.

Rostov requisitara todos os melhores artistas da calçada e a maioria dos carros de Petrov. A área em torno da embaixada israelense em Londres estava fervilhando de agentes. Alguém chegara a comentar:

– Há mais vermelhos aqui do que na clínica do Kremlin.

Mas era difícil reconhecê-los. Estavam em carros, furgões, táxis, caminhões e até em um veículo que parecia extraordinariamente um camburão da Polícia Metropolitana. Havia mais agentes a pé, em prédios públicos, andando pelas ruas ou pelo parque. Havia até um agente dentro da embaixada, indagando num inglês terrivelmente estropiado o que precisava fazer a fim de emigrar para Israel.

A embaixada servia-se idealmente para esse tipo de operação. Ficava num pequeno gueto diplomático, à beira de Kensington Gardens. Tantas das casas antigas e adoráveis pertenciam a legações estrangeiras que o lugar era conhecido como "Bairro das Embaixadas". A própria embaixada soviética ficava ali perto, em Kensington Palace Gardens. O pequeno conjunto de ruas formava quase uma propriedade particular e era preciso informar a um guarda o que se queria antes de entrar na área.

Dezenove, dessa vez é Ruth Davisson... dezenove, está me ouvindo?

Aqui Dezenove. Estou na escuta.

Ainda está no lado norte?

Estou. E sabemos como ela é.

Nenhum dos agentes estava à vista da embaixada israelense. Somente um membro da equipe podia avistar a porta: o próprio Rostov, que estava a pouco menos de um quilômetro de distância, no 20º andar de um hotel, observando através de um poderoso telescópio Zeiss, montado num tripé. Diversos prédios altos, no West End de Londres, permitiam que se visse o Bairro das Embaixadas através do parque. Certas suítes de alguns hotéis chegavam a cobrar preços excessivamente elevados por causa dos rumores de que se podia avistar o pátio dos fundos da princesa Margaret, no palácio vizinho, que dava nome a Palace Garden e Kensington Palace Gardens.

Rostov ocupava uma dessas suítes, equipado com um transmissor de rádio, além do telescópio. Cada uma das equipes de rua estava munida com um walkie-talkie. Petrov falava a seus homens em russo, rapidamente, usando palavras em código. O comprimento de onda em que transmitia, e no qual os homens respondiam, era mudado a cada cinco minutos, de acordo com uma programação de computador inserida em todos os aparelhos. O sistema funcionava perfeitamente, pensou Tyrin, que o inventara. O único problema era que em algum ponto do ciclo todos ficavam sujeitos a cinco minutos da Rádio Um da BBC.

Oito, siga para o lado norte.

Entendido.

Se os israelenses estivessem instalados em Belgravia, o local das embaixadas mais antigas, o trabalho de Rostov seria muito mais difícil. Não havia quase lojas, cafés ou escritórios públicos em Belgravia, nenhum lugar em que os agentes pudessem passar despercebidos; e porque toda a área era sossegada, rica e repleta de embaixadores, era fácil para a polícia ficar atenta a atividades suspeitas. Qualquer dos esquemas padronizados de vigilância, como o furgão de conserto telefônico ou a equipe de consertos de rua sob um toldo listrado, atraía em poucos minutos uma multidão de guardas. Em contraste, a área em torno do pequeno oásis do Bairro das Embaixadas era Kensington, um grande centro comercial, com diversos colégios e quatro museus.

O próprio Tyrin observava de um pub na Kensington Church Street. Os homens residentes da KGB haviam-no informado que o pub era frequentado por detetives do "Ramo Especial", o nome um tanto modesto para a polícia política da Scotland Yard. Os quatro homens, ainda jovens, em roupas um tanto vistosas, tomando uísque no bar, provavelmente eram detetives. Não conheciam Tyrin e não teriam muito interesse por ele, mesmo que o conhecessem. E se Tyrin se aproximasse e dissesse:

– Com licença, mas a KGB está seguindo todos os agentes israelenses credenciados em Londres.

Eles provavelmente responderiam:

– E daí?

E pediriam outra rodada de uísque.

De qualquer forma, Tyrin sabia que não era um homem que pudesse atrair um segundo olhar. Era pequeno, um tanto rotundo, com o nariz grande e o rosto cheio de veias de alguém que bebia com frequência. Usava uma capa de chuva cinza por cima de um suéter verde. A chuva removera a última recordação de vinco da calça cinzenta de flanela. Sentava-se num canto, com um copo de cerveja inglesa e um pequeno saco de batatas fritas. O rádio no bolso da camisa ligava-se por um fio fino, cor de carne, ao plugue em sua orelha esquerda, como se fosse um aparelho de audição. Seu lado esquerdo estava virado para a parede. Podia falar com Rostov fingindo que remexia no bolso interno da capa, virando o rosto para a parede e murmurando no disco de metal perfurado por cima do rádio.

Observava os detetives tomarem uísque e pensava que o Ramo Especial devia dispor de uma verba de representação melhor que o equivalente russo; ele só podia tomar meio litro de cerveja por hora e o saco de batatas fritas era pago do seu próprio bolso. Em determinada ocasião, os agentes na Inglaterra haviam sido obrigados a comprar cerveja em copos de meio *pint* (250 mililitros), até que o departamento de contabilidade fora informado que em muitos pubs o homem que bebia meio *pint* chamava tanta atenção quanto um russo que tomava vodca em pequenos sorvos, ao invés de tragos generosos.

Treze, siga um Volvo verde, dois homens, High Street.

Entendido.

E a um a pé... Acho que é Yigael Meier... Vinte?

Tyrin era "Vinte". Ele virou o rosto para a parede e murmurou:

– Descreva-o.

Alto, cabelos castanhos, guarda-chuva, capote de cinto. Portão da High Street.

– Estou a caminho – disse Tyrin.

Terminou de tomar a cerveja e deixou o pub.

Chovia. Tyrin tirou um guarda-chuva dobrável do bolso da capa e abriu-o. As calçadas molhadas estavam apinhadas de pessoas fazendo compras. Avistou o Volvo verde parado no sinal e, três carros atrás, o "Treze" num Austin.

Outro carro. Cinco, esse é seu. Um Volkswagen azul.

Entendido.

Tyrin chegou a Palace Gate, olhou pela Palace Avenue, avistou um homem que se ajustava à descrição caminhando em sua direção. Seguiu em frente, sem parar. Quando calculou que o homem já tivera tempo para chegar na rua, Tyrin parou junto ao meio-fio, como se fosse atravessar, olhando para um lado e outro da rua. O alvo emergiu da Palace Avenue e virou para oeste, afastando-se de Tyrin.

Tyrin foi atrás.

Era mais fácil seguir o homem através das multidões na High Street. Viraram para o sul, percorreram um labirinto de ruas transversais. Tyrin ficou um pouco nervoso, mas o israelense parecia não estar atento a um sombra. Simplesmente seguia em frente, pela chuva, um vulto alto, meio inclinado, por baixo do guarda-chuva, andando depressa, concentrado em seu destino.

Ele não foi muito longe. Entrou num hotel pequeno e moderno, perto da Cromwell Road. Tyrin passou pela entrada e, olhando através da porta de vidro, avistou o alvo entrando numa cabine telefônica no saguão. Um pouco mais adiante, Tyrin passou pelo Volvo verde e concluiu que o israelense e seus colegas no carro vigiavam o hotel.

Tyrin atravessou a rua e voltou pelo lado oposto, contando com a possibilidade de o alvo sair de novo, imediatamente. Procurou pelo Volkswagen azul, mas não o avistou. Calculou, no entanto, que estava ali por perto.

Ele falou com a boca encostada no bolso da camisa:

– Aqui é Vinte. Meier e o Volvo verde estão vigiando o hotel Jacobean.

Confirmado, Vinte. Cinco e Treze estão cobrindo os carros israelenses. Onde está Meier?

– No saguão.

Tyrin olhou para um lado e outro da rua e avistou o Austin que estava seguindo o Volvo verde.

Fique com ele.

– Entendido.

Tyrin tinha agora uma decisão difícil a tomar. Se entrasse direto no hotel, Meier poderia reconhecê-lo. Mas se demorasse, procurando a entrada dos fundos, Meier poderia ir embora no intervalo.

Ele decidiu correr o risco de procurar a entrada dos fundos, na pressuposição de que estava coberto por dois carros, que poderiam lhe dar uma ajuda por alguns minutos, se o pior acontecesse. Havia uma viela estreita ao lado do hotel, para os carros de entregas. Tyrin avançou por essa viela e chegou a uma saída de incêndio, destrancada, na parede sem janelas do prédio. Ele entrou e descobriu-se numa escada de concreto, obviamente usada apenas para uma saída de emergência em caso de incêndio. Enquanto subia a escada, desarmou o guarda-chuva, meteu-o no bolso da capa e tirou a capa. Dobrou-a e deixou-a no primeiro patamar, como um pequeno fardo que poderia facilmente pegar se precisasse fazer uma saída rápida. Subiu até o segundo andar e pegou o elevador a fim de descer para o saguão. Quando saiu, de suéter e calça cinza de flanela, parecia um hóspede do hotel.

O israelense continuava na cabine telefônica.

Tyrin foi até a porta de vidro na frente do saguão, olhou para fora, verificou o relógio de pulso e voltou para a área de espera, a fim de sentar-se, como se estivesse aguardando alguém. Não parecia ser o seu dia de sorte. O objetivo de toda a operação era encontrar Nat Dickstein. Sabia-se que ele estava na Inglaterra e calculava-se que teria um encontro com um dos agentes israelenses credenciados em Londres. Os russos seguiam os israelenses, a fim de observarem o encontro e retomarem a pista de Dickstein. Era evidente que a equipe israelense naquele hotel não estava a fim de participar de um encontro. Esperavam alguém, presumivelmente para segui-lo assim que aparecesse; e não era provável que esse alguém fosse um dos seus próprios agentes. Tyrin só podia esperar que as atividades dos agentes israelenses ali *fossem* pelo menos interessantes.

Observou o alvo deixar a cabine telefônica e encaminhar-se para o bar. Perguntou-se se o saguão poderia ser observado do bar. Aparentemente não, porque o alvo voltou alguns minutos depois com um copo na mão, sentou-se no outro lado ao que estava Tyrin e pegou um jornal.

O alvo nem teve tempo para tomar a cerveja.

A porta do elevador abriu-se e Nat Dickstein saiu.

Tyrin ficou tão surpreso que cometeu o erro de olhar diretamente para Dickstein por vários segundos. Dickstein percebeu e acenou com a cabeça, polidamente. Tyrin sorriu debilmente e olhou para o relógio. Ocorreu-lhe, mais como uma esperança do que como uma convicção, que olhar diretamente era um erro tão crasso que Dickstein poderia encará-lo como uma prova de que Tyrin *não* era agente.

Mas não houve tempo para pensar. Movendo-se rapidamente, parecendo até ter molas nas pernas, conforme pensou Tyrin, Dickstein atravessou o saguão até o balcão de recepção e ali largou uma chave, encaminhando-se depois para a rua. O sombra israelense, Meier, largou o jornal na mesa e foi atrás. Assim que a porta de vidro fechou-se atrás de Meier, Tyrin levantou, pensando: Sou um agente seguindo um agente seguindo um agente. Mas pelo menos isso garante o emprego de todos nós.

Ele entrou no elevador e apertou o botão para o primeiro andar. Falou pelo rádio:

– Aqui é Vinte. Encontrei o Pirata.

Não houve resposta. As paredes do prédio bloqueavam a transmissão. Tyrin saltou no primeiro andar e desceu correndo a escada de incêndio, pegando a capa de chuva na passagem. Assim que saiu para a rua, experimentou novamente o rádio:

– Aqui é Vinte. Encontrei o Pirata.

Certo, Vinte. Treze também o localizou.

Tyrin avistou o alvo atravessando a Cromwell Road e disse pelo rádio:

– Estou seguindo Meier.

Cinco e Vinte, prestem atenção. Não o sigam. Entendido... Cinco?

Entendido.

Vinte?

– Entendido – disse Tyrin pelo rádio.

Ele parou na esquina, observando Meier e Dickstein desaparecerem na direção de Chelsea.

Vinte, volte para o hotel. Descubra o número do quarto dele. Consiga um quarto próximo. E me chame pelo telefone assim que estiver tudo providenciado.

– Entendido.

Tyrin voltou, ensaiando seu diálogo: Com licença, mas o homem que acabou de sair daqui, baixo, de óculos, acho que o conheço... mas ele entrou num táxi antes que eu pudesse alcançá-lo... O nome dele é John, mas todos o chamávamos de Jack... em que quarto...

No fim das contas, nada disso foi necessário. A chave de Dickstein ainda estava em cima do balcão. Tyrin decorou o número.

O recepcionista aproximou-se.

– Em que posso servi-lo?

– Quero um quarto – Tyrin disse.

BEIJOU-A E ERA COMO um homem que passara o dia inteiro sedento. Saboreou o gosto de sua pele, os movimentos suaves dos lábios. Acariciou-lhe o rosto e murmurou:

– Isso... é disso que preciso...

Fitaram-se nos olhos e a verdade entre os dois era como a nudez. Dickstein pensou: Posso fazer tudo o que quiser. A ideia passou-lhe pela mente repetidas vezes, como um encantamento. Tocou o corpo de Suza sofregamente. Estavam de pé, frente a frente, na pequena cozinha azul e amarela, e fitava-a nos olhos, enquanto acariciava as partes secretas de seu corpo. A boca vermelha entreabriu-se ligeiramente e Dickstein sentiu a respiração de Suza se acelerar, muito quente, em seu rosto. E pensou: Se eu posso fazer qualquer coisa que quiser, ela também pode. E como se lesse seu pensamento, Suza abriu-lhe a camisa, inclinou-se para o seu peito, pegou o mamilo entre os dentes e sugou. O prazer súbito e intenso o fez ofegar. Segurou a cabeça de Suza entre as mãos, balançando-a gentilmente para a frente e para trás, a fim de aumentar o prazer. E pensou: Tudo o que eu quiser! Estendeu as mãos por trás dela, levantando a saia e regalando os olhos com a calcinha branca, aderindo às curvas e contrastando com a pele morena das pernas compridas. Com a mão direita, Dickstein afagou-lhe o rosto, agarrou-lhe o ombro e acariciou seu seio; a mão esquerda deslizou pelos quadris, entrou pela calcinha, desceu entre as pernas de Suza. Tudo era maravilhoso, tão maravilhoso que Dickstein desejou possuir quatro mãos para senti-la mais. Ou seis. Depois, subitamente, sentiu vontade de contemplar-lhe o rosto. Segurou-a pelos ombros e fê-la se empertigar, murmurando:

– Quero olhar para você.

Os olhos de Suza encheram-se de lágrimas e compreendeu que não eram sinais de tristeza, mas de intenso prazer. Novamente fitaram-se nos olhos. E dessa vez não era apenas a verdade que havia entre os dois, mas emoção espontânea, profunda, irrompendo de um para o outro em torrentes impetuosas. Dickstein ajoelhou-se aos pés dela, como um suplicante. Primeiro, encostou a cabeça em suas coxas, sentindo o calor do corpo de Suza, por cima das roupas. Depois, estendeu as mãos por baixo da saia, encontrou a calcinha, tirou-a lentamente. Levantou-se. Ainda estavam parados no lugar em que haviam se beijado ao entrarem na cozinha. E ali mesmo, de pé, começaram a fazer amor. Dickstein contemplou o rosto de Suza. Ela parecia serena, com os olhos semicerrados. Ele queria ficar assim, mexendo-se lentamente, por um longo tempo, só que seu corpo não podia esperar. Sentiu-se compelido a arremeter cada vez com mais força e mais depressa. Estava prestes a perder o equilíbrio e por isso enlaçou-a, erguendo-a dois ou três centímetros do chão, avançou dois passos, a fim de que as costas dela ficassem apoiadas na parede. Suza puxou-lhe a camisa para fora da calça e cravou os dedos nos músculos das costas de

Dickstein. Ele pôs as mãos sob as nádegas dela, sustentando-lhe o peso do corpo. Suza ergueu as pernas, as coxas enlaçando os quadris dele, os tornozelos cruzados por trás de suas costas. E nessa posição, por mais incrível que pudesse parecer, ele pareceu penetrar ainda mais fundo. Sentiu que se distendia ao máximo, tudo o que ela fazia e cada expressão em seu rosto levando-o a um paroxismo de prazer. Contemplava-a através de um nevoeiro de desejo. E uma expressão que se assemelhava ao pânico surgiu nos olhos de Suza, arregalando-os, uma emoção animal frenética. Dickstein sentiu que estava chegando, a coisa maravilhosa ia acontecer. Quis dizer a ela e por isso falou:

– Agora, Suza!

– Eu também... – ela murmurou.

E Suza cravou as unhas na pele de suas costas, descendo-as ao longo da espinha, num vergão comprido, que lhe percorreu o corpo como um choque elétrico. Dickstein sentiu o terremoto no corpo dela no instante mesmo em que o seu próprio começava. E ainda a fitava quando a boca de Suza se entreabriu, se escancarou, e ela prendeu o fôlego. O auge do prazer invadiu a ambos e ela *gritou.*

– Seguimos os israelenses e os israelenses seguem Dickstein. Só falta Dickstein nos seguir e ficaremos andando em círculo pelo resto do dia – comentou Rostov.

Ele avançava pelo corredor do hotel. Tyrin seguia apressadamente ao seu lado, as pernas curtas e roliças quase precisando correr para poder acompanhar Rostov.

– O que exatamente o levou a abandonar a vigilância assim que o localizamos?

– É mais do que óbvio. – Rostov ficou irritado com a pergunta, mas logo se lembrou de como a lealdade de Tyrin era valiosa e por isso decidiu explicar: – Dickstein passou muito tempo sob vigilância nas últimas semanas. E todas as vezes que descobriu estar sendo seguido, deu um jeito de nos despistar. Alguma vigilância é inevitável para alguém que está no ofício há tanto tempo quanto Dickstein. Mas numa operação específica, quanto mais ele for seguido, mais provável se torna a possibilidade de abandoná-la e entregá-la a outra pessoa... que podemos não saber quem é. Muitas vezes, a informação obtida por seguir alguém é anulada porque a pessoa descobre que está sendo vigiada e deixa a missão. Assim, abandonando a vigilância como fizemos hoje, sabemos onde Dickstein se encontra, mas ele não sabe que sabemos.

– Entendo.

– Ele não vai demorar a perceber os israelenses que o estão seguindo. A essa altura, deve estar hipersensível.

– Por que será que eles estão seguindo o seu próprio agente?

– É algo que não consigo entender. – Rostov franziu o rosto e acrescentou, pensando em voz alta: – Tenho certeza de que Dickstein encontrou-se com Borg esta manhã... o que explicaria por que Borg despistou o homem que o seguia com aquela manobra do táxi. É possível que Borg tenha tirado Dickstein da missão e agora está simplesmente querendo se certificar se ele realmente a abandonou e não vai tentar realizá-la extraoficialmente.

Ele fez uma pausa, sacudindo a cabeça num gesto de frustração.

– Isso não me convence. Mas a alternativa é que Borg não confia mais em Dickstein. O que também acho improvável. Cuidado agora.

Estavam na porta do quarto de Dickstein no hotel. Tyrin tirou do bolso uma lanterna pequena e potente, iluminou os contornos da porta e disse:

– Não há sinais de segurança.

Rostov assentiu, esperando. Aquela era a seara de Tyrin. O homem baixo e rotundo era o melhor técnico da KGB, na opinião de Rostov. Ele ficou observando Tyrin tirar do bolso uma gazua, uma das muitas que possuía. Experimentando várias em seu próprio quarto, já determinara a que se ajustava às portas do hotel Jacobean. Tyrin abriu lentamente a porta do quarto de Dickstein e continuou parado do lado de fora, espiando.

– Não tem armadilhas – disse, depois de um minuto.

Tyrin entrou e Rostov seguiu-o, fechando a porta. Aquela parte do ofício não proporcionava o menor prazer a Rostov. Ele gostava de vigiar, especular, conspirar. Um arrombamento não era o seu estilo. Sentia-se exposto, vulnerável. Se uma arrumadeira entrasse naquele momento, talvez o gerente do hotel ou mesmo o próprio Dickstein, que poderia se esquivar à sentinela no saguão, seria humilhante, indecoroso.

– Vamos agir depressa – disse a Tyrin.

O quarto tinha a disposição padronizada do hotel: a porta dava para um pequeno corredor, com o banheiro num lado e o armário embutido no outro. O quarto era quadrado, com a cama de solteiro encostada numa parede e o aparelho de televisão na outra. Havia uma janela grande na parede em frente à porta.

Tyrin pegou o telefone e começou a desatarrachar o bocal. Rostov parou ao pé da cama, olhando ao redor, tentando obter alguma impressão do homem que estava ali hospedado. Não havia muito para observar. O quarto fora limpo, a cama estava feita. Na mesinha de cabeceira havia um livro de problemas de xadrez e um jornal vespertino. Não havia sinais de cigarro ou álcool. A cesta de papel estava vazia. Uma pequena mala preta de vinil, num banco, continha cuecas e meias limpas, uma camisa passada. Rostov murmurou:

– O homem só viaja com uma camisa de sobra!

As gavetas da cômoda estavam vazias. Rostov foi dar uma olhada no banheiro. Encontrou uma escova de dentes, um barbeador elétrico com um jogo de pinos para qualquer tomada e, o único toque pessoal, um envelope de pastilhas contra indigestão.

Rostov voltou ao quarto, onde Tyrin já estava montando o telefone

– Já está feito – disse ele.

– Ponha outro por trás da cabeceira da cama – recomendou Rostov.

Tyrin instalava um microfone na parede atrás da cama quando o telefone tocou.

Se Dickstein voltasse ao hotel, a sentinela no saguão deveria ligar para o quarto dele pelo telefone interno, deixar tocar duas vezes e depois desligar.

O telefone tocou uma segunda vez. Rostov e Tyrin ficaram imóveis, em silêncio, esperando.

O telefone tornou a tocar.

Eles relaxaram.

Só parou depois do sétimo toque.

– Eu gostaria que ele tivesse um carro para podermos instalar um microfone – comentou Rostov.

– Tenho um botão de camisa.

– Como?

– Um microfone igual a um botão de camisa.

– Não sabia que isso existia.

– É novo.

– Tem uma agulha? E linha?

– Claro.

– Pois então trate de trabalhar.

Tyrin foi até a mala de Dickstein. Sem tirar a camisa, removeu o segundo botão, puxando cuidadosamente a linha solta. E com poucos movimentos, costurou o novo botão. As mãos gordas eram surpreendentemente hábeis.

Rostov ficou observando, mas seus pensamentos estavam longe. Queria desesperadamente fazer mais para garantir a possibilidade de ouvir tudo o que Dickstein dissesse e fizesse. O israelense poderia descobrir os microfones no telefone e atrás da cabeceira da cama; não usaria a camisa com o microfone durante o tempo todo. Rostov gostava de ter certeza absoluta das coisas, e Dickstein era irritantemente esquivo. Não havia como segurá-lo. Rostov ainda acalentara a débil esperança de que em algum lugar daquele quarto houvesse a fotografia de alguma pessoa a quem Dickstein amasse.

– Está pronto.

Tyrin mostrou o seu trabalho. A camisa era branca, de náilon, com o botão branco do tipo mais comum. O novo botão não se distinguia dos outros.

– Ótimo – disse Rostov. – Feche a mala.

Tyrin assim o fez.

– Mais alguma coisa?

– Dê outra olhada à procura de sinais que possam denunciar a presença de intrusos. Não posso acreditar que Dickstein tenha saído sem tomar qualquer precaução.

Procuraram de novo, rapidamente, silenciosamente, os movimentos experientes, sem deixarem transparecer a pressa que sentiam. Havia dezenas de maneiras de sinais de alarme. Um cabelo preso de leve numa porta era o mais simples. Um pedaço de papel preso no fundo de uma gaveta cairia quando a abrissem. Um torrão de açúcar sob um tapete grosso seria esmagado silenciosamente por um pé. Uma moeda por trás do forro de uma tampa de mala deslizaria para trás quando a levantassem.

Mas nada encontraram.

– Todos os israelenses são paranoicos – comentou Rostov. – Por que ele seria diferente?

– Talvez tenha sido afastado da missão.

Rostov soltou um grunhido.

– Por que outro motivo ele se tornaria, de repente, tão negligente?

– Pode ter se apaixonado – sugeriu Tyrin.

Rostov não pôde deixar de rir.

– Claro. E Joe Stalin pode ter sido canonizado pelo Vaticano. Vamos embora.

Ele saiu e Tyrin seguiu-o fechando a porta sem fazer barulho.

Então era uma mulher.

Pierre Borg estava chocado, espantado, desorientado, intrigado e profundamente preocupado.

Dickstein *nunca* tivera mulheres.

Borg estava sentado num banco de parque, debaixo de um guarda-chuva. Não conseguira pensar na embaixada, com tantos telefones tocando e pessoas lhe fazendo perguntas a todo instante. Por isso, viera para o parque, apesar do tempo. A chuva caía em lençóis sobre o parque vazio e de vez em quando uma gota caía na ponta do charuto, obrigando-o a acendê-lo de novo.

Era a tensão em Dickstein que o tornava tão impetuoso. A última coisa que Borg queria era que Dickstein aprendesse a relaxar.

Os artistas da calçada haviam seguido Dickstein até um pequeno prédio de apartamentos em Chelsea, onde ele se encontrara com uma mulher. E um dos agentes dissera:

– É um relacionamento sexual. Ouvi o orgasmo dela.

O zelador do prédio fora interrogado, mas nada sabia a respeito da mulher, exceto que era amiga íntima dos proprietários do apartamento.

A conclusão óbvia era de que Dickstein possuía o apartamento (e subornara o zelador para mentir), que o usava como local de encontro, que se encontrava com alguém da oposição, uma mulher, que faziam amor e ele revelava segredos.

Borg poderia ter aceitado essa ideia se descobrisse sobre a mulher de alguma outra forma. Mas se Dickstein se tornara subitamente um traidor, não permitiria que Borg ficasse desconfiado. Era esperto demais. Saberia cobrir todas as pistas. Não deixaria que os artistas da calçada o seguissem até o apartamento, sem olhar para trás uma única vez. O comportamento dele rescendia totalmente a inocência. Encontrara-se com Borg como o gato que encontrara o creme, sem saber ou não se importando que seu ânimo estivesse estampado no rosto. E quando Borg perguntara o que estava acontecendo, Dickstein fizera piadas. Borg não poderia deixar de mandar segui-lo. E horas depois Dickstein estava trepando com alguma mulher que gostara tanto que dera para ouvir o seu grito até na *rua*. Toda a história era tão ingênua que não podia deixar de ser verdadeira.

Pois muito bem. Alguma mulher encontrara um meio de passar pelas defesas de Dickstein e seduzi-lo. Dickstein reagia como um adolescente, porque nunca tivera adolescência. A pergunta importante era apenas uma: quem era a mulher?

Mais uma vez, o instinto de Borg era o de tirar Dickstein da missão imediatamente. E, mais uma vez, hesitava. Se fosse qualquer outro projeto que não aquele, qualquer outro agente que não Dickstein, ele saberia exatamente o que fazer. Mas Dickstein era o único homem que podia resolver aquele problema. Borg não tinha opção que não manter seu plano original: esperar até que Dickstein desenvolvesse todo o plano e depois afastá-lo.

Poderia pelo menos mandar o posto de Londres investigar a mulher, para descobrir tudo o que fosse possível a respeito dela.

Enquanto isso, só lhe restava torcer para que, se a mulher fosse de fato uma agente, Dickstein tivesse o bom-senso de não lhe contar coisa alguma.

Seria extremamente perigoso, mas Borg não podia fazer mais nada no momento.

O charuto apagou, mas ele não percebeu. O parque estava agora completamente deserto. Borg continuou sentado no banco, o corpo estranhamente imóvel, sustentando o guarda-chuva por cima da cabeça, parecendo uma estátua, desesperadamente preocupado.

A DIVERSÃO ACABOU, disse Dickstein a si mesmo. Está na hora de voltar ao trabalho.

Entrando no quarto do hotel, às 10 horas, ele compreendeu que, por mais incrível que pudesse parecer, não deixara qualquer sinal que pudesse denunciar a presença de intrusos. Pela primeira vez em anos como agente, simplesmente esquecera de tomar as precauções mais elementares. Ficou parado na porta, olhando ao redor, pensando no efeito arrasador de Suza. Deixá-la e voltar ao trabalho era como embarcar no carro familiar que estava guardado na garagem havia mais de um ano. Tinha de deixar que os velhos hábitos, os velhos instintos e a velha paranoia voltassem a dominar sua mente.

Dickstein foi encher a banheira. Tinha agora uma espécie de trégua emocional. Suza voltaria ao trabalho naquele dia. Estava na BOAC e seu turno iria levá-la ao redor do mundo. Esperava voltar dentro de 21 dias, mas poderia demorar mais. Dickstein não tinha a menor ideia de onde poderia estar dentro de três semanas, o que significava que não sabia quando tornaria a vê-la. Mas tornaria a vê-la de qualquer maneira, se vivesse.

Tudo parecia diferente agora, tanto o passado como o futuro. Os últimos vinte anos de sua vida pareciam insípidos, apesar de ter alvejado pessoas e muitas vezes ter sido o alvo, apesar de ter viajado pelo mundo inteiro, apesar de haver se disfarçado e enganado pessoas, executado golpes sórdidos e clandestinos. Tudo agora parecia trivial.

Sentado na banheira, pensou no que faria com o resto de sua vida. Decidira que não seria mais um espião. Mas o que seria? Parecia-lhe que todas as possibilidades estavam disponíveis. Poderia candidatar-se às eleições para o Knesset, iniciar a sua própria firma ou simplesmente ficar no *kibutz* e fabricar o melhor vinho de Israel. Mas casaria com Suza? E se o fizesse, iriam viver em Israel? Descobriu que a incerteza era deliciosa, como tentar adivinhar o presente que se ganharia no dia do aniversário.

Se eu viver, pensou ele. Subitamente, havia ainda mais uma coisa em jogo. Estava com medo de morrer. Até aquele momento, a morte fora algo a evitar, com toda habilidade, só porque representava, por assim dizer, um movimento perdedor no jogo. Agora, ele queria desesperadamente viver: para deitar com Suza novamente, para criar um lar juntos, para descobrir tudo a seu respeito, suas manias, hábitos e segredos, os livros de que gostava, o que pensava a respeito de Beethoven e se roncava.

Seria terrível perder a vida depois que Suza a salvara.

Dickstein saiu da banheira, enxugou-se e vestiu-se. A maneira de se manter vivo era ganhar aquela luta.

Seu próximo movimento era um telefonema. Pensou em dá-lo do hotel, mas decidiu que chegara o momento de se tornar extremamente cauteloso. E saiu para procurar uma cabine telefônica.

O tempo mudara. O dia anterior esvaziara o céu de toda chuva e agora estava agradavelmente ensolarado e quente. Passou pela cabine telefônica mais próxima do hotel e continuou até a seguinte. Isso mesmo, tinha de ser extracauteloso. Procurou o número do Lloyd's de Londres e discou.

– Lloyd's, bom dia.

– Preciso de informações a respeito de um navio.

– Isso é com o Lloyd's de London Press. Vou transferir a ligação.

Enquanto esperava, Dickstein olhou pelas janelas da cabine telefônica para o tráfego londrino, imaginando se o Lloyd's lhe forneceria as informações que precisava. E ficou batendo com o pé, nervosamente.

– Lloyd's de London Press.

– Bom dia. Gostaria de ter algumas informações a respeito de um navio.

– Que espécie de informações? – indagou a voz, com um vestígio de desconfiança, na impressão de Dickstein.

– Quero saber se o navio foi construído como parte de uma série; e se o foi, os nomes dos navios gêmeos, quem os possui e sua atual localização. Além das plantas, se possível.

– Infelizmente, não creio que possamos ajudá-lo.

Dickstein sentiu um aperto no coração.

– Por que não?

– Não guardamos as plantas. Isso é com o Lloyd's Register e eles só fornecem as plantas aos proprietários.

– Mas a outra informação, sobre os navios gêmeos?

– Também não podemos ajudá-lo.

Dickstein sentiu vontade de esganar o homem.

– Então quem pode me ajudar?

– Somos as únicas pessoas que dispõem de tal informação.

– E a mantêm em segredo?

– Não a fornecemos pelo telefone.

– Espere um instante. Está querendo dizer que não pode ajudar *pelo telefone*?

– Exatamente.

– Mas poderia ajudar se eu escrevesse ou fosse aí pessoalmente.

– Hum... isso mesmo. A verificação não deve demorar muito e por isso pode vir pessoalmente.

– Dê-me o endereço. – Dickstein anotou-o. – E pode providenciar a informação enquanto eu espero?

– Creio que sim.

– Está certo. Vou dar o nome do navio agora e assim poderá ter a informação quando eu chegar aí. Chama-se *Coparelli*.

Dickstein soletrou o nome do navio.

– E como é seu nome, por favor?

– Ed Rodgers.

– De que companhia?

– *Science International.*

– Vai querer que mandemos a conta pelos serviços prestados para a companhia?

– Não. Pagarei com um cheque pessoal.

– Não há problema, desde que tenha alguma identificação.

– Certo. Estarei aí dentro de uma hora. Até já.

Dickstein desligou e saiu da cabine, pensando: Graças a Deus. Atravessou a rua até um pequeno bar, pediu um café e um sanduíche.

É claro que mentira para Borg. Sabia exatamente como sequestraria o *Coparelli*. Compraria um dos navios gêmeos, se é que existisse, levaria sua equipe ao encontro do *Coparelli*, em alto-mar. Depois do sequestro, ao invés da arriscada transferência da carga de um navio para o outro, em alto-mar, afundaria o seu próprio navio e se instalaria no *Coparelli*. Apagaria o nome *Coparelli* e pintaria o nome do navio afundado. E depois seguiria em frente, entrando em Haifa como se fosse o seu próprio navio.

Era uma boa ideia, mas não passava ainda dos rudimentos de um plano. O que faria com a tripulação do *Coparelli*? Como a perda aparente do *Coparelli* poderia ser explicada? Como evitaria uma investigação internacional sobre a perda, em alto-mar, de toneladas de minério de urânio?

Quanto mais Dickstein pensava a respeito, maior o problema parecia se tornar. Era inevitável que se procurasse um navio grande desaparecido com uma carga de toneladas de urânio, e que o fato atraísse publicidade, provocando uma busca ainda mais meticulosa. E se as equipes de resgate descobrissem não o *Coparelli*, mas o navio gêmeo que supostamente pertencia a Dickstein?

Ele ficou remoendo todos esses problemas por algum tempo, sem chegar a qualquer conclusão. Ainda havia muitos fatores desconhecidos na equação. E o sanduíche ou o problema formou um bolo em seu estômago, obrigando-o a tomar um remédio contra indigestão.

Concentrou os pensamentos na tarefa de esquivar-se da oposição. Cobrira bem a sua trilha? Somente Borg podia saber de seus planos. Mesmo que houvesse microfones ocultos no quarto do hotel, mesmo que houvesse também na cabine telefônica mais próxima do hotel, ainda assim ninguém mais poderia saber de seu interesse pelo *Coparelli*. Fora extracauteloso.

Tomou um gole do café. E foi nesse momento que outro freguês, saindo do bar, esbarrou no cotovelo de Dickstein e fê-lo derramar café pela parte da frente da camisa limpa.

– *COPARELLI!* – EXCLAMOU ROSTOV, muito excitado. – Onde ouvi falar de um navio chamado *Coparelli*?

– O nome também me é familiar – comentou Yasif Hassan.

– Deixe-me ver aquela lista do computador.

Ocupavam a parte traseira de um furgão estacionado perto do hotel Jacobean. O furgão, que pertencia à KGB, era azul-escuro, sem qualquer identificação e coberto de poeira. Um potente equipamento de rádio cobria a maior parte do espaço interior. Mas havia um pequeno espaço por trás do banco da frente, onde Rostov e Hassan podiam se espremer. Pyotr Tyrin estava ao volante. Alto-falantes grandes, por cima de suas cabeças, transmitiam uma conversa distante e o retinir de louça. Um momento antes, houvera um diálogo incompreensível com alguém pedindo desculpas por alguma coisa e Dickstein dizendo que não era nada, que fora apenas um acidente. E nada distinto se dissera desde então.

O prazer de Rostov em poder escutar tudo o que Dickstein dizia só era prejudicado pelo fato de Hassan também estar presente. Hassan tornara-se extremamente confiante desde o seu triunfo em descobrir que Dickstein se encontrava na

Inglaterra. Agora, julgava-se um espião profissional, como qualquer outro. Insistira em participar de todos os detalhes da operação de Londres, ameaçando queixar-se ao Cairo se fosse excluído. Rostov pensara em pagar para ver. Mas isso poderia resultar em outro atrito com Feliks Vorontsov e Rostov não queria passar novamente por cima dele e falar diretamente com Andropov, logo depois da última vez. Por isso, contentara-se com uma alternativa: permitira que Hassan o acompanhasse, mas advertindo-o a não comunicar nada ao Cairo.

Hassan, que estava examinando a lista do computador, passou-a para Rostov. E enquanto o russo a consultava, o som dos alto-falantes mudou para ruídos de rua por um ou dois minutos, seguindo-se mais diálogo:

Para onde vamos?

Lime Street.

Era a voz de Dickstein.

Rostov virou ligeiramente a cabeça e disse para Tyrin:

– É o Lloyd's, o endereço que lhe deram pelo telefone. Vamos para lá.

Tyrin ligou o furgão e avançou, seguindo para o leste, na direção da City, o centro financeiro de Londres. Rostov voltou a concentrar-se na lista de computador. Hassan comentou, pessimista:

– O Lloyd's provavelmente vai lhe dar um relatório escrito.

– O microfone está funcionando muito bem... até agora – disse Tyrin.

Ele estava guiando com uma das mãos e roendo as unhas da outra. Rostov finalmente descobriu o que procurava:

– Aqui está! O *Coparelli*! Bom, bom, bom!

Ele bateu no joelho, de tanto entusiasmo. Hassan pediu:

– Deixe-me ver.

Rostov hesitou por um momento, chegou à conclusão de que não havia jeito de se esquivar. Sorriu para Hassan e apontou para a última página.

– Sob NÃO NUCLEAR. São 200 toneladas de *yellowcake*, indo de Antuérpia para Gênova no navio *Coparelli*.

– Então é esse o alvo de Dickstein!

– Mas se você comunicar ao Cairo, provavelmente ele mudará de objetivo.

Hassan ficou vermelho de raiva. E disse friamente:

– Já falou isso antes.

– Tem razão. – Rostov pensou: Mas que diabo, é preciso também ser diplomata! – Sabemos agora o que ele roubará e de quem. Acho que é algum progresso.

– Não sabemos ainda quando, onde ou como.

Rostov assentiu.

– A informação sobre os tais navios gêmeos deve ter alguma relação. Mas não vejo qual.

Duas libras e seis pence, *por favor.*

Fique com o troco.

– Descubra algum lugar para estacionar, Tyrin – disse Rostov.

– Não é muito fácil por aqui.

– Se não conseguir encontrar uma vaga, pare em qualquer lugar – disse Rostov, impacientemente. – Ninguém se importará se pegar alguma multa.

Bom dia. Meu nome é Ed Rodgers.

Ah, sim. Um momento, por favor...

Seu relatório já foi datilografado, Sr. Rodgers. E aqui está a conta.

É muito eficiente.

– É um relatório escrito! – disse Hassan.

Muito obrigado.

Adeus, Sr. Rodgers.

– Ele não é muito de conversar, hein? – comentou Tyrin.

– Os bons agentes nunca são de conversar muito – disse Rostov. – Jamais se esqueça disso.

– Sim, senhor.

– Agora não vamos saber as respostas às perguntas dele – disse Hassan.

– Não faz a menor diferença – assegurou Rostov, sorrindo. – A ideia acaba de me ocorrer. Conhecemos as perguntas. Só precisamos fazer as mesmas perguntas e obteremos as mesmas respostas. Ele já está novamente na rua. Dê a volta pelo quarteirão, Tyrin, e vamos tentar estabelecer contato visual.

O furgão avançou. Mas antes que concluísse o circuito do quarteirão, os barulhos de rua novamente se desvaneceram.

Posso ajudá-lo, senhor?

– Ele entrou numa loja – comentou Hassan.

Rostov olhou para Hassan. Quando esquecia o orgulho, o árabe se mostrava excitado como um colegial com tudo o que estava acontecendo, o furgão, os microfones, a perseguição. Talvez ficasse de boca fechada, se pudesse continuar a bancar o espião em companhia dos russos.

Preciso de uma camisa nova.

– Oh, não! – exclamou Tyrin.

Entendo, senhor. O que foi?

Café.

Deveria ter limpado imediatamente, senhor. Será muito difícil tirar essa mancha agora. Quer uma camisa igual?

Quero, sim. Branca, de náilon, com punhos de botão.

Deixe-me ver... Esta serve?

Está ótima.

– Aposto que ele vai incluir o preço na conta de despesas – murmurou Tyrin.

Não gostaria de vesti-la agora?

Quero, sim, por favor.

Pode fazê-lo ali, senhor.

Passos e depois um momento de silêncio.

Quer uma sacola para levar a outra camisa, senhor?

Pode jogá-la fora para mim?

– Aquele botão custou dois mil rublos! – disse Tyrin.

Claro, senhor.

– Está acabado – murmurou Hassan. – Não vamos ouvir mais nada!

– Dois mil rublos! – repetiu Tyrin.

– Acho que o dinheiro valeu a pena – comentou Rostov.

– Para onde vamos agora? – indagou Tyrin.

– De volta à embaixada – respondeu Rostov. – Quero esticar as pernas. Já nem consigo sentir a esquerda. De qualquer forma, fizemos um bom trabalho esta manhã.

Enquanto Tyrin seguia para oeste, Hassan comentou, pensativo:

– Precisamos descobrir onde o *Coparelli* está neste momento.

– Os esquilos podem cuidar disso – falou Rostov.

– Esquilos?

– Os burocratas no centro de Moscou. Eles passam o dia inteiro sentados atrás de suas mesas, jamais fazendo qualquer coisa mais arriscada além de atravessarem a rua Granovsky na hora do rush. E ganham mais que os agentes de campo.

Rostov fez uma pausa e decidiu aproveitar a oportunidade para ampliar um pouco mais os conhecimentos de Hassan.

– Lembre-se sempre de que um agente nunca deve perder tempo a adquirir informações que são do conhecimento público. Qualquer coisa que esteja registrada em livros, relatórios e arquivos pode ser descoberta pelos esquilos. E como sai mais barato contratar um esquilo do que um agente, embora não por causa do salário, mas sim pelo apoio logístico que um agente precisa, o comitê sempre prefere que um esquilo faça todo o trabalho que esteja dentro de suas possibilidades. Sempre use os esquilos. Ninguém vai pensar que está sendo preguiçoso.

Hassan sorriu indolentemente, um eco de sua velha atitude displicente.

– Não é assim que Dickstein trabalha.

– Os israelenses operam com uma técnica inteiramente diferente. Além disso, desconfio que Dickstein não é um homem de equipe.

– Quanto tempo os cães precisarão para nos informar a localização do *Coparelli*?

– Talvez um dia. Vou transmitir o pedido assim que chegarmos à embaixada.

Sem virar a cabeça, Tyrin perguntou:

– Pode também fazer uma requisição para remessa imediata?

– O que está precisando?

– Mais seis botões de camisa.

– Seis?

– Se forem iguais à última remessa, cinco não estarão funcionando.

Hassan soltou uma risada.

– É essa a decantada eficiência comunista?

– Não há nada de errado com a eficiência comunista – declarou Rostov. – O nosso problema é a eficiência russa.

O furgão entrou no chamado Bairro das Embaixadas e o guarda de serviço acenou para que seguisse em frente.

– O que vamos fazer depois que localizarmos o *Coparelli*? – perguntou Hassan.

– Nem é preciso pensar duas vezes – respondeu Rostov. – Vamos colocar um homem a bordo.

9

O don tivera um péssimo dia.

Começara ao café da manhã, com a notícia de que alguns dos seus homens haviam sido presos. A polícia detivera e revistara um caminhão contendo 2.500 pares de chinelos forrados de pelo e 5 quilos de heroína adulterada. A carga, do Canadá, a caminho para a cidade de Nova York, fora apreendida em Albany. Haviam confiscado tudo e prendido o motorista e seu ajudante.

A moamba não pertencia ao don. Contudo, a equipe que fazia o transporte pagava-lhe uma mensalidade e assim esperava proteção. Iam querer que tirasse os homens da cadeia e recuperasse a heroína. O que era quase impossível. Ainda poderia ser possível se o golpe envolvesse apenas a polícia estadual; mas se envolvesse apenas a polícia estadual, nada teria acontecido.

E isso fora apenas o começo. O filho mais velho enviara um telegrama de Harvard pedindo mais dinheiro, tendo perdido no jogo todas as mesadas do semestre seguinte antes mesmo que as aulas começassem. Ele passara a manhã descobrindo por que sua cadeia de restaurantes estava dando prejuízo, e a tarde explicando à amante por que não poderia levá-la à Europa naquele ano. E finalmente o médico lhe dissera que estava novamente com gonorreia.

O don contemplou-se no espelho do quarto de vestir, ajustando a gravata-borboleta e dizendo para si mesmo:

– Mas que dia miserável!

Era a polícia da cidade de Nova York que estava por trás do golpe. Haviam transmitido a informação à polícia estadual, a fim de evitar problemas com a máfia da cidade. A polícia da cidade poderia ter ignorado a informação. O fato de não tê-lo feito era um sinal de que tudo começara com alguém importante, talvez a Agência de Repressão aos Tóxicos do Departamento do Tesouro. O don designara advogados para ajudar os homens presos, enviara pessoas para visitar as famílias, iniciara negociações para comprar de volta a heroína da polícia.

Vestiu o paletó. Gostava de mudar de roupa para o jantar, sempre o fizera. Não sabia o que fazer com o filho, Johnny. Por que não viera passar o verão em casa? Os universitários costumavam passar o verão em casa. O don pensara em mandar alguém procurar Johnny, mas depois se lembrara de que o garoto poderia achar que o pai só estava preocupado com o dinheiro. Era melhor cuidar do problema pessoalmente.

O telefone tocou e o don atendeu:

– Pois não?

– É do portão, senhor. Tem um inglês aqui pedindo para lhe falar. Não quis dar o nome.

– Pois então mande-o embora – disse o don, ainda pensando em Johnny.

– Ele pediu para dizer que é um amigo da Universidade de Oxford.

– Não conheço ninguém... Ei, espere um pouco! Como ele é?

– Um cara pequeno, de óculos, parece um vagabundo.

– Essa não! – O rosto do don se desanuviou num sorriso de satisfação. – Traga-o imediatamente até aqui... e estenda o tapete vermelho para os convidados de honra!

ERA UM ANO PARA rever velhos amigos e descobrir como haviam mudado. Mas a aparência de Al Cortone era mais surpreendente do que se podia imaginar. O aumento de peso, que mal começara quando ele voltara de Frankfurt, parecia ter continuado incessantemente ao longo dos anos e agora ele devia pesar pelo menos 110 quilos. Havia um ar de sensualidade no rosto balofo que estava apenas insinuada em 1947 e totalmente ausente durante a guerra. E ele ficava completamente calvo. Dickstein pensou que isso era insólito entre italianos.

Dickstein podia se recordar, tão nitidamente como se tivesse acontecido no dia anterior, da ocasião em que pusera Cortone como seu devedor. Naqueles dias, estava descobrindo a psicologia de um animal acuado. Quando não existe mais qualquer possibilidade de fugir, descobre-se como se é capaz de lutar ferozmente. Desembarcado numa terra estranha, separado de sua unidade, avançando por um território desconhecido, com um rifle nas mãos, Dickstein recorrera a todas as suas reservas de paciência, astúcia e implacabilidade que não sabia que possuía. Ficara escondido atrás daquela moita por meia hora, observando o tanque abandonado. Sabia com certeza, embora sem compreender como, que se tratava de uma armadilha. Avistara um homem de tocaia e procurava por outro quando os americanos se aproximaram, ruidosamente. Assim, era seguro para Dickstein atirar. Afinal, se houvesse outro homem de tocaia, ele atiraria no alvo óbvio, os americanos, em vez de vasculhar as moitas em busca do autor do disparo.

Assim, sem pensar em qualquer outra coisa a não ser na própria sobrevivência, Dickstein salvara a vida de Al Cortone.

Cortone era ainda mais novo na guerra que Dickstein, e aprendia igualmente depressa. Ambos eram garotos que haviam vivido nas ruas da cidade grande, aplicando os velhos princípios em um território novo. Por algum tempo, lutaram juntos, praguejaram, riram e falaram de mulheres juntos. Depois que a ilha fora inteiramente conquistada, se esgueiraram durante a concentração para a próxima ofensiva e visitaram os primos sicilianos de Cortone.

Esses primos eram agora o foco do interesse de Dickstein.

Haviam-no ajudado uma vez antes, em 1948. Eles tiveram um bom lucro naquela operação e por isso Dickstein fora procurá-los diretamente, expondo seu plano. Mas aquele projeto era diferente. Queria um favor e não podia oferecer qualquer perspectiva de lucro. Consequentemente, tinha de procurar Al e cobrar uma dívida de 24 anos.

Não tinha muita certeza se daria certo. Cortone era agora um homem rico. A casa era grande – na Inglaterra, seria chamada de mansão – em meio a um amplo terreno, todo murado, com guardas no portão. Havia três carros no caminho de cascalho e Dickstein acabou desistindo de contar os empregados, de tantos que avistou. Um americano rico e seguro, de meia-idade, poderia não ter a menor vontade de envolver-se com confusões políticas no Mediterrâneo, mesmo por um homem que lhe salvara a vida.

Cortone pareceu muito satisfeito ao vê-lo, o que era um bom começo. Deram-se tapinhas nas costas, exatamente como tinham feito naquele domingo de novembro de 1947, perguntando um ao outro:

– Mas como tem passado?

Cortone contemplou Dickstein de alto a baixo.

– Mas você continua o mesmo! Perdi todos os cabelos e engordei 50 quilos, mas você nem mesmo empalideceu. Que diabo tem feito?

– Fui para Israel. E sou uma espécie de lavrador. E você?

– Ando fazendo negócios, entende? Mas vamos comer e conversaremos mais!

A refeição foi bastante estranha. A Sra. Cortone sentou-se a uma cabeceira da mesa, calada e ignorada durante o tempo todo. Dois garotos mal-educados devoraram a comida e deixaram a mesa antes que os outros acabassem de comer, com um rugido de cano de descarga de carro esporte sem silencioso. Cortone comeu imensas quantidades da pesada comida italiana e tomou vários copos do vinho tinto da Califórnia. Mas o personagem mais intrigante era um homem bem-vestido, cara de tubarão, que se comportava às vezes como amigo, às vezes como um assessor e às vezes como um criado. Em determinada ocasião, Cortone chamou-o de conselheiro. Não se falou de negócios durante o jantar. Em vez disso, contaram histórias da guerra. Ou melhor, Cortone contou quase todas. Também contou o golpe que Dickstein dera nos árabes em 1948. Soubera da história por intermédio dos primos e ficara igualmente deliciado. A história tornou-se ainda mais enfeitada em seu relato.

Dickstein chegou à conclusão de que Cortone estava genuinamente satisfeito com a sua presença. Talvez o homem estivesse entediado. Não poderia deixar de estar, se jantava todas as noites com uma mulher silenciosa, dois garotos mal-educados e um conselheiro soturno. Dickstein fez tudo o que podia para manter um clima de jovialidade. Queria que Cortone mantivesse uma disposição favorável quando lhe pedisse o favor.

Depois do jantar, Cortone e Dickstein foram sentar em poltronas de couro e um mordomo trouxe conhaque e charutos. Dickstein recusou as duas coisas.

– Você era um porrista infernal – comentou Cortone.

– Era uma guerra infernal – disse Dickstein.

O mordomo saiu. Dickstein observou Cortone tomar um gole do conhaque e acender o charuto. Pensou que o homem comia, bebia e fumava sem a menor alegria, como se achasse que acabaria adquirindo o prazer se fizesse tais coisas por bastante tempo. Recordando a alegria pura e intensa que os dois haviam desfrutado com os primos italianos, Dickstein se perguntou se ainda restaria alguma pessoa de verdade na vida de Cortone.

Subitamente, Cortone soltou uma risada.

– Ainda me lembro de cada minuto daquele dia em Oxford. Ei, conseguiu afinal comer a mulher daquele professor, a árabe?

– Não. – Dickstein mal sorriu. – Ela morreu.

– Lamento.

– Uma coisa estranha aconteceu. Voltei lá, até aquela casa à beira do rio. E conheci a filha dela... que está igualzinha ao que Eila era.

– Não brinca? E... – Cortone soltou outra risada. – E comeu a filha? Não acredito!

Dickstein assentiu:

– E quero casar com ela. Pretendo pedi-la em casamento na próxima vez em que nos encontrarmos.

– Ela vai aceitar?

– Não sei. Acho que sim. O único problema é que sou muito mais velho.

– A idade não tem a menor importância. Mas você bem que pode engordar um pouco. Uma mulher gosta de ter o que segurar.

A conversa estava irritando Dickstein e ele compreendeu agora por quê: Cortone a mantinha em trivialidades. Podia ser o hábito de anos a ficar de boca fechada, podia ser que os seus "negócios de família" fossem atividades criminosas e não queria que Dickstein soubesse (mas Dickstein já adivinhara), ou poderia haver algo mais que ele estava com receio de revelar, algum desapontamento secreto que não podia partilhar. Fosse o que fosse, o rapaz franco, loquaz, excitado, jovial desaparecera por completo dentro daquele homem gordo. Dickstein sentiu vontade de dizer: Fale-me sobre o que lhe proporciona alegria, a quem ama, como vai a sua vida.

Em vez disso, limitou-se a dizer:

– Lembra-se do que me falou em Oxford?

– Claro. Disse que tinha uma dívida com você, porque salvou a minha vida.

Cortone aspirou a fumaça do charuto. Pelo menos isso não mudara, pensou Dickstein.

– Estou aqui para pedir sua ajuda.

– Pode falar.

– Importa-se de eu ligar o rádio?

Cortone sorriu.

– A casa é inteiramente revistada à procura de microfones uma vez por semana.

– Ótimo – disse Dickstein, ligando o rádio assim mesmo. – Vou pôr as cartas na mesa, Al. Trabalho para o serviço secreto israelense.

Os olhos de Cortone se arregalaram.

– Eu deveria ter imaginado.

– Vou comandar uma operação no Mediterrâneo em novembro. É... – Dickstein fez uma breve pausa, imaginando o quanto precisava revelar. Chegou à conclusão de que muito pouco. – É algo que pode representar o fim das guerras no Oriente Médio.

Ele fez outra pausa, recordando uma frase que Cortone sempre costumava dizer.

– E não estou de merda para cima de você.

Cortone riu.

– Se tivesse, não teria esperado vinte anos para me procurar.

– É da maior importância que ninguém possa relacionar a operação com Israel. Preciso de uma base para trabalhar. Tem de ser uma casa grande, na costa, com um atracadouro para pequenas embarcações e um ancoradouro não muito longe da praia para um navio grande. Enquanto eu estiver por lá, durante duas semanas, talvez mais um pouco, preciso estar resguardado de investigações da polícia e outras autoridades intrometidas. Só consigo imaginar um único lugar onde posso conseguir tudo isso e uma única pessoa capaz de me ajudar.

Cortone assentiu.

– Conheço um lugar... uma casa abandonada na Sicília. Não se pode dizer que seja exatamente luxuosa, garoto... não tem aquecimento, não tem telefone, mas pode se enquadrar perfeitamente no que está procurando.

Dickstein sorriu satisfeito.

– Isso é sensacional. E é tudo o que eu tinha para pedir.

– Está brincando? Isso é mesmo *tudo*?

PARA: Chefe do Mossad
DE: Chefe do Posto de Londres
DATA: 29 de julho de 1968

Suza Ashford é quase com certeza uma agente do serviço secreto árabe.

Ela nasceu em Oxford, Inglaterra, a 17 de junho de 1944, filha única do Sr. (agora professor) Stephen Ashford (nascido em Guildford, Inglaterra, 1908) e Eila Zuabi (nascida em Trípoli, Líbano, 1925). A mãe, morta em 1954, era inteiramente árabe. O pai é o que se chama na Inglaterra de um "arabista". Passou a maior parte dos primeiros quarenta anos de sua vida no Oriente Médio. Foi um explorador, empresário e linguista. Agora leciona línguas semíticas na Universidade de Oxford, onde é conhecido por suas posições moderadamente a favor dos árabes.

Assim, embora Suza Ashford tenha em termos estritos a nacionalidade do Reino Unido, pode-se presumir que sua lealdade talvez esteja com a causa árabe.

Ela trabalha como aeromoça para a BOAC, em rotas internacionais, viajando frequentemente para Teerã, Singapura e Zurique, entre outros lugares. Consequentemente, dispõe de oportunidades numerosas para fazer contatos clandestinos com o pessoal diplomático árabe.

É uma jovem de beleza extraordinária (ver fotografia anexa, que não chega a lhe fazer justiça, segundo o agente de campo destacado para o caso). É um tanto promíscua, mas não extremamente, pelos padrões de sua profissão ou de sua geração em Londres. Para ser mais específico: manter relações sexuais com um homem, com o objetivo de obter informações, pode lhe ser uma experiência desagradável, mas não traumática.

Finalmente – e isso é o mais importante –, Yasif Hassan, o agente que localizou Dickstein em Luxemburgo, estudou com o pai dela, professor Ashford, na mesma ocasião que Dickstein. E permaneceu em contato com Ashford nos anos que transcorreram desde então. Ele pode ter visitado Ashford – um homem que correspondia à sua descrição esteve lá – mais ou menos na ocasião em que começou a ligação de Dickstein com Suza Ashford. Recomendo que a vigilância seja mantida.

(Assinado)
Robert Jakes

PARA: Chefe do Posto de Londres
DE: Chefe do Mossad
DATA: 30 de julho de 1968

Com tudo contra ela, não posso entender por que não recomenda que a matemos.

(Assinado)
Pierre Borg

PARA: Chefe do Mossad
DE: Chefe do Posto de Londres
DATA: 31 de julho de 1968

Não recomendo a eliminação de Suza Ashford pelos motivos seguintes:

1. As provas contra ela são fortes, mas exclusivamente circunstanciais.
2. Pelo que sei de Dickstein, duvido muito que ele tenha transmitido qualquer informação à moça, mesmo que esteja romanticamente envolvido.
3. Se eliminarmos a moça, o outro lado começará a procurar uma forma diferente de alcançar Dickstein. É sempre melhor o diabo que conhecemos.
4. Podemos usá-la para transmitir falsas informações ao outro lado.
5. Não gosto de matar com base em provas circunstanciais. Não somos bárbaros. Somos judeus.
6. Se matarmos uma mulher que Dickstein ama, acho que ele matará a você, a mim e a todos os demais envolvidos.

(Assinado)
Robert Jakes

PARA: Chefe do Posto de Londres
DE: Chefe do Mossad
DATA: 1º de agosto de 1968

Faça como achar melhor.

(Assinado)
Pierre Borg

P. S. (Marcado *Pessoal*):
Seu argumento número 5 é muito nobre e comovente, mas comentários desse tipo não lhe valerão promoções neste exército de homens. – P. B.

ERA PEQUENO, VELHO, feio, imundo, rabugento.

A ferrugem desabrochava como um exantema de pele, em grandes manchas laranja por todo o casco. Se já recebera alguma tinta acima da linha-d'água, havia muito já descascara, fora arrancada e dissolvida pelo vento, pela chuva e pelo mar. A amurada de estibordo ficara bastante danificada numa colisão, logo depois da proa, e ninguém jamais se dera ao trabalho de consertá-la. A chaminé tinha uma camada de fuligem de dez anos. O tombadilho estava todo riscado, amassado, imundo; embora fosse lavado frequentemente, jamais era lavado meticulosamente. Assim, podiam-se encontrar vestígios de cargas passadas, como grãos de cereais, lascas de madeira, fragmentos de vegetais e de sacos, ocultos atrás de escaleres, sob rolos de cordas, em fendas, junções e buracos. Num dia quente, exalava mau cheiro.

Tinha 2.500 toneladas, cerca de 200 pés de comprimento e pouco mais de 30 pés de largura. Havia uma antena alta de rádio na proa. A maior parte do tombadilho estava ocupada por duas escotilhas grandes, abrindo-se para os porões principais. Havia três guinchos no tombadilho: um na frente das escotilhas, outro no meio e o terceiro atrás. A casa do leme, os camarotes dos oficiais, a cozinha e os alojamentos dos tripulantes ficavam na popa, em torno da chaminé. Só possuía uma hélice, impelida por um motor a diesel de seis cilindros, teoricamente capaz de desenvolver e manter uma velocidade de cruzeiro de 13 nós.

Plenamente carregado, caturrava terrivelmente. Só com o lastro, as guinadas eram impressionantes. E, de qualquer jeito, oscilava à menor provocação. Os alojamentos eram apertados e mal-arejados, a cozinha frequentemente ficava inundada e a sala de máquinas fora projetada por Hieronymous Bosch.

Era tripulado por 31 oficiais e marinheiros, nenhum dos quais tinha nem sequer uma boa palavra para dizer a seu respeito.

Os únicos passageiros eram uma colônia de baratas na cozinha, uns poucos camundongos e várias centenas de ratos.

Ninguém se importava realmente com ele e seu nome era *Coparelli.*

10

Nat Dickstein foi a Nova York para se tornar um magnata do transporte marítimo. Precisou gastar toda a manhã.

Consultou a lista telefônica de Manhattan e escolheu um advogado com um endereço no East Side. Em vez de telefonar, foi lá pessoalmente. Ficou satisfeito ao constatar que o escritório do advogado era uma sala por cima de um restaurante chinês. O nome do advogado era Sr. Chung.

Dickstein e Chung pegaram um táxi para o escritório na Park Avenue da Liberian Corporation Services, Inc., uma companhia criada para ajudar pessoas que queriam registrar uma corporação liberiana, mas não pretendiam sequer chegar a menos de 5 mil quilômetros da Libéria. Não se pediu referências a Dickstein, ele não teve de provar que era honesto, solvente ou não. Por uma taxa de 500 dólares, que Dickstein pagou em dinheiro, registraram a Corporação Savile de Navegação, da Libéria. O fato de, àquela altura, Dickstein não possuir nem ao menos um bote a remo não era do interesse de ninguém.

A sede da companhia foi registrada como Broad Street, 80, Monróvia, Libéria. Seus diretores eram P. Satia, E. K. Nugba e J. D. Boyd, todos residentes na Libéria. Esse era também o endereço da maioria das corporações liberianas, além de ser a sede da Liberian Trust Company. Satia, Nugba e Boyd eram diretores fundadores de muitas corporações assim; na verdade, era assim que ganhavam a vida. E eram também empregados da Liberian Trust Company.

O Sr. Chung pediu honorários de 50 dólares e mais a corrida do táxi. Dickstein pagou-lhe em dinheiro e disse que voltasse de ônibus.

Assim, sem nem sequer dar um endereço, Dickstein criara uma companhia de navegação legítima, que não podia ser pesquisada até a ele ou ao Mossad.

Satia, Nugba e Boyd pediram demissão 24 horas depois, como era o costume. E nesse mesmo dia o tabelião do condado de Montserrado, Libéria, emitiu um documento público declarando que o controle total da Savile estava agora em mãos de um certo André Papagopolous.

A essa altura, Dickstein estava seguindo de ônibus do aeroporto de Zurique para a cidade, a fim de se encontrar com Papagopolous para almoçar.

Quando tinha tempo para pensar a respeito, até mesmo Dickstein ficava impressionado com a complexidade do seu plano, o número de peças que tinham de ser encaixadas no quebra-cabeça, o número de pessoas que tinham de ser persuadidas, subornadas ou coagidas a desempenharem seus papéis.

Fora até agora bem-sucedido, primeiro com Colarinho Duro e depois com Al Cortone, para não falar do Lloyd's de Londres e da Liberian Corporation Services, Inc. Mas por quanto tempo mais a sua sorte poderia perdurar?

Sob certos aspectos, Papagopolous era o maior desafio, por ser um homem tão esquivo, tão poderoso e tão livre de fraquezas quanto o próprio Dickstein.

Nascera em 1912, numa aldeia que durante a sua infância pertencera sucessivamente aos turcos, búlgaros e gregos. O pai era pescador. Na adolescência, passara da pescaria para outras atividades marítimas, principalmente o contrabando. Depois da Segunda Guerra Mundial, aparecera na Etiópia, comprando por preços mínimos as pilhas de excedentes militares, que subitamente perdiam todo o valor, agora que não havia mais guerra. Comprara rifles, pistolas, metralhadoras, bazucas, munição em quantidade. Depois, entrara em contato com a Agência Judaica, no Cairo, vendendo as armas com um lucro considerável para o clandestino exército israelense. Providenciara o embarque – e nisso a sua experiência anterior de contrabandista fora extremamente útil – e entregara as mercadorias na Palestina. E perguntara se queriam mais armas.

Fora assim que conhecera Nat Dickstein.

Papagopolous logo se mudara, indo de Farouk para o Cairo e depois para a Suíça. Suas operações com os israelenses sofreram uma transição, das operações totalmente ilegais às transações que, na pior das hipóteses, eram suspeitas e na melhor eram incorruptas. Papagopolous intitulava-se agora um corretor de navios. E isso constituía a maior parte dos seus negócios, embora nem tudo.

Não tinha endereço. Podia ser alcançado através de meia dúzia de telefones espalhados pelo mundo. Mas nunca *estava* presente. Sempre havia alguém que recebia o recado e Papagopolous ligava em seguida. Muitas pessoas o conheciam e confiavam nele, especialmente no ramo de transporte marítimo, pois jamais falhava a quem quer que fosse. Mas essa confiança era baseada na reputação e não no contato pessoal. Vivia bem, mas discretamente. Nat Dickstein era uma das poucas pessoas no mundo que conhecia o seu único vício, que era o de ir para a cama com uma porção de mulheres... mas uma porção mesmo, chegando a dez ou 12. Ele não tinha senso de humor.

Dickstein saltou do ônibus na estação ferroviária, onde Papagopolous estava à sua espera na calçada. Era um homem grandalhão, de pele azeitonada, com cabelos pretos lisos, penteados sobre uma calva cada vez maior. Num dia claro de verão em Zurique, usava um terno azul-marinho, camisa azul-clara e gravata listrada azul-escura. Tinha olhos escuros e pequenos. Apertaram-se as mãos.

– Como vão os negócios? – indagou Dickstein.

– Mais ou menos. – Papagopolous sorriu. – Principalmente mais.

Foram caminhando pelas ruas limpas e bem-cuidadas, mais parecendo um diretor-executivo e seu contador. Dickstein aspirou o ar frio e comentou:

– Gosto desta cidade.

– Reservei uma mesa no Veltliner Keller, na Cidade Velha – disse Papagopolous. – Sei que não se importa com a comida, mas eu me importo.

– Já esteve na Pelikanstrasse?

– Já, sim.

– Ótimo.

O escritório de Zurique da Liberian Corporation Services, Inc., ficava na Pelikanstrasse. Dickstein pedira a Papagopolous para ir até lá e registrar-se como presidente e diretor-executivo da Savile. Por isso, ele receberia 10 mil dólares americanos, transferidos da conta do Mossad num banco suíço para a conta de Papagopolous na mesma agência do mesmo banco, uma transação muito difícil de alguém descobrir.

– Mas não prometi fazer mais nada além disso – declarou Papagopolous. – Pode ter desperdiçado o seu dinheiro.

– Tenho certeza de que isso não vai acontecer.

Chegaram ao restaurante. Dickstein imaginava que Papagopolous era frequentador habitual, mas não houve qualquer sinal de reconhecimento do maître. Dickstein pensou: Mas é claro, pois ele não é conhecido em parte alguma.

Pediram a comida e o vinho. Dickstein constatou, pesaroso, que o vinho branco suíço ainda era melhor que o israelense.

Enquanto comiam, Dickstein explicou os deveres de Papagopolous como presidente da Savile:

– Um: compre um navio pequeno e veloz, com mil ou 1.500 toneladas, tripulação pequena. Registre-o na Libéria. – Isso envolveria outra visita à Pelikanstrasse e uma taxa de um dólar por tonelada. – Pela compra, fique com a sua comissão de corretor. Faça algum negócio com o navio e pode ficar também com a comissão de corretor. Não me importa o que o navio faça, contanto que conclua uma viagem atracando em Haifa no dia 7 de outubro, ou antes disso. Dispense a tripulação em Haifa. Não quer anotar?

Papagopolous sorriu.

– Não.

Dickstein compreendeu a implicação, Papagopolous escutava, mas ainda não concordara em aceitar o trabalho.

– Dois: compre qualquer um dos navios desta lista. – Dickstein estendeu uma folha de papel, com os nomes dos quatro navios gêmeos do *Coparelli*, a indicação dos proprietários e as últimas localizações conhecidas, informação que obtivera do Lloyd's de Londres. – Ofereça o preço que for necessário. Preciso de um desses navios de qualquer maneira. Fique com a comissão de corretor. Entregue o navio em Haifa até 7 de outubro. E dispense a tripulação.

Papagopolous comia uma musse de chocolate e continuava com uma expressão impassível. Largou a colher e colocou os óculos de aros de ouro para ler a lista. Dobrou a folha de papel ao meio e deixou-a em cima da mesa, sem comentários.

Dickstein entregou-lhe outra folha de papel.

– Três: compre este navio, o *Coparelli*. Mas deve comprá-lo no momento exato. Ele parte de Antuérpia no dia 17 de novembro, um domingo. Só devemos comprá-lo *depois* da partida, mas *antes* que passe pelo estreito de Gibraltar.

Papagopolous parecia ainda estar em dúvida.

– Hum...

– Espere até eu falar tudo. Quatro: no início de 1969, venda o navio nº 1, o pequeno, assim como o nº 3, o *Coparelli*. E vou lhe entregar um certificado de que o navio nº 2 foi vendido como sucata. Despache esse certificado de que o navio nº 2 foi vendido como sucata. Despache esse certificado para o Lloyd's. E encerre a Savile.

Dickstein sorriu e tomou um gole de café.

– O que está querendo é fazer um navio desaparecer sem deixar qualquer vestígio.

Dickstein assentiu. Papagopolous percebia as coisas num relance.

– Como deve compreender, tudo isso é normal, exceto a compra do *Coparelli* em alto-mar – continuou Papagopolous. – O procedimento normal para a venda de um navio é o seguinte: são feitas as negociações, um preço é acertado, os documentos são preparados. O navio entra nas docas para inspeção. Depois que seu estado for declarado satisfatório, os documentos são assinados, paga-se o preço combinado e o novo proprietário assume o controle. Comprar um navio em alto-mar é extremamente irregular.

– Mas não é impossível.

– Não, não é impossível.

Dickstein observou-o. Papagopolous estava pensativo, o olhar distante. Estava remoendo o problema, o que era um bom sinal.

– Teríamos de iniciar as negociações, acertar o preço e marcar a inspeção para uma data posterior à viagem de novembro – disse Papagopolous. – E depois que o navio partir, podemos dizer que o comprador precisa aplicar o dinheiro imediatamente, talvez por motivos fiscais. O comprador assumiria o seguro contra quaisquer reparos de grande monta que sejam necessários depois da inspeção... mas isso não é problema do vendedor. Ele estará preocupado com a sua reputação como armador. Vai querer garantias de que a carga será entregue pelo novo proprietário do *Coparelli*.

– Ele aceitaria uma garantia baseada em sua reputação pessoal?

– Claro. Mas por que eu iria dar tal garantia?

Dickstein fitou-o nos olhos.

– Posso assegurar que o proprietário da carga não irá se queixar.

Papagopolous fez um gesto com a mão aberta.

– É evidente que está querendo dar algum golpe. Precisa de mim como uma fachada respeitável. Quanto a isso não há problema. Mas quer também que eu exponha minha reputação e aceite a sua palavra de que não será afetada?

– Exatamente. Está lembrando que já confiou uma vez antes nos israelenses?

– Claro que lembro. E daí?

– Teve motivos para se arrepender?

Papagopolous sorriu, recordando os velhos tempos.

– Foi a melhor decisão que tomei na vida.

– E não está disposto a confiar outra vez em nós?

Dickstein prendeu a respiração, esperando pela resposta.

– Eu tinha muito menos a perder naquela ocasião. E estava... com 35 anos. E como nos divertimos! Esta é a proposta mais atraente que já recebi nos últimos 20 anos. Muito bem, aceito.

Dickstein estendeu a mão por cima da mesa do restaurante. Papagopolous apertou-a.

Uma garçonete trouxe um pequeno recipiente com chocolates suíços para comerem com o café. Papagopolous pegou um, mas Dickstein recusou.

– Detalhes – disse Dickstein. – Abra uma conta para a Savile em seu banco aqui na Suíça. A embaixada irá transferir os recursos, na medida em que forem necessários. Deve se comunicar comigo pelo expediente simples de deixar um bilhete no banco. O bilhete será apanhado por alguém da embaixada. Se precisarmos nos encontrar e nos falar, usaremos os telefones habituais.

– Certo.

– Fico contente por estarmos novamente operando juntos.

Papagopolous estava pensativo.

– O navio nº 2 é um navio gêmeo do *Coparelli*. Há uma coisa que eu gostaria de saber, embora tenha certeza de que não vai me contar. A carga que o *Coparelli* estará transportando será... urânio?

PYOTR TYRIN CONTEMPLOU o *Coparelli* com uma expressão sombria e comentou:

– Ora, não passa de um navio velho e enferrujado!

Rostov não respondeu. Estavam sentados num Ford alugado, numa doca do porto de Cardiff. Os cães farejadores do Centro de Moscou haviam informado que o *Coparelli* estaria atracado ali naquele dia para descarregar madeira sueca e carregar uma mistura de pequenas máquinas e produtos de algodão. Permaneceria em Cardiff por alguns dias.

– Pelo menos os alojamentos não ficam no castelo de proa – murmurou Tyrin, mais para si mesmo.

– O navio não é *tão* velho assim – disse Rostov.

Tyrin ficou surpreso por constatar que Rostov sabia do que ele falava. Rostov continuamente o surpreendia com os conhecimentos mais inesperados.

Do assento de trás do carro, Nik Bunin perguntou:

– Essa é a parte da frente ou de trás do navio?

Rostov e Tyrin se entreolharam e sorriram da ignorância de Nik.

– A parte de trás – disse Tyrin. – Nós a chamamos de popa.

Estava chovendo. A chuva galesa era ainda mais persistente e monótona que a inglesa. E também mais fria. Pyotr Tyrin se sentia extremamente infeliz. Passara dois anos servindo na Marinha soviética. Isso e mais o fato de que era o perito em rádio e eletrônica convertiam-no na escolha óbvia do homem a ser colocado a bordo do *Coparelli*. Mas Tyrin não queria voltar ao mar. Na verdade, só se candidatara ao ingresso na KGB como um meio de deixar a Marinha. Detestava a umidade, o frio, a comida e a disciplina do mar. Além do mais, tinha uma esposa quente e confortável num apartamento em Moscou e sentia a maior saudade dela.

Mas é claro que não tinha a menor possibilidade de dizer não a Rostov.

– Vamos colocá-lo no navio como operador de rádio, mas deve levar o seu próprio equipamento como precaução – disse Rostov.

Tyrin ficou imaginando como se conseguiria isso. O esquema seria simples: procuraria o operador de rádio do navio, acertaria uma pancada em sua cabeça e o jogaria no mar, para depois entrar no navio e declarar:

– Ouvi dizer que estão precisando de um novo operador de rádio.

Mas não havia dúvida de que Rostov seria capaz de providenciar uma manobra mais sutil. Afinal, era por isso que ele era coronel.

A atividade no cais se reduziu e as máquinas do *Coparelli* silenciaram. Cinco ou seis passageiros desceram pela prancha de desembarque num grupo, rindo e gritando, seguindo para a cidade. Rostov determinou:

– Veja para que pub eles vão, Nik.

Bunin saiu do carro imediatamente e seguiu os marinheiros.

Tyrin observou-o se afastar. A cena o deprimia: os vultos atravessando o cais de concreto molhado, com a gola das capas levantada, os sons dos rebocadores apitando e de homens gritando instruções náuticas, de cabos sendo enrolados e desenrolados, os guindastes erguendo-se como sentinelas, o cheiro de óleo, dos cordames molhados dos navios e de maresia. Tudo isso levava-o a pensar no apartamento de Moscou, a poltrona diante do aquecedor, peixe salgado e pão preto, cerveja e vodca na geladeira, uma noite tranquila para assistir à televisão.

Sentia-se incapaz de partilhar a animação intensa de Rostov pela maneira como a operação transcorria. Mais uma vez, não tinham a menor ideia de onde Dickstein se encontrava, embora dessa vez não tivessem exatamente perdido a sua pista, mas simplesmente deixado que ele fosse embora sem segui-lo. A decisão fora de Rostov, que receava ficar perto demais de Dickstein, assustando-o a ponto de abandonar a missão.

– Vamos acompanhar o *Coparelli* e Dickstein acabará vindo ao nosso encontro – dissera Rostov.

Yasif Hassan ainda tentara discutir, mas Rostov prevalecera. Tyrin, que não tinha qualquer contribuição a fazer a essas discussões estratégicas, achava que Rostov estava certo. Mas achava também que ele não tinha motivo para se sentir tão confiante.

– Seu primeiro trabalho é fazer amizade com a tripulação – disse Rostov, interrompendo os pensamentos de Tyrin. – É um operador de rádio. Sofreu um pequeno acidente a bordo de seu último navio, o *Christmas Rose*. Quebrou um braço e foi dispensado aqui em Cardiff, para se recuperar. Recebeu uma excelente indenização dos proprietários do navio. Está se divertindo a valer, gastando o dinheiro enquanto dura. Comente vagamente que vai procurar outro emprego assim que o dinheiro acabar. Deve descobrir duas coisas: a identidade do operador de rádio do *Coparelli* e a data prevista para a partida do navio.

– Ótimo – disse Tyrin.

Não era o que ele pensava. *Como* iria "fazer amizade" com aqueles marinheiros? Em sua própria opinião, não era um ator dos melhores. Teria de desempenhar o papel do colega que saúda os outros calorosamente? E se os tripulantes do *Coparelli* o julgassem um chato, um homem solitário tentando se ligar a um grupo jovial? E se simplesmente não fossem com a sua cara?

Inconscientemente, Tyrin empinou os ombros. Ou conseguiria ou haveria algum motivo para que não fosse possível. Tudo o que podia prometer era que tentaria ao máximo.

Bunin aproximou-se de volta e Rostov disse a Tyrin:

– Passe para o banco de trás e deixe Nik guiar.

Tyrin saiu do carro e manteve a porta aberta para Nik. A chuva escorria pelo rosto do homem mais moço. Nik sentou ao volante e ligou o carro. Tyrin sentou no banco de trás.

Enquanto o carro partia, Rostov virou a cabeça a fim de falar para Tyrin:

– Aqui tem 100 libras. – Entregou-lhe um rolo de notas. – Procure não gastar cuidadosamente demais.

Bunin parou o carro diante de um pequeno pub numa esquina. Uma placa do lado de fora, balançando ao vento, informava o nome: Brain Beers. Uma luz amarelada e enfumaçada brilhava por trás dos vidros embaçados. Havia lugares piores para se ir num dia assim, pensou Tyrin.

– Qual é a nacionalidade dos tripulantes? – perguntou ele, subitamente.

– São suecos – respondeu Bunin.

Os documentos falsos de Tyrin davam-no como austríaco.

– Que língua devo usar com eles?

– Todos os suecos falam inglês – informou Rostov. Houve um momento de silêncio e logo Rostov acrescentou: – Mais alguma pergunta? Quero voltar para junto de Hassan, antes que ele tenha tempo de fazer mais alguma besteira.

– Não tenho mais perguntas.

Tyrin abriu a porta do carro. E Rostov determinou:

– Entre em contato comigo quando voltar ao hotel esta noite... não importa a que horas.

– Certo.

– Boa sorte.

Tyrin bateu a porta do carro e atravessou a rua até o pub. Alguém saiu no momento em que ele chegou à entrada. O bafo quente de cerveja e tabaco envolveu Tyrin por um momento. Entrou.

Era um pub pequeno e modesto, com bancos de madeira nas paredes e mesas de plástico pregadas no chão. Quatro dos marinheiros jogavam dardos no canto e o quinto estava no bar, gritando-lhes palavras de estímulo.

O barman sacudiu a cabeça para Tyrin.

– Bom dia – disse Tyrin. – Quero uma caneca de cerveja, uma dose dupla de uísque e um sanduíche de presunto.

O marinheiro no bar virou-se e acenou com a cabeça, jovialmente. Tyrin sorriu.

– Acabaram de atracar?

– Isso mesmo – respondeu o marinheiro. – Estamos no *Coparelli*.

– E eu era do *Christmas Rose*. Mas me deixaram aqui.

– Um homem de sorte.

– Quebrei o braço.

– E daí? – disse o marinheiro sueco com um sorriso Sempre pode beber com o outro.

– É assim que se fala. Deixe que eu lhe pague um trago. O que vai querer?

Ainda bebiam dois dias depois. Houvera mudanças na composição do grupo, com alguns marinheiros voltando ao serviço no *Coparelli*, enquanto outros desembarcavam. E houvera também o curto período entre as 4 horas da madrugada e a hora da abertura, em que não se podia comprar um drinque em nenhum lugar da cidade, legal ou ilegal. Afora isso, porém, foi um porre permanente. Tyrin esquecera a capacidade de beber dos marinheiros. E temia uma ressaca. Sentia-se contente, no entanto, por não ficar numa situação em que seria obrigado a ir para a cama com uma prostituta. É verdade que os suecos se interessavam por mulheres, mas não queriam saber de prostitutas. Tyrin jamais seria capaz de convencer a esposa de que contraíra uma doença venérea a serviço da Mãe Rússia. O outro vício dos suecos era jogar. Tyrin perdera cerca de 50 libras do dinheiro da KGB no pôquer. Estava tão enturmado com a tripulação do *Coparelli* que na noite anterior fora convidado a ir a bordo, por volta das 2 horas da madrugada. Acabara dormindo no refeitório e haviam-no deixado ali, até as 8 horas da manhã.

Mas aquela noite seria diferente. O *Coparelli* deveria zarpar com a maré cheia da manhã e todos os oficiais e marinheiros deveriam estar de volta a bordo até meia-noite. E agora eram 23h10. O dono do pub movimentava-se de um lado para o outro, recolhendo copos vazios e esvaziando cinzeiros. Tyrin jogava dominó com Lars, o operador de rádio do *Coparelli*. Haviam abandonado o jogo normal e agora disputavam para ver quem empilhava mais peças sem cair. Lars estava bastante embriagado, mas Tyrin apenas fingia. E sentia-se também bastante assustado com o que teria de fazer dentro de alguns minutos.

– Está na hora, senhores, por favor! Muito obrigado a todos – anunciou o dono do pub.

Tyrin derrubou as suas peças do dominó e soltou uma gargalhada. Lars balbuciou:

– Está vendo? Estou menos bêbado que você...

Os outros tripulantes se retiravam. Tyrin e Lars se levantaram. Tyrin passou o braço pelos ombros de Lars e juntos cambalearam para a rua.

O ar noturno estava frio e úmido. Tyrin estremeceu. Dali por diante, tinha de ficar bem perto de Lars. Espero que Nik apareça no momento exato, pensou. Espero que o carro não quebre. E espero também que Chris Larsen não morra.

Tyrin começou a falar, fazendo perguntas sobre a casa e a família de Lars. Tomava o cuidado de manter-se, junto com Lars, alguns metros atrás do grupo principal de marinheiros suecos.

Passaram por uma loura de minissaia. Ela tocou no seio esquerdo e disse:

– Ei, não querem ir para a cama?

Não esta noite, meu bem, pensou Tyrin, continuando a andar. Não devia deixar que Lars parasse para conversar. O tempo era importante, o tempo era fundamental. Onde está você, Nik?

Ali! Aproximaram-se de um Ford Capri 2000 azul-escuro, estacionado junto ao meio-fio, com as luzes apagadas. A luz do interior do carro se acendeu e apagou uma fração de segundo depois. Mas deu para Tyrin vislumbrar o rosto do homem sentado ao volante. Era Nik Bunin. Tyrin tirou do bolso um boné branco e ajeitou-o na cabeça. Era o sinal para que Bunin prosseguisse na execução do plano. Depois que os marinheiros passaram, Bunin deu a partida no carro e afastou-se na direção oposta.

Não vai demorar muito agora.

– Tenho uma noiva – comentou Lars.

Oh, não, não comece com isso.

Lars soltou uma risada.

– E ela... é quente que não acaba mais.

– Vai casar com ela?

Tyrin esquadrinhava a área à sua frente atentamente, escutando, falando apenas para manter Lars a seu lado.

Lars fitou-o com uma expressão lúbrica.

– Para quê?

– Ela é fiel?

– É melhor que seja ou corto a garganta dela.

– Pensei que o povo sueco acreditasse no amor livre.

Tyrin dizia qualquer coisa que lhe passasse pela cabeça.

– O amor livre é ótimo, mas é melhor que ela seja fiel ou vai se arrepender.

– Estou entendendo.

– Posso explicar...

Vamos, Nik. Acabe logo com isso...

Um dos marinheiros do grupo mais à frente parou para urinar na sarjeta. Os outros pararam ao redor, fazendo comentários obscenos e rindo. Tyrin torceu para que o homem se apressasse, mas ele dava a impressão de que ficaria parado ali para sempre.

O homem finalmente acabou e todos seguiram em frente.

Tyrin ouviu um carro se aproximando. E ficou tenso. Lars perguntou:

– O que houve?

– Nada.

Tyrin avistou os faróis. O carro aproximava-se pelo meio da rua. Os marinheiros foram para a calçada, saindo da frente do carro. Não estava certo, não deveria ser assim, não iria funcionar! Subitamente, Tyrin sentiu-se confuso e dominado pelo pânico. Um momento depois, pôde divisar mais claramente os contornos do carro, quando passou sob um lampião. Não era o que esperava, mas sim um carro da polícia. E que passou inofensivamente.

O final da rua dava para um espaço aberto e vazio, mal calçado. Não havia qualquer tráfego ali. Os marinheiros começaram a atravessar a praça pelo meio.

Agora.

Vamos logo.

Estavam na metade da praça.

Vamos *logo*!

Um carro contornou uma esquina e entrou na praça, com os faróis acesos. Tyrin apertou com mais força os ombros de Lars. O carro ziguezagueava loucamente.

– O motorista deve estar de porre – balbuciou Lars, a voz engrolada.

Era um Ford Capri. Virou na direção do grupo de marinheiros à frente. Todos pararam de rir e trataram de se dispersar, correndo, gritando palavrões. O carro desviou-se, derrapou por um instante e depois acelerou, seguindo direto para cima de Tyrin e Lars.

– Cuidado! – berrou Tyrin.

Quando o carro estava quase os alcançando, puxou Lars para o lado, fazendo-o perder o equilíbrio, ao mesmo tempo que se jogava para o lado. Houve um baque terrível, seguido por um grito e o estrépido de vidro quebrado. O carro afastou-se.

Está feito, pensou Tyrin.

Levantou-se e olhou para Lars.

O marinheiro sueco estava caído a alguns metros de distância. O sangue rebrilhava à luz do lampião.

Lars gemeu.

Ele está vivo, pensou Tyrin. Graças a Deus!

O carro deu uma freada. Um dos faróis se apagara, presumivelmente o que acertara em Lars. Parecia que o motorista hesitava. Mas logo voltou a acelerar e, caolho, desapareceu na noite.

Tyrin inclinou-se sobre Lars. Os outros marinheiros reuniram-se ao redor, falando em sueco. Tyrin tocou a perna de Lars. Ele soltou um grito de dor.

– Acho que ele está com a perna quebrada – murmurou Tyrin.

E graças a Deus que é apenas isso!

Luzes se acendiam em alguns dos prédios ao redor da praça. Um dos oficiais do *Coparelli* disse alguma coisa e um marinheiro correu na direção de uma casa, presumivelmente para chamar uma ambulância. Houve mais um diálogo rápido e outro marinheiro saiu correndo na direção do cais.

Lars sangrava, mas não muito. O oficial inclinou-se sobre ele. Lars não queria deixar que ninguém tocasse em sua perna.

A ambulância chegou em poucos minutos, embora parecesse uma eternidade para Tyrin. Jamais matara um homem e não queria fazê-lo.

Puseram Lars numa maca. O oficial entrou na ambulância, virou-se e disse para Tyrin:

– É melhor vir também.

– Está bem.

– Acho que salvou a vida dele.

– Ahn...

Tyrin entrou na ambulância, junto com o oficial.

Avançaram em alta velocidade pelas ruas molhadas, a luz azul faiscante no teto projetando um brilho desagradável nos prédios. Tyrin sentou lá atrás, incapaz de olhar para Lars ou para o oficial, os olhos grudados na janela como um turista, sem saber para onde mais se virar. Já fizera muitas coisas terríveis a serviço de seu país e do coronel Rostov, como gravar a conversa de amantes para depois fazer chantagem, ensinar a terrorista como fabricar bombas, ajudar a capturar pessoas que seriam posteriormente torturadas. Mas jamais fora obrigado a seguir numa ambulância com sua vítima. E não estava gostando.

Chegaram ao hospital. Os homens da ambulância levaram a maca. Indicaram ao oficial e a Tyrin onde deveriam esperar. E, subitamente, toda a pressa acabou. Nada tinham para fazer, além de se preocupar. Tyrin ficou atônito ao olhar para o relógio elétrico na parede do hospital e constatar que já era quase meia-noite. Tinha a sensação de que já haviam se passado muitas horas desde que tinham deixado o pub.

Depois de uma longa espera, um médico apareceu.

– Ele quebrou a perna e perdeu algum sangue. – O médico parecia bastante cansado. – E tinha bebido muito, o que não ajuda. Mas é jovem, forte e saudável. A perna vai ficar boa e ele estará novamente em condições dentro de poucas semanas.

Um alívio imenso invadiu Tyrin. Só agora ele descobriu que tremia.

– Nosso navio vai zarpar pela manhã – falou o oficial.

– Mas ele não poderá embarcar – disse o médico. – Seu comandante está a caminho daqui?

– Já mandei chamá-lo.

– Ótimo.

O médico virou-se e se retirou.

O comandante chegou ao mesmo tempo que a polícia. Ele falou com o oficial em sueco, enquanto um jovem sargento anotava a descrição vaga que Tyrin deu do carro.

Depois, o comandante aproximou-se de Tyrin.

– Pelo que me contaram, você salvou Lars de um acidente muito mais grave.

Tyrin gostaria que as pessoas parassem de dizer aquilo.

– Tentei puxá-lo para longe do carro, mas ele caiu. Estava muito embriagado.

– Horst me falou que no momento você não está contratado por nenhum navio. É um operador de rádio qualificado?

– Sou sim, senhor.

– Preciso de um substituto para o pobre Lars. Gostaria de zarpar conosco pela manhã?

– Vou afastá-lo da missão – declarou Pierre Borg.

Dickstein empalideceu e ficou olhando para o seu chefe, completamente aturdido. Borg acrescentou:

– Quero que volte para Tel Aviv e comande o resto da operação do escritório.

– Vá à merda!

Estavam parados à beira do lago, em Zurique, repleto de embarcações, as velas multicoloridas enfunadas, uma cena deslumbrante, ao sol suíço.

– Nada de discussões, Nat.

– Nada de discussões, *Pierre*. Não vou ser afastado da missão. E ponto final.

– Estou lhe dando uma ordem.

– E eu estou lhe mandando à merda.

– Preste atenção! – Borg respirou fundo. – Seu plano está pronto. A única falha é que você foi exposto. A oposição sabe que está trabalhando, procura agora localizá-lo e frustrar o que estiver fazendo. Ainda pode dirigir o projeto. Tudo o que precisa fazer é esconder-se.

– Nada disso. Não é o tipo de projeto em que se possa sentar numa sala e apertar os botões para que tudo corra bem. É complexo demais, há muitos fatores variáveis. Tenho de ficar em campo pessoalmente, para tomar decisões imediatas.

Dickstein parou de falar e começou a pensar: *Por que* estou querendo realizar a operação pessoalmente? Será que sou realmente o único homem em Israel capaz de executá-la? Será que estou apenas querendo a glória?

Borg expressou os pensamentos dele:

– Não tente ser um herói, Nat. Você é esperto demais para isso. É um profissional, acata ordens.

Dickstein sacudiu a cabeça.

– Já devia me conhecer o bastante para não tentar esse argumento comigo. Já esqueceu o que os judeus pensam das pessoas que sempre acatam ordens?

– Está bem, então você esteve num campo de concentração... mas isso não lhe dá o direito de fazer o que bem quiser pelo resto de sua vida!

Dickstein fez um gesto desdenhoso.

– Pode me deter. Basta retirar todo o apoio. Mas não irá conseguir o urânio, porque não vou contar a ninguém como se poderá fazê-lo.

Borg fitou-o atentamente.

– Está falando sério, seu filho da puta?

Dickstein observou a expressão de Borg. Passara outrora pela experiência constrangedora de presenciar uma briga de Borg com o filho adolescente, Dan. O garoto ficara parado, com uma confiança soturna, enquanto Borg tentava lhe explicar que a participação em manifestações pela paz era uma deslealdade ao pai, à mãe, à pátria e a Deus. Borg acabara sufocado pela própria raiva. Dan, como Dickstein, aprendera a não permitir que o intimidassem. E Borg jamais saberia manipular as pessoas que não se deixavam intimidar.

O roteiro previa que Borg ficasse agora com a cara vermelha e começasse a gritar. Subitamente, Dickstein compreendeu que isso não iria acontecer. Borg permaneceria calmo.

Borg sorriu ironicamente e disse:

– Pelo que sei, está trepando com uma agente do outro lado.

Dickstein parou de respirar. Tinha a sensação de que fora golpeado por trás com uma marreta. Era a última coisa que podia esperar. Foi dominado por um sentimento de culpa irracional, como um garoto surpreendido a se masturbar. Era uma sensação de vergonha, constrangimento, a impressão de que algo fora estragado. Suza era particular, estava num compartimento separado do resto de sua vida. Agora, Borg arrastava-a para fora, expondo-a à visão pública. *Vejam só* o que Nat estava fazendo!

– Não – murmurou Dickstein, sem qualquer inflexão na voz.

– Vou lhe dar os elementos principais. Ela é árabe, a posição política do pai é favorável aos árabes, ela viaja pelo mundo inteiro em seu trabalho de cobertura a fim de ter a oportunidade de fazer contatos, o agente Yasif Hassan, que o reconheceu em Luxemburgo, é amigo da família.

Dickstein fitou Borg, bem de perto, olhos nos olhos, o sentimento de culpa transformando-se em ressentimento.

– Isso é tudo?

– Tudo? Mas que diabo está querendo dizer com *tudo*? Atiraria em outras pessoas com muito menos provas!

– Não nas pessoas que conheço.

– Ela arrancou alguma informação de você?

– Não! – gritou Dickstein.

– Está ficando furioso porque sabe que cometeu um erro.

Dickstein virou a cabeça e contemplou a superfície do lago, fazendo um tremendo esforço para permanecer calmo. A raiva era uma encenação de Borg, não sua. E depois de uma longa pausa, disse:

– Tem razão. Estou furioso porque cometi um erro. Deveria ter lhe falado a respeito dela e não esperado que levantasse o problema. Compreendo agora a impressão que deve ter tido...

– Impressão? Está querendo dizer que não acredita que ela é uma agente?

– Já verificou com o Cairo?

Borg soltou uma risadinha artificial.

– Fala como se o Cairo fosse o *meu* serviço secreto. Não posso ligar para lá e pedir que procurem pelo nome dela nos arquivos, enquanto espero na linha.

– Mas tem um excelente agente duplo no serviço secreto egípcio.

– Como pode saber que ele é bom? E uma coisa me impressiona: todo mundo parece saber a respeito dele.

– Pare com isso. Desde a Guerra dos Seis Dias que até os jornais comentam que você tem bons agentes duplos no Egito. Mas o importante é que ainda não verificou se ela é ou não uma agente da oposição.

Borg ergueu as mãos, as palmas viradas para fora, num gesto de apaziguamento.

– Está bem, está bem, vou verificar com o Cairo. Não deve demorar muito. Até lá, você escreverá um relatório com todos os detalhes do seu plano e eu vou designar outros agentes para a operação.

Dickstein pensou em Al Cortone e André Papagopolous. Nenhum dos dois faria o que ficara combinado para qualquer outro que não o próprio Dickstein.

– Não vai dar certo, Pierre. Está precisando do urânio e sou o único que pode obtê-lo.

– E se o Cairo confirmar que ela é uma agente?

– Tenho certeza de que a resposta será negativa.

– E se não for?

– Imagino que você a matará.

– Nada disso. – Borg ergueu um dedo até o nariz de Dickstein. E quando falou, havia um tom evidente de maldade profunda em sua voz: – Nada disso, Dickstein. Não vou matá-la. Se ela for uma agente, *você* é que irá matá-la.

Com uma lentidão deliberada, Dickstein segurou o pulso de Borg e afastou o dedo para longe de seu rosto. E havia apenas um tremor quase imperceptível em sua voz quando disse:

– Está certo, Pierre. Eu a matarei.

11

David Rostov pediu outra rodada de drinques no aeroporto de Heathrow e decidiu aplicar uma manobra em cima de Yasif Hassan. O problema ainda era o de evitar que Hassan comunicasse tudo o que sabia a um agente duplo israelense no Cairo. Tanto Rostov como Hassan estavam de volta às respectivas bases para avaliação de tudo o que se descobrira até aquele momento e por isso uma decisão era inadiável. Rostov ia contar tudo a Hassan e depois apelar para seu profissionalismo... se é que existia. A alternativa era irritá-lo, e naquele momento Rostov precisava dele como um aliado e não como um antagonista desconfiado.

– Dê uma olhada nisso – disse Rostov, entregando uma mensagem já decifrada a Hassan.

PARA: Coronel David Rostov *via* Residência de Londres
DE: Centro de Moscou
DATA: 3 de setembro de 1968

Camarada coronel:

Estamos nos referindo à sua mensagem g/35-21a, solicitando informações adicionais a respeito dos quatro navios mencionados em nossa mensagem r/35-21.

O navio *Stromberg*, de 2.500 toneladas, propriedade e registro holandês, mudou recentemente de mãos. Foi adquirido por 1.500.000 marcos alemães por um certo André Papagopolous, um corretor de navios, por conta da Companhia de Navegação Savile, da Libéria.

A Savile foi incorporada a 6 de agosto deste ano, no escritório de Nova York da Liberian Corporation Services, Inc., com um capital acionário de 500 dólares. Os acionistas são o Sr. Lee Chung, um advogado de Nova York, e um certo Sr. Robert Roberts, cujo endereço é aos cuidados do escritório do Sr. Chung. Os três diretores foram providenciados da forma habitual pela Liberian Corporation Services e pediram demissão no dia seguinte à incorporação da companhia, também da forma habitual.

A Savile também comprou o navio *Gil Hamilton*, de 1.500 toneladas, por 80 mil libras esterlinas.

Nossos homens em Nova York interrogaram Chung. Ele diz que o "Sr. Roberts" apareceu em seu escritório sem aviso, não forneceu endereço e pagou seus honorários em dinheiro. Parecia ser inglês. A descrição detalhada está em nossos arquivos, mas não parece ser muito útil.

Papagopolous já nos é conhecido. É muito rico, com negócios internacionais, de nacionalidade indeterminada. A corretagem de navios é sua principal atividade. Acredita-se que opera quase à margem da lei. Não temos o seu endereço. Há um material substancial em sua ficha, mas a maior parte é especulação. Acredita-se que tenha feito negócios com o serviço secreto israelense em 1948. Não obstante, não possui filiação política conhecida.

Continuamos a procurar informações sobre todos os navios relacionados na lista.

Centro de Moscou

HASSAN DEVOLVEU A mensagem a Rostov.

– Como conseguiram descobrir tudo isso?

Rostov começou a rasgar a mensagem em pedacinhos.

– Está tudo registrado, em um ou outro lugar. A venda do *Stromberg* não poderia deixar de ser comunicada ao Lloyd's de Londres. Alguém do nosso consulado na Libéria poderia obter os detalhes sobre a Savile nos registros públicos de Monróvia. Nossos homens em Nova York encontraram o telefone de Chung na lista telefônica. E as informações sobre Papagopolous estavam arquivadas em Moscou. Nada é secreto, à exceção da ficha de Papagopolous. Tudo se resume em saber para onde encaminhar as perguntas. E os cães farejadores são especialistas nisso. Não fazem outra coisa.

Rostov largou os pedacinhos de papel num cinzeiro grande e ateou fogo, acrescentando:

– Vocês também deveriam ter cães.

– Espero que estejamos cuidando disso.

– Apresente a sugestão. Não lhe fará mal algum. Pode até ser encarregado da instalação do serviço. Tenho certeza de que ajudaria muito em sua carreira.

Hassan assentiu:

– Vou pensar a respeito.

Chegaram os outros drinques: vodca para Rostov, gim para Hassan. Rostov estava satisfeito por constatar que Hassan reagia bem às suas aberturas amistosas. Examinou as cinzas no cinzeiro, para certificar-se de que a mensagem ficara inteiramente queimada.

– Está presumindo que é Dickstein que se encontra por trás da Savile?

– Exatamente.

– E o que vamos fazer com o *Stromberg*?

– Bom... – Rostov esvaziou o copo e largou-o na mesa. – Meu palpite é que Dickstein quer o *Stromberg* para ter uma planta exata do navio gêmeo, o *Coparelli*.

– Vai ser uma planta um bocado cara.

– Ele pode tornar a vender o navio. Mas pode também usar o *Stromberg* no sequestro do *Coparelli*... embora eu não perceba como, por enquanto.

– Vai pôr um homem a bordo do *Stromberg*, como Tyrin no *Coparelli*?

– Não adiantaria. Dickstein certamente dispensará a tripulação antiga e encherá o navio com marinheiros israelenses. Terei de pensar em outra coisa.

– Sabemos onde o *Stromberg* está nesse momento?

– Já fiz a pergunta aos cães farejadores. Eles já deverão ter a resposta quando eu chegar a Moscou.

O voo de Hassan foi chamado. Ele levantou-se.

– Voltaremos a nos encontrar em Luxemburgo?

– Não sei. Eu lhe darei a informação mais tarde. Ainda tenho algo a lhe dizer. Sente-se de novo.

Hassan se sentou.

– Quando começamos a trabalhar juntos no caso de Dickstein, reconheço que fui bastante hostil. Lamento-o agora e estou pedindo desculpas. Mas devo dizer-lhe que tinha uma razão para isso. É que o Cairo não é seguro. Não resta a menor dúvida de que existem agentes duplos no serviço secreto egípcio. O que me preocupava... e ainda me preocupa... é a possibilidade de tudo o que transmitir a seus superiores chegar também a Tel Aviv, por intermédio de um agente duplo. Se isso acontecer, Dickstein saberá como estamos perto e certamente fará uma manobra evasiva.

– Agradeço a sua franqueza.

Ele está adorando, pensou Rostov.

– Agora você sabe de tudo e o que devemos discutir é como evitar que as informações cheguem a Tel Aviv.

Hassan assentiu.

– O que sugere?

– É claro que terá de relatar tudo o que descobrimos, mas gostaria que fosse o mais vago possível em relação aos detalhes. Não fale com ninguém, exceto com as pessoas com quem tem obrigação. Não mencione nomes, tempos, lugares. Quando o pressionarem, queixe-se de mim, alegue que me recusei a partilhar todas as informações. Em particular, não fale a ninguém sobre a Savile, o *Stromberg* e o *Coparelli*. Quanto ao fato de Pyotr Tyrin estar a bordo do *Coparelli*... tente esquecer inteiramente a informação.

Hassan parecia preocupado.

– O que me resta para contar?

– Muita coisa. Pode falar sobre Dickstein, a Euratom, o urânio, o encontro com Pierre Borg... Será um herói no Cairo mesmo que conte apenas a metade da história.

Hassan ainda não estava convencido.

– Serei tão franco quanto você. Se eu agir como está pedindo, meu relatório não causará tanta impressão como o seu.

Rostov exibiu um sorriso.

– E isso é injusto?

– Não – reconheceu Hassan. – Merece a maior parte do crédito.

– Além disso, ninguém mais saberá como os relatórios serão diferentes, além de nós dois. E você acabará recebendo todo o crédito que precisa, no fim.

– Está certo. Serei vago.

– Ótimo. – Rostov acenou para um garçom. – Ainda lhe resta algum tempo. Tome um drinque rápido antes de partir.

Recostou-se na cadeira, cruzando as pernas. Estava satisfeito. Hassan faria o que determinara.

– Estou aguardando ansiosamente o momento de chegar em casa.

– Já tem algum plano?

– Tentarei arrumar alguns dias de folga para passar na praia com Mariya e os garotos. Temos uma *dacha* na baía de Riga.

– Parece uma boa perspectiva.

– O lugar é extremamente agradável, embora não seja tão quente quanto aonde você vai. Onde você vai ficar? Em Alexandria?

O sistema de alto-falantes transmitiu o último chamado para o voo de Hassan. O árabe levantou-se, dizendo:

– Não tenho tanta sorte. Acho que vou passar o tempo todo preso no Cairo, aquele lugar repulsivo.

Rostov teve a nítida impressão de que Yasif Hassan mentia.

A VIDA DE FRANZ Albrecht Pedler ficou arruinada quando a Alemanha perdeu a guerra. Aos 50 anos de idade, um oficial de carreira na Wehrmacht, descobriu-se subitamente sem casa, sem dinheiro e sem emprego. E, como milhões de outros alemães, teve de começar tudo novamente.

Tornou-se vendedor de um fabricante francês de corantes. A comissão era pequena e não havia salário fixo. Eram bem poucos os clientes em 1946. Mas em 1951 a indústria alemã se recuperava, e quando, finalmente, a situação melhorou, Pedler tinha as melhores condições para tirar proveito das novas oportunidades. Abriu um escritório em Wiesbaden, um entroncamento ferroviário na margem direita do Reno que prometia transformar-se num centro industrial. A sua lista de produtos cresceu, assim como a relação de clientes. Não demorou muito para que estivesse vendendo sabão, além de corante. Conseguiu acesso às bases americanas, que na ocasião administravam aquela parte da Alemanha ocupada. Durante os anos difíceis, aprendera a se aproveitar de toda e qualquer oportunidade. Se um oficial de intendência do Exército dos Estados Unidos queria desinfetante em vidros de meio litro, Pedler comprava o desinfetante em tambores de dez galões, despejava em vidros de segunda mão num galpão alugado, acrescentava um rótulo dizendo "Desinfetante Especial F. A. Pedler" e revendia com um lucro considerável.

De comprar no atacado e pôr em nova embalagem não foi um passo muito grande para comprar os ingredientes e fabricar. O primeiro barril do Limpador Industrial Especial de F. A. Pedler foi preparado no mesmo galpão alugado e vendido para uso dos técnicos de manutenção aeronáutica da Força Aérea dos Estados Unidos. A partir de então, a companhia sempre progrediu.

No fim dos anos 1950, Pedler leu um livro sobre guerra química e tratou de fechar um vultoso contrato para fornecer uma ampla variedade de soluções para neutralizar várias espécies de armas químicas.

A F. A. Pedler tornara-se uma empresa que fornecia para as Forças Armadas, pequena, mas segura e lucrativa. O galpão alugado transformara-se num pequeno complexo de prédios de um só andar. Franz se casou novamente – a primeira esposa fora morta num bombardeio em 1944 – e teve um filho. Mas ainda era, no fundo, um oportunista. E quando soube que uma pequena montanha de minério de urânio estava sendo vendida a um preço ínfimo, farejou imediatamente a possibilidade de um lucro excepcional.

O urânio pertencia a uma companhia belga chamada Société Générale de la Chimie, uma das corporações que controlavam a colônia africana da Bélgica, o Congo Belga, uma região rica em minérios. A Chimie permanecera no Congo depois da sua independência, em 1960. Mas, sabendo que todos aqueles que não fossem embora voluntariamente acabariam sendo expulsos, a companhia enviara todos os esforços a fim de remeter para a Bélgica a maior quantidade possível de matéria-prima antes de encerrar suas atividades na antiga colônia. Entre 1960 e 1965, acumulara uma vasta reserva de minério de urânio em sua refinaria, perto da fronteira holandesa. Lamentavelmente para a Chimie, foi ratificado nessa época um tratado de proscrição dos testes nucleares. E quando a Chimie foi finalmente expulsa do Congo, havia poucos compradores para o urânio. O minério estava agora num silo, empatando um capital escasso.

A F. A. Pedler não costumava usar muito urânio na fabricação de seus corantes. Mas Franz adorava uma jogada assim: o preço era ótimo, podia ganhar algum dinheiro com o urânio refinado. E se o mercado de urânio melhorasse, como era provável que acontecesse, mais cedo ou mais tarde, certamente teria um lucro substancial. E por isso ele comprou uma parte do urânio à venda.

Nat Dickstein simpatizou com Pedler imediatamente. O alemão era um velho lépido de 73 anos que ainda tinha todos os cabelos e um brilho intenso nos olhos. Encontraram-se num sábado. Pedler vestia um casaco esporte e uma calça bege, falava inglês com sotaque americano e ofereceu a Dickstein um copo de Sekt, o champanhe local.

Ambos mostraram-se inicialmente cautelosos. Afinal, haviam lutado em lados opostos numa guerra que fora cruel para os dois. Mas Dickstein sempre achara que o inimigo não fora a Alemanha, mas sim o fascismo. Só se sentia nervoso com a possibilidade de Pedler ficar constrangido. E aparentemente o mesmo acontecia com Pedler.

Dickstein telefonara do seu hotel em Wiesbaden para marcar um encontro. Seu telefonema era aguardado ansiosamente. O cônsul israelense local avisara a Pedler que o Sr. Dickstein, oficial de Intendência do Exército de Israel, estava a caminho, com uma longa lista de compras. Pedler sugerira uma visita à fábrica na manhã de sábado, quando estaria vazia, seguindo-se o almoço em sua casa.

Se Dickstein fosse um oficial genuíno, desistiria de qualquer negócio depois da visita à fábrica, que nada tinha do modelo da eficiência alemã, não passando de um conjunto irregular de construções malfeitas e pátios apinhados, com um cheiro desagradável que a tudo impregnava.

Depois de passar metade da noite a ler um manual de engenharia química, Dickstein preparou-se para apresentar um punhado de perguntas apropriadas a respeito de agitadores e decantadores, manipulação do material e controle de qualidade. Contava com a dificuldade da língua para disfarçar qualquer erro. E parecia que estava dando certo.

A situação era peculiar. Dickstein tinha de representar o papel de um comprador, desconfiado e evitando qualquer compromisso, enquanto o vendedor procurava persuadi-lo. Na verdade, ele é que tentaria atrair Pedler a um relacionamento que o alemão seria incapaz ou não iria querer romper posteriormente. Era o urânio de Pedler que Dickstein queria, só que não iria pedi-lo, nem naquele momento nem nunca. Em vez disso, tentaria levar Pedler a uma posição em que ficasse dependente de Dickstein para a sua sobrevivência.

Depois da visita à fábrica, Pedler levou Dickstein, num Mercedes novo, até um chalé numa colina. Eles se sentaram diante de uma janela grande e ficaram tomando Sekt, enquanto Frau Pedler, uma mulher bonita e jovial, na casa dos 40 anos, trabalhava na cozinha. Levar um cliente em potencial para almoçar em casa no fim de semana era um meio um tanto judeu de fazer negócios, pensou Dickstein, perguntando-se se Pedler não se lembrara disso.

A janela dava para o vale. Lá embaixo, o rio era largo e vagaroso, com uma estrada estreita a seu lado. Pequenas casas cinzentas de janelas brancas agrupavam-se em diversos pontos, nas duas margens. Os vinhedos subiam pelas encostas. Se eu tivesse de viver num lugar frio, pensou Dickstein, este serviria perfeitamente.

– E então, o que acha? – indagou Pedler.

– Da vista ou da fábrica?

Pedler sorriu e deu de ombros.

– Das duas coisas.

– A vista é magnífica. A fábrica é menor do que eu esperava.

Pedler acendeu um cigarro. Fumava bastante... e era um homem de sorte por ter vivido tanto tempo.

– Pequena?

– Talvez eu deva explicar o que estou procurando.

– Agradeceria se o fizesse.

Dickstein tratou de expor a história que preparara:

– Neste momento, o Exército compra material de limpeza de uma variedade de fornecedores: detergentes de um, sabão comum de outro, solventes para as máquinas de mais um, e assim por diante. Estamos tentando reduzir os custos e talvez possamos consegui-lo se entregássemos toda essa parte a um único fabricante.

Os olhos de Pedler ficaram arregalados.

– Mas isso é... – Ele hesitou por um instante, procurando a palavra certa. – ...uma encomenda e tanto!

– Receio que seja grande demais para as dimensões de sua fábrica.

Ao mesmo tempo que falava, Dickstein pensava: Pelo amor de Deus, não diga que sim!

– Não necessariamente. Só não dispomos de uma capacidade de fabricação maior porque nunca tivemos negócios nessa escala. Pode estar certo de que possuímos os conhecimentos técnicos e empresariais. E com uma encomenda de vulto, podemos obter facilmente o financiamento necessário para a expansão. Na verdade, tudo dependerá das cifras.

Dickstein pegou sua pasta, que colocara ao lado da cadeira, e abriu-a.

– Aqui tem as especificações dos produtos – disse, entregando uma lista a Pedler. – Estão indicadas também as quantidades necessárias e os prazos de entrega. Vai querer algum tempo para consultar seus diretores e fazer os cálculos necessários...

– Eu é que mando – declarou Pedler, sorrindo. – Não preciso consultar ninguém. Dê-me o dia de amanhã para fazer os cálculos e a segunda-feira para consultar o banco. Posso lhe telefonar na terça-feira para dar os preços.

– Já me haviam dito que era uma pessoa ótima para se fazer negócios.

– Há algumas vantagens em ser uma firma pequena.

Frau Pedler veio da cozinha nesse momento e anunciou:

– O almoço está pronto.

Minha querida Suza:

Jamais escrevi antes uma carta de amor. E não me lembro de ter chamado qualquer mulher de minha querida até agora. Devo lhe dizer que a sensação é maravilhosa.

Estou sozinho, numa cidade estranha, numa tarde fria de domingo. A cidade é bastante bonita, com muitos parques. E é num deles que estou sentado neste momento, escrevendo-lhe com uma caneta esferográfica que está vazando e num horrível papel de carta verde, o único que consegui arrumar. Meu banco fica sob uma curiosa espécie de coreto, com o teto em domo e colunas gregas formando um círculo, do tipo que se poderia encontrar numa propriedade rural inglesa, projetado por algum excêntrico vitoriano. À minha frente, estende-se um gramado plano, pontilhado por choupos; a distância, dá para ouvir uma banda tocando alguma coisa de Edward Elgar. O parque está cheio de pessoas, com muitas crianças, bolas e cachorros.

Não sei por que estou lhe contando tudo isso. O que quero dizer é que a amo e desejo passar o resto da minha vida em sua companhia. Já sabia disso dois dias depois que nos encontramos. Hesitei em lhe dizer, não porque não tivesse certeza, mas...

Se quer saber a verdade, pensei que poderia afugentá-la se falasse. Sei que você me ama, mas sei também que tem 25 anos e que o amor lhe surge facilmente. Afinal, o amor que surge facilmente também pode acabar facilmente. E foi por isso que pensei: Calma, calma, dê a ela uma oportunidade de gostar de você, antes de pedir-lhe para dizer "Para sempre". Agora que já estamos separados há tantas semanas, não sou mais capaz de me conter. Tenho de lhe dizer o que sinto. E o que eu quero é ficar ao seu lado para sempre.

Sou um homem mudado. Sei que tudo isso parece banal. Mas quando acontece com a gente, nada tem de banal, é justamente o oposto. A vida me parece diferente agora, sob vários aspectos... alguns dos quais você conhece, enquanto outros lhe contarei algum dia. Mesmo isto é diferente, o fato de estar sozinho num lugar estranho, sem nada para fazer até segunda-feira. Não que eu me importe, diga-se de passagem. Mas, antes, nem pensava nisso como algo que poderia ou não gostar. Antes, nada havia que eu preferisse fazer.

Mas agora há sempre algo que eu preferia fazer e *você* é a pessoa com quem eu o faria. Mas vou tratar de mudar de assunto, pois o pensamento está me deixando irrequieto.

Partirei daqui dentro de dois dias. Não sei para onde irei em seguida. E o que é pior: nem mesmo sei quando tornarei a vê-la. Mas quando tornar a encontrá-la, pode estar certa de que não vou deixá-la ficar longe das minhas vistas pelos próximos dez ou 15 anos.

Mas tudo isso não soa como eu gostaria. Quero lhe dizer como me sinto e não consigo encontrar as palavras certas. Quero que saiba o que representa para mim imaginar o seu rosto muitas vezes por dia, avistar uma jovem esguia e de cabelos pretos e esperar, contra toda razão, que talvez seja você, pensar o tempo todo no seu possível comentário a respeito de uma paisagem, um artigo de jornal, um homem pequeno com um cachorro imenso, um vestido bonito. Quero que saiba como, ao me deitar sozinho, sinto uma necessidade desesperada de tocá-la.

Eu a amo demais.

N.

A SECRETÁRIA DE Franz Pedler ligou para Nat Dickstein no hotel na manhã de terça-feira e marcou um encontro para o almoço.

Foram a um restaurante modesto, na Wilhelmstrasse, pediram cerveja, em vez de vinho, o que indicava que era uma reunião para definir o problema. Dickstein teve de controlar sua impaciência. Era Pedler e não ele quem estava querendo fazer um bom negócio.

– Acho que podemos atender a todas as suas necessidades – anunciou Pedler.

Dickstein sentiu vontade de gritar "Hurra!", mas manteve-se impassível. Pedler continuou:

– Os preços, que lhe darei dentro de um momento, são condicionais. Precisamos de um contrato de cinco anos. Garantiremos os preços pelos 12 meses iniciais. Depois disso, poderão variar, de acordo com o índice de preços internacionais de determinadas matérias-primas. E há uma multa de cancelamento equivalente a dez por cento do valor do fornecimento de um ano.

Dickstein queria dizer "Negócio fechado!" e apertar a mão do alemão para selar o acordo. Mas lembrou a si mesmo que tinha de continuar a desempenhar o seu papel e por isso declarou:

– Dez por cento é uma taxa muito elevada.

– Não é excessiva. Pode estar certo de que não compensaria os nossos prejuízos se cancelasse o pedido. Mas deve ser o bastante para impedi-lo de cancelar, a não ser em circunstâncias absolutamente imperiosas.

– Entendo perfeitamente a sua posição. Mas podemos negociar uma taxa inferior.

Pedler deu de ombros.

– Tudo é negociável. Aqui estão os preços.

Dickstein examinou a lista e depois disse:

– Está próximo ao que queremos.

– Isso significa que vamos fazer negócio?

Dickstein pensou: Sim! Sim! Mas disse apenas:

– Não. Significa que podemos fazer negócio.

– Nesse caso, vamos tomar um drinque de verdade. Garçom!

Quando os drinques chegaram, Pedler ergueu seu copo num brinde.

– A muitos anos de bons negócios para as duas partes!

– Que assim seja!

Ao levantar seu copo, Dickstein pensava: Consegui novamente!

A VIDA NO MAR era desagradável, mas não era tão ruim quanto Pyotr Tyrin receara. Na Marinha soviética, os navios eram comandados pelos princípios de trabalho árduo incessante, disciplina rigorosa e péssima alimentação. A situação no *Coparelli* era muito diferente. O comandante, Eriksen, só exigia segurança e competência náutica. Mas até nisso os seus padrões não eram muito altos. O tombadilho era lavado ocasionalmente, mas nada jamais era polido ou pintado. A comida era bastante boa e Tyrin tinha a vantagem de partilhar uma cabine com o cozinheiro. Em teoria, Tyrin podia ser convocado a qualquer hora do dia ou da noite para transmitir uma mensagem pelo rádio. Na prática, porém, todas as transmissões ocorriam durante o dia normal de trabalho. Assim, ele tinha até as suas oito horas de sono todas as noites. Era um regime confortável e Pyotr Tyrin sempre se preocupava com o conforto.

Infelizmente, no entanto, o navio era justamente o oposto de confortável. Pouco depois de contornarem o cabo Wrath e entrarem no Mar do Norte, o navio começou a jogar terrivelmente, como um barco a vela sob uma ventania. Tyrin sentiu-se totalmente enjoado e teve de escondê-lo, já que supostamente era um marinheiro experiente. Felizmente, isso ocorreu enquanto o cozinheiro estava ocupado na cozinha e Tyrin não era necessário na sala de rádio. Assim, ele pôde ficar deitado de costas em seu beliche, até que passasse o pior.

Os alojamentos eram mal ventilados e inadequadamente aquecidos. Se o tempo se tornava um pouco úmido, os alojamentos imediatamente ficavam cheios de roupas penduradas para secar, o que tornava a atmosfera ainda pior.

O equipamento de rádio de Tyrin estava em sua sacola de marinheiro, bem protegido por polietileno, lona e alguns suéteres. Mas ele não poderia armá-lo e operá-lo na cabine, onde poderia ser surpreendido pelo cozinheiro ou alguém mais a entrar de repente. Já fizera um contato rotineiro com Moscou, pelo rádio do navio, durante um momento sossegado, mas nem por isso menos tenso, em que ninguém escutava. Mas Tyrin precisava de algo mais seguro, em que pudesse confiar plenamente.

Tyrin era um homem que apreciava um ninho. Enquanto Rostov podia deslocar-se de uma embaixada para um quarto de hotel e daí para uma casa de propriedade da KGB, sem dar a menor atenção ao lugar em que se encontrava, Tyrin gostava de ter uma base, um lugar em que pudesse se sentir confortável, fosse familiar e seguro. Numa vigilância estática, o tipo de missão que mais o atraía, sempre encontrava uma poltrona confortável para colocar diante da janela e passava horas ali sentado, olhando pela luneta, perfeitamente contente com o saco de sanduíches, a garrafa de soda e seus pensamentos. E ali, no *Coparelli*, Tyrin encontrou um lugar para ser seu ninho.

Explorando o navio à luz do dia, descobrira um pequeno labirinto de compartimentos na proa, além da escotilha dianteira. O engenheiro naval pusera aqueles compartimentos ali simplesmente para ocupar o espaço entre o porão e a proa. O acesso ao compartimento principal era através de uma porta quase escondida, ao pé de uma escada. Continha algumas ferramentas, diversos tambores de graxa para os guinchos e, inexplicavelmente, um cortador de grama enferrujado. Havia vários outros compartimentos menores, alguns contendo cordas, peças de máquinas e caixas de papelão se desmanchando com porcas e parafusos. Outros estavam vazios, a não ser pelos insetos. Tyrin nunca vira ninguém entrar naqueles compartimentos, pois todo o material de reserva estava estocado na popa, onde era necessário.

Ele escolheu um momento em que a noite caía e a maioria dos oficiais e marinheiros jantava. Foi até sua cabine, pegou a sacola e saiu para o tombadilho. Pegou uma lanterna num armário por baixo da ponte de comando, mas não a acendeu.

O almanaque informava que era noite de lua, só que não dava para haver luar, por causa da camada de nuvens. Tyrin seguiu furtivamente para a proa, segurando-se na amurada, onde seria mais difícil divisar sua silhueta do que contra o tombadilho todo branco. Havia alguma claridade se derramando da ponte de comando e da casa do leme, mas os oficiais de plantão estariam observando o mar ao redor e não o tombadilho.

Os respingos frios das ondas caíam em cima dele e tinha de se segurar com as duas mãos na amurada sempre que o *Coparelli* dava as suas guinadas, como sempre ocorria, a fim de não ser lançado ao mar. Umas poucas vezes, as ondas chegaram a percorrer o tombadilho; não muito, é verdade, mas o suficiente para que a água entrasse pelas botas de Tyrin e lhe deixasse os pés congelados. Durante todo o percurso, ele rezava fervorosamente para não ser obrigado a descobrir como era o desempenho do navio numa tempestade de verdade.

Estava completamente molhado e tremendo de frio quando finalmente chegou à proa e entrou nos compartimentos que não eram usados. Fechou a porta, acendeu a lanterna e avançou pelos refugos ali deixados, seguindo até um dos compartimentos menores. Fechou também a porta desse compartimento. Tirou a capa impermeável, esfregou as mãos no suéter para secá-las e esquentá-las um pouco e depois abriu a sacola. Ajustou o transmissor num canto, prendeu-o na antepara com um arame passado por argolas que encontrou. Reforçou a posição do equipamento com uma caixa de papelão.

Calçava botas de borracha, mas mesmo assim pôs luvas de borracha como uma precaução adicional para a sua próxima tarefa. Os fios para a antena de rádio do navio passavam por um cano por cima de sua cabeça. Com uma pequena serra que surripiara da casa de máquinas, Tyrin cortou um pedaço de cerca de 15 centímetros do cano, deixando os fios à mostra. Fez a ligação de energia com o transmissor e depois ligou a sua antena com a do navio.

Ligou o transmissor e chamou Moscou.

Os sinais que emitia não iriam interferir com o rádio do navio. Afinal, ele era o operador de rádio e era improvável que qualquer outra pessoa fosse manipular o equipamento. Contudo, enquanto estivesse usando o seu próprio rádio, os sinais que chegavam não alcançariam a sala de rádio do navio. Ele também não os ouviria, pois estaria sintonizado em outra frequência. Poderia fazer uma ligação de forma a que os dois rádios recebessem ao mesmo tempo. Nesse caso, as respostas que Moscou lhe daria seriam recebidas pelo rádio do navio. E sempre havia o risco de que alguém pudesse estar escutando... De qualquer forma, não havia nada de suspeito num navio pequeno sair do ar por uns poucos minutos para captar outros sinais. E Tyrin tomaria a precaução de só usar o seu rádio nas ocasiões em que não se esperasse qualquer mensagem para o navio.

Ao fazer contato com Moscou, Tyrin prontamente transmitiu:

Checando transmissor secundário.

Moscou acusou o recebimento e avisou: *Fique de sobreaviso para mensagem de Rostov.*

Tudo isso, é claro, estava sendo transmitido no código-padrão da KGB.

Tyrin transmitiu: *Ficarei esperando, mas há pressa.*

Moscou despachou logo a mensagem: *Mantenha-se recolhido até que aconteça alguma coisa. Rostov.*

Ao que Tyrin transmitiu: *Entendido. Encerrando a transmissão e saindo do ar.*

Sem esperar por mais nada, ele desligou os fios do transmissor e endireitou os do navio. O trabalho de torcer e destorcer fios desencapados, mesmo com alicates isolantes, exigia bastante tempo e não era muito seguro. Havia alguns conectores de ligação imediata entre os equipamentos na sala de rádio do navio. Ele poria alguns no bolso e os traria na próxima vez em que viesse até ali, a fim de poder acelerar o processo.

Tyrin sentia-se bastante satisfeito com seu trabalho naquela noite. Encontrara o seu ninho, abrira a linha de comunicação e não fora descoberto. Tudo o que tinha de fazer agora era ficar sentado a esperar, justamente o que gostava de fazer.

Decidiu pegar outra caixa de papelão para colocar diante do transmissor, a fim de ocultá-lo de um olhar de relance. Abriu a porta e iluminou o compartimento principal com a lanterna... e sofreu um terrível choque.

Tinha companhia.

A luz no teto do compartimento estava acesa, projetando sombras irregulares com seu clarão amarelado. No centro do compartimento, sentado contra um tambor de graxa, com as pernas estendidas à sua frente, estava um jovem marinheiro. Ele levantou a cabeça, tão desconcertado quanto Tyrin... e igualmente com um sentimento de culpa, conforme Tyrin prontamente percebeu por sua expressão.

Tyrin reconheceu-o. O nome dele era Ravlo. Devia ter seus 19 anos, os cabelos louros bem claros, o rosto fino e pálido. Não participara dos porres no pub de Cardiff, mas frequentemente parecia estar de ressaca, com imensas olheiras, um ar vago e distante.

– O que está fazendo aqui? – perguntou Tyrin.

E ele descobriu no instante seguinte.

Ravlo enrolara a manga esquerda acima do cotovelo. No chão, entre suas pernas, havia um frasco, uma lupa e uma pequena sacola à prova de água. Com a mão direita, o rapaz empunhava uma seringa, que estava prestes a injetar em si mesmo.

Tyrin franziu o rosto.

– Você é diabético?

O rosto de Ravlo contraiu-se e ele deixou escapar uma risada seca e amarga.

– Um viciado – murmurou Tyrin, compreendendo tudo.

Não conhecia muita coisa a respeito de drogas, mas sabia que a atitude de Ravlo era mais do que suficiente para que o dispensassem no próximo porto de escala. Ele começou a relaxar um pouco. Era um problema que poderia controlar.

Ravlo olhava além dele, para o compartimento menor. Tyrin olhou também e constatou que seu transmissor era claramente visível. Os dois homens ficaram se olhando por um momento, cada um compreendendo o que o outro fazia e precisava esconder.

Tyrin finalmente disse:

– Vou guardar o seu segredo e você guardará o meu.

Ravlo exibiu um sorriso amargo, tornou a soltar a risada seca. Depois, desviou os olhos de Tyrin, concentrou-os no braço e enfiou a agulha na carne.

A TROCA DE MENSAGENS entre o *Coparelli* e Moscou foi captada por uma estação de escuta do serviço de informações da Marinha dos Estados Unidos. Como tudo estava no código-padrão da KGB, não houve a menor dificuldade em decifrar. Mas só descobriram que havia alguém a bordo de um navio – não podiam saber que navio – checando seu transmissor secundário, e que alguém chamado Rostov, um nome que não constava dos arquivos, queria que ele se mantivesse recolhido.

Ninguém tinha a menor ideia do que se tratava e por isso abriram uma ficha com o título "Rostov", ali arquivando a troca de mensagens e esquecendo-a em seguida.

12

Depois de sua reunião de informações no Cairo, Hassan pediu permissão para ir à Síria, a fim de visitar os pais no campo de refugiados. Deram-lhe quatro dias. Pegou um avião até Damasco e seguiu de táxi para o campo de refugiados.

Mas não foi visitar os pais.

Fez algumas indagações no campo e um dos refugiados levou-o, numa sucessão de ônibus, até Dara, no outro lado da fronteira jordaniana, e de lá até Amã. De Amã, outro homem levou-o até o rio Jordão, também de ônibus.

Na noite do segundo dia, Hassan atravessou o rio, guiado por dois homens armados com submetralhadoras. A essa altura, Hassan já vestia trajes árabes, com a cabeça coberta, igual aos outros. Mas não pediu uma arma. Os dois homens ainda eram muito jovens, mas os rostos adolescentes já começavam a adquirir os vincos de cansaço e crueldade, como recrutas num novo exército. Avançaram pelo vale do Jordão num silêncio confiante, orientando Hassan com um sussurro ou um toque ligeiro. Davam a impressão de que já haviam feito a jornada muitas vezes. Em determinado momento, os três tiveram de ficar deitados, por trás de uma moita de cactos, enquanto lanternas e vozes de soldados passavam a cerca de meio quilômetro de distância.

Hassan sentia-se inteiramente desamparado... e algo mais. A princípio, pensou que a sensação era decorrência de estar inteiramente nas mãos daqueles rapazes, sua vida dependendo dos conhecimentos e da coragem deles. Mais tarde, porém, depois que os dois garotos deixaram-no e ficou sozinho numa estrada rural para tentar arrumar uma carona, Hassan compreendeu que a jornada era uma espécie de regressão. Há anos que ele era um bancário europeu, vivendo em Luxemburgo com seu carro, sua geladeira e seu aparelho de televisão. E agora, subitamente, andava de sandálias pelas poeirentas estradas palestinas da sua juventude, sem carro, sem jato. Era novamente um árabe, um camponês, um cidadão de segunda classe na terra em que nascera. Nenhum dos seus reflexos funcionaria ali. Não era possível resolver um problema pelo expediente simples de pegar um telefone, exibir um cartão de crédito ou chamar um táxi. Sentia-se como uma criança, um indigente e um fugitivo, tudo ao mesmo tempo.

Caminhou por cerca de 8 quilômetros sem encontrar qualquer veículo. Finalmente um caminhão de frutas passou por ele, o motor tossindo terrivelmente e despejando uma cortina de fumaça. Parou alguns metros adiante e Hassan correu até lá, gritando:

– Vai para Nablus?

– Entre!

O motorista era um homem corpulento, os braços inchados por músculos, controlando firmemente o volante ao entrar nas curvas em alta velocidade. Devia ter certeza absoluta de que não apareceria qualquer outro veículo na estrada, pela maneira como avançava no meio da estrada, jamais usando o freio. Hassan bem que precisava dormir um pouco, mas o motorista queria conversar. Fumava sem parar. Disse a Hassan que os judeus eram bons governantes, os negócios haviam prosperado desde que eles tinham ocupado o Jordão, mas é claro que a terra um dia teria de ser libertada. Não havia qualquer dúvida de que a metade do que ele disse não era sincera, só que Hassan não conseguiu determinar qual das duas.

Entraram em Nablus no frio amanhecer samaritano, com um sol vermelho erguendo-se por trás das colinas e a cidade ainda adormecida. O caminhão seguiu até a praça do mercado e parou. Hassan despediu-se do motorista.

Caminhou lentamente pelas ruas vazias, enquanto o sol começava a dissipar o frio da noite. Saboreou o ar puro e as construções baixas e pintadas de branco, apreciando cada detalhe, deleitando-se com a nostalgia de sua infância. Estava na Palestina, estava em casa.

Sabia o caminho exato para uma casa sem número, numa rua sem nome. Era um bairro pobre, as casinhas de pedra amontoadas, sem que ninguém se preocupasse em varrer as ruas. Havia uma cabra amarrada diante de uma casa e Hassan perguntou-se por um instante o que comeria, já que não havia qualquer relva. A porta da casa estava destrancada.

Hesitou momentaneamente, reprimindo o excitamento que o invadia. Passara muito tempo longe, mas agora estava de volta à terra. Esperara por muitos anos por aquela oportunidade de desferir um golpe espetacular, como vingança pelo que haviam feito a seu pai. Sofrera o exílio, aguentara com paciência, acalentara seu ódio o bastante, talvez até demais.

Hassan entrou na casa.

Havia quatro ou cinco pessoas dormindo no chão. Uma delas, uma mulher, abriu os olhos, avistou-o e se sentou no mesmo instante, estendendo a mão por baixo do travesseiro, a fim de pegar o que podia ser uma arma.

– O que você quer aqui?

Hassan murmurou o nome do homem que comandava os *fedayin*.

MAHMOUD VIVERA NÃO muito longe de Yasif Hassan, quando ambos eram garotos, no fim dos anos 1930. Mas nunca se haviam encontrado, ou se tinham, não se lembravam. Depois da guerra europeia, quando Yasif foi estudar na Inglaterra, Mahmoud ficou cuidando das ovelhas, com os irmãos, o pai, os tios e o avô. Suas vidas continuariam a seguir por caminhos inteiramente diferentes, se não fosse pela guerra de 1948. O pai de Mahmoud, assim como o de Yasif, tomara a decisão de pegar suas coisas e fugir. Os dois filhos – Yasif era uns poucos anos mais velho que Mahmoud – conheceram-se no campo de refugiados. A reação de Mahmoud ao cessar-fogo foi ainda mais intensa que a de Yasif, o que era paradoxal, já que Yasif perdera muito mais. Mahmoud ficou dominado por uma raiva profunda, que não lhe permitiria fazer qualquer outra coisa que não lutar pela libertação de sua pátria. Até aquele momento,

Mahmoud sempre fora indiferente à política, achando que nada tinha a ver com os pastores. Agora, decidiu compreendê-la. Mas antes de sequer começar a tentar, teve de aprender a ler sozinho.

Mahmoud e Yasif tornaram a se encontrar nos anos 1950, em Gaza. A essa altura, Mahmoud desabrochara, se é que essa era a palavra certa para um movimento tão impetuoso. Lera Clausewitz sobre a guerra e a *República* de Platão, *Das Kapital* e *Mein Kampf*, Keynes, Mao, Galbraith e Gandhi, história e biografia, novelas clássicas e peças modernas. Falava um bom inglês e um péssimo russo, além de ter conhecimentos de cantonês. Comandava um pequeno grupo de terroristas em incursões a Israel, lançando bombas, disparando tiros e roubando, para depois voltar e desaparecer nos campos de Gaza, como ratos num depósito de lixo. Os terroristas recebiam dinheiro, armas e informações do Cairo. Por algum tempo, Hassan participou do serviço de informações aos terroristas. Quando tornaram a se encontrar, Yasif Hassan disse a Mahmoud a quem pertencia a sua suprema lealdade: não ao Cairo, nem mesmo à causa pan-árabe, mas à Palestina.

Naquele momento, Yasif estava disposto a abandonar tudo imediatamente – seu trabalho no banco, sua casa em Luxemburgo, seu lugar no serviço secreto egípcio – e juntar-se aos combatentes da liberdade. Mas Mahmoud disse-lhe não, o hábito do comando já se ajustando a ele como um paletó sob medida. Dentro de poucos anos, argumentou ele, pois já pensava a longo prazo, teriam todos os guerrilheiros que precisavam, mas ainda precisariam de amigos em altos postos, ligações europeias e informações secretas.

Encontraram-se mais uma vez, no Cairo, acertando um sistema de comunicação que contornava os egípcios. Hassan cultivara uma imagem falsa perante a comunidade oficial do serviço secreto, simulando ser um pouco menos perceptivo do que na realidade era. A princípio, Yasif enviou para

Mahmoud praticamente as mesmas informações que transmitia ao Cairo, especialmente os nomes de árabes leais que estavam acumulando fortunas na Europa e podiam assim ser procurados para o fornecimento de ajuda financeira. Posteriormente, sua atuação passou a ter um valor prático mais imediato, quando o movimento palestino começou a operar na Europa. Reservava hotéis e passagens de avião, alugava carros e casas, acumulava armas e transferia recursos.

Não era o tipo de homem capaz de usar uma arma. Sabia disso e sentia-se ligeiramente envergonhado. Assim, sentia-se ainda mais orgulhoso por ser tão útil de outras formas, não violentas, mas nem por isso menos práticas.

Os resultados de seu trabalho começaram a explodir em Roma, naquele ano. Yasif acreditava plenamente no programa de terrorismo europeu de Mahmoud. Estava convencido de que os exércitos árabes, mesmo com a ajuda de Moscou, jamais poderiam derrotar os judeus. É que os judeus julgavam-se um povo sitiado, defendendo seus lares contra soldados estrangeiros, o que lhes dava uma força imensa. Na opinião de Yasif, a verdade era que os árabes palestinos defendiam sua terra contra os invasores sionistas. Ainda havia mais árabes palestinos do que judeus israelenses, contando-se os exilados nos campos. Eram *eles* e não uma turba de soldados do Cairo e de Damasco que iriam libertar sua pátria. Mas, primeiro, eles tinham de acreditar nos *fedayin*. Atos como o do aeroporto de Roma convenceriam os palestinos de que os *fedayin* possuíam recursos internacionais. E quando o povo acreditasse nos *fedayin*, *todos* se tornariam *fedayin* e assim seriam incontroláveis.

O caso do aeroporto de Roma era trivial, insignificante, comparado com o que Hassan pensava.

Era um plano terrível, que levaria os *fedayin* às primeiras páginas dos jornais do mundo inteiro por semanas a fio, provando que constituíam uma força internacional e não um bando de refugiados miseráveis. E Hassan torcia desesperadamente para que Mahmoud aceitasse o plano.

Yasif Hassan ia propor que os *fedayin* sequestrassem o navio cuja carga poderia provocar um holocausto.

ABRAÇARAM-SE COMO IRMÃOS, beijando-se as faces, depois deram um passo atrás a fim de se contemplarem.

– Está cheirando como uma rameira – disse Mahmoud.

– E você cheira como um cabreiro – respondeu Hassan.

Os dois riram e tornaram a se abraçar.

Mahmoud era um homem grandalhão, um pouco mais alto que Hassan e muito mais forte. E *parecia* ainda maior, pela maneira como empinava a cabeça, andava e falava. E também tinha um cheiro azedo familiar, que provinha de viver entre muitas pessoas, num lugar que carecia das invenções modernas de banhos quentes, instalações sanitárias e recolhimento de lixo. Fazia três dias que Hassan usara pela última vez loção após a barba e talco, mas ainda cheirava como uma mulher perfumada para Mahmoud.

A casa tinha dois cômodos, o em que Hassan entrara e outro depois, onde Mahmoud dormia no chão, junto com mais dois homens. Não havia segundo andar. Cozinhava-se no quintal dos fundos e a fonte de água mais próxima ficava a 100 metros de distância. A mulher acendeu um fogo e começou a preparar uma massa de favas socadas. Enquanto esperavam para comer, Hassan contou sua história a Mahmoud:

– Há três meses, em Luxemburgo, encontrei um homem que conhecera em Oxford, um judeu chamado Dickstein. Ele é hoje um dos principais agentes do Mossad. Eu o estou vigiando desde então, com a ajuda dos russos, em particular de um homem da KGB chamado Rostov. Descobrimos que Dickstein planeja roubar um carregamento de urânio de um navio, a fim de que os sionistas possam fabricar bombas atômicas.

A princípio, Mahmoud recusou-se a acreditar na informação. Interrogou Hassan exaustivamente. Até que ponto aquela informação era válida? Havia alguma prova incontestável? Alguém não poderia estar mentindo? Não haveria possibilidade de erros? Depois, à medida que as respostas de Hassan foram fazendo cada vez mais sentido, a verdade começou a sobressair, deixando Mahmoud sombrio.

– Isso não é apenas uma ameaça à causa palestina. Essas bombas podem devastar todo o Oriente Médio.

Era típico dele, pensou Hassan, perceber logo as consequências globais.

– O que você e esse russo estão planejando fazer? – indagou Mahmoud.

– O plano é deter Dickstein e denunciar a conspiração israelense, provando que os sionistas não passam de aventureiros impiedosos. Ainda não definimos os detalhes. Mas tenho uma proposta alternativa.

Hassan fez uma pausa, procurando encontrar as palavras certas, antes de acrescentar abruptamente:

– Acho que os *fedayin* devem sequestrar o navio antes de Dickstein.

Mahmoud permaneceu com uma expressão impassível por um longo momento.

Hassan pensou: Diga alguma coisa, pelo amor de Deus! Mahmoud começou a sacudir a cabeça lentamente, de um lado para o outro. Depois, a boca se entreabriu num sorriso e finalmente ele começou a rir, a princípio baixinho, depois com gargalhadas que lhe sacudiam o corpo e atraíram as outras pessoas da casa para descobrir o que estava acontecendo.

Hassan arriscou-se a uma pergunta:

– Mas o que acha?

Mahmoud suspirou.

– É sensacional. Não sei como poderemos fazê-lo, mas é uma ideia maravilhosa.

E depois ele começou a fazer perguntas.

Fez perguntas enquanto comiam e pelo resto da manhã, sobre a quantidade de urânio, os nomes dos navios envolvidos, como o urânio era convertido em explosivo nuclear, lugares, datas e pessoas. Conversaram na sala dos fundos, somente os dois na maior parte do tempo. Ocasionalmente, Mahmoud chamava alguém e lhe dizia para escutar, enquanto Hassan repetia algum ponto específico.

Por volta de meio-dia, Mahmoud convocou dois homens que pareciam ser seus lugares-tenentes. E com os dois escutando, repassou os pontos que considerava essenciais.

– O *Coparelli* é um navio mercante comum, com uma tripulação regular?

– É sim.

– Vai navegar pelo Mediterrâneo até Gênova.

– Exatamente.

– E quanto pesa o urânio?

– Duzentas toneladas.

– E está acondicionado em tambores.

– São exatamente 560 tambores.

– E qual é o preço do mercado?

– Dois milhões de dólares americanos.

– E é usado para fabricar bombas nucleares.

– Isso mesmo. É a matéria-prima.

– E a conversão para a forma de explosivo é um processo caro ou difícil?

– Não para quem tem um reator nuclear.

Mahmoud acenou com a cabeça para os seus dois lugar-tenentes.

– Digam isso aos outros.

À TARDE, DEPOIS que o sol passou pelo zênite e quando já havia esfriado o bastante para sair, Mahmoud e Yasif foram até as colinas nos arredores da cidadezinha. Yasif queria desesperadamente saber o que Mahmoud realmente pensava de seu plano. Mas Mahmoud recusava-se a falar sobre o urânio. Assim, Yasif falou de David Rostov e disse que admirava o profissionalismo do russo, apesar das dificuldades que o homem lhe criava.

– Podemos admirar os russos, desde que não confiemos neles – disse Mahmoud. – O coração dos russos não está na nossa causa. Há três motivos para que eles fiquem do nosso lado. O menos importante é que causamos problemas ao Ocidente e tudo o que é ruim para o Ocidente é bom para os russos. Há também o problema da imagem. As nações subdesenvolvidas identificam-se conosco e não com os sionistas. Assim, apoiando-nos, os russos ganham crédito com o Terceiro Mundo... e não se esqueça de que, na competição entre os Estados Unidos e a União Soviética, é o Terceiro Mundo que conta com todos os votantes flutuantes. Mas o motivo mais importante, o único motivo *realmente* importante, é o petróleo. Os árabes possuem o petróleo.

Passaram por um garoto vigiando umas poucas ovelhas magras. O garoto tocava uma flauta. Yasif lembrou que Mahmoud fora outrora um pastor que não sabia ler nem escrever.

– Pode compreender como o petróleo é importante? – disse Mahmoud. – Hitler perdeu a guerra europeia por causa do petróleo.

– Não foi bem assim.

– Claro que foi. Os russos derrotaram Hitler. Era inevitável e Hitler sabia disso. Conhecia a história de Napoleão, sabia que ninguém podia conquistar a Rússia. Então por que tentou? Porque estava ficando sem petróleo. Há petróleo na Geórgia, nos campos petrolíferos caucasianos. Hitler precisava dominar o Cáucaso. Mas não se pode dominar o Cáucaso sem se conquistar Volgogrado, que era então chamada de Stalingrado, exatamente o lugar em que a maré virou contra Hitler. Petróleo. É a essência da nossa luta, quer gostemos ou não. Pode entender isso? Se não fosse pelo petróleo, ninguém mais se importaria com uns poucos árabes e judeus lutando por uma terra árida como a nossa.

Mahmoud era magnético quando falava. A voz clara e firme, emitia frases curtas, explicações simples, declarações que soavam como verdades básicas devastadoras. Hassan desconfiava que ele dizia aquelas mesmas coisas a seus homens, frequentemente. No fundo da mente, recordava-se das maneiras sofisticadas como se discutia política em lugares como Luxemburgo e Oxford. Parecia-lhe agora que, apesar de suas montanhas de informações, aquelas pessoas sabiam menos que Mahmoud. Hassan sabia também que a política internacional *era* de fato complicada, que havia algo mais que o petróleo por trás de tudo. Contudo, no fundo, achava que Mahmoud estava certo.

Sentaram à sombra de uma figueira. A paisagem plana, crestada, estendia-se ao redor deles, vazia. O céu era ofuscante, quente, muito azul, sem qualquer nuvem, de horizonte a horizonte. Mahmoud tirou a rolha de uma garrafa com água e estendeu-a para Hassan, que tomou um gole do líquido morno e devolveu-a. Depois, ele perguntou a Mahmoud se queria governar a Palestina depois que os sionistas fossem derrotados.

– Já matei muitas pessoas – disse Mahmoud. – A princípio, matei com as próprias mãos, com uma faca, uma pistola ou uma bomba. Agora, mato fazendo planos e dando ordens. Mas continuo a matar. Sabemos que isso é um pecado, mas não sou capaz de me arrepender. Não sinto qualquer remorso, Yasif. Mesmo quando cometemos erros e matamos crianças e árabes, ao invés de soldados e sionistas, ainda penso apenas: "Isso é ruim para a nossa reputação." Jamais penso no outro lado: "Isso é ruim para a minha alma." Tenho sangue nas mãos e não vou lavá-las. Nem tentarei. Existe um livro chamado *O retrato de Dorian Gray*. É sobre um homem que leva uma vida demoníaca e debilitante, o tipo de vida que deve fazê-lo parecer um velho, deixar-lhe o rosto cheio de rugas, dar-lhe olheiras, destruir-lhe o fígado e provocar-lhe doenças venéreas. Contudo, ele nada sofre. À medida que os anos vão passando, ele permanece jovem, como se tivesse encontrado o elixir da vida. Mas numa sala trancada de sua casa há um retrato dele. E é o retrato que envelhece, que sofre as devastações da vida desregrada e das doenças terríveis. Conhece a história? É inglesa.

– Vi o filme – disse Yasif.

– Li o livro quando estava em Moscou. Gostaria de ver o filme. Lembra como terminava?

– Claro que lembro. Dorian Gray destruiu o quadro e depois todas as doenças e devastações se abateram sobre ele, que logo morreu.

– Isso mesmo. – Mahmoud tampou a garrafa e contemplou as colinas crestadas, sem vê-las. – Quando a Palestina estiver livre, meu retrato será destruído.

Depois disso, ficaram sentados em silêncio por algum tempo. E finalmente, ainda sem falar, levantaram e começaram a voltar para a cidade.

NAQUELE DIA, ao anoitecer, diversos homens chegaram à pequena casa em Nablus. Hassan não sabia exatamente quem eram. Podiam ser os líderes locais do movimento, um grupo variado de pessoas cujo julgamento Mahmoud respeitava ou um conselho de guerra permanente, que estava sempre perto de Mahmoud, embora não chegasse a viver com ele. Hassan podia compreender a lógica da última alternativa. Afinal, se todos vivessem juntos, poderiam também ser destruídos juntos.

A mulher serviu-lhes pão, peixe e um vinho aguado. Mahmoud falou do plano de Hassan. Mahmoud aprofundara-o mais meticulosamente que Hassan. Propôs que sequestrassem o *Coparelli* antes que Dickstein chegasse ao navio, emboscando depois os israelenses, quando subissem a bordo. Esperando apenas uma tripulação comum e uma resistência sem muito empenho, o grupo de Dickstein seria certamente exterminado. Depois, os *fedayin* levariam o navio para um porto norte-africano e convidariam o mundo a visitá-lo, para que todos vissem os corpos dos criminosos sionistas. A carga seria oferecida a seus proprietários por um resgate equivalente à metade do valor no mercado. Ou seja, por 1 milhão de dólares.

Houve um longo debate. Era evidente que uma facção do movimento já estava apreensiva com a política de Mahmoud de levar a guerra à Europa e encarava o sequestro proposto como uma extensão adicional da mesma estratégia. Sugeriram que os *fedayin* poderiam alcançar o que desejavam pelo expediente simples de convocar uma entrevista coletiva, em Beirute ou Damasco, e revelar a conspiração israelense à imprensa internacional. Hassan estava convencido de que isso não era suficiente. As acusações não tinham qualquer força e o importante não era comprovar a marginalidade dos sionistas e sim o poder dos *fedayin*.

Todos falaram como iguais e Mahmoud pareceu escutar cada um com a mesma atenção. Hassan permaneceu sentado em silêncio, ouvindo as vozes baixas e serenas daqueles homens que pareciam camponeses e falavam como senadores. Mantinha-se ao mesmo tempo esperançoso e temeroso de que adotassem seu plano. Esperançoso porque seria a realização de vinte anos de sonhos de vingança; temeroso porque teria de fazer coisas mais difíceis, violentas e arriscadas do que o trabalho até então envolvido.

Já no fim, Hassan não conseguiu mais aguentar e saiu da casa. Agachou-se no quintal, aspirando a ar noturno, sentindo o cheiro do fogo que agonizava. Pouco depois, soou um coro de vozes serenas no interior da casa, como se fosse uma votação.

Mahmoud saiu e foi se acocorar ao lado de Hassan.

– Mandei buscar um carro.

– Para quê?

– Precisamos ir a Damasco. Esta noite. Há muito o que fazer.

Será a nossa maior operação. Devemos começar a trabalhar imediatamente.

– Quer dizer que já está decidido?

– Está, sim. Os *fedayin* vão sequestrar o navio e roubar o urânio.

– Que assim seja – murmurou Yasif Hassan.

DAVID ROSTOV SEMPRE gostara da família em pequenas doses. E à medida que foi envelhecendo, as doses foram se tornando cada vez menores. O primeiro dia das curtas férias foi maravilhoso. Ele fez o café da manhã, andaram pela praia. De tarde, Vladimir, o jovem gênio, jogou xadrez contra Rostov, Mariya e Yuri simultaneamente, vencendo as três partidas. Ficaram horas à mesa do jantar, bebendo vinho e se informando das últimas notícias. O segundo dia foi parecido, mas não tão agradável. E no terceiro dia a novidade da companhia um do outro já se desgastara. Vladimir recordou que devia ser um prodígio e voltou a enterrar o nariz nos livros. Yuri começou a tocar a música ocidental degenerada na vitrola e a discutir com o pai sobre os poetas dissidentes. E Mariya foi refugiar-se na cozinha da *dacha*, parando de passar um pouco de maquiagem no rosto.

Assim, quando chegou a mensagem informando que Nik Bunin voltara de Roterdã, tendo conseguido instalar o emissor de rádio no *Stromberg*, Rostov decidiu aproveitá-la como um pretexto para voltar a Moscou.

Nik informou que o *Stromberg* estava num dique seco para ser submetido à inspeção habitual, antes de ser concluída a venda para a Savile. Diversos reparos estavam sendo efetuados. Nik não tivera a menor dificuldade em subir a bordo, apresentando-se como eletricista. Instalara um potente emissor de rádio na proa do navio. Ao partir, fora interrogado pelo capataz do dique, que não tinha qualquer trabalho elétrico previsto para aquele dia. Nik ressaltara que, se o trabalho não fora solicitado, não havia a menor dúvida de que não seria pago.

Daquele momento em diante, sempre que a energia do navio estivesse ligada, o que era o tempo todo em que estava no mar e a maior parte do tempo em que ficava atracado, o emissor despacharia um sinal a cada trinta minutos, até que o navio afundasse ou fosse desmontado para ser vendido como sucata. Pelo resto de sua vida, onde quer que estivesse, o *Stromberg* poderia ser localizado por Moscou, no máximo, em uma hora.

Rostov escutou atentamente as informações de Nik e depois despachou-o para casa. Tinha planos para a noite. Fazia muito tempo que não se encontrava com Olga e estava impaciente para revê-la, descobrir o que seria capaz de fazer com o vibrador a pilha que lhe trouxera de presente de Londres.

NO SERVIÇO SECRETO naval israelense havia um jovem capitão chamado Dieter Koch, que era especialista em engenharia de máquinas. Quando o *Coparelli* zarpasse de Antuérpia com a sua carga de urânio, Koch estaria a bordo.

Nat Dickstein chegou a Antuérpia apenas com uma ideia extremamente vaga de como isso poderia ser conseguido. De seu quarto no hotel, telefonou para o representante local da companhia que possuía o *Coparelli*.

Quando eu morrer, pensou ele, enquanto esperava que a ligação fosse concluída, vão levar o meu caixão de um quarto de hotel.

Uma voz de mulher atendeu o telefone e Dickstein disse bruscamente:

– Aqui é Pierre Beaudaire. Ligue-me com o diretor.

– Um momento, por favor.

Logo depois, uma voz de homem disse:

– Pois não?

– Bom dia. Aqui é Pierre Beaudaire, da Agência de Tripulação Beaudaire.

Dickstein estava improvisando.

– Nunca ouvi falar.

– É justamente por isso que estou telefonando. Estamos pensando em abrir um escritório aqui em Antuérpia e queria saber se não estaria disposto a experimentar nossos serviços.

– Duvido muito. Mas pode me escrever e...

– Está inteiramente satisfeito com a sua atual agência de tripulação?

– Podia ser pior. Escute aqui...

– Só mais uma pergunta e depois não voltarei a incomodá-lo. Posso saber qual é a agência que usa no momento?

– A Cohen's. Mas precisa entender que não disponho de mais tempo...

– Entendo perfeitamente. E obrigado por sua paciência. Adeus.

Cohen's! Era muita sorte. Talvez eu consiga resolver o problema sem qualquer brutalidade, pensou Dickstein, enquanto desligava o telefone. Cohen! Era inesperado, pois os judeus normalmente não se dedicavam a negócios de transporte marítimo. Mas às vezes era possível ter um pouco de sorte.

Procurou a agência de tripulação Cohen's na lista telefônica, memorizou o endereço, vestiu o paletó, deixou o hotel e chamou um táxi.

Cohen possuía um pequeno escritório de duas salas, em cima de um bar de marinheiros, na zona do meretrício da cidade. Ainda não era meio-dia e o pessoal noturno estava dormindo. Eram as prostitutas e ladrões, músicos e dançarinas, garçons e leões de chácara, as pessoas que faziam com que a zona adquirisse vida durante a noite. Agora, podia passar por um distrito comercial quase em ruínas, cinzento e frio na manhã. E não muito limpo.

Dickstein subiu uma escada até uma porta no segundo andar, bateu e entrou. Uma secretária de meia-idade dominava uma pequena sala de recepção repleta de arquivos e com cadeiras de plástico laranja.

– Gostaria de falar com o Sr. Cohen – disse-lhe Dickstein.

A secretária fitou-o, parecendo pensar que ele não tinha a aparência de um marujo à procura de um navio.

– Está querendo um navio? – perguntou, em tom de dúvida.

– Não. Sou de Israel.

– Oh!

A mulher hesitou. Tinha cabelos escuros e olhos fundos, usava uma aliança de casada. Dickstein se perguntou se por acaso não seria a Sra. Cohen. Ela levantou-se e passou por uma porta atrás de sua mesa. Usava calça comprida e por trás demonstrava a idade que tinha.

Voltou um minuto depois e conduziu Dickstein à sala de Cohen. Cohen levantou-se, apertou a mão do visitante e foi logo dizendo, sem qualquer preâmbulo:

– Contribuo para a causa todos os anos. E na guerra dei 20 mil florins. Posso lhe mostrar o cheque. Veio fazer algum apelo? Vai haver outra guerra?

– Não estou aqui para pedir dinheiro, Sr. Cohen – disse Dickstein, sorrindo.

A Sra. Cohen deixara a porta aberta. Dickstein fechou-a e depois acrescentou:

– Posso me sentar?

– Se não é dinheiro o que está querendo, pode sentar, tomar um café e ficar o dia inteiro – disse Cohen, rindo.

Dickstein sentou-se. Cohen era um homem baixo, de óculos, calvo, rosto raspado, parecia ter uns 50 anos de idade. Usava um terno marrom que não era muito novo. Dickstein calculou que seu empreendimento dava algum dinheiro, mas não o tornava milionário.

– Já estava aqui na Segunda Guerra Mundial?

Cohen assentiu:

– Eu ainda era jovem. Fui para o campo e trabalhei numa fazenda, onde ninguém me conhecia, ninguém sabia que eu era judeu. Tive muita sorte.

– Acha que pode acontecer de novo?

– Claro que pode. Tem acontecido constantemente ao longo da história. Por que iria parar agora? Acontecerá outra vez... mas não durante a minha vida. Está tudo bem aqui. Não quero ir para Israel.

– Certo. Trabalho para o governo de Israel. Gostaríamos que fizesse algo para nós.

Cohen deu de ombros.

– O quê?

– Dentro de algumas semanas, um dos seus clientes vai telefonar com um pedido urgente. Vão querer um oficial de máquinas para um navio chamado *Coparelli*. Gostaríamos que encaminhasse um homem que vamos lhe fornecer. O nome dele é Koch. É israelense, mas estará usando um nome diferente, com documentos forjados. Mas *é* realmente um oficial de máquinas. Seus clientes não ficarão malservidos.

Dickstein ficou esperando que Cohen dissesse alguma coisa. Você é um homem simpático, pensou ele, um homem de negócios, judeu, decente, inteligente e trabalhador, embora um pouco limitado; não me obrigue a bancar o durão.

Cohen finalmente disse:

– Não vai me dizer por que o governo de Israel quer esse tal de Koch a bordo do *Coparelli*?

– Não.

Houve outro momento de silêncio.

– Tem alguma identificação?

– Não.

A secretária entrou sem bater e serviu café. Dickstein sentiu vibrações hostis dela. Cohen aproveitou a interrupção para pôr em ordem seus pensamentos. Assim que a mulher se retirou, ele disse:

– Eu teria de ser *meshugenah* para fazer isso.

– Por quê?

– Você chega da rua de repente, dizendo que representa o governo de Israel. Mas não tem qualquer identificação, nem mesmo informa seu nome. Pede-me para participar de algo que é obviamente clandestino e provavelmente criminoso. E não quer me dizer o que está tentando fazer. Mesmo que eu acreditasse em sua história, não sei se aprovaria o fato de os israelenses fazerem o que você está querendo.

Dickstein suspirou, pensando nas alternativas: chantagem, o sequestro da esposa, a captura do escritório no dia crucial... E acabou perguntando:

– Há alguma coisa que eu possa fazer para convencê-lo?

– Eu precisaria de um pedido pessoal do primeiro-ministro de Israel para fazer uma coisa assim.

Dickstein levantou-se para ir embora. Hesitou por um momento, pensando: Por que não? Por que não, diabos? Era uma ideia incrível, pensariam que ele estava doido... mas daria certo, realizaria o objetivo... Ele sorriu enquanto pensava na ideia. Pierre Borg ficaria apoplético.

E ele disse para Cohen:

– Está certo.

– Como assim?

– Vista o paletó. Vamos partir para Jerusalém.

– Agora?

– Está muito ocupado?

– Está falando sério?

– Já lhe disse que é importante. – Dickstein apontou para o telefone na mesa. – Ligue para sua esposa.

– Ela está na outra sala.

Dickstein foi até a porta e abriu-a.

– Sra. Cohen?

– Pois não?

– Quer entrar aqui por um momento, por favor?

Ela entrou na sala apressadamente, com uma expressão preocupada, e perguntou ao marido:

– O que foi, Josef?

– Esse homem está querendo que eu vá a Jerusalém em sua companhia.

– Quando?

– Agora.

– Esta semana?

Dickstein interveio:

– Esta manhã, Sra. Cohen. E devo dizer que tudo isso é absolutamente confidencial. Pedi a seu marido que fizesse algo para o governo israelense. Naturalmente, ele quer ter certeza de que é o governo que está realmente pedindo o favor e não algum criminoso. Por isso, vou levá-lo a Jerusalém, a fim de convencê-lo.

– Não se envolva, Josef...

Cohen deu de ombros.

– Sou judeu e só por isso já estou envolvido. Fique cuidando do escritório.

– Mas não sabe nada sobre esse homem!

– É por isso mesmo que preciso descobrir.

– Não gosto nada disso tudo.

– Não há qualquer perigo – assegurou Cohen. – Iremos num avião comercial para Jerusalém, falarei com o primeiro-ministro e voltaremos em seguida.

– O primeiro-ministro! – exclamou a mulher.

Dickstein compreendeu como ela ficaria orgulhosa de o marido encontrar-se com o primeiro-ministro de Israel.

– Não se esqueça de que é absolutamente confidencial, Sra. Cohen. Por favor, diga a todos que seu marido foi a Roterdã, a negócios. Ele voltará amanhã.

Ela ficou olhando para os dois, aturdida.

– Meu Josef vai se encontrar com o primeiro-ministro e não posso contar a Rachel Rothstein?

E foi nesse momento que Dickstein teve certeza de que tudo daria certo.

Cohen tirou o paletó de um cabide e vestiu-o. A Sra. Cohen beijou-o e depois abraçou-o.

– Está tudo bem – disse-lhe Cohen. – É muito súbito e estranho, mas está tudo bem.

Ela sacudiu a cabeça, ainda atordoada, e largou-o.

PEGARAM UM TÁXI para o aeroporto. A sensação de satisfação de Dickstein ia se tornando cada vez maior. O plano tinha um quê de travessura e ele sentia-se como um estudante de colégio a pregar uma peça em todo mundo. Ele não conseguia parar de sorrir e teve de virar a cabeça para evitar que Cohen percebesse.

Pierre Borg subiria pelas paredes de tanta raiva.

Dickstein comprou duas passagens de ida e volta para Tel Aviv, pagando com seu cartão de crédito. Tiveram de embarcar num voo de conexão para Paris. Antes de o avião decolar, ele telefonou para a embaixada em Paris e acertou para que alguém fosse encontrá-los na sala de passageiros em trânsito.

Em Paris, entregou ao homem da embaixada uma mensagem para Borg, explicando o que devia ser feito. O diplomata era um homem do Mossad e tratou Dickstein com extrema deferência. Cohen teve permissão para escutar a conversa. E depois que o diplomata seguiu para a embaixada, disse:

– Podemos voltar. Já estou convencido.

– Oh, não! – disse Dickstein. – Agora que chegamos a esse ponto, quero ter certeza de você.

No avião, Cohen comentou:

– Deve ser um homem importante em Israel.

– Não, não sou. Mas o que estou fazendo é importante.

Cohen quis saber como se comportar, como se dirigir ao primeiro-ministro. Dickstein disse:

– Não sei. Jamais o encontrei. Aperte-lhe a mão e chame-o pelo nome.

Cohen sorriu. Estava começando a partilhar o sentimento de travessura de Dickstein.

Pierre Borg recebeu-os no aeroporto de Lod, com um carro para levá-los a Jerusalém. Ele sorriu e apertou a mão de Cohen, embora por dentro estivesse fervendo de raiva. Ao se encaminharem para o carro, Borg sussurrou para Dickstein:

– É melhor ter um motivo muito bom para isso.

– Eu tenho.

Ficaram junto de Cohen durante todo o tempo e por isso Borg não teve qualquer oportunidade de interrogar Dickstein. Seguiram diretamente para a residência do primeiro-ministro em Jerusalém. Dickstein e Cohen esperaram numa antessala, enquanto Borg explicava ao primeiro-ministro o que era necessário e por quê.

Cerca de dois minutos depois, Dickstein e Cohen foram introduzidos na outra sala.

– Este é Nat Dickstein, senhor – disse Borg.

Apertaram-se as mãos e o primeiro-ministro disse:

– Não tivemos qualquer oportunidade de nos encontrarmos antes, mas já ouvi falar muito a seu respeito, Sr. Dickstein.

Borg acrescentou:

– E este é o Sr. Josef Cohen, de Antuérpia.

– Muito prazer, Sr. Cohen. – O primeiro-ministro sorriu. – É um homem extremamente cauteloso. Deveria ser um político. E agora... por favor, faça o que lhe está sendo pedido, por nós. É muito importante e não lhe causará mal algum.

Cohen ficara completamente ofuscado.

– Claro, senhor, farei tudo o que for necessário. E lamento muito ter causado tanto incômodo...

– Não foi incômodo nenhum. Fez o que era certo. – O primeiro-ministro tornou a apertar a mão de Cohen. – Obrigado por ter vindo, Sr. Cohen. E adeus.

Borg foi menos polido no caminho de volta para o aeroporto. Ficou sentado em silêncio no banco da frente do carro, fumando um charuto e se remexendo impacientemente. No aeroporto, conseguiu ficar a sós com Dickstein por um momento.

– Se algum dia voltar a fazer uma coisa dessas...

– Era necessário – assegurou Dickstein. – Levou menos de um minuto. Por que não?

– Porque metade do meu departamento passou o dia inteiro trabalhando para conseguir esse minuto. Por que simplesmente não apontou uma pistola para a cabeça do homem ou algo assim?

– Porque não somos bárbaros.

– É o que as pessoas insistem em me dizer.

– É mesmo? Isso é um mau sinal.

– Por quê?

– Porque você não deveria precisar que alguém lhe dissesse uma coisa assim.

O voo foi anunciado. Embarcando no avião com Cohen, Dickstein pensou que seu relacionamento com Borg estava completamente deteriorado. Sempre haviam se falado daquela maneira, com insultos em tom de caçoada. Mas até aquele momento havia um tom de... talvez não de afeição, mas pelo menos de respeito. Mas agora isso desaparecera. Borg mostrava-se genuinamente hostil. A recusa categórica de Dickstein em ser afastado da operação era um ato básico de desafio que não podia ser tolerado. Se Dickstein quisesse continuar no Mossad, teria de brigar com Borg pelo cargo de diretor. Não havia mais espaço suficiente para os dois homens na organização. Só que não haveria competição agora, pois Dickstein pediria demissão assim que terminasse aquela missão.

Voando de volta à Europa através da noite, Cohen bebeu gim e acabou pegando no sono. Dickstein repassou mentalmente todo o trabalho que realizara nos últimos cinco meses.

Em maio, começara sem ter qualquer ideia objetiva sobre a maneira como iria roubar o urânio que Israel tanto precisava. Fora enfrentando os problemas à medida que surgiam e encontrara uma solução para cada um: como localizar o urânio, que urânio roubar, como sequestrar um navio, como camuflar o envolvimento israelense no roubo, como evitar que o desaparecimento do urânio fosse comunicado às autoridades, como apaziguar os proprietários do urânio. Se tivesse se sentado no início e tentado elaborar todo o plano, jamais poderia ter previsto todas as complicações.

Tivera alguma sorte e outros momentos de azar. O fato de os proprietários do *Coparelli* usarem uma agência de tripulação de um judeu em Antuérpia era um golpe de sorte, assim como o era também a existência de um carregamento de urânio para usos não nucleares, sendo transportado pelo mar. O azar consistia basicamente do encontro acidental com Yasif Hassan.

Hassan, o fator inesperado e imprevisível. Dickstein tinha certeza quase absoluta de que conseguira despistar a oposição quando seguira de avião para Buffalo, a fim de se encontrar com Cortone. E não haviam retomado a sua pista desde então. O que não significava que tivessem abandonado o caso.

Seria muito útil saber o quanto eles haviam descoberto, antes de perderem sua pista.

Dickstein não podia tornar a se encontrar com Suza até que toda a operação estivesse encerrada. E Hassan também era o culpado por isso. Se ele fosse a Oxford, Hassan certamente retomaria a sua pista em algum lugar.

O avião iniciou a descida. Dickstein apertou o cinto de segurança. Estava tudo feito agora, o plano definitivo, os preparativos concluídos. As cartas estavam lançadas. Ele sabia quais as cartas que tinha na mão, conhecia algumas cartas dos oponentes, que também conheciam algumas das suas. Só restava agora começar o jogo, cujo resultado ninguém podia prever. Dickstein gostaria de poder discernir o futuro mais claramente, desejava que seu plano fosse menos complicado, desejava não ter de arriscar a própria vida mais uma vez, desejava que o jogo começasse logo, a fim de que pudesse parar de desejar e começar a fazer coisas.

Cohen estava acordado.

– Sonhei tudo isso? – perguntou ele.

– Não. – Dickstein sorriu. Havia mais um dever desagradável a cumprir: tinha de deixar Cohen apavorado. – Já lhe disse que essa operação é muito importante e secreta.

– Compreendo perfeitamente.

– Não, não compreende. Se falar a respeito disso com qualquer outra pessoa que não sua esposa, teremos de tomar medidas drásticas.

– Isso é uma ameaça? O que está querendo me dizer?

– É muito simples: se não ficar de boca fechada, vamos matar sua esposa.

Cohen empalideceu. Depois de um momento, virou a cabeça e olhou pela janela para o aeroporto, que ia rapidamente ao encontro deles.

13

O hotel Rossiya de Moscou era o maior da Europa. Tinha 5.738 camas, 15 quilômetros de corredores e não dispunha de ar-condicionado.

Yasif Hassan dormiu muito mal ali.

Era muito mais fácil dizer "Os *fedayin* devem sequestrar o navio antes de Dickstein chegar lá." Quanto mais pensava a respeito, no entanto, mais apavorado ficava.

A Organização para a Libertação da Palestina não era, em 1968, a entidade política coesa que aparentava. Não era nem mesmo uma federação frouxa de grupos individuais a operar juntos. Era mais como um clube para pessoas com um interesse comum; representava seus membros, mas não os controlava. Os grupos guerrilheiros independentes podiam se manifestar como uma só voz por intermédio da OLP, mas não agiam nem podiam fazê-lo como se fossem uma coisa só. Além do mais, num caso assim, seria uma insensatez pedir a cooperação da OLP. A organização recebia dinheiro, facilidades e até uma sede do Egito, mas também estava infiltrada pelos egípcios. Se alguém queria manter em segredo alguma coisa dos governos árabes, não podia revelar à OLP. É claro que, depois do golpe, quando a imprensa internacional fosse ver o navio capturado com sua carga de urânio, os egípcios saberiam de tudo e provavelmente desconfiariam que os *fedayin* haviam deliberadamente ocultado a operação deles. Mas Mahmoud bancaria o inocente e os egípcios seriam obrigados a aderir à aclamação geral dos *fedayin* por terem frustrado um ato israelense de agressão.

De qualquer forma, Mahmoud convencera-se de que não precisava da ajuda de ninguém. Seu grupo possuía as melhores ligações fora da Palestina, a melhor organização na Europa e muito dinheiro. Ele estava agora em Benghazi, providenciando o empréstimo de um navio, enquanto sua equipe internacional se reunia, procedente de várias partes do mundo.

A tarefa mais crucial, no entanto, cabia a Hassan: se os *fedayin* iam capturar o *Coparelli* antes dos israelenses, teriam de determinar quando e onde exatamente Dickstein efetuaria o seu sequestro, a fim de se anteciparem. Para isso, ele precisava da KGB.

E, agora, sentia-se terrivelmente apreensivo na presença de Rostov. Até sua visita a Mahmoud, podia dizer a si mesmo que trabalhava para duas organizações com um objetivo comum. Agora, era incontestavelmente um agente duplo, apenas fingindo trabalhar com os egípcios e a KGB, ao mesmo tempo que sabotava seus planos. Sentia-se diferente – de certa forma, sentia-se um traidor – e receava que Rostov observasse a mudança nele.

Quando Hassan voara para Moscou, o próprio Rostov sentira-se também apreensivo. Dissera que não havia espaço suficiente em seu apartamento para Hassan ficar, embora o árabe soubesse que o resto da família estava longe, em férias. Parecia que Rostov escondia alguma coisa. Hassan desconfiava que Rostov andava se encontrando com alguma mulher e não queria que o colega atrapalhasse.

Depois de sua inquieta noite no hotel Rossiya, Hassan encontrou Rostov no prédio da KGB, em Moscou, na sala do chefe dele, Feliks Vorontsov. Ali também havia algo por baixo das aparências. Os dois homens empenhavam-se numa discussão quando Hassan entrou na sala. Embora a interrompessem imediatamente, o clima estava impregnado de hostilidade. Hassan, no entanto, ficara absorvido demais em seus próprios movimentos clandestinos para prestar qualquer atenção aos deles.

Sentou-se e indagou:

– Houve algum fato novo?

Rostov e Vorontsov se entreolharam. Rostov deu de ombros, enquanto Vorontsov dizia:

– Instalamos um potente emissor de rádio no *Stromberg*. O navio já deixou a doca seca e está agora seguindo para o sul, através da baía de Biscaia. A suposição é a de que vai para Haifa, onde será ocupado por uma tripulação de agentes do Mossad. Creio que podemos todos ficar plenamente satisfeitos com nosso trabalho de aquisição de informações. Agora, o projeto entra na esfera da ação positiva. Nossa tarefa torna-se prescritível, ao invés de descritiva, como era antes.

– Todos falam assim no Centro de Moscou – comentou Rostov, irreverentemente.

Vorontsov lançou-lhe um olhar furioso, enquanto Hassan indagava:

– Que ação vamos fazer?

– Rostov vai para Odessa, a bordo de um navio mercante polonês chamado *Karla* – explicou Vorontsov. – Aparentemente, é um cargueiro comum, mas é bastante veloz e possui alguns equipamentos extras. Costumamos usá-lo frequentemente.

Rostov olhava fixamente para o teto, com uma expressão de ligeiro desagrado no rosto. Hassan calculou que Rostov queria ocultar dos egípcios alguns daqueles detalhes; talvez fosse por isso que estivesse discutindo com Vorontsov.

Vorontsov acrescentou:

– Seu trabalho é providenciar um navio egípcio e fazer contato com o *Karla* no Mediterrâneo.

– E depois?

– Ficaremos esperando que Tyrin nos informe, a bordo do *Coparelli*, sobre o sequestro israelense. Ele também vai informar se o urânio é transferido para o *Stromberg* ou simplesmente continua no *Coparelli*, a fim de ser levado a Haifa e descarregado.

– E depois? – insistiu Hassan.

Vorontsov começou a falar, mas Rostov interrompeu-o logo no início, dizendo para Hassan:

– Quero que conte ao Cairo outra história. Quero que o seu pessoal pense que nada sabemos a respeito do *Coparelli*, que apenas sabemos que os israelenses planejam alguma coisa no Mediterrâneo e ainda tentamos descobrir o quê.

Hassan assentiu, mantendo a expressão impassível. Tinha de saber de qualquer maneira qual era o plano e Rostov não queria revelá-lo!

– Está certo, farei isso... se me contar qual o seu verdadeiro plano.

Rostov olhou para Vorontsov e deu de ombros. Vorontsov disse:

– Depois do sequestro, o *Karla* seguirá num curso direto para o navio de Dickstein, o que estiver carregando o urânio. E o *Karla* vai colidir com esse navio.

– Colidir?

– Seu navio testemunhará a colisão, vai comunicá-la, esclarecendo que a tripulação do outro navio era constituída por israelenses e a carga era urânio. Haverá um inquérito internacional sobre a colisão. A presença dos israelenses e do urânio roubado no navio será estabelecida além de qualquer dúvida. O urânio será devolvido a seus legítimos donos e os israelenses ficarão cobertos de opróbrio.

– Os israelenses vão lutar – comentou Hassan.

Rostov voltou a falar:

– O que será ainda melhor, com seu navio presente para testemunhar o ataque deles e para nos ajudar a vencê-los.

– É um bom plano – disse Vorontsov. – E bastante simples. Só precisamos providenciar a colisão e o resto seguirá automaticamente.

– Tem razão, é um bom plano – concordou Hassan.

Ajustava-se perfeitamente ao plano dos *fedayin*. Ao contrário de Dickstein, Hassan sabia que Tyrin estava a bordo do *Coparelli*. Depois que os *fedayin* sequestrassem o *Coparelli* e emboscassem os israelenses, poderiam jogar Tyrin e seu equipamento de rádio no mar. Rostov não teria então a menor possibilidade de localizá-los.

Mas Hassan ainda precisava saber quando e onde Dickstein tencionava executar o sequestro, a fim de que os *fedayin* pudessem chegar primeiro.

O escritório de Vorontsov estava bastante quente. Hassan foi até a janela e olhou para o tráfego de Moscou lá embaixo, murmurando:

– Precisamos saber exatamente quando e onde Dickstein sequestrará o *Coparelli*.

– Para quê? – indagou Rostov, abrindo os braços, com as palmas viradas para cima. – Temos Tyrin a bordo do *Coparelli* e um emissor de sinais de rádio no *Stromberg*. Saberemos a localização dos dois navios, em todas as ocasiões. Só precisamos ficar por perto e entrar em ação quando chegar o momento oportuno.

– Meu navio precisa estar na área certa, no momento crucial.

– Pois então basta seguir o *Stromberg*, permanecendo um pouco além do horizonte. Poderá captar os sinais de rádio. Ou então mantenha-se em contato comigo no *Karla*. Ou faça as duas coisas.

– E se o emissor de rádio falhar e Tyrin for descoberto?

– É um risco que temos de pesar contra o perigo de forçarmos a barra se começarmos a seguir Dickstein novamente... isto é, se conseguirmos encontrá-lo.

– Mas o argumento dele é válido – interveio Vorontsov.

Foi a vez de Rostov lançar-lhe um olhar furioso. Hassan desabotoou o colarinho.

– Posso abrir uma janela?

– As janelas não abrem – disse Vorontsov.

– Será que vocês nunca ouviram falar de uma coisa chamada ar-condicionado?

– Em Moscou?

Hassan virou-se e disse para Rostov:

– Pense no que falei. Quero ter certeza absoluta de que os israelenses não nos escaparão.

– Já pensei – declarou Rostov. – E estamos tão seguros quanto jamais poderemos estar. Volte para o Cairo, providencie o navio e permaneça em contato comigo.

Está sendo condescendente comigo, seu filho da puta!, pensou Hassan. Virou-se para Vorontsov.

– Com toda sinceridade, não posso dizer ao meu pessoal que estou satisfeito com o plano, a menos que possamos eliminar esse elemento de incerteza que ainda resta.

– Concordo com Hassan – disse Vorontsov.

– Pois eu não concordo – declarou Rostov. – E o plano ficará como já foi aprovado por Andropov.

Até aquele momento, Hassan pensava que sua vontade iria prevalecer, já que Vorontsov estava do seu lado e Vorontsov era o chefe de Rostov. Mas a menção do chefe da KGB parecia constituir um movimento vencedor naquele jogo. Vorontsov quase que se encolheu fisicamente e mais uma vez Hassan teve de ocultar seu desespero.

Vorontsov ainda murmurou:

– O plano pode ser mudado.

– Só com a aprovação de Andropov – declarou Rostov. – E não vai contar com o meu apoio para a mudança.

Os lábios de Vorontsov comprimiam-se numa linha fina. Ele odeia Rostov, pensou Hassan, e eu também.

– Está certo – disse Vorontsov finalmente.

Em todo o seu tempo de atividade no serviço secreto, Hassan pertencera a uma equipe profissional, trabalhando para os egípcios, a KGB, até mesmo com os *fedayin*. Sempre tivera outras pessoas, experientes e decididas, para lhe darem ordens e orientação, para assumirem a responsabilidade suprema. Agora, ao deixar o prédio da KGB para voltar ao hotel, Hassan compreendeu que a iniciativa teria de ser exclusivamente sua.

Sozinho, teria de encontrar um homem extraordinariamente esquivo e esperto, precisava descobrir o segredo dele, guardado com o maior empenho...

Hassan passou vários dias em pânico. Voltou ao Cairo, contou a história de Rostov, providenciou o navio egípcio que lhe fora solicitado. O problema permanecia diante de sua mente como um penhasco escarpado que não podia começar a escalar, até que visse pelo menos parte do caminho até o topo. Inconscientemente, vasculhou a sua experiência pessoal em busca de atitudes e meios que pudessem lhe permitir assumir uma tarefa assim, agir independentemente.

Teve de voltar muito ao passado.

Houve um tempo em que Yasif Hassan fora um homem diferente. Fora um jovem árabe rico, quase aristocrático, com o mundo a seus pés. A sua atitude era a de que podia fazer praticamente qualquer coisa... e por pensar, assim fazia. Fora estudar na Inglaterra, um país estranho, sem a menor apreensão. Ingressara em sua sociedade sem se preocupar ou nem sequer querer saber o que as pessoas pensavam a seu respeito.

Em outras ocasiões, mesmo então, tivera de aprender. Mas sempre conseguiu isso facilmente. Certa ocasião, um colega da universidade, um visconde não-sei-o-quê, convidara-o a jogar polo. Hassan jamais jogara polo. Perguntara quais eram as regras e observara os outros jogarem por algum tempo, reparando como empunhavam os tacos, como batiam na bola, como a passavam e por quê. Finalmente entrara no jogo. Era um tanto desajeitado com o taco, mas sabia cavalgar com o vento. Jogara relativamente bem, apreciara intensamente o jogo, e sua equipe vencera.

Agora, em 1968, disse a si mesmo: Posso fazer qualquer coisa, mas a quem posso imitar?

A resposta era óbvia: David Rostov.

Rostov era independente, confiante, capaz, brilhante. Conseguira descobrir Dickstein, mesmo quando não havia qualquer pista, estavam num beco sem saída. Hassan recordou:

Pergunta: Por que Dickstein está em Luxemburgo?

O que sabemos a respeito de Luxemburgo? O que existe aqui?

Há a bolsa de valores, os bancos, o Conselho da Europa, a Euratom...

Euratom!

Pergunta: Dickstein havia desaparecido. Para onde poderia ter ido?

Não sabemos.

Mas quem conhecemos que ele conhece?

Somente o professor Ashford, em Oxford...

Oxford!

O método de Rostov era analisar fragmentos de informações, quaisquer informações, não importando quão trivial pudessem parecer, a fim de atingir o alvo.

O problema era que aparentemente já haviam consumido todos os fragmentos de informações de que dispunham.

Portanto, terei de obter mais informações, pensou Hassan. Posso fazer qualquer coisa.

Ele vasculhou a memória em busca de tudo o que podia recordar do tempo que tinham passado juntos em Oxford. Dickstein estivera na guerra, jogava xadrez, suas roupas eram surradas...

Tinha mãe.

Mas ela já morrera.

Hassan jamais tomara conhecimento de irmãos ou irmãs, de parentes de qualquer tipo. Já passara bastante tempo e os dois nunca tinham sido muito chegados, nem mesmo na ocasião.

Contudo, havia alguém que podia saber um pouco mais a respeito de Dickstein: o professor Ashford.

Assim, em desespero de causa, Yasif Hassan voltou a Oxford.

Durante todo o percurso, no avião desde o Cairo, no táxi do aeroporto de Londres à estação de Paddington, no trem até Oxford e no táxi até a casinha verde e branca à beira do rio, Hassan foi pensando em Ashford. A verdade era que desprezava o professor. Em sua juventude, talvez Ashford tivesse sido um aventureiro. Mas tornara-se um velho fraco, um diletante político, um acadêmico que nem mesmo conseguia segurar a mulher. Ninguém podia respeitar um velho corno... e o fato de o inglês não pensar assim só contribuía para aumentar ainda mais o desprezo de Hassan.

Ele se preocupou com a possibilidade de que a fraqueza de Ashford, aliada à lealdade a Dickstein, que fora seu amigo além de aluno, pudesse levá-lo a não se envolver.

Perguntou-se se deveria explorar o fato de Dickstein ser judeu. Sabia, do tempo que passara em Oxford, que o antissemitismo mais persistente na Inglaterra era o das classes superiores. Os clubes de Londres que ainda proibiam o ingresso dos judeus ficavam no West End e não no East End. Mas Ashford era uma exceção. Amava o Oriente Médio e sua posição pró-árabe era de motivação ética e não racial. Era isto mesmo: o método de explorar o fato de Dickstein ser judeu seria um erro.

No fim, decidiu pôr as cartas na mesa. Diria a Ashford por que queria encontrar Dickstein e torceria para que Ashford concordasse em ajudá-lo, pelas mesmas razões.

Depois de apertarem as mãos e se servirem de *sherry*, foram sentar no jardim. Ashford disse:

– O que o traz de volta à Inglaterra tão cedo?

Hassan revelou a verdade:

– Estou atrás de Nat Dickstein.

Estavam sentados à beira do rio, no pequeno canto do jardim isolado pela sebe onde Hassan beijara a linda Eila, tantos anos antes. Aquele canto era resguardado do vento de outubro e havia algum sol do outono para aquecê-los.

Ashford mostrou-se retraído, cauteloso, mantendo o rosto impassível.

– Acho melhor me contar o que está acontecendo.

Hassan observou que durante o verão o professor cedera um pouco à moda. Cultivava agora costeletas fartas e deixara que os cabelos de monge contornando a cabeça, por baixo da calva, crescessem bastante. Usava jeans e um cinto largo de couro, sob o paletó de tweed.

– Vou contar – disse Hassan, com a sensação terrível de que Rostov teria sido muito mais sutil. – Mas quero ter a sua palavra de que não falará a mais ninguém.

– Está certo.

– Dickstein é um espião israelense.

Os olhos de Ashford estreitaram-se, mas ele não disse nada.

Hassan continuou:

– Os sionistas estão planejando fabricar bombas nucleares, mas não dispõem de plutônio. Precisam de um suprimento secreto de urânio para alimentar seu reator, a fim de extraírem o plutônio. A missão de Dickstein é roubar esse urânio... e minha missão é descobri-lo e detê-lo. Quero que me ajude.

Ashford ficou olhando para o *sherry* por um momento, depois esvaziou o copo num só gole.

– Há duas questões que se destacam inicialmente.

Ele fez uma pausa, e Hassan compreendeu que iria tratar do caso como um problema intelectual, a defesa característica dos acadêmicos assustados.

– A primeira é se *posso* ou não ajudar, a outra se *devo* ou não ajudar. Creio que a última tem primazia, pelo menos moralmente.

Hassan pensou: Eu gostaria de agarrá-lo pelo pescoço e sacudi-lo. Talvez possa fazer isso, pelo menos em termos figurados.

– É claro que *deve*. Acredita em nossa causa.

– Não é tão simples assim. Estou sendo solicitado a interferir numa disputa entre dois homens que são meus amigos.

– Mas somente um deles está no lado certo.

– Devo então ajudar o que está no lado certo... e trair o que está no lado errado?

– Claro.

– Não há nada tão evidente no caso. O que você fará, se e quando descobrir Dickstein?

– Trabalho com o serviço secreto egípcio, professor. Mas minha lealdade... e creio que a sua também... está com a Palestina.

Ashford recusou-se a morder a isca, dizendo simplesmente, ainda sem se comprometer:

– Continue.

– Tenho de descobrir exatamente quando e onde Dickstein planeja roubar o urânio. – Hassan hesitou. – Os *fedayin* darão um jeito de chegar ao local antes de Dickstein e roubarão o urânio.

Os olhos de Ashford faiscaram.

– Mas isso é sensacional!

Ele está quase cedendo, pensou Hassan. Está assustado, mas também se sente atraído.

– É muito fácil ser leal à Palestina aqui em Oxford, professor, dando aulas, comparecendo a reuniões. As coisas são um pouco mais difíceis para os que estão por lá, lutando por sua terra. Estou aqui para pedir-lhe que faça algo de concreto a favor de suas posições políticas, que decida se os seus ideais significam alguma coisa ou não. É agora que vamos descobrir se a causa árabe, para o senhor, significa algo mais que um conceito romântico. Esse é o teste, professor.

– Talvez tenha razão – disse Ashford.

E Hassan pensou: Consegui agarrá-lo.

SUZA DECIDIRA CONTAR ao pai que se apaixonara por Nat Dickstein.

A princípio, não tivera muita certeza. Os poucos dias que haviam passado em Londres foram delirantes e felizes, repletos de amor. Mas depois ela chegara à conclusão de que tais sentimentos poderiam ser transitórios. Resolvera não tomar resoluções imediatas. Continuaria a levar a vida normalmente, esperando para descobrir o que acontecia, como se sentiria algum tempo depois.

Mas acontecera algo em Singapura que a fizera mudar de ideia. Dois dos comissários de bordo na viagem eram homossexuais e só usavam um dos dois quartos de hotel que lhes eram reservados. Assim, a tripulação pôde usar o outro quarto para uma festa. E na festa, o comandante passou uma cantada em Suza. Era louro, tranquilo, sorridente, com um senso de humor deliciosamente absurdo. Todas as aeromoças concordavam que era um homem e tanto. Normalmente, Suza teria ido para a cama com ele, sem pensar duas vezes. Mas disse não, surpreendendo toda a tripulação. Pensando a respeito mais tarde, chegou à conclusão de que não queria mais simplesmente dar uma trepada e ponto final. Simplesmente não se sentia mais atraída pela perspectiva. Tudo o que queria era Nathaniel. Era como... Era um pouco parecido com o que acontecera cinco anos antes, quando saíra o segundo álbum dos Beatles. Ela repassara toda a sua pilha de discos de Elvis, Roy Orbison e Everly Brothers, descobrindo que não queria mais tocá-los, que não mais lhe proporcionavam qualquer encantamento, nada mais encontrava naquelas músicas antigas, que ouvira com tanta frequência. Agora, ela queria uma música de qualidade superior. Era um pouco parecido com isso, mas era também muito mais.

A carta de Dickstein fora o fator decisivo. Fora escrita só Deus sabia de onde e despachada do aeroporto de Orly, em Paris. Em sua letra pequena e meticulosa, com ganchos incongruentemente ondulados nos *g* e *y*, Dickstein despejara totalmente seu coração, de uma maneira que era ainda mais irresistível por vir de um homem normalmente taciturno. Chorara ao ler a carta.

Desejava poder encontrar uma maneira de explicar tudo isso ao pai.

Sabia que ele desaprovava os israelenses. Mas Dickstein era um antigo aluno e o pai se mostrara genuinamente satisfeito ao vê-lo e disposto a ignorar o fato de que o antigo aluno estava no lado inimigo. Mas agora ela planejava transformar Dickstein numa parte permanente de sua vida, um membro da família. A carta dele dizia que a queria "para sempre" e Suza mal podia aguardar o momento em que lhe diria:

– Também quero!

Ela achava que os dois lados estavam errados, no Oriente Médio. A situação desesperadora dos refugiados era injusta e lamentável, mas Suza convencera-se de que eles poderiam construir novos lares em outros lugares. Não era fácil, mas certamente era mais fácil que a guerra. Além disso, desprezava o heroísmo teatral que tantos árabes pareciam achar irresistível. Por outro lado, tornava-se evidente que toda a confusão era originalmente culpa dos sionistas, que haviam se apoderado de uma terra que pertencia a outro povo. Tal posição cética não atraía seu pai, que via o Certo num dos lados e o Errado no outro, como o lindo fantasma da esposa no lado do Certo.

Seria difícil para ele. Há muito tempo que Suza eliminara o sonho do pai de um dia levá-la pela nave de igreja, metida num vestido de noiva. Mas ele ainda falava de vez em quando, do momento em que ela casaria e lhe daria uma neta. A perspectiva de essa neta ser israelense seria certamente um golpe terrível.

Mas era o preço de ser pai, pensou Suza, entrando em casa e gritando:

– Cheguei, papai!

Tirou o casaco e largou a sacola da BOAC. Não houve resposta, mas sua pasta estava no vestíbulo. O que indicava que o pai se encontrava no jardim. Suza pôs a panela no fogo e saiu da cozinha, seguindo na direção do rio, ainda procurando mentalmente as palavras certas para dar a notícia ao pai. Talvez devesse começar a falar sobre a viagem e depois, pouco a pouco...

Ela ouviu vozes ao se aproximar da sebe.

– E o que vai fazer com ele?

Era a voz do pai. Suza parou, sem saber se deveria ou não interromper a conversa.

– Vamos apenas segui-lo – disse outra voz, a de um estranho. – É claro que Dickstein não deve ser morto até que a operação esteja concluída.

Suza levou a mão à boca, para sufocar um grito de horror. Depois, aterrorizada, virou-se e saiu correndo, sem fazer barulho, de volta à casa.

– POIS MUITO BEM – disse o professor Ashford. – Seguindo o que podemos chamar de Método Rostov, vamos recordar tudo o que sabemos a respeito de Nat Dickstein.

Faça como achar melhor, pensou Hassan, mas, pelo amor de Deus, encontre *alguma coisa*!

Ashford continuou:

– Ele nasceu no East End de Londres. O pai morreu quando ele ainda era um menino. Sabe alguma coisa a respeito da mãe?

– Também já morreu, segundo os nossos arquivos.

– Ele entrou no Exército mais ou menos na metade da guerra... em 1943, se não me engano. Teve tempo de participar do ataque à Sicília. Caiu prisioneiro pouco depois, já em território continental da Itália, não me lembro exatamente em que lugar. Correu o rumor... e tenho certeza de que se lembra disso... de que ele passou maus momentos nos campos de concentração, pelo fato de ser judeu. Depois da guerra, veio para cá. Ele...

Hassan interrompeu-o, dizendo uma única palavra:

– Sicília.

– Como?

– A Sicília está mencionada na ficha dele. Dickstein esteve supostamente envolvido no roubo de um barco carregado de armas. Nossos homens tinham comprado as armas de um bando de criminosos da Sicília.

– Se vamos acreditar no que lemos nos jornais, só há um bando de criminosos na Sicília – comentou o professor Ashford.

Hassan acrescentou:

– Nosso pessoal ficou desconfiado de que os sequestradores do barco haviam subornado os sicilianos para lhes darem um aviso.

– Não foi na Sicília que ele salvou a vida daquele homem?

Hassan perguntou-se sobre o que Ashford estaria falando. Controlou sua impaciência, pensando: É melhor deixá-lo divagar... é justamente essa a ideia.

– Ele salvou a vida de alguém?

– Do americano. Não está lembrado? Jamais esqueci. Dickstein trouxe o homem a esta casa. Era um soldado um tanto abrutalhado. Contou-me toda a história. Creio que estamos chegando agora a algum lugar. Deve ter conhecido o homem, pois esteve aqui naquele dia. Não consegue se lembrar?

– Não, não me lembro...

Hassan sentiu-se meio constrangido, pois provavelmente na ocasião estava na cozinha, acariciando Eila.

– Foi um tanto... embaraçoso – comentou Ashford.

Ele olhou para as águas que deslizavam lentamente, enquanto os pensamentos voltavam a vinte anos antes. Uma expressão de tristeza estampou-se em seu rosto por um momento, como se estivesse recordando a esposa. E depois acrescentou:

– Estávamos todos aqui, uma reunião de professores e alunos, provavelmente discutindo música moderna ou existencialismo, enquanto tomávamos *sherry*. E de repente um soldado grandalhão entrou e pôs-se a falar de tocaias e tanques, sangue e morte. Provocou um verdadeiro calafrio. É por isso que me recordo tão nitidamente. Disse que a família era originária da Sicília e que seus primos haviam festejado Dickstein por salvar-lhe a vida. Não falou que um bando siciliano avisou a Dickstein sobre o barco carregado de armas?

– É possível, mas não há certeza.

– Talvez ele não os tenha subornado.

Hassan sacudiu a cabeça. Ali estava uma informação, o tipo de informação trivial de que Rostov sempre parecia tirar algum proveito. Mas como ele iria usá-la?

– Não percebo como tudo isso irá nos adiantar. Como o antigo sequestro de Dickstein pode estar relacionado com a Máfia?

– A Máfia! – exclamou Ashford. – Era a palavra que eu estava procurando. E o nome do homem era Cortone... Tony Cortone... não, Al Cortone, de Buffalo. Eu lhe disse que me lembro de todos os detalhes.

– Mas que ligação pode haver com a operação atual? – indagou Hassan, impacientemente.

Ashford deu de ombros.

– É muito simples. Dickstein já usou a sua ligação com Cortone para obter a ajuda da Máfia siciliana num ato de pirataria no Mediterrâneo. E as pessoas sempre repetem a juventude. Ele pode tornar a fazer a mesma coisa.

Hassan começou a perceber tudo. E sentiu que a esperança renascia. Era um tiro no escuro, um palpite, mas fazia sentido, a possibilidade era concreta, talvez conseguisse afinal tornar a descobrir a pista de Dickstein.

Ashford parecia satisfeito consigo mesmo.

– É um bom exemplo de raciocínio especulativo. Gostaria de poder publicá-lo, com anotações de pé de página.

– Talvez possamos descobrir alguma coisa por esse caminho – murmurou Hassan, ansiosamente.

– Está começando a esfriar. Vamos voltar para a casa.

Enquanto atravessavam o jardim, Hassan pensou fugazmente que ainda não aprendera a ser como Rostov, simplesmente encontrara um substituto em Ashford. Talvez a sua independência orgulhosa anterior tivesse desaparecido para sempre. Havia algo de desonroso nisso. Ele se perguntou se os outros *fedayin* também se sentiam assim e se era por isso que se mostravam tão sedentos de sangue.

– O problema é que não vejo a menor possibilidade de Cortone lhe revelar qualquer coisa, mesmo que saiba – disse Ashford.

– E ele não diria nem a você?

– Por que deveria dizer? Mal se lembra de mim. Mas se Eila estivesse viva, poderia procurá-lo e contar alguma história...

Hassan preferia que Eila permanecesse fora da conversa.

– Tentarei pessoalmente.

Entraram na casa. E ao pisarem na cozinha, avistaram Suza. Nesse momento se entreolharam, compreendendo que haviam encontrado a resposta.

QUANDO OS DOIS HOMENS voltaram para a casa, Suza já conseguira se convencer de que se enganara ao pensar que os ouvira falar no jardim em matar Nat Dickstein. Era simplesmente impossível. O jardim, o rio, o clima ameno de outono, um professor e seu hóspede... o assassinato não tinha lugar ali, toda a ideia era fantástica demais, como um urso-polar no deserto do Saara. Além do mais, havia uma boa explicação psicológica para o equívoco: ela estava planejando contar ao pai que amava Dickstein e temia sua reação. Freud provavelmente poderia prever que, a essa altura, ela seria perfeitamente capaz de imaginar seu pai conspirando para matar o homem a quem amava.

E porque quase acreditava nesse raciocínio, Suza foi capaz de sorrir jovialmente e dizer:

– Vão querer café? Acabei de fazer.

O pai beijou-a no rosto.

– Não sabia que estava de volta, minha querida.

– Acabei de chegar e já ia sair para procurá-lo.

Por que estou mentindo?, pensou.

– Não conhece Yasif Hassan. Foi um dos meus alunos, quando você era muito pequena.

Hassan beijou-lhe a mão e fitou-a fixamente, como sempre faziam as pessoas que haviam conhecido Eila.

– É tão bonita quanto sua mãe – disse ele, sem qualquer tom de galanteio na voz, nem mesmo lisonjeiro, mas apenas aturdido.

– Yasif esteve aqui há poucos meses, logo depois que um dos seus contemporâneos nos visitou... Nat Dickstein – acrescentou o pai. – Creio que se encontrou com Dickstein, mas você estava viajando quando Yasif apareceu.

– Houve alguma liga... alguma ligação? – indagou Suza, censurando-se silenciosamente por sua voz ter hesitado na última palavra.

Os dois homens se entreolharam e Ashford disse:

– Para dizer a verdade, houve, sim.

E foi nesse instante que Suza teve certeza de que era verdade, que não ouvira mal, que eles realmente pretendiam matar o único homem que já amara. Sentiu-se perigosamente à beira das lágrimas e virou-se para remexer nas xícaras e pires.

– Quero lhe pedir para fazer uma coisa, minha querida – disse o pai. – É algo muito importante, pela memória de sua mãe. Sente-se.

Já chega, pensou Suza; pelo amor de Deus, não pode ficar ainda pior!

Respirou fundo, virou-se e sentou-se de frente para o pai, que disse:

– Quero ajudar Yasif a encontrar Nat Dickstein.

A partir desse instante, Suza odiou o pai. Descobriu subitamente, naquele momento, que o amor do pai por ela era fraudulento, que ele nunca a encarara como uma pessoa, que a usava, assim como usara antes sua mãe. Nunca mais voltaria a tomar conta dele, a servi-lo; nunca mais voltaria a se preocupar com o que sentia, se estava solitário, o que precisava... Compreendeu, no mesmo relance de visão interior e ódio, que a mãe chegara à mesma situação e que ela teria agora a mesma reação, passando a desprezá-lo.

Ashford continuou:

– Há um homem nos Estados Unidos que pode saber onde Dickstein está. Quero que vá até lá com Yasif e pergunte a esse homem.

Suza não disse nada. Hassan julgou a impassibilidade dela como incompreensão e começou a explicar:

– Dickstein é um agente israelense que está trabalhando contra o nosso povo. Precisamos detê-lo. Cortone, o americano de Buffalo, pode ajudá-lo. E se estiver, não irá nos ajudar. Mas vai lembrar de sua mãe e pode cooperar com você. Pode dizer-lhe que você e Dickstein são amantes.

Suza soltou uma risada ligeiramente histérica, esperando que a interpretassem como decorrência das causas erradas. Tratou de controlar-se e conseguiu manter-se impassível, o corpo imóvel, o rosto totalmente inexpressivo, enquanto lhe falavam do urânio, o homem a bordo do *Coparelli*, o emissor de rádio no *Stromberg*, Mahmoud e seu plano de sequestro, o quanto aquilo significava para o movimento para a libertação da Palestina. No fim, ela ficara totalmente atordoada e insensível, não mais precisando simular a sua impassibilidade.

– E então, minha querida, vai nos ajudar? – indagou o pai, finalmente. – Fará o que estamos querendo?

Com um esforço de autocontrole que a surpreendeu, Suza exibiu-lhes um sorriso de aeromoça, levantou-se e disse:

– Não acha que é muita coisa para se absorver assim de repente? Vou pensar no assunto enquanto tomo banho.

E saiu da cozinha.

TUDO FOI SE ENCAIXANDO gradativamente, enquanto Suza pensava deitada na água quente, a porta trancada a separá-la do pai e Yasif.

Então era aquilo que Nathaniel precisava fazer antes de poder tornar a vê-la: roubar um navio. E depois, dissera ele, não a perderia de vista pelos próximos dez a quinze anos... Talvez isso significasse que ele renunciaria a seu trabalho.

Mas é claro que nenhum dos planos dele daria certo, porque os inimigos já sabiam de tudo. Aquele russo planejava abalroar o navio de Nat, Hassan planejava roubar o navio antes e armar uma emboscada. De qualquer forma, Dickstein estava em perigo; de qualquer forma, queriam destruí-lo. Suza podia alertá-lo.

Se ao menos ela soubesse onde encontrá-lo...

Quão pouco aqueles homens lá embaixo a conheciam! Hassan simplesmente presumia, como qualquer porco chauvinista árabe, que faria o que lhe mandassem. O pai presumia que ficaria do lado palestino, porque era a sua posição e ele era o cérebro da família. Agia assim também com a esposa. Mas Eila sempre conseguira enganá-lo e o marido jamais desconfiara que ela podia não ser o que aparentava.

Ao compreender o que tinha de fazer, Suza ficou novamente apavorada.

Mas, no fim das contas, havia um meio de encontrar Nathaniel e alertá-lo.

O que realmente queriam era que descobrisse Nat.

Suza sabia que poderia enganá-los, pois já haviam presumido que ela estava do lado deles, quando não era isso o que acontecia.

Podia, portanto, fazer o que eles queriam. Podia encontrar Nat... e então o avisaria de tudo.

Não estaria agravando a situação? Ao descobrir Nat, daria a pista para Hassan.

Mas mesmo que Hassan não o descobrisse, Nat ainda correria perigo da parte do russo.

E se ele fosse avisado, poderia escapar aos dois perigos.

E talvez encontrasse um jeito de livrar-se de Hassan no caminho, antes de alcançar Nat.

Qual era a alternativa? Esperar, continuar como se nada tivesse acontecido, rezar por um telefonema que poderia jamais chegar... Suza compreendeu que pensava assim em parte por sua necessidade de tornar a ver Dickstein, em parte pela perspectiva de ele estar morto depois do sequestro e de ser aquela a sua última oportunidade. Mas havia bons motivos além disso: se nada fizesse, contribuiria para frustrar os planos de Hassan, mas ainda restariam os russos.

Sua decisão estava tomada. Fingiria cooperar com Hassan, para descobrir Nathaniel.

Sentiu-se estranhamente feliz. Estava acuada, mas experimentava a sensação de liberdade; estava obedecendo ao pai, mas sentia também que finalmente o desafiava; para o melhor ou o pior, estava irremediavelmente comprometida com Nathaniel.

E também muito assustada.

Saiu da banheira, enxugou-se, vestiu-se e desceu para transmitir as boas notícias aos homens.

ÀS 4 HORAS DA MADRUGADA de 16 de novembro de 1968, o *Coparelli* parou na altura de Vlissingen, na costa holandesa, recebendo a bordo um piloto do porto, que o guiaria pelo canal de Westerschelde até Antuérpia. Quatro horas depois, na entrada do porto, o navio recebeu outro piloto para conduzi-lo até as docas. Passou pela eclusa Royers, avançou pelo canal de Suez, cruzou sob a ponte Sibéria e entrou na doca Kattendijk, onde atracou.

Nat Dickstein observava.

Ao ver o navio balançar suavemente e ler o nome *Coparelli* no costado, Dickstein pensou nos tambores de urânio que em breve ocupariam os porões e sentiu-se invadido por uma estranha sensação, como lhe acontecera ao contemplar o corpo nu de Suza... isso mesmo, era quase como um desejo sensual.

Dickstein desviou os olhos do atracadouro nº 42 e observou os trilhos que corriam quase à beira do cais. Havia um trem ali naquele momento, integrado por 11 vagões e uma locomotiva. Dez dos vagões carregavam 51 tambores de 200 litros, com as tampas lacradas; o 11º vagão tinha apenas 50 tambores. E ele estava bem perto dos tambores, bem perto do urânio. Podia até dar alguns passos e tocar nos vagões. Já o fizera uma vez, pela manhã, pensando: Não seria sensacional se pudéssemos atacar este lugar com alguns helicópteros e um grupo de comandos israelenses, simplesmente roubando o urânio sem manobras complicadas?

O *Coparelli* deveria ser carregado rapidamente. As autoridades do porto estavam convencidas de que o urânio podia ser manipulado dentro dos padrões de segurança, mas mesmo assim não queriam que a carga ficasse ali por mais um minuto além do necessário. Um guindaste era preparado para transferir os tambores dos vagões para o navio.

Apesar da pressa, havia algumas formalidades que precisavam ser concluídas antes que se pudesse começar a carregar o navio.

A primeira pessoa que Dickstein viu embarcando no *Coparelli* foi um representante da agência de navegação. Tinha de dar uma gorjeta aos pilotos e obter com o comandante a relação dos tripulantes, para a polícia do porto.

A segunda pessoa que subiu a bordo foi Josef Cohen. Estava ali em nome das boas relações com os clientes. Daria uma garrafa de uísque ao comandante e se sentaria para tomar um trago com ele e com o representante da agência de navegação. Tinha também um bolo de ingressos gratuitos, com direito a um drinque, na melhor boate da cidade, que daria ao comandante para distribuir entre os oficiais. E descobriria o nome do oficial de máquinas. Dickstein sugerira que poderia consegui-lo pedindo para dar uma olhada na relação da tripulação, contando um ingresso para cada oficial.

Qualquer que fosse o meio que Cohen escolhera, o fato é que foi bem-sucedido, pois ao deixar o navio e atravessar o cais, de volta a seu escritório, passou por Dickstein e murmurou:

– O nome do oficial de máquinas é Sarne.

Foi só à tarde que o guindaste entrou em operação e os estivadores começaram a arrumar os tambores nos três porões do *Coparelli*. Os tambores precisavam ser transferidos um a um; dentro do navio, cada tambor tinha de ser imobilizado no lugar com cunhas de madeira. Como já se esperava, não foi possível concluir o carregamento naquele dia.

De noite, Dickstein foi para a melhor boate da cidade. Sentada no bar, perto do telefone, havia uma mulher espetacular, em torno dos 30 anos, de cabelos pretos, rosto comprido e aristocrático, com uma expressão ligeiramente altiva. Usava um vestido preto elegante, que realçava as pernas sensacionais e os seios empinados e redondos. Dickstein deu-lhe um aceno quase imperceptível, mas não lhe disse nada.

Foi se sentar num canto, tomando uma cerveja, torcendo para que os marinheiros chegassem logo. Claro que eles viriam. Existia algum marinheiro que fosse capaz de recusar um drinque grátis?

Jamais.

A boate começou a encher. A mulher de vestido preto recebeu dois convites, mas recusou-os, o que indicava obviamente que não era uma simples vigarista. Às 9 horas, Dickstein foi até o saguão e telefonou para Cohen. Conforme haviam combinado anteriormente, Cohen ligara para o comandante do *Coparelli*, sob um pretexto qualquer. E informou a Dickstein o que havia descoberto: somente dois oficiais não aproveitaram os ingressos gratuitos. As exceções eram o próprio comandante, que estava ocupado, despachando vários documentos, e o operador de rádio, um homem novo, contratado em Cardiff depois que Lars quebrara a perna, e que encontrava-se resfriado.

Dickstein discou em seguida o número da própria boate. Pediu para falar com o Sr. Sarne, que devia estar no bar, segundo fora informado. Enquanto esperava, podia ouvir um barman gritando o nome de Sarne. A voz lhe chegava por dois caminhos, diretamente do bar e através de muitos quilômetros de cabos telefônicos. Finalmente ouviu uma voz dizer pelo telefone:

– Alô? Sou eu, Sarne. Alô? Alô? Quem está falando?

Dickstein desligou e voltou apressadamente para o bar. Olhou para o lugar em que estava o telefone do bar. A mulher de vestido preto conversava com um louro alto, queimado de sol, na casa dos 30 anos, que Dickstein já vira antes no cais, naquele mesmo dia. Então aquele era Sarne.

A mulher sorriu para Sarne. Era um sorriso sedutor, um sorriso para fazer qualquer homem olhar duas vezes, com os lábios vermelhos entreabertos, deixando à mostra os dentes brancos e regulares, acompanhado por um semicerrar lânguido dos olhos. Era um ato extremamente sensual e não parecia absolutamente ter sido ensaiado diante de um espelho mais de mil vezes.

Dickstein ficou observando, fascinado. Não sabia como aquele tipo de coisa funcionava, como os homens pegavam as mulheres e as mulheres pegavam os homens. E compreendia ainda menos como uma mulher podia seduzir um homem ao mesmo tempo que o fazia acreditar que era *ele* o autor da conquista.

Ao que parecia, Sarne tinha o seu charme pessoal. Exibiu um sorriso, com um ar brejeiro, infantil, que o fazia parecer dez anos mais moço. Disse alguma coisa para a mulher, que tornou a sorrir. Ele hesitou, como um homem que quer falar mais um pouco, mas não consegue imaginar o que pode fazer. E um instante depois, para horror de Dickstein, ele virou-se para se afastar.

Mas a mulher era capaz de controlar a situação. Dickstein não precisava se preocupar. Tocou na manga do blazer de Sarne, que se virou para tornar a fitá-la. Um cigarro aparecera subitamente na mão da mulher. Sarne apalpou os bolsos à procura de fósforos. Aparentemente, não fumava. Dickstein gemeu interiormente. A mulher tirou um isqueiro da bolsa em cima do bar e o entregou a Sarne, que acendeu-lhe o cigarro.

Dickstein não podia se afastar ou ficar observando a distância, pois acabaria sofrendo um colapso nervoso. Tinha de escutar tudo. Abriu caminho pelo bar e foi parar atrás de Sarne, que estava de frente para a mulher. Dickstein pediu outra cerveja.

A voz da mulher era suave, sedutora. Dickstein já sabia disso, mas agora usava a voz pra valer. Algumas mulheres possuem olhos que convidam para a cama; naquela mulher, o convite estava na voz.

– Esse tipo de coisa está sempre me acontecendo – dizia Sarne.

– O telefonema? – indagou a mulher.

Sarne sacudiu a cabeça.

– Problema com mulher. Detesto as mulheres. Durante toda a minha vida, as mulheres sempre me causaram dor e sofrimento. Eu bem que gostaria de ser homossexual.

Dickstein ficou atônito. Mas o que ele dizia? Será que falava sério? Dizia aquilo para se descartar da mulher?

– E por que não vira homossexual? – perguntou ela.

– Não gosto dos homens.

– Pode ser um ermitão.

– Tenho um outro problema, que é um apetite sexual insaciável. Tenho de estar sempre trepando, até várias vezes por noite. É um problema terrível. Aceita outro drinque?

Ah, era uma linha de conversa! Como ele a teria imaginado? Dickstein calculava que os marinheiros sempre faziam aquelas coisas, haviam desenvolvido a arte.

E tudo progrediu rapidamente. Dickstein não pôde deixar de admirar a maneira como a mulher manipulava Sarne, embora o deixasse pensar que era ele quem comandava. Ela disse que passaria apenas uma noite em Antuérpia e tinha um quarto num bom hotel. Não passou muito tempo para que Sarne decidisse que tinham de tomar champanhe. Mas o champanhe vendido ali na boate era ordinário, muito diferente do que poderiam obter em outro lugar. Como um hotel, por exemplo. No hotel dela, mais especificamente.

Saíram quando o show começou. Dickstein ficara satisfeito. Até aquele momento, tudo corria bem. Ficou observando uma fileira de mulheres a levantarem as pernas ao mesmo tempo e depois deixou também a boate.

Pegou um táxi até o hotel e subiu para o quarto. Ficou parado junto à porta de comunicação com o quarto contíguo. Ouviu a mulher soltar uma risadinha e Sarne dizer alguma coisa em voz baixa.

Dickstein foi se sentar na cama e verificou o cilindro de gás. Ligou e desligou o gás rapidamente, aspirando o cheiro adocicado pela máscara. Não lhe fez qualquer efeito. Perguntou-se quanto seria necessário respirar para conseguiu o efeito desejado. E não tinha tempo para experimentar o gás devidamente.

Os ruídos no quarto ao lado foram se tornando mais altos e Dickstein começou a sentir-se constrangido. Perguntou-se até que ponto Sarne era um homem consciencioso. Iria querer voltar para o navio, assim que terminasse com a mulher? Isso criaria dificuldades. Implicaria numa luta em um corredor de hotel, o que era antiprofissional e arriscado.

Dickstein continuou a esperar, tenso, constrangido, ansioso. A mulher era muito eficiente em seu ofício. Sabia que Dickstein queria que Sarne dormisse depois e tentava deixá-lo extenuado. E parecia demorar interminavelmente.

Já passava de 2 horas da madrugada quando ela bateu na porta de comunicação entre os dois quartos. O código combinado foram três batidas lentas para informar que Sarne dormia e seis batidas rápidas para comunicar que estava saindo.

A mulher bateu três vezes, bem devagar.

Dickstein abriu a porta. Carregando o cilindro de gás numa das mãos e a máscara na outra, avançou silenciosamente pelo quarto.

Sarne estava deitado de costas, nu, os cabelos louros desgrenhados, a boca escancarada, os olhos fechados. O corpo parecia forte e em boas condições. Dickstein chegou perto e ouviu-lhe a respiração. E no momento em que o homem começava a inspirar, Dickstein abriu o gás e colocou a máscara sobre o nariz e a boca do homem adormecido.

Os olhos de Sarne escancararam-se. Dickstein comprimiu a máscara mais firmemente. A respiração reduzira-se à metade, a incompreensão estampou-se nos olhos de Sarne. A respiração transformou-se num ofego e Sarne mexeu a cabeça. Não conseguiu enfraquecer a pressão de Dickstein e começou a debater-se. Dickstein inclinou-se sobre o peito do marinheiro, comprimindo-o com o cotovelo, pensando: Pelo amor de Deus, está indo devagar demais!

Sarne expirou. A confusão em seus olhos transformara-se em medo e pânico. Ele tornou a ofegar, prestes a aumentar a força de sua resistência. Dickstein chegou a pensar em chamar a mulher para ajudá-lo. Mas a segunda inalação frustrou os esforços de Sarne. Os movimentos tornaram-se perceptivelmente mais fracos, as pálpebras tremeram e fecharam. Já estava profundamente adormecido quando finalmente exalou pela segunda vez.

Levara cerca de três segundos. Dickstein relaxou. Sarne provavelmente jamais se lembraria do que acontecera. Dickstein aplicou mais um pouco de gás como medida de segurança e depois levantou-se.

Olhou para a mulher. Ela usava sapatos, meias e ligas... e nada mais. Parecia deslumbrante. Percebendo o olhar de Dickstein, abriu os braços, oferecendo-se: "A seu serviço, senhor." Dickstein sacudiu a cabeça, com um sorriso pesaroso, que era apenas em parte falso.

Sentou-se na cadeira ao lado da cama e ficou observando a mulher se vestir: a calcinha mínima, sutiã, joias, vestido, casaco. Aproximou-se de Dickstein, que lhe entregou os 8 mil florins. Beijou-lhe o rosto e depois beijou as notas. E saiu rapidamente, sem dizer nada.

Dickstein foi até a janela. Alguns minutos depois, avistou os faróis do carro esporte da mulher passarem diante do hotel, iniciando a viagem de volta a Amsterdã.

Tornou a sentar-se, para esperar. Depois de algum tempo, começou a sentir-se sonolento. Foi até o quarto contíguo e ligou para a copa, pedindo café.

Pela manhã, Cohen telefonou para informar que o primeiro-oficial do *Coparelli* vasculhava os bares, bordéis e pensões de Antuérpia, à procura de seu oficial de máquinas.

E já eram 12h30 quando Cohen telefonou novamente. O comandante procurara-o para dizer que toda a carga já fora acomodada a bordo e estava sem um oficial de máquinas. Ao que Cohen dissera:

– Comandante, este é o seu dia de sorte.

Às 14h30, Cohen tornou a telefonar, para comunicar que vira Dieter Koch embarcar no *Coparelli*, com a mochila de marinheiro pendurada no ombro.

Dickstein dava um pouco mais de gás a Sarne, cada vez que ele exibia sinais de que começava a despertar. Aplicou a última dose às 6 horas da manhã seguinte, pagou a conta dos dois quartos e foi embora.

QUANDO SARNE FINALMENTE despertou, descobriu que a mulher com quem fora para a cama tinha ido embora sem se despedir. E descobriu também que estava impressionantemente, vorazmente, faminto.

No decorrer da manhã, ele acabou descobrindo que não ficara adormecido apenas por uma noite, como imaginara, mas sim por duas noites e mais o dia entre elas.

Tinha uma sensação insistente, no fundo da mente, de que havia alguma coisa extraordinária que esquecera. Por mais que se esforçasse em recordar, no entanto, jamais conseguiu descobrir o que lhe acontecera durante aquelas 24 horas perdidas.

ENQUANTO SARNE DORMIA, o *Coparelli* deixou o porto de Antuérpia, no domingo, 17 de novembro de 1968.

14

O que Suza deveria fazer era telefonar para qualquer embaixada israelense e deixar um recado para Nat Dickstein.

Esse pensamento ocorreu-lhe uma hora depois de comunicar ao pai que ajudaria Hassan, e quando arrumava a mala. Imediatamente pegou o telefone de seu quarto, a fim de ligar para o serviço de informações e descobrir o número. Mas o pai entrou nesse momento e perguntou-lhe para quem estava ligando. Suza disse que era para o aeroporto, e o pai declarou que se encarregaria de todas as providências.

Depois, Suza ficou permanentemente atenta à oportunidade de dar um telefonema clandestino. Mas não surgiu nenhuma. Hassan permanecia a seu lado a todo instante. Foram juntos para o aeroporto, pegaram o avião, mudaram de voo no aeroporto Kennedy, em Nova York, e seguiram imediatamente para Buffalo. Ao desembarcarem, foram diretamente para a casa de Cortone.

Durante a viagem, Suza passou a sentir uma aversão total por Yasif Hassan. Ele se gabou vaga e interminavelmente de seu trabalho para os *fedayin*; sorriu untuosamente e pôs a mão no joelho de Suza; insinuou que ele e Eila haviam sido mais que amigos e que gostaria de ser mais que amigo de Suza. Ela disse-lhe que a Palestina não seria livre enquanto suas mulheres não fossem livres, e que os homens árabes tinham de aprender a diferença entre ser viril e ser um porco. Isso fez com que ele se calasse.

Tiveram alguma dificuldade em descobrir o endereço de Cortone, e Suza esperou que não o conseguissem. Mas acabaram encontrando um motorista de táxi que conhecia a casa. Suza saltou do táxi. Hassan ficaria esperando a cerca de um quilômetro adiante.

A casa era grande, cercada por um muro alto, com guardas no portão. Suza disse que queria falar com Cortone, que era uma amiga de Nat Dickstein.

Pensara muito no que iria dizer a Cortone. Deveria contar-lhe toda a verdade ou apenas uma parte? Se ele soubesse ou pudesse descobrir onde Dickstein se encontrava, por que iria dizer-lhe? Suza diria que Dickstein corria perigo, por isso precisava encontrá-lo e avisá-lo. Que razão Cortone teria para acreditar nela? Tentaria envolvê-lo com seu charme, pois sabia como fazê-lo com homens daquela idade. Mas, de qualquer forma, Cortone ficaria desconfiado.

Ela tinha vontade de revelar tudo a Cortone, que procurava Nat para avisá-lo, mas também estava sendo usada pelos inimigos dele para mostrar-lhes a pista, que um agente esperava num táxi um quilômetro adiante. Mas se o fizesse, porém, Cortone certamente nada lhe diria.

Suza encontrava a maior dificuldade em pensar claramente sobre tudo o que estava acontecendo. Havia muitas manobras e embustes envolvidos. E ela queria desesperadamente tornar a ver o rosto de Nathaniel, falar-lhe pessoalmente...

Ainda não decidira o que iria dizer quando um guarda abriu o portão, levando-a em seguida pelo caminho de cascalho até a porta. Era uma casa bonita, mas um tanto exagerada, como se um decorador a tivesse mobiliado suntuosamente e depois os proprietários acrescentaram uma porção de porcarias dispendiosas que apreciavam. Parecia ter uma porção de criados. E foi um deles que levou Suza ao segundo andar, informando que o Sr. Cortone acordara mais tarde e estava ainda em seu quarto, tomando o café da manhã.

Quando Suza entrou no quarto, Cortone sentava-se a uma mesa pequena, devorando ovos e batatas fritas. Era um homem gordo, completamente calvo. Suza não se lembrava dele do tempo em que visitara Oxford, mas devia ser um homem bastante diferente naquela ocasião.

Cortone fitou-a e no mesmo instante levantou-se, com uma expressão de terror, gritando:

– Mas você devia estar velha!

Então ele desatou a tossir; tinha engasgado.

O criado agarrou Suza por trás, imobilizando-lhe os braços e apertando-os com força. Acabou largando-a um momento depois e foi bater nas costas de Cortone.

– Mas o que você fez? – gritou ele para Suza. – O que fez afinal, pelo amor de Deus?

De forma estranha, a cena cômica contribuiu para que Suza se acalmasse um pouco. Não podia ficar amedrontada por um homem aterrorizado com a sua presença. Invadida por uma onda de confiança, foi sentar-se à mesa e serviu-se de café. Assim que Cortone parou de tossir, disse:

– Eila era minha mãe.

– Santo Deus! – balbuciou Cortone.

Ele deu uma última tossida, depois acenou para que o criado se retirasse e tornou a se sentar.

– Você é igualzinha a ela, de tal forma que me deixou apavorado. – Cortone contraiu os olhos, recordando. – Não tinha 4 ou 5 anos em... hum... 1947?

– Isso mesmo.

– Lembro que usava uma fita nos cabelos. E agora você e Nat estão juntos.

– Então ele esteve aqui!

Suza sentiu o coração disparar de alegria.

– Talvez.

Toda a jovialidade de Cortone desapareceu. Suza compreendeu que não seria fácil manipulá-lo.

– Quero saber onde ele está.

– E eu quero saber quem a mandou aqui.

– Ninguém me mandou. – Suza fez um esforço para disfarçar a tensão. – Pensei que ele poderia ter vindo pedir-lhe ajuda para esse... projeto em que está trabalhando. E o problema é que os árabes sabem de tudo, vão matá-lo e tenho de avisá-lo... Se sabe onde ele está, ajude-me, por favor!

Ela chegou subitamente à beira das lágrimas, mas Cortone permaneceu inabalável.

– Ajudar é fácil, confiar é que é difícil.

Ele desenrolou um charuto e acendeu-o, sem a menor pressa. Suza ficou observando, numa agonia de impaciência. Cortone desviou os olhos dela e falou quase para si mesmo:

– Houve um tempo em que eu via alguma coisa que queria e simplesmente a tomava. Mas as coisas já não são mais tão simples. Agora, tenho uma porção de complicações. Sou obrigado a tomar decisões e nenhuma delas é o que realmente quero. Não sei se as coisas se transformaram e agora são assim ou se fui eu que mudei.

Cortone virou a cabeça e tornou a fitá-la.

– Devo minha vida a Dickstein. Agora, tenho a chance de salvar-lhe a vida, se você está dizendo a verdade. É uma dívida de honra. E tenho de pagá-la pessoalmente. E o que vamos fazer, então?

Ele fez uma pausa, enquanto Suza prendia a respiração.

– Dickstein está no arremedo de uma casa em algum lugar do Mediterrâneo. A casa está em ruínas, há anos que ninguém vive lá. Não tem telefone. Posso enviar uma mensagem, mas não tenho certeza se chegaria lá. E como eu disse, é algo que preciso fazer pessoalmente.

Cortone deu uma tragada no charuto, antes de acrescentar:

– Posso lhe dizer onde procurá-lo, mas você seria capaz de passar a informação para as pessoas erradas. E esse é um risco que não posso assumir.

– E o que vamos fazer então? – indagou Suza, a voz estridente. – Temos de ajudá-lo!

– Sei disso – murmurou Cortone, imperturbavelmente. – E por isso eu vou até lá pessoalmente.

– Oh!

Suza estava completamente aturdida. Era uma possibilidade que não havia cogitado.

– E o que vou fazer com você – continuou Cortone. – Posso não dizer para onde vou, mas isso não a impedirá de mandar pessoas me seguirem. Portanto, preciso mantê-la ao meu lado daqui por diante. Vamos ser francos: você pode estar jogando para qualquer um dos lados. Sendo assim, vou levá-la comigo.

Suza fitou-o fixamente. A tensão esvaindo-se bruscamente. Arriou na cadeira, murmurando:

– Obrigada...

E depois, finalmente, começou a chorar.

VOARAM DE PRIMEIRA CLASSE, como Cortone sempre fazia. Depois da refeição, Suza deixou-o para ir ao banheiro. Olhou pela cortina para a classe econômica, esperando contra toda razão, e ficou desapontada: lá estava o rosto moreno e cauteloso de Hassan, fitando-a por cima do encosto das poltronas.

Suza foi até a pequena cozinha e falou com o chefe dos comissários de bordo, em tom confidencial. Disse que tinha um problema. Precisava entrar em contato com o namorado, mas não havia jeito de escapar do pai italiano, que queria que ela usasse cinto de castidade até completar 21 anos. Ele poderia telefonar para o consulado israelense em Roma e deixar um recado para Nathaniel Dickstein? Basta dizer: Hassan contou-me tudo e ele e eu estamos indo ao seu encontro. Suza deu dinheiro para o telefonema, até demais, como um meio de recompensá-lo. O homem anotou o recado e prometeu que telefonaria.

Suza voltou para junto de Cortone.

– Más notícias – disse ela. – Um dos árabes viaja lá atrás, na classe econômica. Deve estar nos seguindo.

Cortone praguejou e depois disse-lhe que não se preocupasse, cuidariam do homem depois.

Suza pensou: Oh, Deus, o que acabei fazendo?

DA CASA GRANDE no alto do penhasco, Dickstein desceu por um lance de degraus, interminável e em zigue-zague, escavado diretamente na rocha, até a praia. Avançou pela água rasa até a lancha à espera, embarcou e sacudiu a cabeça para o homem que a manobrava.

O motor rugiu furiosamente e a lancha arremeteu pelas ondas na direção do alto-mar. O sol acabara de se pôr. À última claridade do dia, as nuvens acumulavam-se no céu, ocultando as estrelas tão logo elas apareciam. Dickstein estava mergulhado em seus pensamentos, vasculhando o cérebro à procura das coisas que não fizera, precauções que ainda poderia adotar, falhas que ainda tinha tempo para corrigir. Repassou mentalmente o plano, por diversas vezes, como um homem que aprendeu de cor um discurso importante que deve fazer, mas ainda assim deseja que seja melhor.

A sombra alta do *Stromberg* assomava à frente. O homem que manejava a lancha descreveu um arco, formando uma esteira de espuma, indo encostar de lado no costado, no ponto em que uma escada de corda pendia até o mar. Dickstein subiu rapidamente pela escada até o convés.

O comandante do navio apertou-lhe a mão e apresentou-se. Como todos os oficiais a bordo do *Stromberg*, fora emprestado pela Marinha israelense.

Deram uma volta pelo tombadilho e Dickstein perguntou:

– Algum problema, comandante?

– Não é um bom navio. É lento, difícil de manobrar, bastante velho. Mas conseguimos deixá-lo em condições razoáveis.

E pelo que Dickstein pôde ver ao crepúsculo, o *Stromberg* apresentava um estado muito melhor que o navio gêmeo *Coparelli*, ao passar por Antuérpia. Estava limpo e tudo no tombadilho parecia consertado, em boa ordem.

Subiram para a ponte de comando, examinaram o potente equipamento na sala de rádio, depois desceram para o refeitório, onde os tripulantes acabavam de jantar. Ao contrário dos oficiais, os tripulantes eram todos agentes do Mossad, a maioria com alguma experiência no mar. Dickstein já trabalhara antes com vários. Observou que eram todos pelo menos dez anos mais moços que ele. Eram homens fortes, de olhos sempre brilhando, competentes, joviais, usando um estranho sortimento de jeans e suéteres de fabricação caseira.

Dickstein pegou uma xícara de café e foi sentar-se a uma das mesas. Sua posição era superior à de todos aqueles homens, mas não havia muita preocupação com a hierarquia nas Forças Armadas israelenses e muito menos no Mossad. Os quatro homens à mesa acenaram com a cabeça e disseram alô. Ish, um taciturno israelense nascido na Palestina, de pele escura, disse:

– O tempo está mudando.

– Não seja de mau agouro. Eu esperava conseguir algum bronzeado neste cruzeiro.

Quem falou foi um nova-iorquino magro e louro, chamado Feinberg, um homem de rosto falsamente bonito, com pestanas que as mulheres invejavam. Classificar a missão de "cruzeiro" já era uma piada entre os homens. Nas informações que dera no início do dia, Dickstein dissera que o *Coparelli* estaria quase deserto quando o sequestrassem, explicando:

– Logo depois de passar pelo estreito de Gibraltar, as máquinas vão sofrer uma pane. Os danos serão de tal monta que não poderão ser reparados no mar. O comandante entrará em contato com os proprietários, que agora somos nós. Por uma coincidência aparente, outro dos nossos navios estará por perto. É o *Gil Hamilton*, nesse momento ancorado no outro lado desta baía. Vai se aproximar do *Coparelli* e recolherá toda a tripulação, à exceção do oficial de máquinas. O *Gil Hamilton* sairá então de cena, seguindo para o seu próximo porto de escala, onde largará a tripulação do *Coparelli*, com dinheiro suficiente para que todos possam voltar a suas casas.

Haviam tido o dia inteiro para pensar nas informações e Dickstein agora esperava perguntas. E foi Levi Abbas, um homem baixo e corpulento, "construído como um tanque e com a mesma beleza", no comentário de Feinberg, quem perguntou a Dickstein:

– Não nos explicou como pode estar tão certo de que as máquinas do *Coparelli* sofrerão uma pane no ponto exato que você está querendo.

Dickstein tomou um gole de café.

– Conhece Dieter Koch, do serviço secreto naval?

Feinberg conhecia.

– Ele é o oficial de máquinas do *Coparelli*.

Abbas assentiu:

– E é por isso que sabemos também que podemos consertar o *Coparelli*. Vamos identificar o problema.

– Exatamente.

Abbas continuou:

– Apagamos o nome *Coparelli*, pintamos o nome *Stromberg* por cima, trocamos os diários de bordo, afundamos o velho *Stromberg* e seguimos com o *Coparelli*, agora chamado

Stromberg, para Haifa, levando a carga. Mas por que não transferir a carga de um navio para o outro, no mar? Temos os guindastes necessários.

– Foi essa a minha ideia original – explicou Dickstein. – Mas era arriscado demais. E não poderia garantir que seria possível, especialmente com um tempo desfavorável.

– Ainda podemos fazê-lo, se o tempo bom persistir.

– Agora que temos navios gêmeos, será mais fácil trocar de nomes que de cargas.

Ish comentou, lugubremente:

– Além do mais, o tempo bom não vai durar muito.

O quarto homem à mesa era Porush, um rapaz de cabelos curtos, e peito estufado, casado com a irmã de Abbas. E foi ele quem comentou:

– Se vai ser tão fácil assim, que diabo nós todos, caras duros, fazemos aqui?

– Passei os últimos seis meses correndo o mundo para armar este plano. Umas poucas vezes esbarrei com o pessoal do outro lado, o que era inevitável. Não creio que eles saibam o que estamos prestes a fazer... mas se sabem, talvez tenhamos de descobrir até que ponto somos realmente duros.

Um dos oficiais entrou no refeitório com um pedaço de papel e aproximou-se de Dickstein.

– Mensagem de Tel Aviv, senhor. O *Coparelli* acaba de passar por Gibraltar.

– Ótimo – disse Dickstein, levantando-se. – Partiremos pela manhã.

Suza Ashford e Al Cortone mudaram de avião em Roma e chegaram à Sicília no início da manhã. Dois primos de Cortone esperavam no aeroporto. Houve uma longa discussão entre eles, que não chegou a ser áspera, mas mesmo assim foi ruidosa e excitada. Suza não conseguiu entender muito o que falaram rapidamente, em dialeto, mas deduziu que os primos queriam acompanhar Cortone e ele insistia que era algo que precisava fazer sozinho, por se tratar de uma dívida de honra.

Cortone pareceu ganhar a discussão. Deixaram o aeroporto sem os primos, num Fiat branco grande. Suza foi dirigindo. Cortone orientou-a pela estrada litorânea. Pela centésima vez, ela repassou mentalmente a cena do encontro com Nathaniel: via seu corpo esguio e anguloso; ele a reconhecia e seu rosto iluminava-se num sorriso de alegria; ela corria ao seu encontro; os dois se abraçavam; ele a apertava com tanta força que até doía; ela murmurava "Eu o amo muito" e beijava seu rosto, nariz, boca... Mas Suza sentia-se também culpada e assustada, e havia outra cena que imaginava com menos frequência, na qual Nathaniel a fitava com uma expressão dura e dizia:

– Que diabo está fazendo aqui?

Era como na ocasião em que se comportara mal na véspera de Natal e a mãe ficara furiosa, dizendo que Papai Noel deixaria pedras em suas meias, ao invés de brinquedos e balas. Suza não sabia se acreditava ou não e passara a noite acordada, alternando desejo e temor de que a manhã chegasse.

Olhou rapidamente para Cortone, sentado a seu lado. A viagem transatlântica o deixara cansado. Suza achava difícil pensar que ele tinha a mesma idade de Nat. Afinal, era tão gordo, inteiramente calvo e... tinha uma aparência cansada de depravação, que poderia passar por engraçada, mas na verdade era meramente um sinal de velhice.

A ilha ficou extremamente bonita quando o sol apareceu. Suza contemplou a paisagem, procurando distrair-se, para que o tempo passasse mais depressa. A estrada estendia-se sinuosa pela costa, de cidadezinha em cidadezinha; à direita, sempre se podia avistar as praias rochosas e o Mediterrâneo cintilante.

Cortone acendeu um charuto.

– Eu costumava fazer isso constantemente quando era moço. Pegava um avião, seguia para algum lugar com uma garota bonita, passeava de carro, contemplava as paisagens. Mas não faço mais essas coisas. Há anos que estou preso em Buffalo. É o problema com os negócios. Fica-se rico, mas sempre há alguma coisa com que se preocupar. Nunca se vai a parte alguma, as pessoas passam a procurá-lo, trazendo tudo o que quer. E fica-se preguiçoso demais até para se divertir um pouco.

– Foi você mesmo quem escolheu tudo isso – comentou Suza.

Ela sentia mais simpatia por Cortone do que deixava transparecer. Era um homem que trabalhara arduamente para conquistar todas as coisas erradas.

– Tem razão – admitiu Cortone. – Os jovens não têm mesmo compaixão.

Ele exibiu um raro meio-sorriso e soprou a fumaça do charuto. Pela terceira vez, Suza avistou o mesmo carro azul pelo espelho retrovisor.

– Estão nos seguindo – disse ela, tentando manter a voz calma e normal.

– É o árabe?

– Deve ser. – Suza não podia divisar o rosto por trás do para-brisa. – O que vamos fazer? Disse que cuidaria do problema.

– E vou cuidar.

Cortone ficou calado. Esperando que ele falasse mais, Suza virou a cabeça para fitá-lo. Cortone carregava uma pistola com imensas balas escuras. Ela soltou uma exclamação de espanto. Jamais vira uma arma de verdade em toda a sua vida.

Cortone olhou-a rapidamente e depois para a estrada, gritando:

– Ei, olhe para a estrada!

Suza olhou para a frente e pisou no freio, quase em cima de uma curva fechada.

– Onde conseguiu isso?

– Do meu primo.

Suza tinha a sensação cada vez mais intensa de que vivia um pesadelo. Há quatro dias que não dormia numa cama. A partir do momento em que ouvira o pai falar tão calmamente em matar Nathaniel que corria, fugindo da verdade pavorosa a respeito de Hassan e do pai para a segurança dos braços vigorosos de Dickstein; e, como num pesadelo, o destino parecia recuar quanto mais ela corria.

– Por que não me diz para onde vamos? – indagou ela a Cortone.

– Creio que já posso dizer. Nat pediu-me o empréstimo de uma casa com ancoradouro e proteção de qualquer intromissão da polícia. Estamos indo para essa casa.

O coração de Suza bateu mais depressa.

– Fica ainda muito longe?

– Dois ou três quilômetros.

Um minuto depois, Cortone acrescentou:

– Chegaremos lá. Não precisa correr tanto. Para que morrer no caminho?

Suza compreendeu que inconscientemente seu pé estava comprimindo demais o acelerador. Diminuiu a velocidade, mas não pôde reduzir a velocidade desenfreada dos pensamentos. A qualquer momento agora, tornaria a ver Nathaniel, afagaria seu rosto, lhe daria um beijo, sentiria as mãos dele em seus ombros...

– Vire à direita.

Suza passou por um portão aberto e subiu por um caminho de cascalho, com o mato crescendo, até uma casa grande, de pedras brancas, quase em ruínas. Ao parar diante do pórtico, ficou esperando que Nathaniel saísse correndo para recebê-la.

Não havia qualquer sinal de vida naquele lado da casa.

Saltaram do carro e subiram pela escadaria de pedra, quebrada em diversos pontos, até a porta da frente. Encontraram a grande porta de madeira fechada, mas não trancada. Suza abriu-a e entraram.

O vestíbulo era vasto, com chão de mármore, todo rachado. O teto vergava e as paredes estavam cobertas por manchas de umidade. No meio do vestíbulo havia um imenso candelabro caído, esparramado no chão como uma águia morta.

– Ei, tem alguém aí? – gritou Cortone.

Não houve resposta.

Suza pensou: A casa é grande, ele deve estar aqui, apenas não pode ouvir. Talvez esteja no jardim lá dos fundos.

Atravessaram o vestíbulo, contornando o candelabro. Entraram numa sala imensa e vazia, os passos ecoando sonoramente. Saíram pelas portas francesas sem vidros nos fundos da casa.

Um pequeno jardim estendia-se até a beira do penhasco. Foram até lá e viram uma escada escavada na rocha, que descia em zigue-zague até o mar.

Não havia ninguém à vista.

Ele não está aqui, pensou Suza; desta vez, Papai Noel deixou-me realmente as pedras.

– Olhe!

Cortone apontava para o mar com a mão inchada de gordura. Suza olhou na direção indicada e avistou duas embarcações, um navio e uma lancha. A lancha encaminhava-se velozmente para a praia, pulando as ondas e cortando as águas com a proa, tripulada por um único homem. O navio saía da baía, deixando uma esteira larga para trás.

– Parece que o perdemos por pouco – comentou Cortone.

Suza desceu correndo os degraus, gritando e acenando freneticamente, tentando atrair a atenção das pessoas no navio, mesmo sabendo que era impossível porque estavam longe demais. Escorregou nas pedras e caiu sentada. Começou a chorar.

Cortone desceu correndo atrás dela, o corpo volumoso sacudindo-se todo nos degraus.

– Não adianta – disse, ajudando Suza a levantar-se.

– A lancha! – disse ela, desesperadamente. – Talvez possamos pegar a lancha e alcançar o navio...

– Não há a menor possibilidade. Quando a lancha chegar aqui, o navio já estará longe demais, desenvolvendo uma velocidade que a lancha não será capaz de alcançar.

Cortone ajudou-a a subir os degraus de volta. Suza descera bastante e o esforço da subida deixou-o extenuado. Suza mal percebeu, absorvida inteiramente na própria angústia.

Sua mente era um grande vazio quando atravessaram o pequeno jardim e tornaram a entrar na casa.

– Preciso sentar um pouco – murmurou Cortone, ao passarem novamente pela sala.

Suza fitou-o. Cortone respirava com dificuldade, o rosto pálido e coberto de suor. Subitamente, compreendeu que o esforço fora demais para aquele corpo excessivamente gordo. E, por um momento, esqueceu o seu próprio e terrível desapontamento, murmurando:

– A escada...

Entraram no vestíbulo em ruínas. Suza levou Cortone até a escada curva e sentou-o no segundo degrau. Cortone arriou pesadamente. Fechou os olhos, encostou a cabeça na parede.

– Ainda pode chamar os navios... ou mandar um telegrama... ainda podemos alcançá-lo...

– Fique quieto por um minuto. Não fale.

– Peça a meus primos... quem está aí?

Suza virou-se. Ouvira um estalido dos cacos do candelabro e deparou-se agora com a causa.

Yasif Hassan atravessava o vestíbulo na direção deles.

Abruptamente, com um tremendo esforço, Cortone se levantou.

Hassan parou.

A respiração de Cortone era em ofegos irregulares. Ele levou a mão ao bolso.

– Não! – exclamou Suza.

Cortone sacou a arma.

Hassan ficou pregado onde estava, completamente imóvel.

Suza tornou a gritar. Cortone cambaleou, a arma na mão descrevendo círculos no ar.

Cortone puxou o gatilho. A arma disparou duas vezes, com um duplo estampido, ensurdecedor. Os tiros saíram a esmo. Cortone caiu ao chão, o rosto tão sombrio quanto a própria morte. A arma escapuliu de seus dedos e caiu no chão de mármore.

Yasif Hassan soltou um suspiro de alívio.

Suza ajoelhou-se ao lado de Cortone.

Ele abriu os olhos e balbuciou, a voz rouca:

– Escute...

Hassan gritou para Suza:

– Largue-o aí e vamos embora.

Suza virou-se para fitá-lo. E berrou, o mais alto que podia:

– Vá à *merda*!

Ela virou-se novamente para Cortone.

– Matei muitos homens – balbuciou Cortone, tão baixo que Suza teve de se inclinar para ouvi-lo. – Matei pessoalmente 11 homens... Levei uma porção de mulheres para a cama...

A voz definhou e sumiu, ele fechou os olhos. Fez um tremendo esforço para voltar a falar:

– Durante toda a minha maldita vida, fui um ladrão e carrasco. Mas morri por meu amigo, certo? E isso conta alguma coisa, não é mesmo?

– Claro que conta.

– Isso é bom...

E, no instante seguinte, Al Cortone morreu.

Suza nunca vira um homem morrer. Era terrível. Subitamente, não havia nada ali, nada além de um cadáver, a pessoa que desaparecera. Ela pensou: Não é de admirar que a morte nos faça chorar. Percebeu que as lágrimas escorriam-lhe pelo rosto. E eu nem mesmo gostava dele, pensou ela, até agora.

– Saiu-se muito bem – disse Hassan. – E agora vamos sair daqui.

Suza não entendeu. Eu me saí bem?, pensou ela. E depois compreendeu. Hassan não sabia que ela contara a Cortone que um árabe os seguia. Para Hassan, ela fizera exatamente o que lhe pedira. Levara-o até ali. Agora, devia tentar manter a farsa de que estava a seu lado, até poder encontrar um meio de entrar em contato com Nat.

Mas pensou: Não posso mais continuar a mentir e enganar. Já é demais. Estou muito cansada.

E depois: Pode-se telefonar para um navio. Ou pelo menos mandar uma mensagem pelo rádio, conforme Cortone dissera.

Ainda podia avisar Nat.

Oh, Deus, quando poderei dormir?

Suza levantou-se.

– O que estamos esperando?

Saíram da casa e Hassan disse:

– Vamos pegar o meu carro.

Suza pensou em tentar escapar, mas era uma ideia tola. Hassan em breve a deixaria ir embora. Já fizera o que ele queria, não é mesmo? Agora, Hassan iria despachá-la.

Entrou no carro.

– Espere um instante.

Hassan correu até o carro de Cortone, tirou as chaves e jogou-as no mato. Voltou a seu próprio carro e sentou ao volante, explicando:

– Assim o homem da lancha não poderá nos seguir.

Ligou o motor e arrancou. Ao se afastar, comentou:

– Estou desapontado com a sua atitude. Aquele homem estava ajudando nossos inimigos. Devemos nos regozijar e não chorar quando um inimigo morre.

Suza cobriu os olhos com a mão.

– Ele ajudava um amigo.

Hassan afagou o joelho dela.

– Você agiu muito bem. Não devo criticá-la. Obteve a informação que eu precisava.

Suza fitou-o.

– Como assim?

– Aquele navio grande que vimos deixando a baía era o *Stromberg*. Sei a hora de sua partida e conheço a sua velocidade máxima. Assim, posso calcular o momento mais breve possível em que se encontrará com o *Coparelli*. E posso enviar meus homens ao encontro do *Coparelli* um dia antes.

Tornou a afagar o joelho de Suza, dessa vez deixando a mão sobre sua coxa.

– Não me toque – disse Suza.

Hassan retirou a mão.

Ela fechou os olhos e tentou pensar. Alcançara o pior resultado possível com a sua ação: levara Hassan à Sicília e não conseguira avisar Nat. Tinha de encontrar um meio de enviar uma mensagem para o navio, o mais depressa possível, assim que ela e Hassan se separassem. Só havia uma outra possibilidade: o comissário de bordo que prometera telefonar para o consulado israelense em Roma.

– Ah, como vou ficar satisfeita quando estiver de volta a Oxford!

– Oxford? – Hassan riu. – Ainda não. Terá de ficar comigo até que a operação esteja concluída.

Suza pensou: Deus do céu, não vou aguentar!

– Mas estou muito cansada...

– Poderá descansar em breve. Mas não posso deixá-la ir agora. Uma medida de segurança. De qualquer forma, tenho certeza de que não vai querer perder a visão do cadáver de Nat Dickstein.

NO BALCÃO DA ALITALIA, no aeroporto, três homens aproximaram-se de Yasif Hassan. Dois deles eram jovens e com cara de facínoras, o terceiro era alto, de feições afiladas, na casa dos 50 anos.

– Seu idiota! Merecia ser fuzilado! – disse o homem mais velho para Hassan.

Hassan fitou-o aturdido e Suza viu o pavor estampar-se nos olhos dele.

– Rostov!

Suza pensou: Oh, Deus, o que acontecerá agora?

Rostov segurou o braço de Hassan. Por um momento, pareceu que Hassan resistiria, desvencilharia o braço. Os outros dois homens chegaram mais perto. Suza e Hassan estavam cercados. Rostov afastou Hassan do balcão. Outro homem segurou o braço de Suza e todos foram atrás.

Pararam num canto isolado. Rostov evidentemente fervia de raiva, mas manteve a voz baixa:

– Poderia estragar todo o plano, se não tivesse chegado alguns minutos atrasado.

– Não sei do que está falando – murmurou Hassan, desesperadamente.

– Pensa que não sei que andou correndo pelo mundo à procura de Dickstein? Pensa que não posso mandar segui-lo, como qualquer outro maldito imbecil? Venho recebendo informações detalhadas sobre os seus movimentos desde que deixou o Cairo. E o que o leva a pensar que pode confiar nela?

Rostov sacudiu o polegar para Suza, enquanto Hassan dizia:

– Ela me trouxe até aqui.

– Mas não sabia que isso aconteceria quando falou com ela.

Suza ficou imóvel, em silêncio, assustada. Estava irremediavelmente confusa e aturdida. Os choques sucessivos daquela manhã – perder Nat por pouco, testemunhar a morte de Cortone e agora isso – haviam paralisado sua capacidade de pensar. Já fora difícil o bastante sustentar as mentiras quando precisava enganar apenas a Hassan, dizendo a Cortone uma verdade que o árabe julgava ser uma mentira. Agora, tinha de enfrentar também o tal de Rostov, a quem Hassan mentia.

Suza não conseguia sequer começar a pensar se deveria dizer a Rostov a verdade ou outra mentira diferente.

– Como chegou aqui? – perguntou Hassan.

– Vim no *Karla*, é claro. Estávamos a uns 79 ou 80 quilômetros da Sicília quando recebi a informação de que havia chegado aqui. Também obtive permissão do Cairo para ordenar o seu retorno imediato e direto.

– Ainda acho que fiz o que era certo – murmurou Hassan.

– Suma da minha frente!

Hassan afastou-se. Suza começou a segui-lo, mas Rostov deteve-a, dizendo:

– Você não!

Ele agarrou-lhe o braço e começou a andar. Suza acompanhou-o, pensando: O que vou fazer agora?

– Sei que já provou a sua lealdade, Srta. Ashford. Mas no meio de um projeto assim, não podemos permitir que pessoas recentemente recrutadas simplesmente voltem para suas casas. Por outro lado, não disponho de homens aqui na Sicília além dos que vou precisar no navio. Assim, não poderei mandar escoltá-la a algum outro lugar. Infelizmente, terá de vir comigo para o *Karla*, até que a operação esteja encerrada. Espero que não se importe. E quer saber de uma coisa? É impressionante como se parece com sua mãe.

Deixaram o terminal do aeroporto e seguiram para um carro à espera. Rostov abriu a porta para Suza. Era o momento ideal para fugir; depois, seria tarde demais. Ela hesitou. Um dos homens postou-se a seu lado. O paletó dele entreabriu-se ligeiramente e Suza avistou a coronha da arma. Lembrou-se do estampido terrível da arma de Cortone na casa em ruínas e como gritara. Subitamente, sentiu medo de morrer, de tornar-se uma massa inerte, como o pobre e gordo Cortone. Sentiu pavor da arma, do estampido, da bala entrando em seu corpo. E começou a tremer.

– O que houve? – indagou Rostov.

– Al Cortone morreu.

– Sabemos disso. E agora entre no carro.

Suza obedeceu.

PIERRE BORG SAIU de Atenas e parou o carro no fim de uma praia, frequentada ocasionalmente por amantes. Saltou do carro e foi andando pela beira d'água, até encontrar Kawash, que vinha da direção oposta. Ficaram parados lado a lado, olhando para o mar, as marolas vindo morrer indolentemente a seus pés. Borg podia ver o rosto bonito do agente duplo árabe, à luz das estrelas. Kawash não parecia tão confiante como habitualmente.

– Obrigado por ter vindo – disse Kawash.

Borg não sabia por que Kawash lhe agradecia. Se alguém tinha de dizer obrigado, era ele. Só então percebeu que era justamente isso que Kawash queria ressaltar. O árabe fazia tudo sutilmente, inclusive os insultos.

– Os russos desconfiam que há um vazamento no Cairo – disse Kawash. – Mas estão mantendo suas cartas muito perto do peito coletivo comunista, se me permite falar assim.

Kawash sorriu, mas Borg não conseguiu perceber onde estava a piada.

– Mesmo quando Yasif Hassan voltou ao Cairo para uma reunião de informações, não descobri muita coisa... e *eu* pessoalmente não tomei conhecimento de todas as informações transmitidas por Hassan.

Borg arrotou sonoramente. Comera um lauto jantar grego.

– Não perca tempo com desculpas, por favor. Apenas me conte o que sabe.

– Está certo. Eles sabem que Dickstein está tentando roubar algum urânio.

– Já tinha me contado isso na última vez.

– Não creio que eles saibam dos detalhes. A intenção deles é deixar acontecer e depois denunciar o golpe. Puseram dois navios no Mediterrâneo, mas não sabem para onde enviá-los.

Uma garrafa de plástico flutuou na maré e veio parar aos pés de Borg. Ele chutou-a de volta à água.

– E o que me diz de Suza Ashford?

– Não resta a menor dúvida de que está trabalhando para o lado árabe. Houve uma discussão entre Rostov e Hassan. Hassan queria descobrir exatamente onde Dickstein estava. Rostov achava que isso era desnecessário.

– Más notícias. Continue.

– Depois disso, Hassan decidiu agir por conta própria. Recrutou Suza Ashford para ajudá-lo a procurar Dickstein. Foram para um lugar chamado Buffalo, nos Estados Unidos, encontraram-se com um gângster chamado Cortone, que os levou à Sicília. Por pouco que não se encontraram com Dickstein. Chegaram a ver o *Stromberg* partindo. Hassan está metido na maior encrenca por causa disso. Recebeu ordem para retornar imediatamente ao Cairo, mas ainda não apareceu.

– A garota levou-os ao lugar em que Dickstein estivera?

– Exatamente.

– Isso é terrível.

Borg pensou na mensagem que o consulado em Roma recebera, endereçada a Nat Dickstein, de sua "namorada". Contou tudo a Kawash. "Hassan contou-me tudo e ele e eu estamos indo ao seu encontro." Que diabo isso significava? A intenção era alertar Dickstein, retardá-lo ou confundi-lo? Ou seria um blefe duplo, uma tentativa de fazê-lo pensar que ela fora coagida a ajudar Hassan?

– Eu diria que se trata de um blefe duplo – comentou Kawash. – Ela sabia que seu papel na operação acabaria sendo exposto e por isso tentou manter a confiança de Dickstein por mais algum tempo. Não vai transmitir a mensagem, não é mesmo?

– Claro que não. – A mente de Borg estava concentrada em outras coisas. – Se eles foram à Sicília, sabem da existência do *Stromberg*. Que conclusões pode-se tirar disso?

– Que o *Stromberg* será usado no roubo do urânio?

– Exatamente. Assim, se Rostov seguir o *Stromberg*, deixar que o sequestro ocorra e depois atacar... Oh, diabo, diabo! Acho que a operação terá de ser cancelada.

Ele enterrou a ponta do sapato na areia úmida, antes de perguntar:

– Qual é a situação em Qattara?

– Eu guardei as notícias piores para o fim. Todos os testes já foram concluídos, satisfatoriamente. Os russos estão fornecendo o urânio. O reator entrará em operação dentro de três semanas, a contar de hoje.

Borg olhou para o mar, sentindo-se mais angustiado, pessimista e deprimido do que em qualquer outra ocasião de sua vida infeliz.

– Sabe o que isso significa, não é mesmo? Simplesmente não podemos suspender a operação. Significa que não posso deter Dickstein. Significa que Dickstein é a última chance de Israel.

Kawash ficou calado. Depois de um momento, Borg tornou a fitá-lo. Os olhos do árabe estavam fechados.

– O que está fazendo? – indagou Borg.

O silêncio prolongou-se por mais um momento. Kawash finalmente abriu os olhos, virou-se para Borg e exibiu o seu meio-sorriso, murmurando:

– Eu estava rezando...

TEL AVIV PARA STROMBERG

PESSOAL BORG PARA APENAS DICKSTEIN LER

DEVE SER DECIFRADO PELO PRÓPRIO ENDEREÇADO

SUZA ASHFORD AGENTE ÁRABE CONFIRMADA PT

ELA PERSUADIU CORTONE A LEVÁ-LA E A HASSAN

ATÉ SICÍLIA PT CHEGARAM POUCO DEPOIS SUA PARTIDA PT CORTONE AGORA MORTO PT ISSO E OUTRAS INFORMAÇÕES INDICAM FORTE POSSIBILIDADE VOCÊ SER ATACADO NO MAR PT NÃO PODEMOS FAZER MAIS NADA POR ESTE LADO PT METEU PÉS PELAS MÃOS E AGORA SAIA DESSA SOZINHO PT

AS NUVENS QUE vinham se acumulando no Mediterrâneo ocidental nos últimos dias finalmente desabaram naquela noite, a chuva se derramando em torrentes sobre o *Stromberg*. Um vento forte começou a soprar e as deficiências do projeto do navio ficaram patentes quando começou a balançar incessantemente nas ondas cada vez mais impetuosas.

Mas Nat Dickstein nem sequer percebeu como estava o tempo.

Sentado sozinho em sua cabine, à mesa aparafusada na antepara, com um lápis e um bloco, um livro de código à sua frente, decifrava, meticulosamente, a mensagem de Borg.

Ao terminar, leu-a repetidas vezes e depois ficou olhando para a parede de aço à sua frente.

Era inútil especular sobre os motivos que poderiam ter levado Suza a agir assim, inventar hipóteses forçadas de que Hassan a coagira ou chantageara, imaginar que a atitude era uma decorrência de convicções errôneas ou razões confusas. Borg dissera que ela era uma espiã e estava certo. Era uma espiã desde o início. E fora por isso que fizera amor com ele.

Aquela garota tinha um grande futuro na atividade do serviço secreto.

Dickstein pôs o rosto nas mãos e comprimiu os olhos com as pontas dos dedos. Mas ainda podia vê-la, nua, exceto pelos sapatos de saltos altos, encostada no armário da cozinha do pequeno apartamento, lendo o jornal da manhã enquanto esperava que a água na chaleira começasse a ferver.

O pior era que ele ainda a amava. Antes de conhecê-la, fora um aleijado, um amputado emocional, com uma manga vazia pendurada no lugar em que deveria ter amor. Suza realizara um milagre, fazendo com que se tornasse inteiro novamente. Agora, o traíra, levando tudo o que lhe dera. E ele ficara ainda mais despojado do que antes. Escrevera-lhe uma carta de amor. Santo Deus, pensou Dickstein, qual teria sido sua reação ao ler aquela carta? Teria rido? Teria mostrado a Hassan e comentado "Veja como ele está no papo"?

Se alguém pegasse um cego e lhe devolvesse a visão, por um dia, e depois tornasse a cegá-lo durante a noite, enquanto estivesse dormindo, certamente ele iria se sentir ao despertar como Dickstein se sentia naquele momento.

Ele dissera a Borg que mataria Suza se ela fosse uma agente, mas agora sabia que havia mentido. Jamais poderia fazer-lhe mal, não importava o que ela tivesse feito.

Já era tarde. A maioria dos tripulantes dormia, à exceção dos que estavam no turno de vigia. Dickstein deixou a cabine e subiu para o convés, sem ver ninguém. Ele caminhou até a amurada e ficou encharcado até os ossos, mas nem sequer percebeu. Ficou parado na amurada, olhando para a escuridão, incapaz de divisar onde terminava o mar escuro e começava o céu, deixando que a chuva lhe escorresse pelo rosto como lágrimas.

Ele nunca mataria Suza, mas Yasif era diferente.

Se algum homem jamais tivera um inimigo, ele encontrara um em Hassan. Amara Eila, apenas para encontrá-la num abraço sensual com Hassan. Agora, ele se apaixonara por Suza, apenas para descobrir que ela já fora seduzida pelo mesmo antigo rival. E Hassan também usara Suza em suas manobras para destruir a pátria de Dickstein.

Isso mesmo, mataria Yasif Hassan. E o faria com as próprias mãos, se fosse possível. E mataria os outros também. O pensamento irrompeu das profundezas do seu desespero numa explosão de fúria. Queria ouvir ossos estalando e se partindo, queria ver corpos sendo triturados, queria sentir o cheiro do medo e de tiros, queria ver a morte se abatendo ao seu redor.

Borg achava que eles poderiam ser atacados no mar. Dickstein apertou com toda a força a amurada, desesperadamente, enquanto o navio avançava pelo mar turbulento. O vento aumentou de intensidade por um momento e fustigou-lhe o rosto com a chuva dura e impiedosa. E ele pensou: Que assim seja! E no instante seguinte abriu a boca e gritou com uma raiva intensa para o vento:

– Deixe que eles venham... que venham todos os filhos da puta para descobrirem o que os espera!

15

Hassan não voltou para o Cairo naquela ocasião, nem em qualquer outra.

A exultação invadiu-o quando o avião decolou de Palermo. Fora por pouco, mas conseguira novamente ser mais esperto que Rostov! Hassan mal pudera acreditar quando Rostov dissera:

– Suma da minha frente!

Ficara convencido de que seria forçado a embarcar no *Karla* e assim frustraria o planejado sequestro pelos *fedayin*. Mas Rostov acreditara piamente que Hassan apenas demonstrara um excesso de entusiasmo, sendo impulsivo e inexperiente. Nunca lhe ocorrera que Hassan poderia ser um traidor. Mas por que pensaria assim? Hassan era o representante do serviço secreto egípcio na equipe e era árabe. Se Rostov acalentasse suspeitas quanto à sua lealdade, poderia imaginar que ele trabalhava para os israelenses, que representavam a oposição. Os palestinos, se e quando eram levados em consideração, eram considerados como no lado árabe.

Era sensacional. O astucioso, arrogante e condescendente coronel Rostov e todo o poderio da notória KGB haviam sido logrados por um refugiado palestino miserável, um homem que eles julgavam insignificante.

Mas ainda não terminara. Precisava ainda se encontrar com os *fedayin*.

O avião levou-o de Palermo a Roma, onde tentou pegar outro avião para Annaba ou Constantine, na costa argelina. O mais próximo que as empresas aéreas podiam lhe oferecer era Argel ou Túnis. Hassan foi para Túnis.

Ao desembarcar, encontrou um jovem motorista de táxi, com um Renault relativamente novo. Sacudiu-lhe diante do rosto mais dinheiro em dólares americanos do que o motorista normalmente ganhava em um ano. O táxi levou-o por toda a extensão de 160 quilômetros da Tunísia, atravessando a fronteira argelina e deixando-o numa pequena aldeia de pescadores numa enseada.

Um dos *fedayin* o esperava. Hassan encontrou-o na praia, sentado sob um bote levantado, resguardando-se da chuva, a jogar gamão com um pescador. Os três embarcaram no bote do pescador e partiram.

O mar estava revolto enquanto avançavam, à última claridade do dia. Hassan, que nunca fora um marinheiro, sentia-se terrivelmente preocupado com a possibilidade de o pequeno bote de motor de popa virar. Mas o pescador sorriu jovialmente de seus temores.

A viagem levou menos de meia hora. Ao se aproximarem do navio, Hassan sentiu novamente a sensação de triunfo dominá-lo. Um navio... eles tinham um *navio*!

Subiu para o tombadilho, enquanto o homem que o aguardara na praia pagava ao pescador. Mahmoud esperava-o no tombadilho. Abraçaram-se, e Hassan disse:

– Devemos levantar âncora imediatamente. As coisas começam a acelerar.

– Vamos para a cabine de comando.

Hassan seguiu Mahmoud. Era um pequeno navio de cabotagem, de cerca de mil toneladas, relativamente novo e em bom estado. Os alojamentos ficavam abaixo do tombadilho e havia uma escotilha grande para o único porão. Fora projetado para transportar pequenas cargas rapidamente e manobrar nos pontos toscos da costa norte-africana.

Pararam por um momento no convés de proa, olhando ao redor.

– É justamente o que precisamos – disse Hassan, alegremente.

– Mudei o nome para *Nablus* – disse Mahmoud. – É o primeiro navio da Marinha palestina.

Hassan sentiu que as lágrimas lhe afloravam aos olhos.

Subiram a escada e Mahmoud disse:

– Eu o consegui de um armador líbio que queria salvar sua alma.

A cabine de comando era compacta e bem arrumada. Só havia uma deficiência mais grave: o radar. Muitos daqueles pequenos navios costeiros ainda conseguiam passar sem radar e não houvera tempo para comprar o equipamento e instalá-lo.

Mahmoud apresentou o comandante, também líbio, pois o armador fornecera a tripulação, além do navio, pois nenhum dos *fedayin* era marinheiro. O comandante deu ordens para içar âncora e acionar as máquinas.

Os três homens inclinaram-se sobre uma carta, enquanto Hassan dizia o que descobrira na Sicília:

– O *Stromberg* deixou a costa sul da Sicília ao meio-dia de hoje. O *Coparelli* deve ter passado pelo estreito de Gibraltar, a caminho de Gênova, no fim da noite de ontem. São navios gêmeos, com a mesma velocidade máxima. Assim, o mais cedo que podem se encontrar é 12 horas a leste do meio do percurso entre a Sicília e Gibraltar.

O comandante fez alguns cálculos e consultou outra carta.

– Eles irão se encontrar a sudeste da ilha de Minorca.

– Devemos interceptar o *Coparelli* a não menos que oito horas antes.

O comandante correu o dedo pela rota comercial.

– Isso seria um pouco ao sul da ilha de Ibiza, ao anoitecer de amanhã.

– Teremos tempo de chegar até lá?

– E ainda teremos algum tempo de sobra, a menos que haja uma tempestade.

– E haverá uma tempestade?

– Em algum momento dos próximos dias. Mas creio que não amanhã.

– Ótimo. Onde está o operador de rádio?

– Aqui. Esse é Yaacov.

Hassan virou-se para um homem pequeno e sorridente, com os dentes manchados de tabaco, dizendo-lhe:

– Há um russo a bordo do *Coparelli*, um homem chamado Tyrin, que enviará sinais para um navio polonês, o *Karla*. Ficará escutando nessa frequência.

Hassan escreveu as indicações e depois acrescentou:

– Há também um emissor de rádio no *Stromberg* que emite um sinal simples de 30 segundos, a cada meia hora. Se ficarmos na escuta durante o tempo todo, poderemos ter certeza de que o *Stromberg* não estará na nossa frente.

O comandante transmitia o curso. Lá embaixo, no tombadilho, o imediato comandava os marinheiros que preparavam o navio para a partida. Mahmoud falava com um dos *fedayin* sobre uma inspeção das armas. O operador de rádio começou a interrogar Hassan sobre o sinal de rádio transmitido do *Stromberg*. Mas Hassan não prestava a menor atenção. Estava pensando: O que quer que aconteça agora, será certamente glorioso.

As máquinas do navio entraram em funcionamento ruidosamente, o convés inclinou-se, a proa rompeu a água. Estavam a caminho.

DIETER KOCH, O NOVO oficial de máquinas do *Coparelli*, deitara em seu beliche, no meio da noite, pensando: Mas o que direi se alguém me encontrar?

O que ele precisava fazer agora era simples. Tinha de levantar-se, ir ao depósito de máquinas na popa, pegar a bomba de óleo de reserva e livrar-se dela. Era quase certo que poderia fazê-lo sem ser visto. Afinal, sua cabine ficava perto do depósito, a maioria dos tripulantes dormia e os poucos acordados encontravam-se na cabine de comando ou na casa de máquinas e, provavelmente, de lá não sairiam. Mas "quase certo" não era suficiente numa operação de tanta importância. Se alguém desconfiasse, agora ou depois, do que realmente faria...

Vestiu um suéter, calça, botas e jaqueta impermeável. A coisa devia ser feita e tinha de ser naquela hora. Meteu no bolso a chave do depósito, abriu a porta da cabine e saiu. E pensou enquanto avançava: Se alguém me encontrar, posso dizer tranquilamente que não conseguia dormir e por isso decidi verificar os depósitos.

Koch abriu a porta do depósito. Acendeu a luz, entrou e tornou a fechar a porta. As peças sobressalentes espalhavam-se ao seu redor, penduradas e em prateleiras. Havia gaxetas, válvulas, cabos, parafusos... Contando-se com o bloco central, podia ser construído todo um motor com aquelas peças sobressalentes.

A bomba de óleo de reserva era guardada numa caixa, na última prateleira. Koch pegou-a. Não era grande, mas pesada. Passou mais cinco minutos verificando se não havia outra bomba de óleo de reserva.

E agora vinha a parte difícil.

...Não conseguia dormir, senhor, e por isso resolvi verificar as peças sobressalentes. E está tudo em ordem? Está, sim, senhor. E o que tem debaixo do braço? Uma garrafa de uísque, senhor. Um bolo que minha mãe mandou. A bomba de óleo de reserva, senhor. Vou jogá-lo no mar...

Ele abriu a porta do depósito e olhou para fora.

Ninguém.

Apagou a luz, saiu, fechou a porta, trancou-a. Atravessou o corredor e saiu para o tombadilho.

Ninguém.

Ainda chovia. Koch só podia ver por uma distância de poucos metros, o que era ótimo, pois significava que os outros também não veriam além disso.

Foi até a amurada, inclinou-se para fora, largou a bomba de óleo no mar. Virou-se e esbarrou em alguém.

Um bolo que minha mãe me mandou e estava tão seco...

– Quem é você? – indagou uma voz, num inglês carregado de sotaque.

– O oficial de máquinas. E você?

Enquanto Koch falava, o outro homem virou-se. Ele pôde reconhecer o corpo rotundo e o nariz grande do operador de rádio.

– Não conseguia dormir – murmurou o operador de rádio. – E resolvi... resolvi respirar um pouco de ar fresco.

Ele está tão embaraçado quanto eu, pensou Koch. Por que será?

– Uma noite horrível – disse Koch. – Acho que vou me deitar.

– Boa noite.

Koch entrou no castelo de popa e foi para sua cabine. Aquele operador de rádio era um homem muito estranho. Não pertencia à tripulação regular. Fora contratado em Cardiff, quando o operador anterior quebrara a perna. Como Koch, ele também era um estranho na tripulação. Fora ótimo que tivesse esbarrado naquele homem e não em qualquer dos outros.

Dentro da cabine, Koch tirou as roupas molhadas e se deitou. Sabia que não conseguiria dormir. O plano para o dia seguinte já estava meticulosamente elaborado, de nada adiantaria repassá-lo mais uma vez. Por isso, tentou pensar em outras coisas: na mãe, que fazia o melhor bolo de batata do mundo; na noiva, que era a melhor mulher do mundo; no pai louco, agora internado num hospício em Tel Aviv; no sensacional aparelho de som que compraria com o pagamento adicional que receberia por aquela missão; em seu excelente apartamento em Haifa; nos filhos que teria e como cresceriam em Israel, a salvo das guerras.

Koch se levantou duas horas depois. Foi até a cozinha para tomar um café. O auxiliar do cozinheiro já fritava bacon para a tripulação.

– Um tempo horrível – comentou Koch.

– E vai ficar pior.

Koch tomou o café, tornou a encher a caneca, pegou outra e a encheu também, seguindo para a cabine de comando. O primeiro-oficial encontrava-se no posto.

– Bom dia – disse Koch.

– Eis uma afirmação com que não posso concordar – disse o primeiro-oficial, olhando para o cortina de chuva.

– Quer café?

– Obrigado.

Koch entregou-lhe a caneca.

– Onde estamos?

– Aqui. – O oficial indicou a posição numa carta. – E no horário previsto, apesar da chuva.

Koch assentiu. Isso significava que teria de parar o navio dentro de 15 segundos.

– Até já – disse ele.

Koch saiu da cabine de comando e desceu para a casa de máquinas. Seu lugar-tenente estava lá, parecendo bastante animado, como se tivesse tirado um bom cochilo durante o seu plantão noturno.

– Como está a pressão do óleo? – indagou Koch.

– Firme.

– Oscilava um pouco ontem.

– Mas não houve qualquer sinal de problema durante a noite.

Ele falou um pouco incisivamente demais, como se receasse ser acusado de dormir enquanto o mostrador oscilava.

– Ótimo – disse Koch. – Talvez tenha se consertado sozinha.

Colocou a caneca num plano, tornando a pegá-la depressa quando o navio balançou rapidamente.

– Acorde Larsen antes de ir para a cama.

– Certo.

– E durma bem.

O homem retirou-se. Koch terminou de tomar o café e começou a trabalhar.

O medidor da pressão do óleo estava localizado num painel na parte posterior da casa de máquinas. Os diversos mostradores ficavam numa armação de metal presa por quatro parafusos. Usando uma chave de parafusos, Koch removeu-os, abrindo a armação. Por trás, havia fios de diversas cores, terminando nos mostradores. Koch trocou a chave de parafusos grande por outra menor, com cabo de material isolante. Com poucas voltas, desligou um dos fios do medidor da pressão do óleo. Enrolou um pedaço de fita isolante na extremidade desencapada do fio, tornando a colocá-lo no mesmo lugar. Só uma inspeção meticulosa revelaria que o fio não fora devidamente ligado. Koch pôs a armação no lugar, prendendo-a com os quatro parafusos.

Quando Larsen chegou, Koch terminava de encher o fluido de transmissão.

– Posso fazer isso, senhor? – disse Larsen, cuja especialidade era a lubrificação.

– Já está feito.

Koch atarrachou a tampa e guardou a lata num armário. Larsen esfregou os olhos e acendeu um cigarro. Olhou para os mostradores e arregalou os olhos subitamente.

– Senhor! A pressão do óleo está a zero!

– Zero?

– Isso mesmo!

– Pare as máquinas!

– É pra já, senhor!

Sem óleo, o atrito entre os componentes de metal das máquinas causaria um aumento rápido do calor, levando as peças a se fundirem. As máquinas iriam parar de qualquer maneira, para nunca mais funcionarem. Tão perigosa era a súbita ausência de óleo que até mesmo Larsen poderia parar as máquinas por sua própria iniciativa, sem ter de perguntar a Koch.

Todos a bordo sentiram as máquinas pararem e o *Coparelli* perder impulso. Até mesmo os homens do turno do dia, que ainda dormiam, ouviram em seus sonhos e prontamente despertaram. Antes que as máquinas ficassem completamente imóveis, a voz do primeiro-oficial saiu pelo tubo:

– O que está acontecendo aí embaixo?

– Uma perda súbita de pressão do óleo – respondeu Koch pelo tubo.

– Alguma ideia de por quê?

– Ainda não.

– Mantenha-me informado.

– Certo, senhor.

Koch virou-se para Larsen e disse:

– Vamos verificar o cárter.

Larsen pegou uma caixa de ferramentas e seguiu Koch na descida por meio convés, até o ponto em que podiam alcançar as máquinas por baixo. Koch disse-lhe:

– Se os rolamentos estivessem desgastados, a queda da pressão do óleo teria sido gradativa. Uma queda súbita significa uma falha na injeção do óleo. Há bastante óleo no sistema, algo que verifiquei antes, e não há sinais de vazamento. Portanto, provavelmente há um bloqueio.

Koch soltou o cárter com uma chave inglesa e os dois baixaram-no para o chão. Verificaram-no meticulosamente, a válvula do filtro auxiliar e a válvula principal, sem encontrar nenhum entupimento.

– Se não há bloqueio, o defeito deve estar na bomba – disse Koch. – Vá buscar a bomba de óleo de reserva.

– Está guardada no depósito, senhor.

Koch entregou-lhe a chave e Larsen subiu.

Koch precisava agora trabalhar rapidamente. Tirou a caixa da bomba, deixando à mostra as duas rodas denteadas. Pegou uma furadeira, ajustou uma broca, pôs-se a trabalhar nos dentes das rodas, lascando-os e quebrando-os até ficarem praticamente inúteis. Largou a furadeira, pegou uma barra de ferro e um martelo grande. Forçou a barra entre as duas rodas, fazendo pressão até sentir algo ceder, com um estalido seco. E finalmente tirou do bolso uma pequena porca de aço altamente resistente, toda amassada e lascada. Já trazia aquela porca ao embarcar no *Coparelli*. Largou-a no cárter.

Estava feito.

Larsen voltou.

Koch lembrou-se que não havia tirado a broca da furadeira. Quando Larsen saíra, a broca não estava ali. Não olhe para a furadeira!, pensou ele.

– A bomba não está no depósito, senhor.

Koch tirou a porca do cárter.

– Olhe para isso – disse ele, desviando a atenção de Larsen da furadeira incriminadora. – Esta é a causa do problema.

Ele mostrou a Larsen as rodas denteadas destruídas da bomba de óleo.

– A porca deve ter caído na última vez em que os filtros foram trocados. Entrou na bomba e deve estar agindo entre essas rodas desde então. Estou surpreso de não termos ouvido o barulho, acima do ruído das máquinas. Seja como for, não há agora a menor possibilidade de consertar a bomba de óleo Assim sendo, terá de encontrar a bomba sobressalente de qualquer maneira. Convoque alguns homens para ajudá-lo na procura.

Koch tirou a broca da furadeira assim que Larsen se retirou e deixou tudo como estava antes. Subiu correndo os degraus para a parte principal da casa de máquinas, a fim de remover a outra prova incriminadora. Trabalhando a toda velocidade, para o caso de alguém mais aparecer, removeu a tampa do painel e tornou a ligar o medidor da pressão de óleo. Agora o registro seria mesmo zero. Ele ajeitou o painel e jogou fora o pedaço de fita isolante.

Pronto. Agora era o momento de manobrar o comandante de acordo com o plano.

Assim que o grupo de busca admitiu a derrota, Koch subiu até a cabine de comando e disse ao comandante:

– Um mecânico deve ter deixado uma porca cair no cárter na última vez em que fizeram uma revisão nas máquinas, senhor.

Ele mostrou a porca ao comandante e acrescentou:

– Em algum momento, talvez quando o navio oscilava muito, a porca entrou na bomba de óleo. Depois disso, foi apenas uma questão de tempo. A porca interferiu com as rodas denteadas, até ficarem totalmente arruinadas. Infelizmente não podemos fabricar rodas assim a bordo. O navio deveria levar uma bomba de óleo de reserva, mas não a encontraram.

O comandante estava furioso:

– Haverá o diabo quando eu souber quem é o responsável por isso!

– O oficial de máquinas tem a obrigação de verificar as peças sobressalentes, senhor. Mas, infelizmente, só embarquei no último minuto.

– Isso significa que a culpa é de Sarne.

– Deve haver uma explicação...

– E há mesmo... como a de que ele passou tempo demais perseguindo as putas belgas para cumprir direito suas obrigações. Não podemos seguir em frente assim mesmo?

– Não há a menor possibilidade, senhor.

– Mas que diabo! Onde está o operador de rádio?

– Vou procurá-lo, senhor – disse o primeiro-oficial, saindo em seguida.

– Tem certeza de que não pode improvisar alguma coisa? – indagou o comandante a Koch.

– Infelizmente, senhor, não se pode improvisar uma bomba de óleo. É por isso que sempre levamos uma de reserva.

O primeiro-oficial voltou com o operador de rádio. O comandante indagou:

– Por onde você andou metido?

O operador de rádio era o homem gordo e de nariz grande com quem Koch esbarrara no tombadilho durante a noite. Parecia angustiado.

– Estava ajudando a procurar a bomba de óleo, senhor. E depois fui lavar as mãos.

Ele olhou para Koch, mas não havia qualquer vestígio de suspeita em sua expressão. Koch não tinha certeza do quanto o homem vira naquele encontro no tombadilho. Mas se estabelecera alguma ligação entre um pacote lançado ao mar e uma peça sobressalente desaparecida, certamente não iria dizê-lo.

– Está bem – disse o comandante. – Transmita uma mensagem aos proprietários. Diga que sofremos um colapso irreparável nas máquinas em... Qual é a nossa posição exata, número 1?

O primeiro-oficial forneceu a posição do navio ao operador de rádio. O comandante acrescentou:

– Peça uma nova bomba de óleo ou para nos rebocarem até o porto mais próximo. Ficaremos aguardando instruções.

Os ombros de Koch vergaram-se ligeiramente. Conseguira.

Finalmente chegou a resposta dos proprietários: COPARELLI VENDIDO À COMPANHIA DE NAVEGAÇÃO SAVILE DE ZURIQUE. A MENSAGEM FOI TRANSMITIDA AOS NOVOS PROPRIETÁRIOS. AGUARDEM SUAS INSTRUÇÕES.

Quase que imediatamente depois, chegou uma mensagem da Savile: NOSSO NAVIO GIL HAMILTON ESTÁ PRÓXIMO E CHEGARÁ AÍ APROXIMADAMENTE AO MEIO-DIA. PREPARE PARA DESEMBARCAR TODA A TRIPULAÇÃO MENOS O OFICIAL DE MÁQUINAS. GIL HAMILTON VAI LEVAR TRIPULAÇÃO PARA MARSELHA. OFICIAL DE MÁQUINAS DEVERÁ AGUARDAR NOVA BOMBA DE ÓLEO. PAPAGOPOLOUS.

A TROCA DE MENSAGENS foi ouvida a 100 quilômetros de distância por Solly Weinberg, o comandante do *Gil Hamilton* e que era oficial da Marinha israelense. E ele murmurou:

– Na hora marcada. Bom trabalho, Koch.

Ele fixou o curso para o *Coparelli* e ordenou que o *Gil Hamilton* seguisse em frente a todo vapor.

AS MENSAGENS NÃO FORAM ouvidas por Yasif Hassan e Mahmoud, a bordo do *Nablus*, a 230 quilômetros de distância. Estavam na cabine do comandante, debruçados sobre uma planta que Hassan fizera do *Coparelli*, estudando como abordariam e capturariam o navio. Hassan instruíra o operador de rádio do *Nablus* a ficar na escuta em duas frequências: a do emissor de rádio do *Stromberg* e a que Tyrin usava em suas transmissões clandestinas do *Coparelli* para Rostov, a bordo do *Karla*. E como as mensagens foram transmitidas pela frequência normal do *Coparelli*, o *Nablus* não as captou. Algum tempo se passaria até que os *fedayin* percebessem que estavam sequestrando um navio quase abandonado.

A TROCA DE MENSAGENS foi ouvida a 320 quilômetros de distância, na cabine de comando do *Stromberg*. Quando o *Coparelli* acusou o recebimento da mensagem de Papagopolous, os oficiais presentes aclamaram e bateram palmas. Nat Dickstein, recostado numa antepara com uma caneca de café na mão, olhava fixamente para a chuva e o mar revolto. Permaneceu calado, o corpo meio encurvado e tenso, o rosto impassível, os olhos quase fechados por trás dos óculos. Um dos oficiais percebeu seu silêncio e comentou que o primeiro grande obstáculo fora superado. A resposta murmurada de Dickstein foi insolitamente temperada com um palavrão inesperado. O animado oficial afastou-se e mais tarde comentou no refeitório que Dickstein parecia o tipo de homem capaz de enfiar uma faca em alguém só porque lhe pisara nos calos.

AS MENSAGENS FORAM ouvidas também por David Rostov e Suza Ashford, a 500 quilômetros de distância, a bordo do *Karla*.

Suza ficara completamente atordoada ao subir a prancha do ancoradouro siciliano para o navio polonês. Mal percebia o que acontecia, enquanto Rostov a conduzia à sua cabine, dizendo que esperava que ficasse confortável. Suza se sentou na cama. Ainda estava no mesmo lugar, uma hora depois, quando um marinheiro lhe trouxe uma refeição fria, numa bandeja, largando-a na mesa, sem dizer nada. Suza nada comeu. Ao escurecer, começou a tremer, e por isso meteu-se na cama. Ficou deitada, de olhos abertos, sem nada ver, ainda tremendo.

Acabou dormindo, um sono inquieto a princípio, povoado por estranhos pesadelos sem sentido, mas finalmente profundo. E despertou ao amanhecer.

Ficou imóvel, sentindo o balanço do navio e olhando para a cabine ao seu redor, aturdida, até compreender onde estava. Era como acordar e recordar o terror total de um pesadelo. Só que em vez de pensar "Graças a Deus que não passou de um pesadelo", ela compreendeu que fora tudo verdade e continuava a acontecer.

Suza sentiu-se terrivelmente culpada. Podia perceber agora que estivera enganando a si mesma. Convencera-se de que precisava encontrar Nat para avisá-lo, não importando o risco. Mas a verdade é que teria aproveitado qualquer pretexto para revê-lo. As consequências desastrosas de seus atos eram uma decorrência natural da confusão de seus motivos. Era verdade que Nat estivera em perigo, mas agora o perigo era ainda maior, por sua causa.

Ficou pensando em tudo, como estava agora num navio polonês em pleno mar, sob o comando de inimigos de Nat, cercada por bandidos russos. Fechou os olhos com toda força, metendo a cabeça debaixo do travesseiro e fazendo um tremendo esforço para reprimir a histeria que lhe subia pela garganta.

E depois começou a ficar furiosa, justamente o fator que lhe salvou a sanidade.

Pensou no pai, em como quisera usá-la para realizar suas ideias políticas. E ficou furiosa com ele. Pensou em Hassan, manipulando seu pai, pondo a mão no joelho dela. E desejou ter lhe dado uma bofetada quando tivera a oportunidade. E finalmente pensou em Rostov, com um rosto inteligente e implacável, o sorriso frio, como ele tencionava abalroar o navio de Nat e matá-lo. E isso a deixou ainda mais furiosa.

Nat Dickstein, o seu homem. Era divertido, forte, estranhamente vulnerável, escrevia cartas de amor, roubava navios e era o único homem que já amara com aquela intensidade. Não iria perdê-lo de jeito algum.

Encontrava-se no campo inimigo, uma prisioneira, mas apenas do *seu* ponto de vista. Pensavam que estava do lado deles, confiavam nela. Talvez encontrasse uma oportunidade de frustrar os planos deles. Sairia pelo navio, disfarçando seu medo, conversando com os inimigos, consolidando a sua posição na confiança deles, fingindo partilhar as mesmas ambições e preocupações, até que surgisse uma oportunidade.

O pensamento a fez tremer. E depois disse a si mesma: Se eu não fizer isso, vou perdê-lo; e se eu o perder, não quero mais viver.

Suza saiu da cama. Tirou as roupas com que dormira, lavou-se e vestiu um suéter e calça limpos que trouxera na mala. Sentou-se à mesinha pregada no chão e comeu um pouco do salame e do queijo que o marinheiro deixara no dia anterior. Escovou os cabelos e, apenas para levantar o moral, passou um pouco de maquiagem no rosto.

Experimentou a porta da cabine. Não estava trancada.

Saiu.

Avançou por um corredor e seguiu o cheiro de comida até a cozinha. Entrou e olhou rapidamente ao redor.

Rostov estava sentado sozinho, comendo ovos lentamente, com um garfo. Levantou a cabeça e viu-a. Subitamente, seu rosto parecia excessivamente frio, a boca estreitando-se, os olhos não deixando transparecer qualquer emoção. Suza hesitou, depois forçou-se a seguir na direção de Rostov. Chegando à mesa, apoiou-se de leve numa cadeira, pois sentia as pernas fracas.

– Sente-se – disse Rostov.

Suza arriou na cadeira.

– Como passou a noite?

Ela respirava rapidamente, como se tivesse corrido.

– Muito bem.

A voz era trêmula. Os olhos céticos de Rostov pareceram penetrar até seu cérebro.

– Parece transtornada.

Ele falou calmamente, sem qualquer insinuação de simpatia ou hostilidade.

– Eu... – As palavras pareciam grudar na garganta, sufocando-a. – Ontem... fiquei confusa.

Pelo menos isso era verdade e se tornava mais fácil de dizer. Suza fez uma pausa, antes de acrescentar:

– Nunca tinha visto ninguém morrer.

– Hum... – Finalmente uma insinuação de sentimento humano transpareceu na expressão de Rostov. Talvez estivesse recordando a primeira vez que presenciara a morte de um homem. Pegou o bule e serviu café para Suza. – Ainda é muito jovem. Não pode ser muito mais velha que meu primeiro filho.

Suza tomou um gole do café quente, torcendo para que Rostov continuasse a falar daquela maneira, o que a ajudaria a acalmar-se.

– Seu filho?

– Yuri Davidovitch. Está com 20 anos.

– O que ele faz?

O sorriso de Rostov não era mais frio como antes.

– Infelizmente, ele passa a maior parte do tempo escutando música decadente. Não estuda tanto quanto deveria. Não é como o irmão.

A respiração de Suza voltava ao normal, a mão não mais tremia quando segurou a xícara. Sabia que aquele homem não era menos perigoso só porque tinha uma família, mas ele parecia menos assustador quando falava assim.

– E seu outro filho, o mais moço, como é?

Rostov acenou com a cabeça.

– Seu nome é Vladimir. – Agora, ele não mais parecia assustador. Olhava por cima do ombro de Suza, com uma expressão afetuosa e indulgente. – É um garoto muito talentoso. Será um grande matemático, se receber a instrução certa.

– Isso não deve ser problema – comentou Suza, observando-o. – A educação soviética é a melhor do mundo.

Parecia certo a dizer, mas devia ter algum significado especial para Rostov, porque o olhar distante desapareceu, o rosto voltou a ficar frio e impiedoso.

– Não, não deve ser um problema.

E ele continuou a comer os ovos. Suza pensou, desesperadamente: Ele está ficando amistoso, não posso perdê-lo agora. Vasculhou a mente em busca de algo para dizer. O que tinham em comum? Sobre o que podiam conversar? E foi nesse instante que teve uma inspiração.

– Gostaria de poder recordá-lo da época em que esteve em Oxford.

– Você era muito pequena. – Rostov serviu-se de mais café. – Mas todos se lembram de sua mãe. Ela era de longe a mulher mais bonita que havia por lá. E você é exatamente igual a ela.

Assim é melhor, pensou Suza.

– O que estudou em Oxford?

– Economia.

– Imagino que não era uma ciência exata naquele tempo.

– E não está muito diferente hoje.

Suza assumiu uma expressão solene.

– Estamos falando da economia burguesa, é claro.

– Claro.

Rostov fitou-a, como se não conseguisse decidir se ela falava a sério ou não. E deu a impressão de chegar à conclusão de que sim.

Um oficial entrou na cozinha e falou a Rostov em russo. Ele olhou para Suza com uma expressão pesarosa.

– Lamento, mas tenho de ir agora para a cabine de comando.

Suza precisava acompanhá-lo. Fez um esforço para falar calmamente:

– Posso ir também?

Rostov hesitou. E Suza pensou: Ele tem de deixar. Está gostando de conversar comigo; acha que estou do seu lado; e se eu descobrir algum segredo, como imagina que poderei usá-lo, virtualmente prisioneira num navio da KGB?

– Por que não? – disse Rostov finalmente.

Ele deixou a cozinha e Suza seguiu-o.

Na sala de rádio, Rostov sorriu ao ler as mensagens, traduzindo-as para Suza. Parecia estar deliciado com a engenhosidade de Dickstein.

– O homem é terrivelmente esperto.

– O que é essa Savile? – perguntou Suza.

– Uma fachada para o serviço secreto israelense. Dickstein está eliminando todas as pessoas com motivos para se interessarem pelo que acontecer ao urânio. A companhia de navegação não se interessará porque não possui mais o navio. E agora ele está afastando o comandante e a tripulação. Não resta a menor dúvida de que ele deve ter algum controle sobre os proprietários do urânio. É um plano extraordinário.

Era justamente isso o que Suza queria. Rostov lhe falava, como a uma colega, ela estava no centro dos acontecimentos. Mas devia encontrar um meio de criar obstáculos para Rostov.

– A pane das máquinas também foi planejada?

– Claro. E agora Dickstein pode assumir o controle do navio sem disparar um tiro sequer.

Suza pensou depressa. Ao "trair" Dickstein, provara sua lealdade ao lado árabe. Agora, o lado árabe dividira-se em dois campos: num lado, estavam Rostov, a KGB e o serviço secreto egípcio; no outro, Hassan e os *fedayin*. Suza podia agora provar sua lealdade ao lado de Rostov, traindo Hassan.

E disse, com o máximo de indiferença que podia simular:

– E Yasif Hassan também pode fazer a mesma coisa, é claro.

– Como?

– Hassan também pode assumir o controle do *Coparelli* sem disparar um tiro.

Rostov fitou-a, aturdido. O sangue parecia ter se esvaído de seu rosto. Suza ficou chocada ao vê-lo perder tão abruptamente todo o controle e confiança.

– Hassan tenciona sequestrar o *Coparelli*?

Suza fingiu espanto.

– Está querendo me dizer que não *sabia*?

– Mas com quem? Seguramente não podem ser os egípcios!

– Com os *fedayin*. Hassan disse que o plano era *seu*.

Rostov bateu com o punho na antepara, parecendo explodir momentaneamente como um autêntico russo.

– Hassan é um mentiroso e traidor!

Suza compreendeu que aquela era sua oportunidade. E pensou: Dê-me força. E disse:

– Talvez possamos detê-lo...

Rostov fitou-a.

– Qual é o plano dele?

– Sequestrar o *Coparelli* antes de Dickstein chegar lá, depois emboscar os israelenses e partir... Hassan não me disse exatamente para onde, mas sei que é algum lugar no norte da África. Qual era o seu plano?

– Abalroar o navio depois que Dickstein roubasse o urânio...

– Ainda podemos fazer isso?

– Não. Estamos longe demais, jamais conseguiríamos alcançá-lo.

Suza sabia que, se não desse o próximo passo com toda exatidão, tanto ela como Dickstein morreriam. Cruzou os braços para controlar a tremedeira e disse:

– Então só há uma coisa que podemos fazer.

– E o que é?

– Devemos avisar Dickstein da emboscada dos *fedayin* para que possa retomar o *Coparelli*.

Pronto, ela acabara de dizer. Ficou observando o rosto de Rostov. Ele tinha de aceitar, era a providência lógica, a coisa certa a fazer!

Rostov pensou por um momento.

– Vamos avisar Dickstein para que ele possa tirar o *Coparelli* dos *fedayin*. E depois ele poderá prosseguir com os seus planos, o que também nos permitirá realizar os nossos.

– Isso mesmo! – exclamou Suza. – É o único jeito, não é mesmo?

DA: NAVEGAÇÃO SAVILE, ZURIQUE
PARA: ANGELUZZI E BIANCO, GÊNOVA
SUA CARGA DE URÂNIO DA F. A. PEDLER ATRASADA POR TEMPO INDEFINIDO POR CAUSA PROBLEMA DE MÁQUINAS NO MAR. INFORMAREI MAIS BREVE POSSÍVEL NOVA DATA DE ENTREGA. PAPAGOPOLOUS.

QUANDO O *GIL HAMILTON* se aproximava, Pyotr Tyrin encurralou Ravlo, o viciado, num canto do *Coparelli*. Tyrin exibiu uma confiança que não sentia. Adotou uma atitude tirânica e agarrou Ravlo pelo suéter. Tyrin era um homem corpulento e Ravlo, um tanto consumido pelo vício.

– Vai fazer uma coisa por mim – disse Tyrin.

– O que você quiser.

Tyrin hesitou. Seria arriscado. Mas não havia alternativa.

– Preciso continuar a bordo deste navio quando vocês passarem para o *Gil Hamilton*. Se notarem minha ausência, deve dizer que já me viu passar.

– Claro, claro...

– Se eu for descoberto e tiver de passar para o *Gil Hamilton*, pode estar certo de que contarei seu segredo.

– Farei tudo o que puder.

– É melhor mesmo.

Tyrin deixou-o ir. Não estava tranquilo. Um homem assim era capaz de prometer qualquer coisa, mas sempre desmoronava no momento de pressão.

Todos os homens foram convocados ao tombadilho para a transferência. O mar estava revolto demais para que o *Gil*

Hamilton chegasse perto e por isso foi enviada uma lancha. Todos tinham de usar coletes salva-vidas para a travessia. Os oficiais e marinheiros do *Coparelli* ficaram quietos sob a chuva intensa, enquanto eram contados. Depois, o primeiro-oficial adiantou-se e desceu a escada, embarcando na lancha.

A lancha era pequena demais para levar toda a tripulação de uma só vez. Haveria necessidade de duas ou três viagens. E enquanto a atenção de todos estava concentrada nos primeiros homens a passarem pela amurada, Tyrin sussurrou para Ravlo:

– Tente ficar para a última viagem.

– Está bem.

Os dois recuaram para a última linha. Os oficiais ficaram na amurada, olhando para a lancha. Os marinheiros estavam parados logo atrás, esperando, de frente para o *Gil Hamilton*.

Tyrin esgueirou-se para trás de uma antepara.

Estava a dois passos de um escaler cuja cobertura desprendera anteriormente. A popa do bote podia ser vista do lugar em que os marinheiros aguardavam a transferência, mas a proa não. Tyrin foi até a proa, levantou a cobertura, entrou e tornou a puxá-la, por cima de sua cabeça.

E pensou: Se eu for descoberto agora, estou perdido.

Era um homem corpulento e o colete salva-vidas tornava-o ainda maior. Com alguma dificuldade, rastejou por toda a extensão do bote, até uma posição em que podia avistar a cena no tombadilho através de um ilhó na lona. Agora, tudo dependia de Ravlo.

Tyrin observou um segundo grupo descer a escada para a lancha. E um instante depois ouviu o primeiro-oficial indagar:

– Onde está aquele operador de rádio?

Tyrin procurou por Ravlo e localizou-o. – Vamos, fale logo! – Ravlo hesitou.

– Ele foi no primeiro grupo, senhor.

Bom rapaz!

– Tem certeza?

– Tenho, sim, senhor.

O oficial acenou com a cabeça e comentou que não era capaz de distinguir ninguém com aquela maldita chuva.

O comandante chamou Koch e os dois foram conversar ao abrigo de uma antepara, perto do esconderijo de Tyrin. O comandante disse:

– Nunca ouvi falar da Navegação Savile. E você?

– Também não, senhor.

– Está tudo errado: vender um navio ainda no mar, depois deixar o oficial de máquinas no comando e afastar o comandante.

– Sim, senhor. Imagino que os novos proprietários não conhecem as coisas do mar.

– É claro que não conhecem, ou não agiriam assim. Provavelmente são contadores. – Houve uma pausa. – É claro que pode se recusar a ficar sozinho. Nesse caso, eu teria de ficar ao seu lado. E mais tarde o apoiaria.

– Infelizmente, senhor, perdi minha passagem.

– Está certo. Não deveria nem ter feito a sugestão. Boa sorte.

– Obrigado, senhor.

O terceiro grupo já embarcara na lancha. O primeiro-oficial estava no alto da escada, esperando pelo comandante, que ainda praguejava contra os novos proprietários, ao se virar, atravessar o tombadilho e começar a descer, atrás de seu subordinado.

Tyrin concentrou sua atenção em Koch, que se julgava agora o único homem a bordo do *Coparelli*. O oficial de máquinas observou a lancha encaminhar-se para o *Gil Hamilton*, depois subiu a escada para a cabine de comando.

Tyrin praguejou alto. Queria que Koch descesse, a fim de poder seguir para a proa e entrar em contato pelo rádio com o *Karla*. Observou a cabine de comando e viu o rosto de Koch aparecer de vez em quando por trás do vidro. Se Koch ficasse ali, Tyrin teria de esperar até o anoitecer, antes de poder entrar em contato com Rostov para comunicar o acontecido.

Tyrin acomodou-se para uma longa espera.

QUANDO O *NABLUS* CHEGOU ao ponto ao sul de Ibiza, onde Hassan esperava encontrar o *Coparelli*, não havia um único navio à vista.

Circularam o ponto, numa espiral cada vez mais ampla, enquanto Hassan esquadrinhava o desolado horizonte batido pela chuva, através de um binóculo.

Mahmoud disse:

– Você cometeu um erro.

– Não necessariamente. – Hassan havia se determinado a não parecer dominado pelo pânico. – Este era o ponto máximo em que poderíamos encontrá-lo. O navio pode não ter viajado a toda velocidade.

– Mas por que iria se atrasar?

Hassan deu de ombros, parecendo menos preocupado do que estava.

– Talvez as máquinas não estejam funcionando direito. Talvez tenham encontrado um tempo pior do que nós. Pode haver uma porção de explicações.

– O que sugere então?

Mahmoud também estava bastante apreensivo, compreendeu Hassan. No navio, ele não estava no comando, somente Hassan podia tomar decisões.

– Vamos seguir para sudoeste, pela rota do *Coparelli*. Acabaremos por encontrá-lo mais cedo ou mais tarde.

– Pois então dê as ordens ao comandante.

E Mahmoud desceu, ao encontro de seus homens, deixando Hassan com o comandante.

Mahmoud ardia de raiva, uma raiva irracional, decorrente da tensão. E Hassan já observara que o mesmo acontecia com seus homens. Tinham esperado um combate ao meio-dia e agora eram obrigados a esperar, andando pelos alojamentos e pela cozinha, limpando armas, jogando cartas, gabando-se de batalhas passadas. Estavam prontos para o combate e propensos a se empenharem em perigosos jogos de arremesso de faca, a fim de provarem sua coragem: para os outros e para si próprios. Um deles brigara com dois marinheiros por causa de um insulto imaginário e cortara o rosto de ambos com um caco de vidro, antes que a briga fosse apartada. Agora, a tripulação se mantinha afastada dos *fedayin*.

Hassan perguntou-se como iria controlá-los, se estivesse no lugar de Mahmoud. Começara a pensar em tais termos recentemente. Mahmoud ainda era o comandante, mas ele é que fizera todo o trabalho importante: descobrira Dickstein, trouxera notícias de seu plano, imaginara o sequestro prévio e verificara o paradeiro do *Stromberg*. Começava a se perguntar qual seria a sua posição no movimento quando tudo acabasse.

Obviamente, Mahmoud pensava nas mesmas coisas.

Mas se era inevitável uma luta pelo poder entre os dois, teria de esperar. Primeiro, precisavam sequestrar o *Coparelli* e emboscar Dickstein. Hassan sentiu-se um pouco nauseado ao pensar nisso. Os homens calejados de muitos combates lá embaixo podiam estar aguardando ansiosamente a luta, mas Hassan nunca estivera na guerra, nunca vira uma arma apontada em sua direção, exceto por Cortone, na casa em ruínas. Hassan estava com medo e sentia mais medo ainda de cair em desgraça por demonstrar seu medo, virando as costas e fugindo. Mas também se sentia excitado, pois se vencessem... se vencessem...

Houve um falso alarme às 16h30, quando avistaram outro navio se aproximando. Mas, depois de examiná-lo pelo binóculo, Hassan anunciou que não era o *Coparelli*. E quando o navio chegou perto, puderam ler o nome no costado: *Gil Hamilton*.

Hassan ficou preocupado quando a luz do dia começou a desvanecer. Num tempo como aquele, mesmo com as luzes de navegação, dois navios podiam passar a um quilômetro de distância durante a noite sem se avistarem. E não recebera qualquer transmissão do rádio secreto do *Coparelli* durante a tarde, embora Yaacov tivesse informado que Rostov tentava entrar em contato com Tyrin. Para ter certeza de que o *Coparelli* não passaria pelo *Nablus* durante a noite, eles teriam de dar a volta e passar a noite seguindo na direção de Gênova, na velocidade do *Coparelli*, retomando a busca pela manhã. Mas se assim fizessem, o *Stromberg* poderia chegar e os *fedayin* correriam o risco de perder a oportunidade de preparar a armadilha para Dickstein.

Hassan já estava prestes a explicar isso a Mahmoud, que acabara de voltar à cabine de comando, quando uma única luz branca faiscou a distância.

– O navio está ancorado – disse o comandante.

– Como pode saber? – indagou Mahmoud.

– É o que significa uma única luz branca.

– Isso explica por que não estava ao largo de Ibiza conforme esperávamos – disse Hassan. – Se for o *Coparelli*, devemos nos preparar para abordá-lo.

– Certo – concordou Mahmoud, saindo para falar com seus homens.

– Apague as luzes de navegação – ordenou Hassan ao comandante.

A noite caía quando o *Nablus* se aproximava do outro navio.

– Tenho quase certeza de que é o *Coparelli* – disse Hassan.

O comandante baixou o binóculo.

– Tem três guindastes no convés e castelo de popa, com três escotilhas de porão.

– Sua visão é melhor que a minha – comentou Hassan. – É mesmo o *Coparelli*.

Ele desceu aos alojamentos, onde Mahmoud falava a seus homens. Mahmoud fitou-o quando ele entrou e Hassan assentiu.

– É ele mesmo.

Mahmoud tornou a virar-se para seus homens.

– Não esperamos muita resistência. O navio é tripulado por marinheiros comuns e não há razão para que estejam armados. Podemos seguir em duas lanchas, uma para atacar por bombordo e outra por estibordo. Subindo a bordo, nossa primeira tarefa é capturar a cabine de comando e impedir que a tripulação use o rádio. Em seguida, vamos reunir a tripulação no convés.

Ele fez uma pausa, virando-se para Hassan.

– Diga ao comandante para chegar o mais perto possível do *Coparelli* e depois parar as máquinas.

Hassan virou-se. Subitamente, era outra vez o garoto de recados. Mahmoud estava demonstrando que ainda era o líder na batalha. Hassan sentiu a humilhação trazer-lhe um fluxo de sangue ao rosto.

– Yasif.

Ele virou-se.

– Sua arma.

Mahmoud estendeu a arma e Hassan pegou-a. Era uma pistola pequena, quase um brinquedo, o tipo de arma que uma mulher podia levar na bolsa. Os *fedayin* caíram na gargalhada.

Hassan pensou: Também posso fazer uma dessas. Ele encontrou o que parecia ser a trava de segurança e soltou-a. Apontou a arma para o chão e puxou o gatilho. O estampido foi bastante alto. Ele esvaziou a arma.

Houve um momento de silêncio e depois Hassan disse:

– Pensei ter visto um rato.

E jogou a arma de volta para Mahmoud, arrancando gargalhadas, ainda mais altas dos *fedayin*.

Hassan afastou-se. Subiu para a cabine de comando, transmitiu a mensagem ao comandante e voltou para o tombadilho. Estava muito escuro agora. Por algum tempo, tudo o que pôde perceber do *Coparelli* foi a luz. Depois, forçando a vista, conseguiu discernir uma silhueta preta sólida contra o fundo cinza-escuro.

Os *fedayin*, quietos agora, esperavam no tombadilho, junto com a tripulação. As máquinas do *Nablus* pararam. A tripulação baixou as lanchas.

Hassan e os *fedayin* desceram.

Hassan ficou na mesma lancha que Mahmoud. A pequena lancha balançava incessantemente sobre as ondas, que agora pareciam imensas. Aproximaram-se do costado do *Coparelli*. Não havia qualquer sinal de atividade no navio. Será que o oficial de vigia não ouvira o barulho de dois motores se aproximando?, pensou Hassan. Mas não soou qualquer alarme, não houve luzes banhando o convés, ninguém gritou ordens ou chegou à amurada para descobrir o que estava acontecendo.

Mahmoud foi o primeiro a subir a escada.

Quando Hassan chegou ao convés do *Coparelli*, o outro grupo de *fedayin* já estava passando pela amurada de estibordo.

Os homens avançaram pelos corredores, subiram escadas. Ainda não havia qualquer sinal da tripulação do *Coparelli*. Hassan teve a premonição pavorosa de que algo saíra terrivelmente errado.

Seguiu Mahmoud até a cabine de comando. Dois homens já se encontravam lá. Hassan perguntou:

– Eles tiveram tempo de usar o rádio?

– Quem? – disse Mahmoud.

Desceram para o convés. Lentamente, os homens saíam do interior do navio, parecendo aturdidos, empunhando as armas que não tinham usado.

– O mistério do *Marie Celeste* – comentou Mahmoud.

Dois homens avançaram pelo convés, trazendo entre eles um marinheiro apavorado.

– O que aconteceu aqui? – perguntou Hassan ao marinheiro em inglês.

O marinheiro respondeu em outra língua. Hassan teve subitamente um pensamento aterrador e disse para Mahmoud:

– Vamos verificar o porão.

Desceram para o porão. Hassan encontrou um interruptor e acendeu as luzes. O porão estava ocupado por grandes tambores de óleo, lacrados e seguros com cunhas de madeira.

– É o urânio! – exclamou Hassan.

Os dois olharam para os tambores e depois um para o outro. Por um momento, toda rivalidade foi esquecida.

– Conseguimos! – gritou Hassan. – Conseguimos!

QUANDO A NOITE CAIU, Tyrin observou o oficial de máquinas ir até a proa para acender a luz branca. Na volta, não subiu para a cabine de comando, mas andou mais um pouco e entrou na cozinha. Procurava alguma coisa para comer. Tyrin também estava com fome. Daria o braço direito por um prato de arenque salgado e um pão preto. Encolhido no escaler durante a tarde inteira, sentindo cãibras, esperando que Koch se mexesse, ele nada tivera para pensar além da fome. Torturara-se pensando em caviar, salmão defumado, cogumelos marinados e principalmente pão preto.

Ainda não, disse Pyotr Tyrin a si mesmo.

Assim que Koch desapareceu, Tyrin saiu do escaler, os músculos protestando quando pôde mexê-los, seguindo apressadamente para os depósitos na proa.

Mudara de posição as caixas e refugo no depósito principal, a fim de ocultar a entrada para a sua pequena sala de rádio. Agora, teve de ficar de quatro, puxar uma caixa, rastejar através de um pequeno túnel para conseguir entrar.

O aparelho estava repetindo um sinal curto, de duas letras. Tyrin consultou o livro de códigos e descobriu que o sinal indicava que deveria mudar para outra frequência, antes de acusar o recebimento. Armou o rádio para transmitir e seguiu as instruções.

Rostov imediatamente respondeu:

MUDANÇA DE PLANO. HASSAN VAI ATACAR COPARELLI.

Tyrin franziu o rosto, aturdido.

REPITA, POR FAVOR.

HASSAN É UM TRAIDOR. FEDAYIN VÃO ATACAR O COPARELLI.

– Deus do céu, mas o que está acontecendo? – perguntou Tyrin em voz alta.

O *Coparelli* era o lugar em que estava... Por que Hassan iria... pelo urânio, é claro!

Rostov ainda transmitia:

HASSAN PLANEJA EMBOSCAR DICKSTEIN. PARA NOSSO PLANO DAR CERTO, TEMOS DE AVISAR DICKSTEIN DA EMBOSCADA.

Tyrin franziu o rosto novamente ao decifrar a mensagem. Mas seu rosto se desanuviou quando compreendeu. E disse para si mesmo, em voz alta:

– Voltaremos então ao ponto inicial. Uma manobra astuciosa. Mas o que vou fazer?

E transmitiu:

COMO?

CHAME O STROMBERG PELA FREQUÊNCIA REGULAR DO COPARELLI E MANDE A SEGUINTE MENSAGEM EXATAMENTE REPITO EXATAMENTE. ABRE ASPAS COPARELLI PARA STROMBERG FUI ABORDADO CREIO POR ÁRABES. CUIDADO FECHA ASPAS.

Tyrin assentiu. Dickstein pensaria que Koch tivera tempo de transmitir umas poucas palavras, antes de os árabes o matarem. Alertado, Dickstein seria capaz de capturar o *Coparelli*. E depois o *Karla* de Rostov poderia colidir com o navio de Dickstein, conforme o planejado. Tyrin pensou: Mas o que vai acontecer comigo?

Ele transmitiu:

ENTENDIDO.

Ouviu um baque distante, como se alguma coisa tivesse batido no costado do navio. Ignorou o barulho inicialmente, mas depois se lembrou de que não havia mais ninguém a bordo além dele e Koch. Ele foi até a porta dos depósitos da proa e deu uma olhada.

Os *fedayin* haviam chegado.

Fechou a porta e voltou apressadamente para o transmissor.

HASSAN ESTÁ AQUI.

Rostov respondeu:

AVISE DICKSTEIN AGORA.

E O QUE FAÇO DEPOIS?

ESCONDA-SE.

Muito obrigado, pensou Tyrin. Desligou e sintonizou a frequência regular do *Coparelli*, a fim de entrar em contato com o *Stromberg*.

Ocorreu-lhe o pensamento mórbido de que talvez nunca mais voltasse a comer arenque salgado.

– JÁ OUVI FALAR EM se armar até os dentes, mas isso é ridículo – disse Nat Dickstein, arrancando risadas de todos.

A mensagem do *Coparelli* alterara seu ânimo. A princípio, ficara chocado. Como a oposição conseguira descobrir tanto de seu plano, a ponto de ser capaz de sequestrar o *Coparelli* primeiro? Em algum momento, devia ter cometido terríveis erros de julgamento. Suza...? Mas de nada adiantava ficar remoendo agora. Havia uma luta pela frente. Sua depressão sombria desvaneceu-se. A tensão ainda estava presente, enroscada dentro dele como uma mola de aço. Mas agora podia dominá-la e usá-la, agora tinha algo para dar vazão.

Os 12 homens no refeitório do *Stromberg* sentiram a mudança em Dickstein e ficaram contagiados por sua ansiedade pelo combate, mesmo sabendo que alguns morreriam em breve.

E estavam de fato armados até os dentes. Cada homem tinha uma submetralhadora Uzi 9mm, uma arma segura e compacta, pesando em torno de quatro quilos quando carregada com o pente de 25 balas e tendo apenas 60 centímetros de comprimento, com o cabo de metal estendido. Cada um tinha três pentes de reserva. Além disso, cada homem tinha uma Luger 9mm num coldre na cintura, a pistola usando as mesmas balas que a submetralhadora. E no outro lado do cinto, quatro granadas. Quase que certamente, cada um tinha armas extras, de sua própria escolha: facas, porretes, baionetas, soqueiras, outras mais exóticas, levadas sub-repticiamente, mais como amuletos do que como instrumentos de combate.

Dickstein sabia do ânimo dos homens, sabia que os contagiara. Já sentira a mesma coisa antes com outros homens, antes de um combate.

Sentiam medo e, paradoxalmente, o medo os tornava ansiosos por começarem, pois a espera era o pior de tudo, a batalha anestesiava e depois ou se sobrevivia ou se estava morto e nada mais importava.

Dickstein elaborara o plano de batalha detalhadamente e transmitiu-o aos homens. O *Coparelli* fora projetado como um petroleiro em miniatura, com porões na parte anterior e no meio do navio, a superestrutura principal no convés posterior e uma superestrutura secundária na popa. A superestrutura principal continha a cabine de comando, os alojamentos dos oficiais e o refeitório; os alojamentos dos marinheiros ficavam por baixo. A superestrutura da popa continha a cozinha, os depósitos embaixo e depois a casa de máquinas. As superestruturas eram separadas acima do convés, mas por baixo ficavam ligadas por corredores.

Abordariam o navio em três grupos. Abbas comandaria o ataque à proa. Os outros dois grupos, comandados por Bader e Gibli, subiriam pelas escadas de bombordo e estibordo, na popa.

Os dois grupos da popa deveriam descer e empurrar o inimigo para o meio do navio, onde seriam dizimados por Abbas e seus homens, atacando da proa. A estratégia deveria deixar um bolsão de resistência na cabine de comando e por isso Dickstein planejava atacá-la pessoalmente.

O ataque seria desfechado à noite, caso contrário nem conseguiriam subir a bordo, pois seriam liquidados ao chegarem às amuradas. Restava o problema de evitar que os homens disparassem uns contra os outros. Para que isso não acontecesse, Dickstein combinou um sinal de reconhecimento, a palavra *Aliyah*. O plano de ataque estava de tal forma elaborado que não deveriam se confrontar entre si, até quase o fim.

E agora os homens esperavam.

Estavam sentados num círculo irregular no refeitório do *Stromberg*, idêntico ao do *Coparelli*, onde em breve estariam lutando e morrendo. Dickstein disse a Abbas:

– Da proa, você controlará o convés anterior, um campo aberto de fogo. Disponha seus homens por trás de coberturas e fique por lá. Quando o inimigo no convés revelar suas posições, trate de eliminá-lo. O seu maior problema será o fogo da cabine de comando.

Arriado em sua cadeira, Abbas parecia ainda mais com um tanque do que habitualmente. Dickstein sentiu-se contente por ter Abbas do seu lado.

– E devemos esperar antes de abrir fogo.

Dickstein assentiu:

– Isso mesmo. Temos uma boa chance de subirmos a bordo sem sermos visto. Não há sentido em começarmos a disparar antes que os outros tenham chegado.

Foi a vez de Abbas concordar:

– Porush foi destacado para o meu grupo. Você sabe que ele é meu cunhado.

– Claro que sei. E sei também que ele é o único homem casado. Achei que poderia querer tomar conta dele.

– Obrigado.

Feinberg levantou os olhos da faca que limpava. O magro nova-iorquino não sorria agora.

– Quem serão esses árabes?

Dickstein sacudiu a cabeça.

– Podem pertencer ao exército regular dos *fedayin.*

Feinberg sorriu.

– Vamos torcer para que sejam mesmo do exército regular... pois então bastará fazermos uma careta para se renderem.

Era uma piada infame, mas mesmo assim todos riram.

Ish, sempre pessimista, sentado com os pés em cima de uma mesa e os olhos fechados, disse:

– Passar pela amurada será a parte pior. Ficaremos tão vulneráveis quanto bebês.

Dickstein disse:

– Lembre-se de que eles pensam que nós esperamos abordar um navio deserto. A emboscada que armaram será supostamente uma grande surpresa para nós. Estão contando com uma vitória fácil... mas nós estamos preparados. E atacaremos de noite...

A porta abriu-se e o comandante entrou.

– Acabamos de avistar o *Coparelli.*

Dickstein levantou-se.

– Vamos embora. Boa sorte para todos e não façam prisioneiros.

16

Os três barcos afastaram-se do *Stromberg* nos últimos minutos que antecediam o amanhecer.

Em poucos segundos, o navio por trás deles ficara invisível. As luzes de navegação foram apagadas, assim como as luzes do convés e dos alojamentos, mesmo abaixo da linha-d'água, para assegurar que nenhuma luz alertaria o *Coparelli.*

O tempo piorara consideravelmente durante a noite. O comandante do *Stromberg* disse que ainda não estava ruim o bastante para ser classificado de tempestade, mas a chuva torrencial, o vento forte foram o suficiente para soprar um balde de aço ruidosamente pelo convés, as ondas tão altas que Dickstein era obrigado a segurar-se firmemente no banco da lancha.

Por algum tempo, ficaram numa espécie de limbo, com coisa alguma visível à frente ou atrás. Dickstein nem mesmo podia divisar os rostos dos quatro homens que o acompanhavam na lancha. Foi Feinberg quem rompeu o silêncio:

– Ainda acho que deveríamos ter adiado essa pescaria até amanhã.

Era como chamar o azar.

Dickstein era tão supersticioso quanto os outros. Por baixo do impermeável e do colete salva-vidas, usava o velho colete listrado do pai, com um relógio de bolso esmigalhado por cima do coração. O relógio outrora detivera uma bala alemã.

Dickstein pensava logicamente, mas sabia que, de certa forma, ficara um pouco doido. O caso com Suza e sua traição haviam-no virado pelo avesso. Os antigos valores e motivações foram profundamente abalados, enquanto os novos, que adquirira com Suza, tinham rapidamente se transformado em pó. Mas ainda desejava intensamente algumas coisas: queria vencer aquela batalha, queria que Israel tivesse o urânio e queria matar Yasif Hassan. Não se importava absolutamente consigo mesmo. Subitamente, não sentia medo de balas, dor e morte. Suza o traíra e não tinha o menor desejo de levar uma vida longa com esse tormento em seu passado. Desde que Israel tivesse sua bomba, Esther morreria em paz, Mottie terminaria *A ilha do tesouro* e Yigael cuidaria das videiras.

Apertou o cano da submetralhadora, por baixo do impermeável.

Subiram à crista de uma onda e, de repente, no outro lado, lá estava o *Coparelli*.

MUDANDO POR DIVERSAS vezes a direção do motor, para a frente e para trás, em rápida sucessão, Levi Abbas aproximou seu barco da proa do *Coparelli*. A luz branca por cima permitia-lhe ver nitidamente, enquanto a curva para fora do casco escondia o barco aos olhos de quem estivesse no convés ou na cabine de comando. Quando o barco chegou perto o bastante da escada, Abbas pegou uma corda e amarrou-a em torno da cintura, por baixo do impermeável. Ele hesitou por um momento, depois abriu o impermeável, pegou a arma e pendurou-a no pescoço. Levantou-se, com um pé dentro do barco e outro na amurada. Esperou pelo momento oportuno e depois pulou.

Bateu na escada com os pés e as mãos, segurando-se firmemente. Desamarrou a corda da cintura e prendeu-a num degrau da escada. Subiu a escada até quase o topo e depois parou. Deveriam passar pela amurada do navio um depois do outro, o mais depressa possível, quase juntos.

Abbas olhou para baixo. Sharrett e Sapir já subiam, seguindo-o. Enquanto olhava, Porush deu o pulo, caiu desajeitadamente, não pegou a escada no mesmo instante. Por um momento, Abbas sentiu que a respiração ficara presa em sua garganta. Mas Porush escorregou apenas um degrau antes de conseguir enganchar o braço no lado da escada, interrompendo a descida.

Abbas esperou que Porush subisse um pouco, colocando-se logo atrás de Sapir, então passou pela amurada. Foi cair silenciosamente do outro lado, de quatro. E ficou assim, agachado, ao lado da amurada. Os outros seguiram-no rapidamente:

um, dois, três. A luz branca brilhava logo acima e por isso encontravam-se inteiramente expostos.

Abbas olhou ao redor. Sharrett era o menor de todos e podia se esgueirar como uma serpente. Abbas tocou-o no ombro e apontou para o outro lado do convés.

– Vá se abrigar no lado de bombordo.

Sharrett rastejou por dois metros de convés aberto e depois ficou parcialmente oculto pela beirada levantada da escotilha dianteira. E foi avançando.

Abbas olhou para um lado e outro do convés. Podiam ser avistados a qualquer momento. Não saberiam quando esse momento chegasse até que uma salva de tiros os atingisse. Depressa, depressa! No outro lado do convés ficava o equipamento de guincho da âncora, com uma pilha grande de correntes solta ao lado.

– Sapir....

Abbas apontou e Sapir rastejou pelo convés até a posição.

– Gosto do guindaste – sussurrou Porush.

Abbas olhou para o guindaste, dominando todo o convés anterior. A cabine de comando ficava cerca de três metros acima do nível do convés. Seria uma posição extremamente perigosa, mas era taticamente perfeita.

– Pode ir – disse Abbas.

Porush rastejou para a frente, seguindo a rota de Sharrett. Observando-o, Abbas pensou: Ele está com o rabo muito gordo, minha irmã o alimenta bem demais. Porush chegou ao pé do guindaste e começou a subir a escada. Abbas prendeu a respiração. Se um inimigo olhasse para ali naquele momento, enquanto Porush subia a escada... Mas Porush chegou finalmente à cabine do guindaste, sem que nada acontecesse.

Por trás de Abbas, na proa, havia uma gaiuta sobre um curto lance de escada, levando a uma porta. A área não chegava a ser grande o bastante para que se pudesse considerá-la um castelo de proa e quase que certamente não havia ali alojamentos, mas apenas um depósito. Ele rastejou até lá, agachou-se ao pé dos degraus, no pequeno poço, entreabriu a porta suavemente. Estava escuro lá dentro. Abbas fechou a porta e virou-se, ajeitando a arma no alto dos degraus, convencido de que se encontrava sozinho ali.

Quase não havia claridade na popa. A lancha em que Dickstein estava tinha de chegar bem perto da escada de estibordo do *Coparelli*. Gibli, o líder do grupo, encontrava dificuldade em manter a lancha em posição. Dickstein encontrou um croque na lancha e usou-o para mantê-la em posição, puxando na direção do *Coparelli* quando o mar tentava afastá-los e empurrando quando a lancha e o navio ameaçavam colidir de lado.

Gibli, que era um ex-oficial do Exército, insistia em aderir à tradição israelense de que os oficiais comandavam seus homens na vanguarda e não na retaguarda. Ele tinha de ser o primeiro a ir. Gibli sempre usava um chapéu para esconder os cabelos cada vez mais ralos e naquele momento usava uma boina. Agachou-se na beira da lancha, enquanto esta deslizava por uma onda. Depois, no intervalo, quando navio e lancha chegaram mais perto, pulou. Conseguiu segurar-se na escada e tratou de subir.

Na beira da lancha, esperando pelo momento apropriado, Feinberg disse:

– E agora... conto até três e depois abro o meu paraquedas, não é isso mesmo?

Depois ele pulou.

Katzen pulou em seguida, e depois foi a vez de Raoul Dovrat. Dickstein largou o croque e pulou também para a escada. Na escada, inclinou-se para trás e olhou para cima, através da chuva incessante, vendo Gibli chegar à amurada e passar uma perna por cima.

Dickstein olhou para trás, por cima do ombro, e avistou uma faixa cinzenta mais clara no céu distante, o primeiro sinal do amanhecer.

E foi nesse momento que houve uma súbita e chocante rajada de metralhadora, seguida por um grito.

Dickstein tornou a olhar para cima, vendo Gibli cair para trás lentamente, largando o alto da escada. A boina soltou-se da cabeça e foi empurrada para longe pelo vento, desaparecendo na escuridão. Gibli caiu, passando por Dickstein e mergulhando no mar.

– Vamos, vamos! – gritou Dickstein.

Feinberg pulou por cima da amurada. Dickstein sabia que ele cairia no convés já rolando... e sua arma disparou um instante depois, dando cobertura aos outros...

E Katzen também passou sobre a amurada, e agora havia quatro, cinco, muitas armas disparando. Dickstein subiu o resto da escada às pressas, arrancando o pino de uma granada com os dentes e arremessando por cima da amurada, cerca de 30 metros à frente, onde causaria uma diversão, sem ferir nenhum dos seus homens que já estavam no convés. E depois Dovrat passou pela amurada e Dickstein viu-o bater no convés já rolando, levantar, mergulhar para a cobertura atrás da superestrutura da popa. Dickstein gritou:

– Aqui vou eu, seus filhos da puta!

E pulou a amurada, caindo de quatro, encolhendo-se diante da salva de tiros, indo abrigar-se na popa.

– Onde eles estão?

Feinberg parou de atirar para responder, sacudindo o polegar na antepara ao lado deles:

– Na cozinha, nos escaleres e nas portas no meio do navio.

– Certo. – Dickstein levantou-se. – Vamos manter essa posição até que o grupo de Bader chegue ao convés. Quando os ouvirem abrir fogo, comecem a se mover. Dovrat e Katzen, sigam para a porta da cozinha e tratem de descer. Feinberg, dê-lhes cobertura e depois siga na direção da proa, por este lado do convés. Vou partir para o primeiro escaler. Enquanto esperam, façam alguma coisa para desviar a atenção deles da escada de bombordo da proa e do grupo de Bader. Atirem à vontade.

HASSAN E MAHMOUD interrogavam o marinheiro quando o tiroteio começou. Estavam na sala de mapas, atrás da cabine de comando. O marinheiro falava apenas alemão, mas Hassan também falava o idioma. A história era a de que o *Coparelli* enguiçara em pleno mar e a tripulação fora transferida para outro navio, deixando-o ali sozinho, para aguardar a chegada da peça sobressalente necessária para o reparo. Ele nada sabia do urânio, de sequestros ou de Dickstein. Hassan não acreditou nele, ressaltando para Mahmoud: se Dickstein podia dar um jeito para que o navio sofresse uma pane em pleno mar, certamente poderia providenciar para que um dos seus próprios homens ficasse a bordo. O marinheiro fora amarrado numa cadeira e agora Mahmoud lhe cortava os dedos, um a um, numa tentativa de fazê-lo contar uma história diferente.

Ouviram uma rajada rápida, depois o silêncio, uma segunda rajada seguida de uma barragem de fogo. Mahmoud meteu a faca na bainha e desceu a escada que levava da sala de mapas aos alojamentos dos oficiais.

Hassan tentou avaliar a situação. Os *fedayin* agrupavam-se em três lugares: nos escaleres, na cozinha e na superestrutura principal, mais para o meio do navio. Do lugar em que se encontravam, Hassan podia ver tanto o lado de bombordo como o de estibordo do convés; e se passasse da sala de mapas para a cabine de comando, poderia ver todo o convés anterior. A maioria dos israelenses parecia ter abordado o navio pela popa. Os *fedayin*, tanto os que estavam imediatamente abaixo de Hassan como os que se escondiam nos escaleres dos dois lados, disparavam na direção da popa. Não havia disparos da cozinha, o que devia significar que os israelenses haviam capturado o lugar. Deviam ter descido, embora deixando dois homens no convés superior, um de cada lado, a fim de guardarem sua retaguarda.

A emboscada de Mahmoud falhara. Os israelenses deveriam ter sido massacrados ao passarem pela amurada. Ao contrário, porém, conseguiram abrigar-se no convés e agora o combate travava-se praticamente em condições iguais.

A luta no convés estava num impasse, com os dois lados alvejando-se de posições devidamente cobertas. Hassan presumiu que era essa a intenção dos israelenses, manter a oposição ocupada no convés, enquanto avançavam lá por baixo. Atacariam o sustentáculo dos *fedayin*, a superestrutura principal, por baixo, depois de percorrerem os corredores inferiores.

Qual era o melhor lugar para ficar? Hassan chegou à conclusão de que era ali mesmo onde estava. Para alcançá-lo, os israelenses teriam de abrir caminho a bala pelos corredores inferiores, depois subir pelos alojamentos dos oficiais, depois subir novamente até a sala de mapas e a cabine de comando. Era uma posição difícil de tomar.

Houve uma imensa explosão na cabine de comando. Os corpos de três *fedayin* espalharam-se pelas anteparas. Todo o vidro da cabine foi espatifado. A granada devia ter vindo do convés anterior, o que significava que havia outro grupo de israelenses na proa. Como a confirmar a suposição, uma rajada de metralhadora foi disparada do guindaste da proa.

Hassan pegou uma metralhadora que estava no chão, apoiou-a na janela e começou a revidar os tiros.

Levi Abbas observou a granada de Porush voar pelo ar e mergulhar na cabine de comando, depois viu a explosão destruir o que ainda restava de vidro. As armas daquele lado silenciaram por um momento, para logo depois os disparos recomeçarem, com uma nova arma. Por um minuto, Abbas ficou sem saber para onde a nova arma estava disparando, já que nenhuma das balas caiu perto dele. Olhou para os dois lados. Sapir e Sharrett atiravam contra a cabine de comando e nenhum dos dois parecia estar sob fogo. Abbas olhou para o guindaste. Porush... era Porush quem estava sob fogo! Houve uma rajada da cabine do guindaste, com Porush respondendo ao fogo.

Os disparos da cabine de comando eram amadorísticos, a esmo, inacurados. O homem apenas atirava ao acaso. Mas ocupava uma boa posição. Estava mais alto e bem protegido pelas anteparas da cabine de comando. Acabaria acertando em alguém mais cedo ou mais tarde. Abbas pegou uma granada e arremessou-a, mas foi cair um pouco antes da cabine de comando. Somente Porush estava perto o bastante para lançar uma granada na cabine de comando, e ele já usara todas as suas, só a quarta acertando no alvo.

Abbas disparou novamente e depois olhou para a cabine do guindaste. E, no momento em que olhou, viu Porush cair lá de cima, de costas, virar em pleno ar e cair no convés, como um peso morto.

Abbas pensou: Como vou contar à minha irmã?

O homem da cabine de comando parou de atirar por um instante, para logo depois recomeçar, com uma rajada na direção de Sharrett. Ao contrário de Abbas e Sapir, Sharrett tinha bem pouca cobertura, espremido entre um cabrestante e a amurada. E não demorou muito para que Sharrett soltasse um grito e pulasse para o lado, o corpo tremendo todo, como se tivesse sido eletrocutado, enquanto mais balas se cravavam em seu corpo, até que finalmente caiu, inteiramente imóvel, o grito cessando.

A situação era terrível. O grupo de Abbas deveria manter o controle do convés anterior, mas naquele momento quem dominava a área era o homem da cabine de comando. Abbas precisava desalojá-lo de qualquer maneira.

Arremessou outra granada. Foi cair pouco antes da torre e explodiu; o clarão poderia ofuscar o homem de tocaia lá em cima por uns poucos segundos. Assim que houve a explosão, Abbas já estava de pé e corria na direção do guindaste, com os estampidos do fogo de cobertura de Sapir em seus ouvidos. Chegou ao pé da escada e começou a disparar antes que o homem lá em cima o visse. Depois, as balas começaram a ricochetear nas vigas ao seu redor. Tinha a impressão de que levava uma vida inteira para subir cada degrau. Alguma parte lunática de sua mente começou a contar os passos: sete, oito, nove, dez...

Foi atingido por uma bala ricocheteada. A bala penetrou na coxa, logo abaixo do quadril. Não o matou, mas o choque pareceu paralisar os músculos da metade inferior do corpo. Os pés escorregaram nos degraus da escada. Abbas teve um momento de pânico e confusão ao descobrir que as pernas não funcionavam. Instintivamente, estendeu as duas mãos para segurar a escada, mas não conseguiu e caiu. Virou o corpo no ar, parcialmente, desabou de mau jeito e quebrou o pescoço. Uma morte instantânea.

A porta do depósito da proa entreabriu-se ligeiramente e um russo assustado, de olhos arregalados, espiou para fora. Mas ninguém o viu e ele prontamente recuou, fechando a porta.

ENQUANTO KATZEN E DOVRAT invadiam a cozinha, Dickstein aproveitou o fogo de cobertura de Feinberg para se adiantar. Correu meio inclinado, passando pelo ponto em que haviam abordado o navio e pela porta da cozinha, indo jogar-se atrás do primeiro escaler, em que já arremessara uma granada. Dali, com a claridade ainda fraca, mas aumentando cada vez mais, pôde divisar os contornos da superestrutura principal, que tinha o formato aproximado de três degraus elevando-se suavemente. No nível do convés principal ficava o refeitório e a sala de descanso dos oficiais, a enfermaria e uma cabine de passageiros, normalmente usada como depósito. No nível acima ficavam os alojamentos dos oficiais, inclusive do comandante. No nível superior, a cabine de comando, com a sala de mapas e a sala de rádio adjacentes.

A maior parte dos inimigos estaria agora no nível do convés: no refeitório e na sala de descanso. Podia contornar os dois lugares, subindo uma escada ao lado da chaminé, até o passadiço em torno do segundo nível. Mas a única maneira de chegar à cabine de comando era através do segundo nível. Ele, sozinho, teria de liquidar todos os soldados inimigos que encontrasse nos alojamentos.

Dickstein olhou para trás. Feinberg retirara-se para trás da cozinha, talvez para recarregar a arma. Ficou esperando até que Feinberg recomeçasse a atirar, depois levantou-se. Disparando sem parar, saiu da parte de trás do escaler e correu pelo convés posterior até a escada. E sem diminuir a velocidade, pulou para o quarto degrau e subiu, consciente de que por alguns segundos era um alvo fácil, ouvindo um punhado de balas ricochetear na chaminé ao seu redor. Finalmente alcançou a altura do segundo nível e jogou-se para o passadiço ao lado, a respiração ofegante, tremendo do esforço. E ficou encostado por um instante na porta para os alojamentos dos oficiais.

– Vamos liquidar os malditos corvos – murmurou para si mesmo, a frase *cockney* que jamais esquecera.

Tornou a carregar a submetralhadora. Encostado à porta, levantou o corpo lentamente, até uma vigia na porta, na altura dos olhos. Arriscou uma olhada. Avistou um corredor com três portas de cada lado e, na outra extremidade, uma escada, descendo para o refeitório e subindo para a sala de mapas. Sabia que a cabine de comando podia ser alcançada pelas duas escadas externas que subiam do convés principal e também por intermédio da sala de mapas. Mas, pelo lado de fora, os árabes ainda dominavam aquela parte do convés e seria impossível a subida. Portanto, a única maneira de chegar à cabine de comando era por ali, passando pela sala de mapas.

Dickstein abriu a porta e entrou. Foi avançando silenciosamente pelo corredor até a porta da primeira cabine. Abriu-a e jogou uma granada. Viu um inimigo começar a virar-se e fechou a porta. Ouviu a granada explodir no pequeno recinto. Correu para a porta seguinte, no mesmo lado, abriu-a e jogou outra granada. Explodiu no espaço vazio.

Havia mais uma porta naquele lado, só que Dickstein não dispunha de mais granadas.

Correu para a porta, abriu-a com um empurrão e entrou atirando. Havia um homem ali. Estava atirando pela vigia. Quando a porta se abriu, puxou a arma, começando a se virar. A rajada disparada por Dickstein cortou-o ao meio.

Dickstein virou-se e ficou de frente para a porta, esperando. A porta da cabine no outro lado do corredor se abriu e ele liquidou o homem que apareceu.

Dickstein voltou ao corredor, atirando às cegas. Havia mais duas cabines que ainda não verificara. A porta da cabine mais próxima se abriu quando Dickstein atirou e um corpo caiu.

Faltava só uma. Dickstein ficou observando. A porta se entreabriu ligeiramente, depois tornou a se fechar. Dickstein avançou pelo corredor, escancarou a porta com um pontapé, disparou uma rajada pela cabine. Não houve qualquer tiro em resposta. Ele entrou na cabine. O ocupante fora atingido por um ricochete e caíra no beliche, sangrando.

Dickstein foi dominado por uma exultação frenética. Sozinho, capturara toda aquela parte do navio.

Agora, tinha de ocupar a cabine de comando. Avançou pelo corredor. A escada ficava na extremidade, subindo para a sala de mapas e descendo para o refeitório dos oficiais. Dickstein pisou na escada e olhou para cima. No mesmo instante, jogou-se para trás, ao deparar com o cano de uma arma, que começou a disparar.

Não possuía mais granadas. O homem na sala de mapas não podia ser atingido por seus tiros. Podia ficar abrigado, atirando às cegas para a escada. E Dickstein tinha de dominar aquela escada, pois queria subir de qualquer maneira.

Foi até uma das cabines que davam para a proa a fim de olhar o convés anterior e tentar avaliar a situação. Ficou assustado ao constatar o que acontecera no convés anterior. Somente um dos quatro homens do grupo de Abbas ainda atirava e Dickstein pôde divisar três corpos no chão. Duas ou três armas pareciam estar funcionando da cabine de comando contra o israelense que restava, acuado por trás de uma pilha de correntes de âncora.

Dickstein olhou para o lado. Feinberg ainda ocupava seu posto na popa, praticamente não conseguira avançar. E ainda não havia qualquer sinal dos homens que tinham descido.

Os *fedayin* estavam bem entrincheirados no refeitório por baixo dele. De sua posição superior, podiam facilmente manter a distância os homens no convés externo e os que estavam nos corredores entre as duas superestruturas. A única maneira de capturar o refeitório seria atacá-lo por todos os lados, simultaneamente... inclusive de cima. Mas isso significava que precisava primeiro capturar a cabine de comando. E o local era inexpugnável.

Dickstein correu de volta pelo corredor e saiu pela porta no lado da popa. A chuva ainda caía, mas havia agora uma claridade difusa no céu. Pôde divisar o vulto de Feinberg num lado e o de Dovrat no outro. Gritou os nomes deles, até atrair-lhes a atenção, depois apontou para a cozinha. Pulou do passadiço para o convés posterior, atravessou-o correndo e mergulhou no interior da cozinha.

Os dois companheiros entenderam sua mensagem. Um momento depois, entraram também na cozinha, atrás dele. Dickstein disse:

– Precisamos capturar o refeitório.

– Não vejo como – disse Feinberg.

– Cale a boca e preste atenção. Vamos atacar de todos os lados, de bombordo e estibordo, por baixo e por cima. Primeiro, temos de capturar a cabine de comando. Vou cuidar disso. Quando eu chegar lá, tocarei a buzina de nevoeiro. Esse será o sinal. Quero que vocês dois desçam e transmitam as instruções aos homens que estão lá embaixo.

– Como vai chegar à cabine de comando? – perguntou Feinberg.

– Por cima – respondeu Dickstein.

NA CABINE DE COMANDO, Hassan contava agora com a companhia de Mahmoud e dois outros *fedayin*, que tomaram posições de tiro, enquanto os chefes sentavam no chão e conferenciavam.

– Eles não podem vencer – declarou Mahmoud. – Daqui de cima, controlamos a maior parte do convés externo. Eles não podem atacar o refeitório de baixo, porque é muito fácil dominar o acesso por cima. Não podem atacar pelos lados ou pela frente, porque podemos liquidá-los daqui de cima. E não podem atacar por cima, pois controlamos a escada. Só precisamos continuar a atirar até que eles se rendam.

– Um deles tentou chegar aqui há poucos minutos – disse Hassan –, mas consegui detê-lo.

– Estava sozinho aqui em cima?

– Isso mesmo.

Mahmoud pôs as mãos nos ombros de Hassan.

– Você é agora um dos *fedayin*.

Hassan formulou o pensamento que ocupava a mente de ambos:

– E depois?

Mahmoud balançou a cabeça.

– Companheiros em pé de igualdade.

Apertaram-se as mãos e Hassan repetiu:

– Companheiros em pé de igualdade.

Mahmoud disse:

– E agora acho que eles vão tentar novamente atacar pela escada. É a única esperança que lhes resta.

– Vou fazer a cobertura da sala de mapas – declarou Hassan.

Os dois se levantaram. E foi nesse momento que uma bala extraviada veio do convés anterior, passou pela janela sem vidros e penetrou no cérebro de Mahmoud, que teve morte instantânea.

Hassan era agora o líder dos *fedayin*.

DEITADO DE BRUÇOS, os braços e pernas estendidos para a tração, Dickstein foi avançando lentamente pela parte superior do navio. Era curva, não tinha onde se segurar e tornara-se escorregadia por causa da chuva. Enquanto o *Coparelli* balançava incessantemente nas ondas, a cobertura inclinava-se para a frente, para trás, para os lados. Tudo o que Dickstein podia fazer era se comprimir contra a superfície de metal e tentar reduzir o deslizamento.

Havia uma luz de navegação na parte dianteira. Quando chegasse ali, Dickstein estaria seguro, pois teria onde se segurar. O avanço nessa direção foi terrivelmente lento. Chegou a dois ou três palmos, e de repente o navio balançou para bombordo, fazendo-o escorregar para longe. Foi uma guinada prolongada e levou-o até a beira da embarcação. Por um momento, Dickstein ficou pendurado por um braço e uma perna, cerca de 10 metros acima do convés. O navio inclinou-se um pouco mais e o restante da perna escorregou. Dickstein tentou cravar as unhas da mão direita no metal pintado da cobertura do navio.

Houve uma pausa angustiante.

O *Coparelli* inclinou-se para o outro lado.

Dickstein deixou que o corpo acompanhasse o balanço do navio, deslizando cada vez mais depressa na direção da luz de navegação.

Mas o movimento do navio voltou a mudar e ele tornou a deslizar em sentido contrário, deixando de segurar a luz de navegação por cerca de um metro. Mais uma vez, Dickstein comprimiu as mãos e os pés contra o metal, tentando impedir-se de deslizar; mais uma vez, deslizou até a beirada; mais uma vez, ficou pendurado sobre o convés, só que dessa vez foi o braço direito que ficou pendurado para fora, permitindo que a metralhadora escorregasse do ombro e fosse cair num escaler.

O *Coparelli* rolou de volta, e Dickstein novamente deslizou, com crescente velocidade, na direção da luz de navegação. E dessa vez alcançou-a. Segurou-se com as duas mãos. A luz ficava a cerca de dois palmos da extremidade dianteira da cobertura. Imediatamente abaixo da beirada ficavam as janelas dianteiras da cabine de comando, os vidros espatifados havia muito tempo, com dois canos de arma esticados para fora.

Dickstein segurou-se firmemente na luz de navegação, mas não pôde impedir que seu corpo continuasse a deslizar, descrevendo uma curva longa, na direção da beirada. Percebeu que a parte dianteira, ao contrário das laterais, possuía uma estreita calha de aço para afastar a chuva dos vidros por baixo. Quando o corpo deslizou na direção da beirada, Dickstein largou a luz de navegação e acompanhou o movimento do navio, segurando a calha de aço com as pontas dos dedos, balançando as pernas para baixo e para dentro. Passou voando pelas janelas quebradas, com os pés na frente, indo cair no meio da cabine de comando. Dobrou os joelhos para amortecer o impacto da queda, depois empertigou-se. Perdera a metralhadora e não tinha tempo para sacar a pistola ou a faca. Havia dois árabes na cabine de comando, um em cada lado dele, ambos empunhando metralhadoras e disparando para o convés. No instante em que Dickstein empertigou-se, os árabes começaram a virar em sua direção, completamente espantados.

Dickstein estava ligeiramente mais perto do árabe no lado de bombordo. Desferiu um chute em sua direção e acertou na ponta do cotovelo do homem, mais por sorte do que por julgamento, momentaneamente paralisando o braço com a metralhadora. Dickstein pulou para cima do outro homem. A metralhadora virava em sua direção, mas uma fração de segundo atrasada. Dickstein conseguiu entrar por dentro do braço do homem, levantando a mão direita para o golpe mais impiedoso que conhecia, em dois movimentos. A base da mão acertou na ponta do queixo do árabe, empurrando-lhe a cabeça para trás, para o segundo movimento. A mão de Dickstein, com os dedos esticados para uma cutelada de caratê, desceu com toda força na carne exposta da garganta macia.

Antes que o homem caísse, Dickstein agarrou-o pelo casaco e virou-o bruscamente, interpondo o corpo entre si mesmo e o outro árabe, que já levantava sua metralhadora. Dickstein levantou o homem morto e arremessou-o através da cabine, no mesmo instante em que a metralhadora começava a disparar. O corpo recebeu todas as balas e foi cair em cima do árabe com a metralhadora, que perdeu o equilíbrio, cambaleou para trás pela porta aberta e foi cair no convés lá embaixo.

Havia um terceiro homem na sala de mapas, vigiando a escada interna. Nos três segundos em que Dickstein entrara na cabine de comando, o homem se levantara e virara. Dickstein pôde agora reconhecê-lo. Era Yasif Hassan.

Dickstein agachou-se rapidamente e esticou a perna para a frente bruscamente, chutando a porta quebrada, que caíra no chão, entre ele e Hassan. A porta deslizou pelo chão, indo bater nos pés de Hassan. Foi apenas o suficiente para fazê-lo perder o equilíbrio ligeiramente. Mas no instante em que ele abriu os braços para recuperar o equilíbrio, Dickstein avançou.

Até aquele momento, Dickstein fora como uma máquina, reagindo por puro reflexo a todas as situações com que se confrontava, deixando que o sistema nervoso planejasse cada movimento, sem interferência do pensamento consciente, permitindo que o treinamento e o instinto o guiassem inteiramente. Mas agora havia mais do que isso. Agora, diante do inimigo de tudo o que ele sempre amara, Dickstein viu-se dominado por um ódio cego, uma fúria irracional.

O que lhe deu velocidade e força adicionais.

Segurou o braço de Hassan que empunhava a arma pelo pulso e pelo ombro, puxando-o para baixo com um movimento brusco, na direção do seu joelho levantado. Hassan soltou um grito de dor e a arma caiu de sua mão inútil. Virando-se ligeiramente, Dickstein desferiu um golpe com o cotovelo para trás, acertando Hassan logo abaixo da orelha. Hassan virou-se, caindo. Dickstein agarrou-lhe os cabelos por trás, puxando a cabeça. E no instante em que Hassan caía para longe, Dickstein levantou o pé e o chutou. O calcanhar acertou a nuca de Hassan, no momento em que ele sacudia a cabeça. Houve um estalo súbito e toda a tensão esvaiu-se dos músculos do homem, enquanto a cabeça tombava, sem qualquer apoio, nos ombros.

Dickstein largou-o e o corpo desabou no chão.

Olhou para o corpo inerte, uma sensação de exultação ressoando em seus ouvidos.

E foi então que ele viu Koch.

O oficial de máquinas estava amarrado numa cadeira, arriado, mortalmente pálido, mas ainda consciente. Havia sangue em suas roupas. Dickstein pegou a faca e cortou as cordas que prendiam Koch. E foi nesse momento que reparou nas mãos dele. E murmurou:

– Santo Deus!

– Vou sobreviver – balbuciou Koch.

Ele não se levantou da cadeira.

Dickstein pegou a metralhadora de Hassan e verificou o pente de balas. Quase cheio. Foi até a cabine de comando e localizou a buzina de nevoeiro.

– Pode sair dessa cadeira, Koch?

Koch levantou-se com grande esforço, balançando, meio trôpego. Dickstein foi ampará-lo rapidamente e ajudou-o a passar para a cabine de comando.

– Está vendo este botão? Quero que conte até dez, bem devagar, e depois o aperte.

Koch sacudiu a cabeça para desanuviá-la.

– Está certo.

– Comece agora.

– Um... dois...

Dickstein desceu pela escada interna e saiu no segundo nível, o mesmo por onde passara anteriormente, eliminando os árabes que encontrou. As cabines continuavam vazias. Desceu outro nível e parou pouco antes do ponto em que a escada saía no refeitório. Calculava que todos os *fedayin* restantes estavam concentrados ali, alinhados contra as paredes, atirando pelas vigias e portas, talvez houvesse um ou dois vigiando a escada. Não havia qualquer meio seguro e cauteloso de capturar uma forte posição defensiva.

Vamos, Koch!

Dickstein tencionara passar apenas um ou dois segundos escondido ali na escada. A qualquer momento, um dos árabes poderia olhar para cima para verificar se não havia ninguém por ali. Se Koch desmaiasse, ele teria de subir novamente e...

A buzina de nevoeiro soou.

Dickstein pulou. Já estava atirando antes mesmo de bater no chão. Havia dois homens perto da base da escada. Dickstein atirou neles primeiro. Os tiros lá de fora aumentaram de intensidade. Dickstein virou-se num semicírculo rápido, baixando para um joelho a fim de se transformar num alvo menor e disparando contra os *fedayin* encostados nas paredes. Subitamente, havia outra arma disparando na mesma direção, a de Ish, subindo para o refeitório. Em seguida, Feinberg apareceu numa porta, também atirando. Dovrat, ferido, entrou por outra porta. E depois, como a um sinal, os quatro homens pararam de atirar. O silêncio era como uma trovoada.

Todos os *fedayin* estavam mortos.

Dickstein, ainda ajoelhado, abaixou a cabeça, extenuado. Depois de um momento, levantou-se e olhou para seus homens.

– Onde estão os outros?

Feinberg lançou-lhe um olhar estranho.

– Há alguém no convés anterior. Creio que é Sapir.

– E o resto?

– Não há outros. Todos estão mortos.

Dickstein encostou-se numa antepara, abalado, murmurando:

– Que preço....

Olhando pela vigia com o vidro quebrado, percebeu que já era dia claro.

17

Um ano antes, o jato da BOAC em que Suza Ashford servia o jantar começara abruptamente a perder altura sobre o oceano Atlântico, sem qualquer motivo aparente. O comandante acendera as luzes determinando que todos afivelassem o cinto de segurança. Suza andara pelo corredor, dizendo:

– Apenas um pouco de turbulência.

Ajudara as pessoas a afivelarem seus cintos, pensando durante todo o tempo: Vamos morrer, vamos todos morrer.

Sentia a mesma coisa agora.

Tinham recebido uma mensagem curta de Tyrin, *Israelenses atacando*, e depois o silêncio. Naquele momento, atiravam contra Nathaniel. Ele podia estar ferido, podia ter sido capturado, podia estar morto. E enquanto tremia, por dentro, de tensão nervosa, Suza tinha de exibir para o operador de rádio o sorriso jovial de aeromoça, dizendo:

– Há um equipamento e tanto aqui.

O operador de rádio do *Karla* era um homem grandalhão, cabelos grisalhos, de Odessa. Seu nome era Aleksandr e falava um inglês compreensível:

– Custou 100 mil dólares – disse, orgulhoso. – Conhece alguma coisa de rádio?

– Um pouco... pois já fui aeromoça. – Suza falara "já fui" sem pensar antes e, agora, perguntou-se se essa parte de sua vida realmente acabara. – Estava sempre observando os pilotos dos aviões usarem seus equipamentos de rádio e por isso conheço o funcionamento básico.

– O que temos aqui, na realidade, são quatro rádios – explicou Aleksandr. – Um deles está sintonizado para o emissor no *Stromberg*. O outro está na escuta de Tyrin no *Coparelli*. O terceiro está na frequência regular do *Coparelli*. E este aqui está vagueando. Observe.

Ele indicou um mostrador, cujo ponteiro se deslocava lentamente, acrescentando:

– Procura um transmissor e para quando o localiza.

– Isso é incrível. Foi você mesmo quem inventou?

– Infelizmente sou apenas um operador e não um inventor.

– E pode transmitir em qualquer um dos aparelhos apenas levantando o botão TRANSMITIR?

– Isso mesmo, em Código Morse ou falando. Mas é claro que ninguém usa a voz numa operação como esta.

– Teve de passar por um treinamento muito demorado para se tornar um operador de rádio?

– Não muito. Aprender o Morse é fácil. Mas, para ser operador de rádio de um navio, é preciso aprender a consertar o equipamento. – Ele baixou a voz ao acrescentar: – E para ser um operador da KGB, é preciso passar pela escola de espionagem.

Ele riu e Suza também, pensando: Vamos, Tyrin, comece logo a falar. E seu desejo foi atendido.

A mensagem começou e Aleksandr pôs-se a anotá-la, ao mesmo tempo que dizia a Suza:

– É Tyrin. Chame Rostov, por favor.

Suza deixou a sala de rádio relutantemente, pois queria saber o que dizia a mensagem. Seguiu rapidamente para o refeitório, esperando encontrar Rostov ali, tomando um café. Mas o refeitório estava vazio. Suza desceu outro convés e foi até a cabine de Rostov. Bateu na porta.

Ele disse algo em russo, que podia significar "entre". Suza abriu a porta. Rostov de pé num canto, de cueca, lavava-se numa bacia.

– Tyrin está chamando – informou Suza.

Ela virou-se para sair.

– Suza...

Ela tornou a virar-se.

– O que diria se eu a surpreendesse só de calcinha?

– Eu o mandaria à merda.

– Fique esperando lá fora.

Ela fechou a porta, pensando: Vai ser agora. Quando ele saiu, Suza murmurou:

– Desculpe.

Rostov deu um sorriso tenso.

– Eu não deveria ter sido tão antiprofissional. Vamos embora.

Suza seguiu-o para a sala de rádio, que ficava imediatamente abaixo da ponte em que normalmente ficava a cabine do comandante. Aleksandr explicara que, por causa do equipamento extra, não era possível funcionar ao lado da cabine de comando. Suza já calculara por si mesma que tal disposição tinha a vantagem adicional de afastar o equipamento de rádio da tripulação, quando o navio partia com uma mistura de marinheiros comuns e agentes da KGB.

Aleksandr transcrevera a mensagem de Tyrin. Entregou-a a Rostov, que leu em inglês:

– Os israelenses capturaram o *Coparelli*. O *Stromberg* está ao lado. Dickstein está vivo.

Suza ficou bamba de alívio. Tinha de sentar. E arriou numa cadeira. Ninguém reparou. Rostov já estava ditando sua resposta para Tyrin:

– Vamos abalroar o navio às 6 horas de amanhã.

A onda de alívio deixou Suza, que pensou: Oh, Deus, o que vou fazer agora?

NAT DICKSTEIN ESTAVA de pé, em silêncio, usando um boné de marinheiro emprestado, enquanto o comandante do *Stromberg* lia as palavras do serviço dos mortos, alteando a voz acima do barulho do vento, da chuva e do mar. Um a um, os corpos envoltos em lona escorregaram sobre a amurada e mergulharam na água escura: Abbas, Sharrett, Porush, Gibli, Bader, Remez e Jabotinsky. Sete dos 12 homens haviam morrido. O urânio era o metal mais caro do mundo.

Houve outro funeral anteriormente. Quatro *fedayin* sobreviveram, três feridos, enquanto o quarto perdera a coragem e se escondera. Depois de desarmá-los, Dickstein permitira que sepultassem seus mortos no mar. Fora um funeral bem maior, pois haviam lançado 25 corpos na água. Haviam realizado a cerimônia apressadamente, sob os olhares – e as armas – vigilantes dos três israelenses sobreviventes, que achavam que se devia conceder tal cortesia ao inimigo, mas não eram obrigados a gostar.

Enquanto isso, o comandante do *Stromberg* viera para bordo com todos os documentos do navio. A equipe de mecânicos e carpinteiros, que fora trazida para o caso de ser necessário alterar o *Coparelli*, a fim de ficar igual ao *Stromberg*, começou imediatamente a trabalhar, reparando os danos da batalha. Dickstein determinou que se concentrassem no que era visível do convés; o resto teria de esperar até que chegassem ao porto. Os homens puseram-se a tapar os buracos, substituir os vidros e peças de metal, arrancando tudo o que era necessário do condenado *Stromberg*. Um pintor desceu por uma escada para apagar o nome *Coparelli* do casco, substituindo pelas letras já preparadas S-T-R-O-M-B-E-R-G. Ao terminar, pintou as anteparas e as partes consertadas de madeira no convés. Todos os escaleres do *Coparelli*, danificados além de qualquer reparo, foram destroçados e os pedaços jogados ao mar. Os escaleres do *Stromberg* foram trazidos para substituí-los. A nova bomba de óleo, que o *Stromberg* trouxera por determinação de Koch, foi instalada na casa de máquinas do *Coparelli*.

Os trabalhos foram interrompidos para a cerimônia fúnebre. E recomeçaram assim que o comandante pronunciou as palavras finais. Quase no fim da tarde, as máquinas voltaram a funcionar. Dickstein estava na cabine de comando, junto com o comandante, enquanto a âncora era içada. A tripulação do *Stromberg* rapidamente descobriu como operar o navio, que era idêntico ao anterior. O comandante fixou o curso e determinou toda velocidade à frente.

Já está quase acabando, pensou Dickstein. O *Coparelli* desaparecera; para todos os efeitos e propósitos, o navio em que agora navegava era o *Stromberg*, e o *Stromberg* pertencia legalmente à Navegação Savile. Israel tinha o seu urânio e ninguém sabia que o obtivera. Todos os envolvidos na operação estavam agora devidamente cobertos, à exceção de Pedler, que ainda era o legítimo proprietário do urânio. Era ele o homem que poderia arruinar todo o plano, se por acaso se tornasse por demais curioso ou hostil. Papagopolous deveria estar cuidando dele naquele momento. Dickstein desejou-lhe sorte, silenciosamente.

O perito em explosivos na sala de mapas puxou a alavanca do detonador de rádio e depois todos observaram o *Stromberg* vazio, agora a cerca de dois quilômetros de distância.

Houve um estampido alto e seco, como o de uma trovoada. O *Stromberg* pareceu vergar ao meio. Os tanques de combustível pegaram fogo e o fim de tarde tempestuoso foi iluminado por uma mancha de fogo, estendendo-se para o céu. Dickstein sentiu intensa exultação e ligeira ansiedade ao contemplar tamanha destruição. O *Stromberg* começou a afundar, lentamente a princípio, depois cada vez mais depressa. A popa afundou, seguida segundos depois pela proa. A chaminé emergiu acima da superfície por um momento, como o braço levantado de um homem afogado, para depois também desaparecer.

Dickstein sorriu e virou-se.

Ouviu um barulho. O comandante também ouviu. Foram até a beira da cabine de comando e olharam para fora. Só então compreenderam o que acontecia.

Lá embaixo, no convés, os homens davam vivas.

Franz Albrecht Pedler estava sentado em seu escritório, nos arredores de Wiesbaden, coçando a cabeça branca. O telegrama de Angeluzzi e Bianco, de Gênova, traduzido do italiano por sua secretária multilíngue, era perfeitamente claro e ao mesmo tempo totalmente incompreensível: POR FAVOR INFORME MAIS CEDO POSSÍVEL SOBRE NOVA DATA DE CHEGADA DO URÂNIO.

Pelo que Pedler podia saber, não havia nada de errado com a velha data de entrega, dali a dois dias. Evidentemente, Angeluzzi e Bianco sabiam alguma coisa que ele ainda desconhecia. Já mandara um telegrama para a companhia de navegação: URÂNIO ESTÁ ATRASADO? Sentia-se um pouco irritado com a companhia. Deveria tê-lo avisado do atraso, como fizera a Angeluzzi e Bianco. Mas talvez os italianos estivessem se confundindo. Durante a guerra, Pedler formara a opinião de que nunca se podia contar que os italianos fizessem direito o que era mandado. Pensara que poderiam estar diferentes atualmente, mas, pelo visto, continuavam iguais.

Ficou parado junto à janela, ao crepúsculo que se adensava, observando o pequeno conjunto de prédios de sua fábrica. Quase que desejava não ter comprado o urânio. A transação com o Exército israelense, com tudo já devidamente assinado, selado e registrado, manteria a companhia dando lucro pelo resto de sua vida e não mais precisava especular.

A secretária voltou com a resposta dos armadores, já traduzida: COPARELLI VENDIDO PARA NAVEGAÇÃO SAVILE DE ZURIQUE QUE TEM AGORA RESPONSABILIDADE PELA CARGA. GARANTIMOS A TOTAL CONFIANÇA DOS COMPRADORES. Seguia-se o telefone da Navegação Savile e as palavras FALE COM PAPAGOPOLOUS.

Pedler devolveu o telegrama à secretária.

– Quer ligar para esse número em Zurique e chamar o tal de Papagopolous, por favor?

Ela voltou alguns minutos depois.

– Papagopolous telefonará daqui a pouco

Pedler olhou para o relógio.

– Acho que é melhor eu ficar esperando pelo telefonema. Agora que comecei, é melhor descobrir logo de uma vez o que está acontecendo.

Papagopolous ligou dez minutos depois, e Pedler disse-lhe:

– Fui informado de que é agora o responsável por minha carga a bordo do *Coparelli*. Recebi um telegrama dos italianos pedindo que informasse a nova data de entrega. Houve algum atraso?

– Houve, sim – respondeu Papagopolous. – Deveria ter sido informado antes. Lamento muito.

O homem falava alemão perfeitamente, mas mesmo assim era evidente que não se tratava de um alemão. E era também evidente que não lamentava realmente. Papagopolous continuou:

– A bomba de óleo do *Coparelli* quebrou em pleno mar e o navio está, agora, parado. Tomamos todas as providências para que sua carga seja entregue o mais depressa possível.

– E o que devo dizer a Angeluzzi e Bianco?

– Já lhes comuniquei que informarei a nova data de entrega assim que pudermos fixá-la – disse Papagopolous. – Por favor, deixe tudo comigo. Manterei a ambos informados.

– Está certo. Ficarei aguardando notícias.

É estranho, pensou Pedler, ao desligar. Olhando pela janela, constatou que todos os operários já tinham ido embora. O estacionamento estava vazio, exceto por seu Mercedes e pelo Volkswagen da secretária. Estava na hora de voltar para casa. Pedler vestiu o paletó. Não tinha com que se preocupar, pois o urânio tinha seguro. Se, por acaso, o perdesse, receberia todo o dinheiro. Apagou as luzes de sua sala e foi ajudar a secretária a vestir o casaco. Depois, entrou no Mercedes e seguiu para casa, ao encontro da esposa.

SUZA ASHFORD NÃO fechou os olhos durante a noite inteira.

Mais uma vez, a vida de Nat Dickstein corria risco. Mais uma vez, era a única que podia avisá-lo. E dessa vez não podia enganar os outros para fazer com que a ajudassem.

Tinha de agir sozinha.

Era muito simples. Precisava ir à sala de rádio do *Karla* para livrar-se de Aleksandr e chamar o *Coparelli*.

Nunca conseguirei, pensou ela. O navio está repleto de agentes da KGB. Aleksandr é um homem grandalhão. Quero dormir. Para sempre. É impossível. Não vou conseguir.

Oh, Nathaniel!

Às 4 horas da madrugada, Suza vestiu jeans, suéter, botas e uma capa impermeável. Meteu no bolso interno da capa a garrafa cheia de vodca que pegara no refeitório, "para ajudar a dormir".

Tinha de saber qual era a posição do *Karla*.

Subiu para a cabine de comando. O primeiro-oficial sorriu-lhe e disse em inglês:

– Não está conseguindo dormir?

– O *suspense* é demais.

Suza tornou a exibir o sorriso jovial de aeromoça da BOAC. O cinto de segurança está bem afivelado, senhor? É apenas um pouco de turbulência, nada com que se preocupar. Perguntou ao primeiro-oficial:

– Onde estamos?

Ele indicou a posição no mapa e calculou também a posição do *Coparelli*.

– O que representa isso em números?

O primeiro-oficial informou as coordenadas, o curso e a velocidade do *Karla*. Ela repetiu os números em voz alta uma vez e outras duas mentalmente, tentando gravá-los em seu cérebro.

– É fascinante – murmurou Suza, jovialmente. – Todo mundo no navio tem um talento especial... Acha que vamos alcançar o *Coparelli* a tempo?

– Claro. E quando isso acontecer... bum!

Suza olhou para fora. Estava completamente escuro. Não havia estrelas, não se avistavam as luzes de qualquer outro navio. O tempo piorava cada vez mais.

– Está tremendo – comentou o primeiro-oficial. – Sente tanto frio assim?

– Sinto, sim – respondeu Suza, embora não fosse o frio que a fizesse tremer. – Quando o coronel Rostov acordará?

– Ele pediu para ser chamado às 5 horas.

– Acho que vou tentar dormir por mais uma hora.

Suza desceu para a sala de rádio. Aleksandr estava lá. Ela perguntou-lhe:

– Também não consegue dormir?

– Não. Já mandei o meu substituto para a cama.

Suza correu os olhos pelo equipamento de rádio.

– Não está mais escutando o *Stromberg*?

– O sinal de rádio cessou. Ou descobriram o emissor ou afundaram o navio. Achamos que o afundaram.

Suza sentou e pegou a garrafa de vodca. Tirou a tampa.

– Tome um trago.

Entregou-lhe a garrafa.

– Está com frio?

– Um pouco.

– Sua mão está tremendo. – Aleksandr levou a garrafa aos lábios e tomou um grande trago. – Obrigado.

Devolveu a garrafa. Suza tomou um gole, para ganhar coragem. Era forte a vodca russa e queimou-lhe a garganta ao descer, mas produziu o efeito desejado. Atarraxou a tampa e esperou que Aleksandr ficasse de costas.

– Fale-me a respeito de sua vida na Inglaterra – disse ele, puxando conversa. – É verdade que os pobres passam fome, enquanto os ricos se tornam cada vez mais ricos?

– Não são muitas as pessoas que passam fome. – Vire-se, por favor, vire-se logo de uma vez!, pensou Suza. Não posso fazer o que preciso com você olhando. – Mas há uma desigualdade muito grande.

– Existem leis diferentes para ricos e pobres?

– Há um ditado: a lei proíbe igualmente que pobres e ricos roubem pão e durmam debaixo de pontes.

Aleksandr soltou uma risada.

– Na União Soviética as pessoas são iguais, mas algumas têm privilégios. Vai viver agora na Rússia?

– Não sei.

Suza abriu a garrafa e tornou a oferecê-la para o russo. Ele tomou outro gole e a devolveu.

– Na Rússia, não terá roupas assim.

O tempo passava depressa demais, ela tinha de fazê-lo agora. Levantou-se para pegar a garrafa. A capa estava aberta na frente. De pé diante dele, inclinou a cabeça para trás, a fim de tomar um gole da garrafa, sabendo que Aleksandr ficaria olhando para os seus seios espremendo-se para fora. Permitiu-lhe uma boa olhada e depois, segurando a garrafa pelo gargalo, desceu-a com toda força de que dispunha na cabeça de Aleksandr.

Houve um baque horrível. O russo fitou-a com uma expressão aturdida. E Suza pensou: Você deveria apagar! Os olhos dele não queriam fechar. O que vou fazer? Ela hesitou, depois rangeu os dentes e bateu novamente.

Os olhos dele se fecharam e seu corpo arriou na cadeira. Suza pegou-lhe os pés e puxou. Quando Aleksandr saiu da cadeira, a cabeça bateu no convés, com um baque surdo, fazendo Suza estremecer. Mas prontamente pensou: É melhor assim, pois ele ficará desmaiado por mais tempo.

Arrastou-o para um armário. Sua respiração estava ofegante, do medo e do esforço. Tirou do bolso da calça um pedaço comprido de corda que pegara na popa. Amarrou os pés de Aleksandr, depois virou-o e amarrou-lhe as mãos nas costas.

Tinha de metê-lo no armário. Olhou para a porta. Oh, Deus, não permita que alguém entre agora! Empurrou os pés de Aleksandr para dentro do armário, depois ficou por cima do corpo inconsciente. Tentou levantá-lo. Ele era pesado demais. Suza conseguiu soerguê-lo, com grande esforço. Mas, quando tentou empurrá-lo para dentro do armário, o corpo escapou de seus braços. Ela se colocou por trás dele, a fim de tentar novamente. Agarrou-o pelas axilas e levantou-o. Assim era melhor. Podia apoiar o peso do corpo inerte contra seu peito, enquanto mudava a posição das mãos. Conseguiu soerguê-lo de novo, passou os braços pelo peito de Aleksandr, deslocou-o alguns centímetros para o lado. Tinha de entrar no armário com ele, largá-lo, depois espremer-se para sair.

Aleksandr estava agora numa posição meio sentada, os pés contra um dos lados do armário, os joelhos dobrados, as costas contra o lado oposto. Suza verificou a corda. Ainda firme. Mas ele podia gritar! Olhou ao redor, à procura de alguma coisa para colocar na boca de Aleksandr, amordaçando-o. Nada encontrou. Não podia deixar a sala de rádio para procurar, pois alguém poderia aparecer. A única coisa em que pôde pensar foi em sua calcinha.

Pareceu-lhe levar uma eternidade para tirá-la. Teve de tirar primeiro as botas de marinheiro emprestadas, tirar os jeans, em seguida a calcinha, vestir os jeans, recolocar as botas, depois fazer um bolo com a calcinha de náilon e metê-la entre os maxilares inertes.

Não conseguiu fechar a porta do armário e exclamou, em voz alta:

– Oh, Deus!

Era o cotovelo de Aleksandr que impedia. As mãos dele estavam amarradas e descansavam no fundo do armário, e por causa da posição derreada, os braços dobravam-se para fora. Não importava o quanto ela empurrasse a porta, o cotovelo impedia que fosse fechada. Suza teve finalmente de voltar para o interior do armário, virando o corpo inerte de lado, ligeiramente, inclinando-o para o canto. Agora, o cotovelo não estava mais no caminho.

Suza contemplou o corpo por mais um momento. Por quanto tempo as pessoas permaneciam desmaiadas? Não tinha a menor ideia. Sabia que deveria golpeá-lo novamente, mas ficou com medo de matá-lo. Chegou a pegar a garrafa e levantá-la acima da cabeça dele. Mas, no último instante, perdeu a coragem, baixou a garrafa e bateu a porta do armário.

Olhou para o relógio de pulso e soltou um grito de espanto. Eram 4h50. O *Coparelli* apareceria em breve na tela de radar do *Karla*, Rostov estaria ali e ela teria perdido a oportunidade.

Sentou diante do equipamento de rádio, levantou a alavanca de TRANSMITIR, verificou qual era o aparelho que já estava sintonizado com a frequência do *Coparelli* e inclinou-se para o microfone.

– Chamando o *Coparelli*. Responda, por favor.

Ela esperou.

Nada.

– Chamando o *Coparelli*. Responda, por favor.

Nada.

– Mas que diabo, Nat Dickstein! Fale comigo, Nathaniel!

NAT DICKSTEIN PARARA no porão central do *Coparelli*, olhando para os tambores que continham a areia mineral e que tanto lhe custara. Nada tinham de especiais, eram apenas tambores de óleo grandes e pretos. Dickstein sentiu vontade de abrir um e olhar o urânio, só para saber como era. Mas as tampas eram lacradas.

Sentia um impulso suicida. Ao invés da exultação da vitória, estava dominado por um desespero profundo. Não podia se regozijar pelos terroristas que matara, podia apenas prantear os seus próprios homens que haviam morrido.

Repassou novamente a batalha, como já o fizera por diversas vezes, através de uma noite insone. Se tivesse dito a Abbas para abrir fogo assim que subisse a bordo, isso poderia desviar a atenção dos *fedayin*, mas daria tempo suficiente para que Gibli passasse pela amurada sem ser alvejado. Se tivesse ido com três homens para tomar a cabine de comando, com granadas, logo no início da luta, o refeitório poderia ser capturado antes e muitas vidas seriam salvas. Se... Mas havia uma centena de coisas que poderia ter feito de maneira diferente, se fosse capaz de prever o futuro ou se ao menos fosse um homem mais sábio.

Seja como for, Israel teria agora bombas atômicas, a fim de proteger-se para sempre.

Mesmo esse pensamento não lhe proporcionava qualquer alegria. Um ano antes, ficaria emocionado. Mas um ano antes ainda não se encontrara de novo com Suza Ashford.

Ouviu um barulho e levantou a cabeça. Parecia que diversos homens estavam correndo pelo convés. Devia ser alguma crise náutica.

Suza mudara-o. Ensinara-o a esperar mais da vida que apenas a vitória em combate. Quando imaginara aquele dia, quando pensara a respeito do que sentiria ao desfechar aquele golpe espetacular, Suza sempre estivera em seus sonhos, esperando-o em algum lugar, pronta para partilhar seu triunfo. Mas agora ela não estaria à sua espera. Ninguém estaria. E não haveria alegria numa comemoração solitária.

Ele já ficara olhando para os tambores por tempo demais. Subiu a escada para sair do porão, pensando no que faria com o restante de sua viagem. Saiu para o convés. Um marinheiro surgiu:

– Sr. Dickstein?

– Sou eu mesmo. O que deseja?

– Estamos vasculhando o navio inteiro à sua procura, senhor... É o rádio. Alguém está chamando o *Coparelli*. Não respondemos, senhor, porque não somos mais o *Coparelli*. Mas ela diz...

– Ela?

– Isso mesmo, senhor. Ela está falando abertamente, não é uma transmissão em Código Morse. Parece que está bem perto. E está transtornada. Está gritando "Fale comigo, Nathaniel" e outras coisas assim, senhor.

Dickstein agarrou o marinheiro pelo casaco, gritando:

– Nathaniel? Ela falou Nathaniel?

– Isso mesmo, senhor. Lamento se...

Mas Dickstein já se afastara, correndo para a sala de rádio.

A VOZ DE NAT DICKSTEIN soou pelo rádio:

– Quem está chamando o *Coparelli*?

Subitamente, Suza ficou sem conseguir falar. Ouviu a voz dele, depois de tudo por que passara, e isso a fez sentir-se fraca e desamparada.

– Quem está chamando o *Coparelli*?

Recuperou a voz:

– Oh, Nat, finalmente!

– Suza? É você, Suza?

– Sou eu mesma!

– Onde você está?

Ordenou os pensamentos.

– Estou com David Rostov num navio russo chamado *Karla*. Tome nota. – Ela deu a posição, o curso e a velocidade, repetindo as informações que o primeiro-oficial lhe transmitira. – Isso foi às 4h10 desta madrugada, Nat. Este navio vai colidir com o seu às 6 horas da manhã.

– Colidir? Mas por quê? Ora, é claro, já estou entendendo...

– Eles podem me surpreender no rádio a qualquer instante, Nat. Diga depressa o que vamos fazer...

– Pode criar alguma espécie de distração exatamente às 5h30?

– Distração?

– Comece um incêndio, grite "homem no mar!", faça qualquer coisa para mantê-los ocupados por alguns minutos.

– Tentarei...

– Faça o melhor que puder. Quero que todos fiquem correndo de um lado para o outro, sem saberem direito o que está acontecendo e o que devem fazer. São todos da KGB?

– São, sim.

– Certo. Agora...

A porta da sala de rádio se abriu e Suza prontamente levantou a alavanca de TRANSMITIR, silenciando a voz de Dickstein. David Rostov entrou e perguntou:

– Onde está Aleksandr?

Suza tentou sorrir.

– Foi tomar um café. Eu fiquei tomando conta do rádio.

– Mas que idiota!

Rostov praguejava em russo ao deixar a sala de rádio. Suza puxou a alavanca para RECEBER. Nat disse:

– Ouvi tudo. É melhor você procurar sumir até as 5h30.

– Espere um instante! O que você vai fazer?

– O que vou fazer? Ora, é claro que vou buscá-la.

– Oh, Nat, obrigada.

– Eu te amo.

No instante mesmo em que ela desligou, uma transmissão em Código Morse começou a sair de outro aparelho. Tyrin certamente ouvira toda a conversa e agora tentaria avisar Rostov. Ela esquecera de falar a Nat a respeito de Tyrin.

Podia tentar entrar em contato novamente com Nat, mas seria extremamente arriscado. Além do mais, Tyrin poderia transmitir sua mensagem para Rostov enquanto os homens de Nat vasculhavam o *Coparelli* à sua procura. E quando a mensagem de Tyrin chegasse, Rostov saberia que Nat estava a caminho e estaria preparado.

Suza tinha de bloquear a mensagem.

E tinha também de escapar.

Decidiu destruir o equipamento de rádio.

Como? Todos os fios deviam estar por trás dos painéis. Teria de remover um painel. E para isso precisava de uma chave de parafusos. Depressa, depressa, antes que Rostov desista de procurar Aleksandr! Suza encontrou as ferramentas de Aleksandr num canto e escolheu uma chave de parafusos pequena. Desatarraxou os parafusos em dois cantos do painel. Impaciente, pôs a chave de parafusos no bolso e puxou o painel com as mãos. Lá dentro, havia uma massa emaranhada de fios coloridos, como macarrão psicodélico. Pegou um punhado de fios e puxou. Nada aconteceu. Puxara fios demais ao mesmo tempo. Escolheu um único fio e puxou, arrancando-o.

Furiosamente, pôs-se a puxar outros fios, até que uns quinze ou vinte ficaram soltos. Mesmo assim, o Código Morse continuava a soar pelo rádio. Suza derramou o que restava da vodca na parte interna do rádio. O Código Morse cessou, todas as luzes do painel apagaram-se.

Houve um som surdo no interior do armário. Aleksandr devia estar recuperando os sentidos. De qualquer forma, eles saberiam de tudo, assim que vissem como o rádio fora destruído.

Suza saiu da sala de rádio, fechando a porta.

Desceu a escada e pisou no convés, tentando imaginar onde poderia esconder-se e que tipo de distração criaria. Não adiantava agora gritar "homem ao mar!", pois certamente não acreditariam, depois do que fizera com o rádio do navio e com o operador do rádio. Poderia largar a âncora? Nem saberia por onde começar.

O que Rostov provavelmente faria agora? Procuraria por Aleksandr na cozinha, no refeitório, no alojamento. Não o encontrando, voltaria à sala de rádio e depois ordenaria uma revista total do navio, à sua procura.

Rostov era um homem metódico. Começaria pela proa e revistaria tudo no convés principal até a popa, depois mandaria um grupo vasculhar as estruturas superiores e outro, as partes inferiores, convés por convés, começando de cima e descendo.

Qual era a parte mais baixa do navio? A casa de máquinas. Esse teria de ser seu esconderijo. Suza entrou num corredor e encontrou uma escada que descia. Já estava com o pé no primeiro degrau quando avistou Rostov.

E ele também a viu.

Suza jamais soube de onde vieram as palavras que lhe saíram pela boca:

– Aleksandr já voltou à sala de rádio. Estarei de volta dentro de um momento.

Rostov assentiu sombriamente e afastou-se, seguindo na direção da sala de rádio.

Suza desceu direto por dois conveses e foi sair na casa de máquinas. O segundo maquinista fazia o plantão noturno. Fitou-a espantado quando se aproximou.

– Este é o único lugar quente do navio – disse Suza, jovialmente. – Importa-se se lhe fizer companhia?

O homem ficou completamente aturdido e disse, bem devagar:

– Não sei... falar inglês... por favor...

– Não fala inglês?

Ele sacudiu a cabeça.

– Estou com frio – disse Suza, simulando uma tremedeira. Ela estendeu as mãos para a máquina. – Tudo bem?

O homem sentiu-se mais do que feliz por ter aquela linda jovem como companhia na casa de máquinas. E repetiu, acenando com a cabeça vigorosamente:

– Tudo bem.

Ele continuou a olhar para Suza, com uma expressão satisfeita, até que ocorreu-lhe que talvez devesse demonstrar alguma hospitalidade. Olhou ao redor, depois tirou um maço de cigarros do bolso e estendeu para Suza.

– Geralmente não fumo, mas acho que desta vez vou aceitar – disse ela, pegando um cigarro, que tinha um pequeno tubo de papelão como filtro.

O homem acendeu o cigarro. Suza olhou para cima, esperando deparar com Rostov. Olhou em seguida para o relógio. Mas já eram 5h25! Não tinha tempo para pensar. Precisava criar uma distração, qualquer uma. Gritar "homem ao mar!", largar a âncora, iniciar um incêndio...

Iniciar um incêndio.

Como?

Gasolina! Devia haver gasolina, óleo diesel ou alguma outra coisa por ali na casa de máquinas.

Suza olhou para o motor. Por onde o combustível entrava? A máquina era uma massa de tubos. Concentre-se, concentre-se! Desejou ter aprendido mais sobre o motor de seu carro. Será que os motores de navios eram iguais? Não, pois às vezes usavam combustível de caminhão. De que tipo era aquele motor? O navio era supostamente veloz, por isso talvez usasse gasolina. Suza recordou vagamente que os motores a gasolina eram mais caros de manter, embora desenvolvessem uma velocidade maior. Se fosse um motor a gasolina, seria parecido com o motor de seu carro. Onde estavam os cabos que levavam para as velas de ignição? Ela já mudara uma vela, há algum tempo.

Olhou atentamente. Isso mesmo, o motor era parecido com o de seu carro. Tinha seis velas, com fios saindo de uma tampa redonda, como um distribuidor. Em algum lugar tinha de haver um carburador. A gasolina passava pelo carburador. Era uma coisa pequena, que às vezes ficava entupida...

O tubo de comunicação emitiu um chamado em russo e o homem foi atender. Ficou de costas para Suza.

Suza tinha de aproveitar o momento.

Havia algo com o tamanho aproximado de uma lata de sardinhas, com a tampa presa por uma porca no meio. Podia ser o carburador. Suza inclinou-se por cima do motor e tentou desatarraxar a porca com os dedos. Não conseguiu mexê-la. Um tubo de plástico grosso estava ligado à caixa. Ela agarrou-o e puxou-o com força. Não conseguiu deslocá-lo. Lembrou-se da chave de parafusos de Aleksandr, que guardara no bolso da capa. Tirou-a e golpeou o tubo com a ponta fina. O plástico era grosso e duro. Suza golpeou de novo, com toda a sua força. Conseguiu abrir um pequeno corte na superfície do tubo. Meteu a ponta da chave de parafusos no corte e começou a empurrá-la.

O homem chegou ao tubo de comunicação e falou em russo.

Suza sentiu que a chave de parafusos rompia o plástico. Puxou-a imediatamente. Um esguicho de um líquido claro saiu pelo pequeno buraco, o ar ficou impregnado com o cheiro característico de gasolina. Suza largou a chave de parafusos e correu para a escada.

Ouviu o homem dizer "sim" em russo e viu-o sacudir a cabeça em resposta a uma pergunta. Seguiu-se uma ordem. A voz no outro lado do tubo pareceu-lhe furiosa. Chegando ao pé da escada, Suza olhou para trás. O rosto sorridente do homem transformara-se numa máscara de maldade. Começou a subir a escada, enquanto o homem corria atrás dela.

Suza virou-se novamente ao chegar ao alto da escada. Avistou uma poça de gasolina espalhando-se pelo chão, enquanto o homem pisava no primeiro degrau da escada. Ainda segurava o cigarro que o homem lhe dera. Jogou-o na direção do motor, procurando mirar o lugar de onde a gasolina esguichava do tubo.

Não esperou para ver onde o cigarro caía. Continuou a subir a escada. A cabeça e os ombros emergiam no convés seguinte quando ouviu um silvo alto lá embaixo, seguido por um clarão vermelho e uma onda de calor intenso. Suza gritou, quando a calça pegou fogo e a pele das pernas queimou. Pulou a parte final da escada e rolou. Bateu com as mãos na calça em chamas, depois conseguiu tirar a capa e envolveu as pernas. O fogo foi abafado, mas a dor ficou ainda mais intensa.

Sentiu vontade de desistir de tudo. Sabia que, se deitasse, perderia os sentidos e a dor desapareceria. Mas precisava afastar-se do fogo, colocar-se em algum lugar onde Nat pudesse encontrá-la. Fez um tremendo esforço para ficar de pé. Sentia como se as pernas ainda pegassem fogo. Olhou para baixo e viu fragmentos se desprendendo como papel queimado. Ficou sem saber se eram fragmentos da calça ou da pele de suas pernas.

Deu um passo.

Podia andar.

Cambaleou pelo corredor. O alarme de incêndio começara a soar por todo o navio. Suza chegou à extremidade do corredor e encostou-se na escada.

Tinha de subir.

Levantou um pé, colocou-o no primeiro degrau, iniciando a mais longa escalada de sua vida.

18

Pela segunda vez em 24 horas, Nat Dickstein atravessava um mar turbulento numa pequena lancha, a fim de abordar um navio ocupado pelo inimigo. Estava vestido como antes, com colete salva-vidas, uma jaqueta impermeável e botas de marinheiro. Também ia armado como antes, com submetralhadora, pistola e granadas. Mas dessa vez faria tudo sozinho e estava apavorado.

Tinha havido uma discussão a bordo do *Coparelli* sobre o que fazer, depois que receberam a mensagem de rádio de Suza. A conversa com Dickstein fora ouvida pelo comandante, por Feinberg e Ish. Haviam percebido o júbilo no rosto de Nat e todos se acharam com o direito de argumentar que seu julgamento estava sendo, agora, distorcido pelo envolvimento pessoal.

– É uma armadilha – dissera Feinberg. – Não podem nos alcançar, e por isso estão querendo que voltemos para lutar.

– Conheço Rostov – dissera Dickstein, veementemente. – E sei exatamente como sua mente funciona. Ele espera que o inimigo cometa uma falha e aproveita para atacar, impiedosamente. Essa ideia de colisão é típica.

Feinberg ficara furioso:

– Isso não é um jogo, Dickstein.

– Vamos seguir em frente e nos preparar para o combate – dissera Ish, mais controlado –, se e quando eles nos alcançarem, Nat. O que temos a ganhar mandando um grupo de abordagem ao encontro do navio inimigo?

– Não estou sugerindo um grupo de abordagem. Tenciono ir sozinho.

– Não seja idiota – dissera Ish. – Se você for, iremos também. Não pode capturar um navio sozinho.

Tentando acalmá-los, Dickstein alegara:

– Se eu conseguir, o *Karla* jamais alcançará este navio. Se eu não conseguir, vocês ainda poderão lutar quando o *Karla* chegar. E se o *Karla* realmente não puder nos alcançar e for de fato uma armadilha, então serei o único a cair. É melhor assim.

– Não creio que seja o melhor – comentara Feinberg.

– Nem eu – acrescentara Ish.

Dickstein sorrira.

– Pois eu acho e a vida é minha. Além do mais, sou o oficial mais graduado aqui e posso tomar a decisão. Sendo assim, quero que todos vocês se danem.

Dickstein vestira-se e armara-se. O comandante lhe explicara como operar o rádio da lancha e como manter um curso de interceptação do *Karla*. Baixaram a lancha, ele embarcara e afastara-se.

Apavorado.

Sabia que era totalmente impossível dominar todo um navio cheio de agentes da KGB sozinho. Contudo, não era isso o que planejava. Não lutaria com ninguém, se pudesse evitá-lo. Subiria a bordo e ficaria escondido até que a distração de Suza começasse, para depois procurá-la. E quando a encontrasse, deixaria o *Karla* com ela e trataria de fugir. Levava uma pequena mina magnética, que fixaria no costado do *Karla* antes de subir a bordo. Depois, quer conseguisse ou não, quer fosse uma armadilha ou uma mensagem genuína, o *Karla* ficaria com um buraco no costado grande o bastante para impedi-lo de alcançar o *Coparelli*.

Dickstein tinha certeza de que não era uma armadilha. Sabia que Suza estava lá, sabia que de alguma forma ela fora capturada e obrigada a ajudá-los, sabia que arriscaria sua vida para salvar a dele. E sabia que Suza o amava.

E era justamente isso que o apavorava.

Subitamente, ele queria viver. A sede de sangue desvanecera-se, não estava mais interessado em matar os inimigos, derrotar Rostov, frustrar os planos dos *fedayin* ou lograr o serviço secreto egípcio. Queria apenas encontrar Suza, levá-la para casa, passar o resto da vida em sua companhia. Tinha medo de morrer.

Concentrou-se em manobrar a lancha. Encontrar o *Karla* durante a noite não seria fácil. Podia manter um curso firme, mas precisava calcular e dar o devido desconto do quanto o vento e as ondas o desviavam para o lado. Depois de 15 minutos, Dickstein teve certeza de que já deveria ter encontrado o *Karla*, mas não viu qualquer sinal do navio. Começou a navegar em zigue-zague, procurando calcular, desesperadamente, o quanto se desviara do curso.

Estava pensando em entrar em contato pelo rádio com o *Coparelli*, para pedir uma orientação, quando subitamente o *Karla* emergiu da noite, ao seu lado. O navio avançava depressa, mais depressa do que a lancha era capaz. Tinha de alcançar a escada na proa antes que o navio passasse e ao mesmo tempo evitar uma colisão. Acelerou a lancha para a frente, virou de lado quando o *Karla* deslizou em sua direção numa onda, depois virou e voltou a seguir em frente, quando o navio rumou para o outro lado.

Já estava com a corda amarrada na cintura, pronto para entrar em ação. A escada ficou ao seu alcance. Dickstein pôs o motor da lancha em ponto morto, subiu na amurada e pulou. O *Karla* começou a inclinar-se para a frente no momento em que ele alcançou a escada. Ele segurou-se firmemente, enquanto a proa afundava nas ondas. O mar chegou à sua cintura, subiu para os ombros. Dickstein respirou fundo um momento antes de sua cabeça afundar também. Teve a sensação de ficar dentro da água uma eternidade. O *Karla* simplesmente continuou a afundar. Quando Dickstein sentiu que os seus pulmões iam estourar a qualquer momento, o navio hesitou por um instante e finalmente a proa começou a subir, o que pareceu demorar ainda mais tempo. Finalmente ele tornou a aflorar à superfície e absorveu o ar sofregamente. Subiu alguns degraus da escada, desamarrou a corda da cintura e prendeu-a rapidamente na escada, unindo a lancha ao *Karla* para poder escapar. A mina magnética ia presa numa corda em seus ombros. Dickstein tirou-a e prendeu-a no casco do *Karla*.

O urânio estava garantido.

Dickstein tirou o impermeável e subiu a escada.

O ruído do motor da lancha era inaudível em meio ao barulho do vento, do mar e das próprias máquinas do *Karla*. Mas alguma coisa devia ter atraído a atenção do homem que olhou por cima da amurada, no instante em que Dickstein chegou ao nível do convés. Por um momento, o homem ficou imóvel, olhando para Dickstein, com uma expressão espantada. Depois, Dickstein estendeu a mão, como se quisesse que o outro o puxasse, ao passar sobre a amurada. Automaticamente, com o instinto natural de ajudar alguém que tentava subir a bordo para escapar do mar furioso, o homem agarrou o braço estendido. Dickstein passou uma perna pela amurada e usou a outra mão para agarrar o homem e arremessá-lo ao mar. O grito se perdeu no vento. Dickstein passou a outra perna por cima da amurada e agachou-se no convés.

Parecia que não fora visto.

O *Karla* era um navio pequeno, bem menor que o *Coparelli*. Tinha apenas uma superestrutura, localizada no meio do navio, com dois conveses de altura. Não possuía guindastes. No convés anterior, havia uma grande escotilha, sobre um porão de proa; não tinha porão de popa. Dickstein chegou à conclusão de que os alojamentos dos tripulantes e a casa de máquinas deviam ocupar todo o espaço inferior do convés externo posterior.

Olhou para o relógio. Eram 5h25. A distração de Suza deveria começar a qualquer instante, se ela conseguisse fazer alguma coisa.

Dickstein começou a avançar pelo convés. Havia alguma claridade das luzes do navio, mas um tripulante precisaria olhar duas vezes para se certificar de que não se deparava com um deles. Dickstein tirou a faca da bainha que tinha na cintura. Não usaria a metralhadora nem a pistola, a menos que fosse indispensável, pois queria evitar qualquer clamor.

Ao chegar à altura da superestrutura, uma porta abriu-se, lançando uma réstia de luz amarelada no convés molhado pela chuva. Dickstein esquivou-se rapidamente para o lado, encostando-se na antepara anterior. Ouviu duas vozes falando em russo. A porta bateu, as vozes afastaram-se e os homens encaminharam-se para a popa, sob a chuva.

Ao abrigo da superestrutura, Dickstein foi para bombordo e continuou a seguir para a popa. Parou no canto da superestrutura e olhou cautelosamente. Avistou os dois homens atravessarem o convés posterior e falar com um terceiro, na popa. Sentiu-se tentado a liquidar os três com uma rajada de metralhadora. Afinal, três homens constituíam provavelmente um quinto da oposição. Mas decidiu não fazê-lo. Ainda era muito cedo. A diversão de Suza não começara e ele não tinha a menor ideia de onde encontrá-la.

Os dois homens voltaram pelo convés de estibordo e entraram na superestrutura. Dickstein encaminhou-se para o homem que ficara na popa e que parecia estar de guarda. O homem falou-lhe em russo. Dickstein grunhiu algo ininteligível e o homem respondeu com uma pergunta. Dickstein já estava perto o bastante. Pulou subitamente para a frente e cortou a garganta do homem.

Jogou o corpo no mar e voltou para o lugar de onde partira. Dois mortos e eles ainda não sabiam de sua presença a bordo. Olhou para o relógio. Os ponteiros luminosos indicavam que já eram 5h30. Estava na hora de entrar na superestrutura.

Abriu uma porta e avistou um corredor vazio, com uma escada no fim, subindo, presumivelmente para a cabine de comando. Dickstein entrou e começou a subir a escada.

Vozes altas soavam lá em cima. Ao emergir da escada, Dickstein avistou três homens, calculando que fossem o comandante, o primeiro e o segundo-oficial. O primeiro-oficial gritava pelo tubo de comunicação. Um estranho ruído saía pelo tubo em resposta. Enquanto Dickstein levantava a arma, o comandante puxou uma alavanca e um alarme começou a soar por todo o navio. Dickstein puxou o gatilho. O barulho alto da arma foi parcialmente abafado pela buzina estridente do alarme de incêndio. Os três homens foram mortos onde estavam.

Dickstein desceu apressadamente a escada. O alarme devia significar que a diversão de Suza começara. Agora, tudo o que ele devia fazer era permanecer vivo até encontrá-la.

A escada que descia da cabine de comando chegava ao convés na junção de dois corredores: um lateral, que Dickstein usara, outro se estendendo pelo comprimento da superestrutura. Em resposta ao alarme, portas abriam-se e homens saíam pelos dois corredores. Nenhum deles parecia estar armado. Era um alarme de incêndio e não um chamado para que ocupassem seus postos de combate. Dickstein decidiu arriscar um blefe e só disparar se falhasse. Avançou rapidamente pelo corredor principal, abrindo caminho entre os homens aturdidos, a gritar em alemão:

– Saiam da frente!

Todos o fitaram, desconcertados, sem saberem o que ele era ou o que fazia, sentindo apenas que ali estava um homem de autoridade e que havia um incêndio a bordo. Um ou dois dirigiram-lhe a palavra. Dickstein ignorou-os. Soou uma ordem ríspida, e os homens começaram a se mexer com alguma determinação. Dickstein chegou à extremidade do corredor e já ia descer a escada quando o oficial que gritara a ordem apareceu e apontou para ele, gritando uma pergunta.

Dickstein desceu.

No convés inferior, as coisas estavam mais organizadas. Os homens corriam na mesma direção, para a popa. Um grupo de três marinheiros, orientados por um oficial, pegava o equipamento de combate a incêndio. Ali, num ponto em que o corredor se alargava para a passagem das mangueiras, Dickstein avistou algo que o deixou momentaneamente desequilibrado, fazendo surgir uma névoa vermelha de ódio diante de seus olhos.

Suza caíra no chão, encostada na antepara. As pernas estendidas à sua frente, a calça rasgada. Ele pôde ver a pele chamuscada e enegrecida, através dos farrapos. E ouviu a voz de Rostov, gritando-lhe, por cima do alarme:

– O que disse a Dickstein?

Dickstein pulou da escada para o convés. Um dos homens postou-se diante dele. Dickstein derrubou-o com uma cotovelada no rosto e pulou para cima de Rostov.

Mesmo dominado pela raiva como estava, compreendeu que não podia usar a arma naquele espaço confinado, com Rostov tão perto de Suza. Além do mais, queria matar o homem com as próprios mãos.

Agarrou Rostov pelo ombro e o fez virar-se. Rostov viu-lhe o rosto.

– Você!

Dickstein acertou-o primeiro na barriga, um golpe devastador, que fez o russo se vergar, a respiração arquejante. E enquanto a cabeça caía, Dickstein ergueu o joelho, com toda a força, jogando o queixo de Rostov para cima e fraturando-lhe o maxilar. Depois, continuando ainda no mesmo movimento, pôs toda a sua força num chute contra a garganta, que jogou Rostov para trás, contra a antepara.

Antes que Rostov completasse a queda, Dickstein já havia se virado rapidamente, baixando sobre um joelho, ao mesmo tempo que tirava a metralhadora do ombro. E com Suza atrás dele, abriu fogo contra os três homens no corredor.

Virou-se novamente, levantando Suza na posição de bombeiro, tentando não tocar na carne queimada. Tinha agora um momento para pensar. Obviamente, o incêndio era na popa, para onde todos os homens corriam. Se ele seguisse para a proa agora, haveria menos probabilidade de ser visto.

Saiu em disparada pelo corredor e subiu a escada, carregando Suza. Podia perceber, pela sensação do corpo dela em seu ombro, que Suza ainda estava consciente. Chegou ao alto da escada, no nível do convés principal, encontrou uma porta e saiu.

Havia alguma confusão no convés externo. Um homem passou por ele correndo, seguindo para a popa. Outro correu na direção oposta. Havia alguém na proa. Na popa, um homem caíra no convés, e dois outros inclinavam-se sobre ele. Presumivelmente, o homem fora ferido no incêndio.

Dickstein correu para a escada que usara ao subir a bordo. Ajeitou a metralhadora no ombro, endireitou a posição de Suza no outro ombro e passou por cima da amurada.

Correndo os olhos pelo convés, ao começar a descer, compreendeu que o haviam visto.

Uma coisa era deparar com um estranho a bordo, imaginar quem era e deixar as perguntas para depois, porque havia um incêndio no navio; outra, muito diferente, era ver alguém deixando o navio, com um corpo pendurado no ombro.

Dickstein ainda não chegara à metade da escada quando começaram a disparar em sua direção.

Uma bala ricocheteou no casco, ao lado de sua cabeça. Dickstein levantou a cabeça, vendo três homens inclinados sobre a amurada, dois deles armados de pistolas. Segurando-se na escada com a mão esquerda, ele levou a mão direita à metralhadora, apontou e disparou. Não tinha condições de mirar direito, mas conseguiu fazer com que os homens recuassem.

E ele perdeu o equilíbrio.

Enquanto a proa do navio levantava, Dickstein oscilou para a esquerda, largou a metralhadora no mar e segurou a escada com a mão direita. O pé direito escorregou da escada... e depois, para seu horror, Suza começou a deslizar de seu ombro esquerdo.

– Segure-se em mim! – gritou ele para Suza, não mais sabendo se ela estava ou não consciente.

Sentiu as mãos de Suza agarrando seu suéter. Mas mesmo assim ela continuou a escorregar e seu peso desequilibrado empurrava Dickstein cada vez mais para a esquerda.

– Não! – gritou ele.

Suza escorregou de seu ombro e mergulhou no mar.

Dickstein virou-se, avistou a lancha e pulou, aterrissando com um choque violento.

Gritou o nome de Suza para o mar escuro ao seu redor, balançando de um lado para o outro da lancha, o desespero aumentando a cada segundo que ela deixava de aflorar à superfície. E depois ouviu um grito, elevando-se acima do barulho do vento. Virando-se na direção do grito, avistou a cabeça de Suza logo acima da superfície, entre a lancha e o costado do *Karla*.

Estava fora do seu alcance.

E gritou novamente.

A lancha estava presa ao *Karla* pela corda, a maior parte da qual ficara empilhada no convés da lancha. Dickstein cortou a corda com a faca, largando a extremidade amarrada à escada do *Karla*, e jogou a outra ponta na direção de Suza.

E no instante em que ela se estendeu para pegar a corda, o mar novamente se ergueu e engolfou-a.

Lá no alto, no convés do *Karla*, começaram a disparar novamente, por cima da amurada.

Dickstein ignorou os tiros.

Esquadrinhou o mar atentamente. Com o navio e a lancha balançando em direções opostas, as possibilidades de uma colisão eram mínimas.

Depois de uns poucos segundos, que pareceram horas, Suza tornou a aflorar à superfície. Dickstein lançou-lhe a corda. Dessa vez, ela conseguiu pegá-la. Dickstein puxou-a rapidamente, trazendo Suza cada vez para mais perto, até que conseguiu debruçar-se sobre a amurada da lancha, perigosamente, segurando-a pelos pulsos.

Alcançou-a agora e nunca mais a deixaria se afastar.

Puxou-a para a lancha. Lá em cima, uma metralhadora abriu fogo. Dickstein acelerou a lancha para a frente e depois jogou-se por cima de Suza, protegendo seu corpo. A lancha afastou-se do *Karla*, sem rumo determinado, cavalgando a crista das ondas como uma prancha de surfe perdida.

Os tiros cessaram. Dickstein olhou para trás. Não mais podia ver o *Karla*.

Gentilmente, virou Suza, temendo por sua vida. Os olhos estavam fechados. Dickstein pegou o leme da lancha, verificou a bússola e fixou um curso aproximado. Ligou o rádio da lancha e chamou o *Coparelli*. Esperando que respondessem, puxou Suza para si e aninhou-a em seus braços.

Um baque surdo atravessou as águas, como uma explosão distante: a mina magnética.

O *Coparelli* respondeu e Dickstein disse:

– O *Karla* está em chamas. Voltem para me recolher. Preparem a enfermaria para Suza, pois ela está gravemente queimada.

Esperou que acusassem o recebimento da mensagem, depois desligou o rádio e contemplou o rosto inexpressivo de Suza, murmurando:

– Não morra. Por favor, não morra...

Suza abriu os olhos e fitou-o. Abriu a boca, tentando falar. Dickstein inclinou a cabeça e ouviu-a balbuciar:

– É mesmo você?

– Sou eu mesmo.

Os cantos de sua boca contraíram-se num débil sorriso.

– Vou viver....

Houve o estrondo de uma tremenda explosão. O fogo alcançara os tanques de combustível do *Karla*. O céu iluminou-se por um longo momento por um lençol de fogo, o ar foi povoado por um troar ensurdecedor e a chuva cessou. O barulho e a luz logo morreram, assim como o *Karla*.

– O navio afundou – murmurou Dickstein para Suza.

Ele contemplou-a. Os olhos de Suza fecharam-se, ela estava novamente inconsciente. Mas continuava a sorrir.

Epílogo

Nathaniel Dickstein pediu demissão do Mossad e seu nome transformou-se num mito. Casou com Suza e levou-a para o *kibutz*, onde cuidavam das videiras durante o dia e faziam amor pela metade da noite. No tempo vago, ele organizou uma campanha política para alterar as leis, a fim de que seus filhos pudessem ser classificados como judeus; ou, o que seria ainda melhor, abolir inteiramente a classificação.

Não tiveram filhos por algum tempo. Estavam preparados para esperar: Suza era jovem e ele não tinha qualquer pressa. Às vezes, na cama, ela murmurava:

– Minhas pernas estão horríveis.

Nat Dickstein beijava-lhe os joelhos e dizia:

– Elas são lindas... e salvaram a minha vida.

Quando a guerra do Yom Kippur começou, as Forças Armadas israelenses foram apanhadas de surpresa. Pierre Borg foi acusado pela ausência de informações prévias e pediu demissão. A verdade era mais complicada. A culpa de tudo era de um oficial do serviço secreto russo, chamado David Rostov, um homem de aparência idosa, que precisava usar um aparelho no pescoço em todos os momentos de sua vida. Ele fora para o Cairo e, começando com o interrogatório e a morte de um agente israelense chamado Towfik, no início de 1968, investigara todos os eventos daquele ano e chegara à conclusão de que Kawash era um agente duplo. Ao invés de levar Kawash a julgamento e enforcá-lo por espionagem, Rostov explicara aos egípcios como poderiam fornecer-lhe informações falsas, que Kawash, com toda inocência, transmitira a Pierre Borg.

O resultado foi que Nat Dickstein saiu de seu refúgio no *kibutz* para ocupar o lugar de Pierre Borg, durante a guerra. Na segunda-feira, 8 de outubro de 1973, Dickstein compareceu a uma reunião de emergência do gabinete. Depois de três dias de guerra, os israelenses estavam em tremendas dificuldades. Os egípcios haviam cruzado o canal de Suez e estavam empurrando os israelenses pelo Sinai, com pesadas baixas. Na outra frente, as colinas de Golan, os sírios avançavam, também com pesadas baixas para o lado israelense. A proposta apresentada ao gabinete era lançar bombas atômicas no Cairo e em Damasco. Nem mesmo os ministros mais agressivos apreciavam a perspectiva. Mas a situação era desesperada e os americanos hesitavam em iniciar a ponte aérea de armamentos, que poderia inverter a tendência da guerra.

Os ministros já começavam a aceitar, como inevitável, a ideia de usar armas nucleares quando Nat Dickstein fez sua única contribuição à discussão:

– Claro que podemos comunicar aos americanos que planejamos lançar as bombas... na quarta-feira, por exemplo... a menos que eles iniciem a ponte aérea imediatamente...

E foi exatamente o que os americanos fizeram.

A PONTE AÉREA INVERTEU a tendência da guerra. Posteriormente, uma reunião de emergência similar foi realizada no Cairo. Mais uma vez, ninguém era a favor de uma guerra nuclear no Cairo; mais uma vez, os políticos sentados em torno da mesa começaram a se persuadir mutuamente de que não havia alternativa; e, mais uma vez, a proposta foi rejeitada por uma contribuição inesperada.

Dessa vez, foram os militares que intervieram. Sabendo da proposta que seria apresentada aos presidentes reunidos, resolveram verificar a força do ataque nuclear, deixando-a preparada para o caso de haver uma decisão positiva. Descobriram que todo o plutônio das bombas fora removido e substituído por aparas de ferro. Presumiu-se que os russos eram os responsáveis, da mesma forma como haviam misteriosamente inutilizado o reator nuclear em Qattara, antes de serem expulsos do Egito, em 1972.

Naquela noite, um dos presidentes conversou com a esposa durante cinco minutos, antes de dormir na poltrona.

– Está tudo acabado – disse ele. – Israel ganhou... permanentemente. Eles possuem a bomba e nós não. Esse único fato determinará o curso da história em nossa região pelo resto do século.

– E o que acontecerá com os refugiados palestinos? – indagou a esposa.

O presidente deu de ombros e começou a acender o último cachimbo que fumaria no dia.

– Lembro de uma reportagem que li no *Times* de Londres... provavelmente há cerca de cinco anos. Contava que o Exército da Libertação, de Gales, lançara uma bomba numa delegacia de polícia de Cardiff.

– Gales? Onde fica Gales? – perguntou a esposa.

– É uma parte da Inglaterra, mais ou menos.

– Estou lembrando agora... a região das minas de carvão.

– Isso mesmo. Tem alguma ideia de quanto tempo já se passou desde que os anglo-saxões conquistaram os galeses?

– Absolutamente nenhuma.

– Nem eu. Mas deve ter sido há mil anos, porque os normandos franceses conquistaram os anglo-saxões há novecentos anos. Já se passaram mil anos e eles ainda estão lançando bombas em delegacias de polícia! Os palestinos serão iguais aos galeses... Podem jogar bombas em Israel, mas serão sempre os perdedores.

A esposa fitou-o atentamente. Estavam juntos há muitos anos, mas ele continuava sendo capaz de surpreendê-la. Pensara que jamais ouviria o marido dizer coisas assim.

– E vou lhe dizer mais uma coisa – continuou ele. – Terá de haver paz. Não podemos mais vencer, e por isso teremos de promover a paz. Não agora, talvez não pelos próximos cinco ou dez anos. Mas o momento há de chegar. Irei para Jerusalém e direi: "Já chega de guerra." Posso até obter algum crédito por isso, quando a poeira assentar. Não é assim que eu planejava entrar para a história, mas não é um dos caminhos piores, diga-se de passagem. "O homem que trouxe a paz ao Oriente Médio." O que acha?

A esposa levantou-se e atravessou a sala para segurar-lhe as mãos. E havia lágrimas em seus olhos quando disse:

– Acho que devemos dar graças a Deus.

Franz Albrecht Pedler morreu em 1974. E morreu contente. Sua vida testemunhara alguns altos e baixos. Afinal, vivera no período mais ignominioso da história de sua nação. Mas conseguira sobreviver e terminou seus dias na felicidade.

Imaginara o que acontecera com o urânio. Um dia, no início de 1969, sua companhia recebeu um cheque de 2 milhões de dólares, assinado por A. Papagopolous, com uma declaração da Navegação Savile que dizia: "Para ressarcimento da carga perdida." No dia seguinte, um representante do Exército israelense procurou-o, trazendo o pagamento para a primeira remessa dos materiais de limpeza. Ao partir, o oficial israelense disse:

– Sobre a questão da sua carga perdida, ficaríamos felizes se não se lançasse a investigações adicionais.

Foi nesse momento que Pedler começou a compreender.

– Mas o que devo fazer se a Euratom começar a me fazer perguntas?

– Diga a verdade. A carga foi perdida, e, quando tentou descobrir o que acontecera, verificou que a Navegação Savile tinha encerrado suas atividades.

– E encerrou mesmo?

– Encerrou.

E foi justamente o que Pedler comunicou à Euratom. Mandaram um investigador procurá-lo e ele repetiu a história, que era perfeitamente verídica, embora não fosse toda a verdade. E comentou com o investigador:

– Imagino que haverá bastante publicidade a respeito, muito em breve.

– Duvido muito. O reflexo nos é altamente desfavorável. Não creio que a história seja divulgada, a menos que consigamos obter mais informações.

É claro que não conseguiram obter mais informações, ou pelo menos não enquanto Pedler ainda estava vivo.

SUZA DICKSTEIN entrou em trabalho de parto no Yom Kippur de 1974.

De acordo com os costumes daquele *kibutz* em particular, o parto foi realizado pelo próprio pai, com uma parteira ao lado, para dar conselhos e estímulos.

Era um bebê pequeno, como os pais. Assim que a cabeça emergiu, abriu a boca e desatou a chorar. Os olhos de Dickstein ficaram toldados, marejados de lágrimas. Ele segurou a cabeça do bebê, verificou se o cordão umbilical não envolvia o pescoço e depois disse para a mulher:

– Está quase acabando, Suza.

Suza fez mais um esforço e os ombros do bebê emergiram. Depois disso, foi bastante fácil. Dickstein amarrou o cordão umbilical em dois lugares e cortou-o. Depois, também de acordo com os costumes locais, pôs o bebê nos braços da mãe.

– Está tudo bem? – indagou ela.

– Perfeito – respondeu a parteira.

– E o que é?

– Puxa, nem mesmo olhei... é um menino – disse Dickstein.

Pouco depois, Suza perguntou:
– Como vamos chamá-lo? Nathaniel?
– Eu gostaria de chamá-lo de Towfik.
– Towfik? Não é um nome árabe?
– É, sim.
– E por que Towfik?
– Bem – disse ele –, é uma história comprida...

P. S.

Daily Telegraph, Londres, 7 de maio de 1977:

ISRAEL TERIA SEQUESTRADO
NAVIO COM URÂNIO
Por Henry Miller, de Nova York

Acredita-se que Israel estava por trás do desaparecimento em alto-mar, há nove anos, de um carregamento de urânio grande o suficiente para construir trinta armas nucleares, segundo revelou-se ontem.

As autoridades comentam que o incidente foi "um verdadeiro caso de James Bond". Embora as organizações de serviço secreto de quatro países tenham investigado o mistério, nunca ficou determinado o que realmente aconteceu às 200 toneladas de urânio que desapareceram...

– CITADO COM PERMISSÃO DE
THE DAILY TELEGRAPH, LTD.

fim

ATENDIMENTO AO LEITOR E VENDAS DIRETAS

Você pode adquirir os títulos da BestBolso através do Marketing Direto do Grupo Editorial Record.

- Telefone: (21) 2585-2002
  (de segunda a sexta-feira, das 8h30 às 18h)
- E-mail: mdireto@record.com.br
- Fax: (21) 2585-2010

Entre em contato conosco caso tenha alguma dúvida, precise de informações ou queira se cadastrar para receber nossos informativos de lançamentos e promoções.

Nossos sites:
www.edicoesbestbolso.com.br
www.record.com.br

EDIÇÕES BESTBOLSO

Alguns títulos publicados

1. *Acima de qualquer suspeita*, Scott Turow
2. *O poderoso chefão*, Mario Puzo
3. *O último chefão*, Mario Puzo
4. *Criança 44*, Tom Rob Smith
5. *O vingador*, Frederick Forsyth
6. *O veterano*, Frederick Forsyth
7. *O negociador*, Frederick Forsyth
8. *Os caminhos escuros do coração*, Dean Koontz
9. *O guardião*, Dean Koontz
10. *O cão de terracota*, Andrea Camilleri
11. *O voo da águia*, Ken Follett
12. *A chave de Rebecca*, Ken Follett
13. *O homem de São Petersburgo*, Ken Follett
14. *O buraco da agulha*, Ken Follett
15. *Coma*, Robin Cook
16. *Contágio*, Robin Cook
17. *Parque Gorki*, Martin Cruz Smith
18. *O perfume*, Patrick Süskind
19. *O colecionador de ossos*, Jeffery Deaver
20. *Os 7 minutos*, Irving Wallace
21. *Los Angeles cidade proibida*, James Ellroy
22. *Dália negra*, James Ellroy
23. *O jardineiro fiel*, John Le Carré
24. *A lista de Schindler*, Thomas Keneally
25. *O caso das rosas fatais*, Mary Higgins Clark
26. *Enquanto minha querida dorme*, Mary Higgins Clark
27. *Vejo vocês em breve*, Mary Higgins Clark
28. *Submarino*, Lothar-Günther Buchheim
29. *Assassinato no campo de golfe*, Agatha Christie
30. *Antologia de contos extraordinários*, Edgar Allan Poe

EDIÇÕES
BestBolso

Este livro foi composto na tipologia Minion, em corpo 10,5/13, e impresso em papel off-set 56g/m^2 no Sistema Cameron da Divisão Gráfica da Distribuidora Record.